NK INK INK INK INK INK INK
K INK INK INK INK INK INK IN
NK INK INK INK INK INK INK
K INK INK INK INK INK INK IN
NK INK INK INK INK INK INK
K INK INK INK INK INK INK IN
NK INK INK INK INK INK INK
K INK INK INK INK INK INK IN
NK INK INK INK INK INK INK
K INK INK INK INK INK INK IN
NK INK INK INK INK INK INK
K INK INK INK INK INK INK IN
NK INK INK INK INK INK INK
K INK INK INK INK INK INK IN
NK INK INK INK INK INK INK
K INK INK INK INK INK INK IN
NK INK INK INK INK INK INK
K INK INK INK INK INK INK IN
NK INK INK INK INK INK INK
K INK INK INK INK INK INK IN
NK INK INK INK INK INK INK
K INK INK INK INK INK INK IN
NK INK INK INK INK INK INK
K INK INK INK INK INK INK IN
NK INK INK INK INK INK INK
K INK INK INK INK INK INK IN
NK INK INK INK INK INK INK

INK

文學叢書

267

風語

麥家◎著

目錄

高牆深築的小院靜靜的，偶爾傳出上校的慘叫聲。
因為靜，叫聲更顯得突兀、慘烈，
以致拴繫在門衛房前的狼狗都似乎受到驚嚇，躁動不安。

第一章

一

天剛下過一場與隆隆雷聲並不相稱的小雨。

雷聲把街上的忙人和閒人都提前趕回了家，平時嘈雜的大街在越來越暗的天幕下，顯得越來越空洞、平靜。但沒有下足的雨卻使空氣中更多了一份溽熱、黏稠、潮濕，彷彿伸手摸得著，抓得住。他穿了一身對這種天氣而言明顯是太熱的軍裝，默默地穿過狼藉的市街，拐入一條幽靜的小巷。在進入小巷之前，他不經意地看見一隻褐色小鳥在灰暗的天空中一掠而過，短促得讓他懷疑不是一隻鳥，而是一顆流彈。

小巷窄又深長，一眼望去，空空的，了無人影。有幾棵高大、蒼勁的桉樹和泡桐，從兩邊的高牆內伸出來，把灰暗的天空遮掩得更加昏暗。雷聲從高遠的天空中傳來，沉悶、乏力，更像是遠處的炮聲。一陣風過，樹葉發出沙沙沙的響聲，幾片落葉迎著他飄落。他下意識地躲開它們，彷彿飄落的是被炮彈炸落的飛沙走石。

這是一九三八年六月的一個傍晚，他的記憶深處烙著太多有關戰爭的陰影，他需要不斷提醒自己，此刻他在重慶，這裡已經成爲陪都，也許是全中國最安全的地方。想到他能先於他人來這裡，並且幾天前他的妻子和孩子也輾轉來到這裡，他就覺得自己眞是幸運至極。

自鬼子在杭州金山衛登陸後，他和妻子相繼離開了上海。他妻子帶著孩子一直躲在湖南鄉下，他則隨部隊撤退、撤退。從上海到南京，到安慶、九江、武漢、宜昌、酆都，沿著長江一路西撤，最後到了重慶。

撤退也可以叫逃跑，他們不停地逃跑，逃跑。

哪有這樣打仗的？人死得比螞蟻還要多，卻寸土不保，打一仗丟一個地方。他曾在鎭江郊外親歷了一場狙擊戰，回顧起來總想到一個詞：潰不成軍。那一天，生和死對他來說只隔著一張薄薄的紙，最後能夠死裡逃生似乎是不可思議的。他撿回了一條命，卻沒有絲毫慶幸的感覺。他覺得這場戰爭勝負已定，沒有懸念，南京必將失守，國人的江山和命運將不可避免地墜入可恥又可怕的黑暗中……傾巢之下，豈有完卵？國破家亡，在劫難逃，僥倖不死只能是加倍地痛飲苦水而已。想不到時隔半年，他還能過上這種日子，每天穿著周正的軍裝出入國家最高的軍事部門，有權有職，有吃有喝，生死無慮，下班有車坐，回家居然還能回到愛人身邊，享受家的溫暖和男女之樂。

現在，他正走在回家的路上，腳下踩著日久無人清掃的落葉。他覺得難以相信，這條幽暗、安靜、骯髒的巷子深處，竟有一間屋子，是他的家。

若不是橫生枝節，不要五分鐘他即可回到家。但事情說來就來，阻斷了他回家的路。一輛黑色小車，比他晚一分鐘駛入小巷，車輪嘩嘩地輾過落葉，小心翼翼地朝他駛來，越來越近，近到一定程度，又似乎減慢了速度，勻速跟著他。

他注意到後面有車駛來，回頭看了看，見是一輛高級小車，禮貌地往一邊靠了靠，繼續往前走，步子卻在不緊不慢中稍稍放慢了。他在等待車子追上來，超過他。

車子理解了他的好意，鳴了一下喇叭，提速衝上來，卻沒有超過他駛去，而是緊急又霸道地停在跟前，擋住了他的去路。不等車子停穩，四扇車門中的三扇被同時推開，鑽出三個蒙面的持槍漢子，惡狼般撲上來，剎那間已將他牢牢架住。其中一人把冷硬的槍口抵在他後腰上，小聲地喝道：

「別出聲，跟我們走。」

「你們要幹什麼……」他接受過的專業訓練，使他在這樣的緊急時刻，還能夠保持冷靜。

「少廢話，快上車！」

「你們抓人要問問我是誰，」他對自己表現出來的冷靜比較滿意，「你們抓錯人了。」

「錯不了，就是你。」另外一個蒙面人，有點黑老大的感覺，得意地對他說，「你姓陸是不是？陸上校嘛，我們抓的就是你！」說著迅速用早備在手上的毛巾塞住了他的嘴巴。

他嗚嗚地叫，似乎在說：你們是什麼人？

黑老大不理會，推他一把，「上車，老實一點。」

他不肯走，掙扎。但越掙扎，架押他的兩個人就越發用力，幾乎令他動彈不得。他感覺到其中一人十分孔武且粗暴，雙手像老虎鉗子一樣厲害、無情。一隻手生生地揪住他的頭髮，另一隻手在他臀部發力，猛的一頂一托，他的雙腳頓時離地，人像一個包裹一樣被塞進了車門。

嘭！

嘭！

嘭！

車門以最快的速度關閉，引擎以最大的功率怒吼。

車子狂奔而去，捲起一地落葉，紛紛追著車子撲去，又紛紛散落在地。

沒有誰看見剛才發生的一切，除了一隻當時正在圍牆上遊走的狸花貓。這必定是一隻野貓，在隆隆的雷聲中無處安身，慌張地遊弋於牆頭，牠對著飛速遠去的黑色車影，叫了兩聲：喵、喵。

二

是什麼人綁架了他？

他們爲什麼要綁架他？

他到底是個什麼人，值得別人如此鋌而走險？

最後一個問題，不妨借用他首座的話來說。首座姓杜，人稱杜先生，聽上去好像是個大知識分子，其實是個玩刀子出身的人，統領著一群像刀子一樣危險又嗜血成性的人，包括他。他稱杜先生爲首座，後者稱他爲賢弟。幾天後，兩人首度相逢，問答如下——

「首座怎麼會選擇我？」

「當然是因爲我瞭解你。」

「可首座您並不瞭解我。」

杜先生笑道：「我怎麼不瞭解你？知汝者莫如我。需要我證明一下嗎？」說著，不疾不緩，從容有力地背誦道，「賢弟陸姓，單名一個濤字，十九歲就讀南京高等軍事學院，成績優異，畢業被保薦到德國海德堡軍事學校學習軍事偵察，同行六人，唯你畢業，令人刮目。鑑於此，歸國後委以重任，直升素有『國軍第一師』美稱的第八十八師偵察科長。翌年調入國防部二廳二處，升任處座，時年二十五歲，乃國防部第一年少處座。同年十二月，你與蘇州女子秦氏喜結良緣，次年令郎陸維出世。盧溝橋事變前，你一直任上海警備司令部情報處長。上海淪陷後，你一度轉入地下工作，任軍統上海站站長，爲營救抗日將士建有奇功。今年年初，由杜（月笙）老闆舉薦，委員長欽點你赴武漢大本營任應急處處長，幹得好啊。武漢軍情告急，遷都事宜擺上日程，三個月前你又得重任，作爲國民軍事委員會第七辦公室特派員，爲即將遷都事宜趕赴山城。幾個月來，你盡職盡責，爲遷都大業建功卓著。如果我沒記錯的話，這應該是你目前全部的履歷。」

那天陽光明媚，但陸濤上校眼前一片黑暗，因爲他戴著黑色的眼罩，什麼也看不見。他在黑暗中誇張地鼓了鼓掌，道：「先生眞是博聞強記，我陸某佩服至極。」

杜先生看看車窗外明媚的陽光，親自爲他摘下了眼罩，笑道：「不該你給我鼓掌，該我爲你鼓掌，你的才能，你的忠誠，你的理想，都將爲你贏得最大的回報。你的前途光明一片啊，就像這陽光，明媚動人。」

陸上校瞇著眼看著眩目的陽光，不知由來地感嘆道：「先生的美言，令我受寵若驚。」

杜先生爽朗地笑道：「如果說剛才說的這些事確實讓您覺得『受寵』，那麼您不會介意我們再來點『若驚』吧。當然，您放心，只是讓您『若驚』，不必擔心安全問題。」

那天陸上校頭上還包著紗布，傷口不時隱隱作痛，他撫摸著傷口說：「我發現自從與先生相處後，我老是心跳不止。看來我是注定要陪你玩下去了，人生百態變化無常，什麼滋味都得嘗嘗啊，那我也不妨嘗嘗這『若驚』的滋味吧。」

「不要說玩，」杜先生伸手指了指他的傷口說，「這不該是玩的代價。」

「先生不但知道我的過去，也知道我的未來，莫非還知道我這傷的來歷？」

「你被人綁架了，事發在幾天前你下班回家的路上。」

「那麼先生也一定知道是什麼人綁架了我？」

「這個嘛，你不久也會知道的，無需我贅言。」

準確地說，這場對話是在陸上校被綁架後的第五天下午進行的，地點是在杜先生鋥亮的黑色福特轎車上。大約半個小時後，陸濤上校將再次看到五天前綁架他的三個人，加上他們的同夥：一個長得很有些姿色的年輕女子。

三

五天前，三個傢伙把陸上校塞進汽車後，就給他蒙了頭罩，捆了手，然後帶他兜圈子。兜了一圈又一圈。幾個回合兜下來，他傻了，東西南北不分，城裡郊外難辨。當車子開進一個院子，他聽聞四周很安靜，以爲是到了很遠的山上，其實就在他們單位附近。

院子古色古香，青石黛瓦，高牆深築，假山花徑，古木參天，看上去有種大戶人家的驕傲和威嚴。敵機已經多次光顧這個山城，街上殘垣斷壁四處可見，然而這裡秩序井然，幽然如初，有一種唯我獨尊的自負，彷彿眼前的戰爭跟它無關。

門是沉重的鐵門，深灰色，很厚實，子彈是絕對穿不透的，只有炮彈才可能摧毀。迎門有一大一小、一高一矮兩棟樓屋，呈直角布局；大的三層，小的只有一層，牆體都是青色的石條，堅固如碉堡。

他們把他關在那棟小樓盡頭的一間屋裡，門外沒有安排人看守，卻有一隻人高馬大的狼狗，毛色黑亮，伸著長長的紅舌頭，對著門呼呼地喘氣。黑色的頭罩讓他失去了眼前的世界，但耳朵分明是更加勤勞了、靈敏了，他幾乎從狼狗的喘氣聲中，分辨出狼狗的大小和品種。這是一隻德國巴伐利亞狼犬，他以前在上海當軍統站站長時曾用過一隻，他知道牠除了靈敏的嗅覺外還有良好的聽覺，可以分辨一個人的噴嚏聲。塞在嘴巴裡的毛巾讓他口乾舌燥，眼冒金星，但他還是儘量用鼻子哼起了小調，目的是爲了讓門外的狼狗熟悉他的聲音，以便在夜裡可能逃跑時對他放鬆警覺。

要逃跑，當然得首先解除頭罩和捆綁。手被反剪在背後，麻繩一公分粗。是先解除頭罩還是先解開麻繩？他選擇了頭罩。因爲他迫切想知道，自己被關在什麼地方——如果是一間插翅難飛的鐵屋子，即便解了麻繩也無濟於事。而且，頭罩只是籠統地套在頭上，口子敞開著，要弄下來似乎並不難。他準備找個地方去解決頭罩，黑暗中碰倒了一張椅子，引得外面的狼狗一陣狂吠。

狂吠安定下來時，他已經知道怎麼來解決頭罩了，他把椅子移到牆邊，扶手頂著拐角，椅子基本上像長在牆體上一樣穩當。此時，椅子的一隻腳已經變得十分聽話，遠比他捆著的手聽話，他跪倒在地上，把頭低下來，通過頭的移動，調整方向，讓椅子腳鈎住頭罩的口子。這一步很關鍵，對他來說卻並不難，他很快做到了。接下來的事情是個簡單的機械運動，大概連門外的狼狗都能完成，更不可能難倒他。就這樣，他輕而易舉地把頭罩從頭上卸下來，讓椅子去戴它了。

卸掉頭罩，卻沒有給他帶來一絲快樂。他馬上發現，關押他的這間屋子似乎是一間專業的禁閉室，室內除了一張椅子和一只馬桶外空無一物，窗戶是一個高高在上的圓洞，狹小，而且加了四根鐵柵欄，欄間距也許可以讓一隻貓自由出入，一個人是無論如何出入不了的。

窗洞裡盛著一團朦朧的白光，預示著夜色即將降臨。他的目光從窗洞裡退出來，耷拉下來，最後落在黑乎乎的馬桶上。他知道，這不能幫他任何忙的，它是象徵，是暗示，是威脅。想到自己有可能要使用它，他就抑制不住地煩躁起來，上去狠狠地踢了它一腳。結果，又引得狼狗一陣示威。

狗叫能給他帶來好運。當狼狗的吠叫再次安定下來時，他已經在爲可能的逃生努力了。原來馬桶的拎手是根不細的鐵絲，鐵絲頭略有刃口，只要有充足的時間，他有信心用它來磨斷該死的麻繩。手自由了，鐵絲和椅子都可以成爲他的武器。他自幼習武出身，二十歲入軍統，接受過種種逃生和克敵訓練，只要給他機會，即便赤手空拳，對付幾個綁匪和一隻狼狗他是有信心的。他想像著等他磨斷了繩子後可能出現的逃生機會，心裡頓時熱烈並緊張起來。

但是，沒有機會。

不一會兒，有人來了，先是狼狗欣喜的支吾聲，然後是兩個人的腳步聲，然後是放肆的開鎖聲，然後是雪亮的燈光（開關在門外），然後是吱呀一聲，門開了。

進來的是一女一男。女人年輕，漂亮，神氣活現，像隻剛下了蛋的母雞，進門就咯咯地叫。她發現他頭上的罩子已經套在椅子腳上了，衝他放肆地冷笑道：「身手不凡嘛，不愧是漂過洋鍍過金的。」

他還在適應突來的亮光，沒有搭理她。

男人矮壯，圓臉蛋，圓肚子，像只木桶。他邁著方步徑直走到牆角，從椅子腳上抽出頭罩，把玩著，說了一句日語。女人翻譯：「聽不懂吧，他問你，如果我們再遲來一會兒，你會不會把繩子也解了？」

他適應了光亮，嗚嗚叫，要求對方拔掉口裡的毛巾。

女人看看男人，男人點點頭，她就上前一把揪掉了毛巾，喝道：「放老實點兒，不要叫，叫也沒用。」

男人拍一下她的肩，示意她退後，同時用一種類似口吃的語調和生澀、可笑的口音指責她：「你對我們陸上校這麼凶幹什麼，他是我用四輪大轎請來的大救星，是來幫我做事的，知不知道？」

女人諾諾地退後。

陸上校想說話，卻彷彿也口吃了，張了幾次口都沒有出聲，好像毛巾還在嘴裡。男人顯然對這種感受很有經驗，依舊用那種類似口吃的語調和生澀、可笑的口音安慰他：「有話慢慢說，陸上校，都是我的失職啊，讓你受這麼大委屈。」說罷，對外面吆喝一聲，一個小年輕便送來剪刀。

男人接過剪刀，熟練地給上校鬆了綁，並請他去隔壁屋裡坐。陸上校不走，因爲他要說話。他終於可以說話了，但似乎還不能說高難度的話，只能重複。他說的是嘴巴被堵之前說過的一句老話：「你們是什麼人，你們要幹什麼？」

男人呵呵笑，不語。女人有點自以爲是，又走上前來，漫不經心地說：「什麼人？我嘛，翻譯。他嘛，自然是我的主人哦，山田君。山田君要找你問點事情。小事情，都是你張口就來的小問題。走吧，山田君請你去隔壁屋裡坐呢，你也需要喝點水吧，那邊有。」

陸上校瞪她一眼：「聽口音，不像個小日本，怎麼，當上漢奸了？」

女人氣得揮手要動粗，山田一把抓住她的手，用日語訓了一句，回頭又綻開笑顏請上校去隔壁屋。上校開步往外走，發現走廊上除了一隻虎視眈眈的狼狗和剛才送剪刀的小年輕外，還有一個腰間明顯別槍的中年人，人高馬大，神色陰鬱冷漠，有股子深藏不露的殺氣。鬼知道周圍還有什麼人？上校思忖著，停在走廊上。

女人湊上前，對著他後腦勺說：「快走。別看他現在對你這麼好，如果你不滿足他，他就會用這把剪刀剪斷你的脖子。」

山田一邊嘰嘰咕咕地說著，一邊帶頭走進隔壁屋。女人推著他往前走，一邊翻譯著：「我的主人說，他希望跟你交個朋友。」

上校走進屋，看到辦公桌上放著香菸和茶杯，茶杯冒著熱氣，似乎等著他去喝。屋子的另一邊，靠窗的那一頭，擺著一張大台桌，桌上擺放著一盞煤油燈和一些刀具、皮鞭等刑具，分明是在警告他：敬酒不吃要吃罰酒的。

山田邁著像山雞一樣的步子，慢吞吞走到桌前，款款入座，順手把香菸和茶杯往對面的空椅子方向推了推，示意陸上校坐下。

「過去坐吧，」女人推了他一把，「放聰明點兒，有話好好說，說了你就走人，還可以帶走一堆錢。」

上校過去坐下，問山田：「你想知道什麼？」一邊喝了一口水。

「我知道你抽菸的，」山田抽出一根菸，遞給他，「抽根菸吧，壓壓驚。」

上校接過菸，又丟回桌上，「這是你們的菸，我不抽，我抽自己的。」他從身上摸出一根菸，點燃，吸一口，又問山田，「你想知道什麼？」

山田說，女人譯：「你知道些什麼？」

上校把弄著水杯，笑道：「我知道的多著呢，上至天文，下至地理，變之陰陽五行，數之九流三教，乃至飛禽走獸，柴米油鹽，我多少都知道一些。」

「你說的這些，我們不感興趣。」女人搶白，她顯然沒把自己當做翻譯。

「那你們還問我幹什麼？」

「問你的當然是我們感興趣的，」山田笑嘻嘻地說，「比如你鎖在鐵櫃子裡的X—13密件的內容，我們就很感興趣。」

「什麼密件？對不起，聞所未聞。」

「X—13密件！」女人咄咄逼人地警告他，「我們知道你手上有這個密件，說，是什麼內容？」

「我要說不知道呢？」上校反問她。

「那說明你不識相，要我們動刀子見你的血！」

「見了血還不說呢？」

「那只有死路一條！」

「我以爲像你這樣活著還不如死。」

「我怎麼了？我現在可以叫你死，也可以叫你生不如死。」

「你已經生不如死了，人模狗樣，一條母狗而已。」

兩人唇槍舌劍，置山田不顧。山田倒也好，任憑他們吵，不置一詞。直到看女人受了辱，要發作，才出面壓住了女人，笑嘻嘻地對上校說了一大通，要求女人翻譯。女人不情願地收起性子，有氣無力地翻譯道：「山田君說了，你好像不想跟他交朋友，這樣不好，對大家都不好。告訴你吧，不要考驗他的耐心。你沒長眼睛嗎？外面有兩個人等著進來呢，你最好不要見到他們，他們比那隻狼狗還要凶。」

上校冷笑道：「請你告訴你的山田君，我什麼也不知道，他不需要忍著性子對我笑，讓他把眞面目拿出來吧。你們有功夫耗，我還沒有性子陪你們囉唆呢。」

山田聽罷，拉下臉問女人：「他說什麼？他剛才說什麼？」看樣子他其實是聽懂了的，只不過不想直接發作，要過渡一下。聽了女人翻譯後，他覺得應該發作了，轉身從台子上操起一把尖刀，對上校怒吼一聲，把刀子釘在他面前，拂袖而去。

女人對上校說：「你完了，準備吃苦頭吧。」言畢朝外面喊，「來人！」

兩個打手應聲而現。女人吩咐他們：「動手吧，交給你們了。」

兩人一齊撲上來，粗暴地將上校按倒在椅子上，要捆綁他。上校想反抗，力不從心，那個大塊頭膂力過人，一舉一動都壓制著他。他斷定，此人就是下午把他扔上車的那個傢伙，這是一個高人，內功氣力都在自己數倍之上。轉眼間，上校已被捆綁在椅子上，像隻任宰的豬，無效地掙扎著。

女人從牆上取下鞭子，遞給大個子，卻對上校說：「現在說還來得及。」

上校的目光落在鞭子上，默默吸了口氣，準備受刑。

女人一個眼色，大個子手上的鞭子呼的一聲飛過來。上校本能地一扭身，連椅子帶人翻倒了，同時也躲開了鞭子。緊接著又一鞭子追過去，這一回已無處可躲，鞭子抽在背上，上校忍不住慘叫一聲。

女人說：「我再說一遍，現在說還來得及，別不識相！」

上校怒目圓睜，看著她，猛然朝她吐出一朵口水。那口水居然像子彈一樣，遠遠飛過去，正正地擊中她的臉頰，可見身手不凡，是有功夫的！女人的反應比中彈還恐懼，她本能地彈跳起來，尖聲高叫：「給我打，狠狠打！打死他！」她捂著臉跑走了，像有人摸了她的下身一樣。

四

入夜，高牆深築的小院靜靜的，偶爾傳出上校的慘叫聲。因爲靜，叫聲更顯得突兀、慘烈，以致拴繫在門衛房前的狼狗都似乎受到驚嚇，躁動不安，嗚嗚地呻吟不已。沉沉的夜色下，四周的一切有影無實，有聲無影，院子空洞得輕飄飄的，彷彿不在人間，在地獄。

作爲黨國的特工，軍統的幹員，陸上校曾經多次像這樣，爲了撬開一張牙關咬緊的嘴，把人打得鬼哭狼嚎，想不到自己也會有這一天。關鍵是在這裡，重慶，這兒現在是陪都，怎麼會落到這個地步？他覺得不可思議，也覺得敵人太猖狂了。逃出去的信心就像身體一樣，已被打得遍體鱗傷。他開始等待死亡，用死亡來捍衛尊嚴和忠誠。

死亡以昏迷的形式出現，所以「死而復生」並不是件困難的事，只需要對著腦門澆上一桶冷水。上校醒過來，得到的不是生的喜悅，而是再一次受辱和考驗。女人揪著他的頭髮，使勁搖晃著，一邊幸災樂禍地喊：

「嗨，英雄，你沒事吧？沒事就好，我要告訴你，現在說也還來得及，起碼可以保住你的狗命。」

也許她怕他又朝自己吐口水，說完快速地退開去，站到山田身後。

上校抬起頭，久久地看著她，當他相信自己已經無力再朝她吐口水後，他尤其需要找到一句有力的話來回擊她。上校說：「只有你這種賤貨……才把狗命……看得值錢……」他並不滿意，因爲嘴巴受傷了，腫了，說得呑呑吐吐，像個懦夫。

女人哈哈大笑，「死到臨頭還嘴硬，眞是大英雄啊，可我知道你的嘴馬上就硬不下去了。你看，這是什麼？我的主人要請你吃點好東西，這可是從美國進口的，很貴的哦。」

上校看見山田張開的手掌心裡，盛著兩粒紅色的藥囊。

「把它灌下去！」山田一聲令下，二位打手立刻動手，把兩粒藥囊強行塞入上校嘴裡，並把一杯白酒強行灌入喉嚨。

山田雖然矮，但面對軟在椅子上的上校還是顯得居高臨下，他的語言和句式似乎都受了女人的影響。他說：「尊敬的大英雄，告訴你，你馬上也會變成一條狗的。」說罷，帶三人一齊離去。

一個小時後，四人又來。沒有開燈，而是點旺了煤油燈。昏濁的燈光下，只見上校爲了強迫自己不睡，竟然掀倒了椅子，貼牆倒立著，人蜷在椅子上，像一隻被倒掛的大蝦。他的雙目圓睜，但神光全無，有點睜眼瞎的意思。

女人一看這架勢，有些著急地對山田耳語：「這要弄出人命來的。」說著，幾人一起將椅子扶起，讓上校坐正了。上校莫名地哈哈大笑，像夢中人的痴笑。

「你笑什麼？」女人問。

「我回家……飛來一隻大鳥……天怎麼黑了……好黑……好黑啊。」上校困倦地打著呵欠，語無倫次地說著。

山田對女人耳語一下，女人即說：「是的，你回家了，你是從單位下班回家的。幾天前，你在辦公室收到了一份絕密文件，是不是？」

「是……」
「是什麼文件？」
「是……那個……那個……你是誰？」
「我是你的保密員，小林，處長，我是小林啊。」
「小林……小林……你是小林……」
「對，我是小林，處長，你怎麼喝醉酒了？」
「我喝多了……我們回家……」
「好的，我等一下就帶你回家，現在局長要我問你，你收到的X—13密件說的是什麼事，他等著我回話呢。」
上校突然睜開眼，彷彿醒了，厲聲罵她：「你這個賣國賊……你讓我吃了什麼……」接著又迷糊過去，耷拉下腦袋，喃喃地自語，「我們回家……我喝多了……」
山田搖搖頭，示意女人繼續催眠。
女人低下頭，俯在上校耳邊開始輕聲地念，聲音頗爲溫柔又有節奏，「天黑了，風止了，鳥回家了，上樹了，睡覺了……天黑了，我睏了，睏了……」
上校不知不覺地跟著她念：「天黑了……我睏了，睏了……」
「外面在下雨，雨好大好大，雷聲也好大好大。」
「雨好大好大，雷聲也好大好大……」
「X—13密件呢，在哪裡？」
「燒掉了……」

「幹嘛要燒掉？」

「絕密文件……看過都要毀掉……我記住了，當然要毀掉……」

「你肯定都記住了？」

「一個字不會漏的……我受過訓練，過目不忘……」

「那你記得它說的是什麼？」

「說……它說……說……」上校突然昂起頭，形同常人，冷笑道：「它說你是個賣國賊！少來這種小兒科的東西，我早玩膩了。你看看，那是什麼——」

幾人都看見，就在剛才他倒立的地方有一攤髒物，顯然是他吐出來的。

山田惱羞成怒，掏出手槍，抵著上校的腦門吼：「死啦死啦的！」

上校不爲所動，淡淡地說：「快收起來吧，走火了可不得了，我死了你們找誰要貨去啊？」

「你要怕死就給我老實回答問題！」女人衝上來幫腔。

「No，No，No……」上校瀟灑地說起了洋文，「我怕死，當然怕死，但我更怕當走狗。你是條母狗，白天跟著狗汪汪叫，晚上還要當婊子被狗日，活著有毬意思！」

太放肆了！女人一腳踢翻椅子，罵罵咧咧地從山田手上奪過手槍，抵著上校的腦袋，「你以爲我不敢殺你！」

「敢，」上校臨危不懼，「當然敢，亡命之徒嘛，有什麼不敢的。」

女人氣瘋了，啪的一聲拉開槍栓，眞要動手，被山田一把拉住，嗚里嘩啦地教訓了一通，很兇的樣子。當然，人死了還能說什麼，他現在是不想說，不是不能說。一槍斃了，報銷了，就是不能說了——不能說和不想說是完全不一樣的。只要「能說」，就有可能「想說」。

五

不說就是死，這就是他當時的處境。

可怎麼能說呢？上校很明白，不說，死的只是他一個人，說了，死的可能是很多人，而且，他雖然活著，卻將生不如死。因爲說了就是賣國賊，是漢奸，子子孫孫都要背罵名的。

這筆賬不糊塗啊，誰又敢糊塗呢？不，堅絕不能說！當時上校確實是這麼想的，寧可碎屍萬段也不當賣國賊，不做鬼子的狗。但誰也想不到，他已經準備赴死，老天爺卻不讓他死。事實上，這是個陰謀，上校面對的不是生和死的折磨，而是靈和肉的考驗……

天亮了，他們把他拖回隔壁的禁閉室，空蕩蕩的屋子裡多了一張桌子，桌子上放著紙和筆，還有兩個金元寶。即使在黑暗中，金元寶依然散發出一團暗紅的光芒，像團火炭似的，彷彿是燙的。不需要他們告訴，陸上校也知道，只要他在桌子前坐下來，留下X—13的密件內容，他就可以帶著金元寶走人。金元寶的樣子其實有點像心臟。就是說，他們想用「兩顆心」買他一顆心，成交了，他可以帶一條命出去，即使外面天塌下來，憑著這兩個金光燦燦的傢伙，他照樣可以過上榮華富貴的生活。

否則，只有死路一條，別無選擇。

他選擇了死，令人起敬的陸上校，他把紙和筆以及兩隻金元寶一古腦兒都扔進了馬桶，並且對它們撒了一泡尿。他還試圖想屙一泡屎，但屙不出來。怎麼都不行。

順便提一下，膀胱和直腸是兩個不同脾氣的器官，恐懼會讓小便失禁，大便卻會因此躲起來。他在德國受訓時，教官教他們怎麼抗拒恐懼，其中有個方法就是：捏住耳垂可以增加膀胱的自制力。膀胱會出賣你的恐懼，比如小便失禁就說明你內心極度恐懼，可要克服它其實也不難，只要捏住耳垂就可以。耳垂上的神經是控制膀胱，包括性衝動的，後面這一點可能很多人知道。上校記得，在讀中學時有一天一個同學會問他，如果在大街上突然有性衝動，那東西翹起來，下不去，挺丟人的，怎麼辦？他不知道。那同學告訴他，只要反覆捏弄耳垂就行，就能「偃旗息鼓」。

確實是這樣的，年輕時他曾多次試過，反覆捏弄耳垂會抑制性衝動。

話說回來，原以爲他把金元寶扔進馬桶又會遭來一頓毒打，結果一整天都沒人來理他，只有一個說蘇北話的老漢給他中午、晚上送了兩餐飯。老漢對他很客氣，送來的飯菜也很好。他是已經準備死的人了，對吃飯沒興趣。可老漢一句話讓他胃口大開。

老漢說：吃吧，吃飽了還有可能逃走。

他太想逃走了，一廂情願地把他的話當做一種好意和暗示，好像對方有可能要幫他逃走似的。不過，等他把飯菜吞下肚後，他又擔心起來，怕老漢騙他，飯菜裡面是下了藥的。這種可能當然是存在的。可以說，這也是他在他們手上犯的唯一一個錯誤，如果以一百分計，這也許要扣掉五分。百密一疏，一疏其實就是百疏，因爲五分又可能擴大成五十分，甚至是兩個五十分。如果對方時時處處不見失手，是一百分，滿分，百密無疏，無懈可擊，他的一點點瑕疵都可能被放大又放大，無限放大，直至要掉他的命。所以，儘管只有一個錯誤，但他無法原諒自己，因爲他的職業必須是「密不透風」的，百密一疏也不行。

當他意識到飯菜裡面有可能下毒後，他曾試圖把它吐出來，但當時他的肚子太飢餓了，飯菜下去後轉眼即被洶湧的胃酸吞食，變成血液和蛋白質，擴散在血管和肌體裡，任憑他怎麼想辦法，用手指摳喉嚨也好，用拳頭捶胃部也罷，都沒有用。後來證明中午的飯菜裡沒有下藥，所以晚飯他遲疑一番後又吃了，想的是晚上也許有機會可以逃跑。他一邊吃一邊想著那個蘇北老頭，還一門心思在飯菜裡找「傢伙」：紙條、刀片、鐵絲、鑰匙、尼龍絲……他在經歷了午飯的虛驚後，更把老頭的話當做了一根救命稻草。結果，晚飯入肚後不久他便沉沉地昏睡過去：濃烈的睡意像飢餓的胃酸，把他訓練有素的意志一口吞掉，毫無招架之力。

昏睡居然把他倒楣的過去和以後隔開了，等他清醒過來後，一切都發生了不可思議的變化。首先，他發現自己躺在一張舒適的床上，尼龍紋帳，牛皮涼蓆，綉花枕頭，枕頭邊飄來陣陣香氣，把他的鼻子一下凸出來，又輕又爽，像抹了清涼油似的。他循著撲鼻的香氣側目看去，發現身邊躺著一個幾乎一絲不掛的女子。

什麼人!?

他一下驚醒，迅速坐起身子。

女子見他醒了，嗲聲嗲氣地撲倒在他懷裡，一邊色情地撫摸他，眼角眉梢都堆滿了下賤和淫穢。他馬上作出判斷，這是一個妓女!他推開她，倉皇地下了床，一邊穿衣服，一邊問她這是什麼地方。她說：「這要問你啊長官，是你來找我的，難道你還不知道這是什麼地方。這是你們男人找樂子的地方，你是第一次來嗎？」

不用說，這兒是妓院。

可我是怎麼來這裡的，他問自己記憶，記憶裡一片空白。問她，她也不知道。「我來之前你就躺在這裡了，一直呼呼地睡，我都陪了你一個多小時了，你是不是喝醉酒了，但你身上又沒有酒氣，你是怎麼了？」她說。

他問：「外面有人嗎？」

她說：「你要找什麼人？」

他說：「送我來的人。」

她說：「我不知道是誰送你來的，現在外面什麼人都沒有，這麼遲了，都睡了。」

他問：「現在幾點了？」

她說：「你手上不是戴著錶，還問我？」

清晨的天光泛亮，但他還是無法看清時間，那時的錶不像現在一樣，有夜光的。他問她安排她來這裡的人現在在哪裡，她牢騷滿腹地說：「鬼知道，你的人像鬼一樣神神秘秘的，不就是玩個女人嘛，有什麼可神秘的。」

她看他穿上衣服要走的樣子，著急地上來拉住他：「怎麼，你要走？」他讓她滾開，她反而蠻橫地擋住他去路，「錢呢？你還沒給錢！」

他說：「是誰喊你來的你就去找誰要錢。」

她說：「他們都走了，我去找誰要錢。」

他說「那是你的事，反正我身上沒錢。」

她威脅他：「那我就這麼光著身子跟你走，你去哪裡我跟到哪裡。」

他認爲自己是不可能這麼一走了之的，門外面一定有幾條狗盯著他呢，讓他們去對付她吧。所以他沒理她，一把推開她，奪路而走，出了門。她還眞的跟出來了，驚驚乍乍的，好像就怕人不知道她光著身子。

他一邊往外走，一邊等人衝出來攔他，結果一路走去，不見一個人影，聲音都沒有。已經凌晨四五點鐘，妓院也安靜下來了，樓上樓下見不著一個活物。就這樣，他們像一對冤家，吵吵鬧鬧，拉拉扯扯地從樓上下來，穿過大堂。最後，他都已經拉開大門，轉眼就要走掉了，還是沒有人出來攔他。唯一攔他的只有她，嚷著要錢，要錢，要錢。

沒辦法，他只好摘下手錶給了她。這手錶是上校在德國買的，貴著哪，要論價至少可以睡她一個月，而他其實連碰都沒有碰她，顯然是讓她賺了大便宜。她拎著手錶，樂顛顛地回屋去了。他不相信那些人會讓他走掉，他們一定在門外守著，汽車裡，或者貓在哪裡。他等著他們出來解他，押他。可沒有，真的沒有，出門沒有，走過一條街也沒有，兩條街還是沒有，回了家依然沒有？彷彿他真像是去逛了一趟妓院。

這事情他怎麼也想不通，直到見到了杜先生。

六

杜先生是一號院的人，又是三號院的後台老闆，馬上又將是五號院的背後老大。當時重慶有四大秘密權力機構，俗稱「四院」。一號院當然是蔣委員長的，二號院是汪精衛的，三號院是一號院的「暗室」，四號院是二號院的「密室」。這四個院落在行政編制上是找不到的，但它們可以左右、影響諸多大小事務，國家的、黨務的、軍事的、行政的，無處不受它們的制約。當時陸上校是三號院的人，該院對外稱是國民革命軍事委員會第七辦公室，主任由杜先生兼任，常務副主任姓傅，是個中將——可見級別之高。陸上校是該辦公室第三處處長，主要負責國內安全事務，說白了，是幫助委員長私人找尋異己力量的。

幾個月前，陸上校在赴任該職之前，曾接到杜先生的電話，但人卻從沒有見過。在陸上校的想像中，杜先生應該是一個膀大腰圓的人，因爲他的聲音即使在電話中聽起來依然震耳欲聾。但事實上，杜先生怎麼看都是文弱的，個兒不高，塊兒不大，戴眼鏡，髮卸頂，邁小步，抽紙菸，穿布鞋等等這些，都是知識分子的樣子，樸素的知識分子。

這一天，是綁架事件發生後的第五天，陸上校剛從醫院回到家，他的副官小許就驅車上門把他接走了，說是局長要見他。局長就是常務副主任，三號院的實際頭腦，可能是副主任的稱謂和他行使的權力有點不吻合，太文謅謅了，私下裡人們都習慣喊他局長，不帶姓的。爲什麼？因爲他姓傅，又因爲名義上杜先生兼任著局長，叫他傅局長，是此地無銀三百兩，傻。

到了單位，陸上校在車裡就看見一輛黑色高級轎車停在他們的辦公樓下，位置特殊，和上峰局長的專車並排停在一起。

上校問：「那是誰的車？」

副官答：「不知道。我走的時候沒看到這輛車，說不定是哪個大人物的，看來今天不光是局長想見您哦。」

副官說著笑笑，他的主官卻笑不起來，他陰沉著臉，回顧著連日來發生的奇怪事，心裡有點忐忑。車停了，他沒有馬上下車的意思，對副官試探性地問：「我的事，這樓裡大概人人都在念叨吧。」

副官如實說道：「嗯，大家都在猜測綁架你的到底是哪一路人。」

上校沒好氣地：「當然是鬼子。」

副官訕訕地笑：「是，我也跟大家這麼說。」

可如果是鬼子又憑什麼好好地放人了？陸上校想，這是個問題，他將不可避免地面臨各種問詢，自己是無法滿足他們的好奇心的，因爲他自己對這次遭遇也感到一頭霧水。也許，局長緊急召見他，會告訴他一些情況……他這樣想著下了車，看著熟悉的辦公樓，竟然有些陌路的恍惚，雙腿有些發軟，遲遲邁不開步子，好像是置身於異地險途。這種感覺一直持續到他走進局長辦公室。

局長站在桌子旁，正對著他的座椅在低聲說話。仔細一看，他的椅子上坐著一個人，側著臉，低著頭，上校的視角一時看不到他的正面。不過，從局長難得一見的謙卑表情和口氣來看，此人來頭不小。

上校上前，一個立正，報告：「局長，我來了。」

局長迎上來，看看他的傷口，問道：「怎麼樣，好些了吧？」

不等上校作答，椅子上的人站起來，看看他，說道：「他們下手眞狠啊。」因爲個子矮，他站起來也並不顯得高，但高人一等的派頭是明擺著的，他目中無人的目光，他底氣十足的聲音，他反剪著雙手的樣子，他的金絲眼鏡，他的平底布鞋，他的紋絲不亂的稀疏的頭髮。

局長的目光一直緊隨著此人的目光，一邊對上校笑道：「還不趕快行禮，不認識嗎？杜先生。」

如雷貫耳！

上校連忙一個筆挺的立正，聲音宏亮地喊道：「首座好！」

杜先生面對著他，似笑非笑地說：「你就是陸濤，久仰大名啊，今日一見，果然氣宇不凡。幸會，幸會。」

上校畢恭畢敬地：「首座過獎了，陸某不才，請首座多多賜教。」

杜先生摘下眼鏡，擦拭著鏡片說：「客套話就不說了，我想我已經很瞭解你，你遞交的工作報告是我最喜歡看的，有東西，文筆也是一流的。我們邊走邊說怎麼樣？」說著，開步要走的樣子。

上校下意識地問：「去哪裡？」

杜先生看看局長，笑而不答。

局長臉一沉，訓他：「杜先生讓你走，你跟著走就是了，哪有那麼多問的。」

杜先生回頭對陸上校笑道：「走吧，我不會綁架你的。」言畢，率先走出去。

陸上校猶猶豫豫地跟著，心裡有種火星子劈劈啪啪冒開來的感覺。他聽出了首座的弦外之音，他預感到，首座要帶他去一個重要的地方。

笑話，那地方怎麼能用普通的「重要」二字來形容？事實上，沒詞兒可以形容！偌大的中國，再沒有第二個這樣……的地方。這樣的地方，陸上校還不配知道地址，所以他跟杜先生上車不久即被戴了眼罩，離開時也是照樣的待遇。和幾天前的綁架被蒙頭不一樣的是，戴眼罩不是嚇唬人，不是搞陰謀，而是神秘，是程序和待遇。國人四萬萬，國軍四百萬，有此待遇者不過幾十人。這天下午，年僅三十三歲的國軍上校陸濤平生第一次見到了蔣委員長。

像在夢中一樣，委員長穿著藏青色斜襟長衫，趿著黃色軟皮拖鞋，手裡捧著一塊產自浙江昌化的、形如心臟的大紅雞血石。在他面前踱了兩圈步，說了兩句話，不到一百個字，會見就結束了。話少，但信息量大，一句頂一萬句。第一句話落地後，這個國家多了一個新的秘密機構：五號院。

第二句話出口時，陸上校已經搖身變為少將，一方之主，五號院的大管家。

臨別時，委員長把那塊心形的大紅雞血石和一個暗紅的檀木底座一併送給他，對他說：「拿回去，把它放在你新的辦公桌上，記著我今天對你說的話，幹你的事，只有一種情況下你可以對我變心，就是這塊石頭變色了。」

陸上校接過石頭時身子不由地矮了一下，彷彿這塊石頭重有千斤。他清楚地知道，當他接下這塊石頭時，自己已經再也不是過去的那個人，他成了一個必須隱姓埋名的人。他從此有了莫大的權力，但也有莫大的責任。這個責任需要他用一生去完成。

總之，杜先生跟陸上校唱了一齣誘人的苦肉計，他吃了一頓打，經受了靈與肉的考驗，結果是得了個大便宜：官升二級，成了五號院的實際頭腦，像傅將軍之於三號院。

在以後的日子裡，五號院將有一個全世界通曉的別名，聽上去陰森森的，黑乎乎的，叫**「中國黑室」**。這不是一個凡人的世界，這是一個天才的角鬥場，負責偵聽和破譯日本高級軍事密碼。

陳家鵠走筆如飛，幾乎沒有片刻停滯，彷彿在書寫自己的名字。其間，老賭棍已經發覺情況不妙，額頭上悄悄冒出了汗珠。

第二章

一

當黎明的天光照亮太平洋綠黑的海面時，一隻灰色的海鷗停落在傑克遜總統號郵輪的甲板上，然後是第二隻、第三隻、第四隻、第五隻、第六隻……第六十隻、第七十隻、第八十隻、第九十隻……第九百隻、第一千隻、第一千零一隻……海鷗像蝗蟲一樣撲來，意味著附近有無人島嶼，也意味著今天的天氣不錯。

天氣果然不錯，黎明的天光逐漸變成了清新的陽光。連日來，太平洋上淫雨不絕，憋悶多日的旅客紛紛走出船艙，像海鷗一樣彙聚甲板，把海鷗驅得四散。一時間，海鷗的啼叫聲盤旋在空中，遮天蔽日，久久不散，仿如天空被擠爆了似的。

但終歸是散了，只有很小一部分，在空中盤旋一陣後又返回來，停落在船上。有的停在旗杆上，有的停在天線架上，有的停在瞭望台上，更多的停在人眼看不見的地方：艙頂、舷壁，或者某個角落，某根繩線上。

早餐時間到了，粗獷的汽笛聲照例拉響，把停落在四處的海鷗驚得直插空中，凄凄而啼。牠們很快在空中聚集在一起，互相安定，組成了不規則的隊形，振翅而飛，飛啊飛，把站在甲板上觀光的旅客的目光都吸了去。

其實也沒什麼好看的，一群海上最普通的鳥而已，亂雜雜的一片，像漂在海面上的一大攤油污。因爲沒什麼好看的，看的人看一會兒也就不看了，只有一個人，戴一頂米色鴨舌帽，二十七八歲，面相英俊，他似乎沒見過海鷗，久久地凝望著，目光很靜，像發現了什麼。他有一個同伴，是一位穿扮入時的漂亮小姐，挽著他的手，用他凝望海鷗的目光，凝望著他的臉，親愛，貪婪，有如睡了一覺，一夜沒看他了，要把它補回來似的。

小姐手上握著一隻懷錶，功能已經調至秒錶，長長的秒針正在緊張地嚓嚓嚓地走著，有點時不待人的感覺。小姐偶爾看看秒針，拇指按在按鈕上，似乎準備隨時按下去。

隨著青年喊一聲「停」，小姐馬上按下按鈕。

青年問：「多少秒？」

小姐答：「十六秒。」

青年說：「沒有上次快。」

小姐問：「這次是多少隻？」

青年答：「三百七十一。」

小姐默默算了一下，笑道：「差不多。」

青年脫口而出：「慢了零點四一秒。」

海鷗在天上飛，飛呀飛，天高任牠飛，不成規則，不解人意，不聽召喚。倘若只有三十七隻，要數出來也許不難。但放大十倍，就難了，幾乎不可能。因爲必須要在短時間內數出來，否則隊形要發生變化，隊形一變化，陣容亂了，前功盡棄。如是這般，你便成了希臘那個推巨石上山的可憐的西西弗斯了，永遠要從頭開始，無休無止。三百七十一隻海鷗，即便畫在紙上，固定不動，要用十六秒數出來都是困難的。這個速度相當於以一目十行的速度看書，還要隻字不漏，目力絕非常人所有。何況現在這些海鷗正以倉皇而逃的速度振翅飛翔，其難度可想而知。

不可思議！

但問題似乎不在這裡。問題是這件事情本身就是奇怪的。誰會去數天上的海鷗？而他已經數了一路了，從大西洋數到太平洋，從天上數到地上，從室內數到室外。昨天早晨，大雨滂沱，東南風，他醒來時，看到舷窗玻璃上落滿密密麻麻的水珠子，他幾乎只看了一眼，就告訴他身邊的女人，玻璃上有大小共計一百一十一粒水珠。

這是一個怪人，他叫陳家鵠。

他身邊的小姐，嚴格地說已經不是小姐，他們已經成婚，是他的太太了。這是兩個月前的事，他們相識已有五年之久，但婚嫁的事情似乎是在一夜之間完成的，起因是陳家鵠要回國了，他擔心一身民族正氣的父母大人不同意他娶這個女人，便在回國前訂下終身，用中國人的話說，是先斬後奏了。

陳家鵠回國是因爲國難當頭，祖國的大片山河淪陷，包括他富庶的浙江老家也已經被東洋鐵蹄踐踏，可他娶的這個女人，卻是「鐵蹄之女」——日本人！

問題就在這裡，倉促成婚正因於此。

女人叫小澤惠子。

二

不論是三百七十一隻海鷗，還是二百一十一粒水珠，還是其他類似的情況，惠子從來不會懷疑她丈夫報出的數字的準確度。

「不可能出錯的，不可能的，眞的不可能。」她總是用這種反覆、加強的口氣安慰那些質疑的人，「他會穿錯襪子，會認錯人，但不可能算錯數字，絕對不可能。」

惠子其實不是個愛說話的人，更不愛說大話、狠話。她用溫順的表情與人交流、點頭、微笑，專注的目光，因爲羞澀而泛紅的面頰。她像一棵小草，氣質是靜的，低調的，溫存的。她總的說是個傾聽者，面部言語豐富，說話小聲小氣，與她的年齡不吻合。她已經二十四歲，但誠懇、客氣的舉止，斂聲斂氣的樣子，更像個十八九歲的少女。少不更事，弱不禁風。但說起丈夫對數字非凡的敏感和特異秉賦，她總是出言果敢，不留餘地，變了個人似的。

這是因爲，她見的實在是太多太多！

五年前，陳家鵠和惠子剛相識不久，首度相約出遊，去京都。那時惠子是早稻田大學數學系二年級的學生，長她四歲的陳家鵠是同系教授炎武次二的弟子。一個偶然的機遇，他們相識了，互有好感。暑假，兩人帶著一種曖昧的熱情去京都旅遊，搭乘的是夜班火車，早晨醒來，發現連喝稀飯的錢都沒了。有人趁兩人熟睡之際，不客氣地捲走了他們隨身携帶的大袋小包。他們行囊空空，飢腸轆轆，身在客鄉，舉目無親，十九歲的少女，第一次出門的惠子，忍不住流下了怯弱的冷淚。她未來的丈夫卻對著天空哈哈大笑道：

「天助我矣——」

陳家鵠這聲底氣十足的感慨，感慨的是，老天終於給他理由和機會，可以在他默默心愛的女生面前露一手了。

中國人愛賭，日本人愛嫖。但這並不是說中國人不嫖，日本人不賭。日本人照樣好賭，正如中國照樣暗娼遍地一樣。他們走出火車站，不出一里路便發現一家賭館。不久又有一家，一家接一家。最後，他們在舊唐太廟附近看中一家，這家賭館是美國人開的，惠子在多年之後還記得賭館的名稱叫「紙牌王」。她未來的丈夫指著賭館煞有介事地說：「就這兒吧。」

「我們來這兒幹嘛？」

「這是我的銀行，我有巨款存在這裡。」

說得惠子一頭霧水。

可惜時間尚早，賭館還沒開門——也許才關門。賭館和妓院一樣，屬於「貓科動物」，夜行晝伏。他們只好忍飢挨餓，去逛旁邊的舊唐太廟。太廟太大，才逛一半已近中午，他們被飢餓趕出來，發現賭館的大小門依然緊閉。但賭館門前卻聚集了不少閒人，嘈嘈雜雜，擠擠攘攘。一個二十郎當歲的小年輕，穿著花色大褲衩，沿街設賭，像個江湖郎中一樣大聲招攬，吸引了不少人看熱鬧。

「看哪，快來看哪，這是今年全美最流行的智力遊戲『拉丁方塊』，絕對是高智力高智商的較殺，君子動口不動手，有才就是有財……」

「願賭服輸，在場的誰願意來跟我比試一下你的智力，贏了拿走我的錢，輸了留下你的錢……」

小年輕還有個幫手，是個老賭棍，五十開外的年紀，手腕上刺著一條四爪青龍，人中上蓄著一撮花白鬍子。兩個人，一個老，一個少，一個叫，一個喊，一唱一和，一呼一應。不用說，這是兩個街頭混混，開不起賭館，在人家賭館門前做搭夥生意。明治維新之後，大和人對美國的東西一向推崇，連街頭混混玩的也是美式的智力博彩。

怎麼個玩法？

很簡單，他們是莊家，手上有很多難易不一的數表，做成卡片，正反面都由厚實的牛皮紙蒙著。正面有不少格子是填了數字的，也有幾處空白。誰要能在規定時間內把空白處正確的數字填上，就是贏家。

對和錯怎麼認定？

有標準答案，事實上，所謂「拉丁方塊」就是現在流行的「數獨」的前身。數獨即「獨立的數字」，在當時，其玩法還沒有今天這麼五花八門，只遵循一個原則，就是：每一行和每一列都是由不重複的n個數字組成，且n必須是自然數a的平方，即$a^2=n$，而每個a乘以a的小格裡面，n也不能重複。比如說當a=3時，每一行和每一列都由1～9這9個數字組成，而9個3乘以3的宮格，也只能由1～9組成，比如：

題目

			2			8		
	1		3				7	
		4	1			3		
8				7			6	
	2		5				8	
	4		9	8				5
		5			9	6		
	7				4		9	
		3			5			

答案

5	3	9	2	4	7	8	1	6
2	1	8	3	5	6	4	7	9
7	6	4	1	9	8	3	5	2
8	5	1	4	7	2	9	6	3
9	2	7	5	6	3	1	8	4
3	4	6	9	8	1	7	2	5
4	8	5	7	2	9	6	3	1
1	7	2	6	3	4	5	9	8
6	9	3	8	1	5	2	4	7

莊家爲了公平起見，把答案寫在了卡片的背面（撕下卡片背面的牛皮紙，答案便大白）。應該說，這是一種非常公平的賭博，玩的就是智力，不靠運氣，也做不來手腳。這是二十世紀二三十年代的顯著特徵，全世界的人都被科學迷惑，連街頭小毛賊也愛扮演科普工作者。

惠子被她未來的丈夫牽著，撥開人群，正正地站立在了一老一少兩位莊家面前，聽著、看著旁人跟他們問長道短。

「這道題要多少時間？」

「這是最容易的試題，四乘以四，時間是五秒。你要賭贏了，你下多少注我就得賠你多少，一比一。」

「這個要難一點，是九乘九的（即上頁的圖示），時間則要多一些，三十秒，你要贏了它我就賠你兩倍的錢，一比二。」

「這就更難了，是十六乘十六的，一分半鐘，我要賠三倍。」

最難的是二十五乘二十五的格子，不但數目字龐大，而且時間也沒多少：只有三分鐘，贏了它莊家要賠五倍的錢。就是說，你押上十萬日元，贏了，就可以到手五十萬日元的大彩頭。有了這筆款子，陳家鵠他們這次出行的資費就解決無虞了。問題是他們沒有賭資，他們身無分文，只有陳家鵠胸袋裡的一掛男士懷錶和惠子身上一點不值錢的首飾。

錶是名牌錶，德國尊龍牌的，至少值個三四十萬日元。老少賭徒翻來覆去地看，看了又聽，又掂量，最後老賭棍殺了天價：十萬日元。惠子如臨大敵，拉著未來的丈夫死活要走人，陳家鵠卻好言相勸，談笑風生，他彷彿看到懷錶已經變成鈔票，鈔票已經變成可口的飯菜。

飢餓在召喚他！

賭博開局，老賭棍拿出十萬日元，放在懷錶的旁邊。

陳家鵠卻對他一本正經地說：「你老還要加上四十萬元，因爲我要的是最難的，二十五乘二十五的。」

眾人驚異。

老賭棍大笑道：「年輕人，你要玩二十五乘二十五的『拉丁方塊』，這錶等於是送我了。」勸他玩個容易的，「看你的來頭不善，玩個容易的或許能有個進賬。」

陳家鵠說：「我心大，想玩大的。」

老賭棍說：「當眞？」

陳家鵠說：「不假。」

老賭棍笑：「願賭服輸哦。」

陳家鵠跟著笑：「你年長，老者爲尊，一言爲定，請添足賭資。」

老賭棍利索地又抹上一沓錢，與懷錶並列，一邊充好人道：「可別怪我沒提醒你，等我給了你試題，你就沒有回頭的餘地了，支那人。」幾個回合下來，老賭棍已經聽出對方是中國人。

陳家鵠雙手作拱，道：「謝謝你老善意的提醒，不過還是給我題吧。我記住了，你說願賭服輸，希望你老銘記在心，切勿食言。」

老賭棍當即從二十五乘二十五的題庫裡抽出一張數表，向大夥晃了晃，用圖釘釘在木牌上，回頭對陳家鵠說，「到目前爲止，全世界完成二十五乘二十五『拉丁方塊』的最快紀錄是六分四十二秒，除非是我今天遇見鬼神啦，否則……朋友，不是我輕看你，就是我把答案給你看了，你都不一定能記得住、抄得完。」

陳家鵠說：「閒話少說，把秒錶給我，我們開始。」

按照規則，陳家鵠先要檢查計時秒錶的準確性，確認無慮後，由陳家鵠一手揭下蒙住試題的牛皮紙，同時把秒錶交給莊家計時。

老賭棍遞上計時秒錶，告誡陳家鵠：「記好了，只有三分鐘，你必須在三分鐘內塡滿所有空白，否則……」

「桌上的懷錶就是你的。」陳家鵠搶先說道。

「對，就是這樣。」老賭棍道，「照規矩來，請你準備揭題，同時把秒錶立刻給我。」

陳家鵠一隻手張開手掌，托著秒錶，讓對方立等可取，另一隻手捏住牛皮紙一角準備隨時揭題。當他揭下牛皮紙，亮了試題，旁觀者頓時譁然（見下頁圖）。

那表格上有六百二十五個格，已有四百個數字，光看格子就已經令人眼花繚亂，更不要說在數目這麼龐大的數字中間遵循規律，查漏補缺，塡上剩下的二百二十五個數字。且時間這麼短，其難度不言而喻。正如老賭棍說的，就是把答案給你，都不一定能記得住、抄得完。

譁然之態頃刻間靜若止水，因爲人們驚奇地發現，陳家鵠似乎只是稍稍思量了片刻，便開始捉筆塡寫空白，彷彿那規律只是簡單的個位數加減法。

刷刷刷……

刷刷刷刷……

陳家鵠走筆如飛，幾乎沒有片刻停滯，彷彿在書寫自己的名字。其間，老賭棍已經發覺情況不妙，額頭上悄悄冒出了汗珠。才兩分二十五秒鐘，陳家鵠已經塡完所有空白，正準備作檢查時，老賭棍不由自主地搧了自己一個耳光，搖著頭哀嘆：「今天我眞是撞見鬼了，支那人，這錢歸您

5		10		12		21		6		7		13		18		8		19		25		4		24
	8	3	11		23		25		20		5	14	24		13		18		7		2	17	9	
7	2		24	21		1		14		10	12		23	17		5		25		18	3		13	8
	17	18	20		7		5		13		1	11	4		24		10		3	14	16		21	
25		13		4		18		2		22		15		16		11		21		5		20		6
	3		10		22		24		6		16		12		19		21		25		8		7	
23		24		13		11	15	7		8		22		19		12	3	14		1		2		18
	11		6		3	8		16	10		15		18		22	24		1	5		23		14	
21		8		18		20	2	13		5		24		9		16	11	15		3		10		19
	22		12		18		21		4		6		11		17		7		8		24		16	
12		14		10		17		20		19		5		15		22		16		23		7		3
	21	23	13		5		14		16		9	12	10		4		8		15		11	25	19	
11	20		3	25		15		23		2	18		7	24		9		10		21	6		17	14
	7	4	16		10		13		25		22	23	1		21		17		11		5	9	24	
9		19		5		22		1		20		21		11		14		6		16		18		4
	5		22		19		20		18		8		3		12		24		21		13		11	
18		12		14		5	1	24		16		17		10		6	20	7		8		23		25
	1		2		14	16		3	12		11		15		9	13		5	10		17		20	
24		11		19		4	17	10		21		25		5		3	15	23		22		1		12
	10		21		6		23		7		13		14		25		22		16		9		18	
20		16		11		24		21		12		9		13		23		4		6		3		10
	4	1	25		20		6		19		23	8	16		18		13		12		15	24	5	
13	18		9	6		12		8		15	24		5	20		7		2		14	21		25	16
	24	5	8		25		18		1		21	6	2		10		16		14		19	12	23	
2		21		3		13		22		1		18		7		25		24		17		8		11

啦！」

歸他的何止是錢，事實上從這一刻起，十九歲的少女——小澤惠子——也歸他了。這是惠子第一次目睹他亦鬼亦神般的才華，她稚嫩誠懇的心靈如被利斧劈開，如被魔力吸住。她無法再離開他，無法！她給自己立下誓言：活著就是他的人，死了也要做他的鬼。

誓言無聲，卻是有形有行。從那以後，不論陳家鵠走到哪裡，惠子都如影相隨；不論多大阻力、壓力，惠子都不退縮，不懼怕；陳家鵠躲了，她尋找；陳家鵠跑了，她追；陳家鵠受污辱了，她擔當；陳家鵠給她愛，她給他更多的愛……不論是在白天，還是夜晚，惠子都覺得她愛的這個人是個奇特的人，既有俊朗的外表，又有神奇的智慧，像夢一樣完美。她愛他的身體，更愛他的才華。他的才華可以煉成金，他的完美可以感動天。她期待跟他一起去天堂——也願意陪他一起下地獄。如今，她覺得自己已經在天堂了。

天堂的模樣　就是
與你同居一室
我們一起看書
吃飯
睡覺
工作
做愛
生兒

育女
變老
最後　我死在你懷裡

她不是詩人，但在傑克遜總統號郵輪上的最後一個晚上，趁著陳家鴿熟睡之際，惠子用口紅在他胸脯上寫下了這首詩。

第二天凌晨，陳家鴿帶著這首詩和作者告別了傑克遜總統號郵輪，從香港維多利亞港灣上了岸。

與此同時，在三千里之外，日後的陸從駿少將剛剛在重慶某張陌生的香床上甦醒過來，一個素未謀面的女子伴著他，他腕上的德國手錶即將永遠地屬於別人。

三

感謝上帝，他們的朋友給他們買到了從香港到漢口的機票。

到了漢口，麻煩卻接踵而來。首先是從漢口到重慶的輪船座位被各路達官要人、商賈富豪搶購一空。站票也沒有，因爲所有空地被成堆的家私，甚至是寵物，充分占領。他們不得不耽擱下來，四處找人，八方求援，結果那些正在找他們的人有了充裕的時間，很快找到了他們！

似乎是不可思議的，有人要暗殺陳家鴿，槍都掏出來了，正在瞄準、準備射擊之時，有人大喊一聲「陳家鴿」，把他救了。緊接著雙方發生槍戰，兩個對一雙，真槍真打，一點不含糊。事發地點在陳家鴿他們住的客棧小院裡，時間在晚上八點多一點兒。陳家鴿和惠子剛從外面回來，稀里糊塗地就目擊了一場槍戰。最後，殺手見勢不妙，倉皇而逃。

救人者，一個是中年男子，另一個是年輕小夥。中年男子衣衫不整，鬍子拉碴，而剛才跑的兩個殺手倒是衣冠楚楚。殺手一跑，中年男子風風火火地衝到陳家鴿面前，發號施令：「快去客棧拿行李，這兒不安全，要換地方。」

慌忙中，陳家鴿都不知道是怎麼進了客棧，上了樓，進了房間，也不知該幹什麼。

中年男子提著槍進來，看兩人傻站著，催促他們：「快收拾行李啊，我們要馬上走。」

「去哪兒？」陳家鴿清醒過來。

「給你們找個安全的地方。」

「你是什麼人？」陳家鴿又問。

中年男子突然笑道：「你覺得呢？」

陳家鴿哪知道呢，「我不知道。」

「那你知道想殺你們的人是什麼人？」

「什麼人？」

「是鬼子，」對方收了槍，揮了揮手說，「日本特務。」

正在收拾東西的惠子聽了，不由一驚，問：「是……日本人？他們幹嘛要殺我們？」

中年男子看看惠子，又看看陳家鴿：「我會告訴你們的，但不是現在。」說著，幫他們快速收拾東西。

漢口，中街九號，是一個小小的院落，鬧中有靜，院內有一棟坐西朝東的四層樓房，在夜色中顯得比實際龐大，背後另有一棟兩層小樓。

兩位救命恩人拎著包袋，帶著陳家鵠和惠子匆匆走進院子。中年男子看看腕上手錶，把手上拎的包交給小夥子，吩咐道：「不早了，你帶陳太太去後面，早點休息。」

惠子不安地看看他，又看看丈夫，喊：「家鵠……」

中年男子搶先說道，聲音輕鬆爽朗，意味著已經脫險，「放心，我們就在這樓裡。」同時接過陳家鵠手上的箱子，塞給小夥子。

「來，認識一下，我姓錢，」中年男子一進辦公室就自我介紹，「我年齡比你大得多，你就喊我老錢吧。」

老錢叫錢大軍，年近五十，但身板還是蠻結實，黑面孔，圓眼睛，聲音粗粗糲糲的，像喉管裡有異物。大約是職業習慣，他出門在外總是戴一頂氈帽，即使在夜裡。氈帽是黑的，帽檐壓住眉頭，黑和黑黏在一起，使他的面容變得模糊、混亂。

「你好，我姓陳……」陳家鵠禮貌性地伸出手。

「知道，陳家鵠，」老錢握住他的手，搶斷他的話，「鴻鵠之志的鵠。」

「你認識我？」陳家鵠覺得他的手比聲音還要粗糙。

「久聞大名。」

「怎麼可能？」

「怎麼不可能，你是名人哪。」

「我哪有什麼名……」

「沒名鬼子爲什麼要殺你？」

「我也覺得奇怪，」陳家鵠遲疑地看著他，「鬼子幹嘛要殺我？」

「因爲你是破譯界的一匹黑馬，曾經破譯過美國密電碼。」

「無稽之談。」陳家鵠沉下臉，不知爲了掩飾，還是生氣。

「難道不是嗎？」

「當然不是！」陳家鵠提高聲音，毫不掩飾內心的不滿。看來他是生氣了。

「那你說他們是什麼人，爲什麼要殺你？」對方以退爲攻，客氣地拉他坐下，還給他遞菸，樂呵呵的。但他的本色不是樂呵呵的，笑得有點笨拙，有點用力過頭。

「我不抽菸。」

「你抽菸的，我知道。」老錢拉起他的手，「你看，這是抽菸人的手。抽一支吧，靜一靜心，我們好好聊聊。」

陳家鵠掏出自己的菸，是美國的駱駝牌。老錢看了稀奇，「喲，洋菸？給我一支吧，讓我開開洋葷。」討菸和敬菸是一回事，想拉近雙方關係，順利往下聊。

陳家鵠拔一支給他，「你到底是什麼人？你是怎麼知道我的？」

老錢不假思索地回答：「這還不容易，你從美國出發，一路上走了將近兩個月，幾千人同坐一條船，你用的又是實名護照，要摸清你的行蹤有什麼難的，鬼子不是照樣找到你了嘛。」

陳家鵠點了菸，冷笑道：「你不但知道我，還知道鬼子要在什麼時候殺我。」

老錢也點了菸，照舊呵呵笑道：「這倒是湊巧，我們去客棧找你，他們也去了。就在等你回來的過程中，我憑直覺感覺他們不對頭，身上帶著槍。你命大啊，不感謝我難道還懷疑我不成？」

老錢討了一句謝，順勢追問：「還是回答我的問題吧，鬼子爲什麼要追殺你？」

陳家鵠想了想，吞吞吐吐地說：「這……我也不知道，也許是因爲惠子，我妻子……她是日本人，他父親不同意我們結婚。」

老錢抽一口菸，搖著頭說：「你是說你的老丈人爲了阻止你們的婚姻，派人殺你？嘿，這才是無稽之談，如果僅僅是這樣，爲什麼不在美國殺你，非要等你回國殺你？」

「因爲……美國……他們沒有人……中國，現在到處都是鬼子……」陳家鵠對自己說的依舊沒有把握。

「對，中國現在到處都是鬼子，所以現在所有的中國人都在抗擊日寇，包括你，回國也是來參加中華民族偉大的抗日戰爭的是吧？」老錢自問自答，「不過，國外回來抗日的志士仁人多著呢，何止你一人，爲什麼鬼子非要追殺你？你想過沒有？」

「我不知道。」

「我知道，因爲你曾經是炎武次二的弟子。」

「這能說明什麼？」

「日本現代軍事密碼學有半壁江山是你的導師創建的，鬼子擔心你回國來從事破譯工作，由你破譯導師的密碼也許是最合適的人選。」

「荒唐！」陳家鵠又激動起來，「我對密碼一竅不通。」

「這不是事實。」

「這就是事實！難道你比我還瞭解我自己，你到底是什麼人？」

老錢覺得該滿足他的好奇心了，否則可能要不歡而散，「知道八路軍嗎？中國國民革命軍第八路軍。」

「聽說過，是共產黨的部隊。」

「其實剛才進門時你沒注意，有牌子的，可能是天黑的緣故吧。」牌子沒有掛在院門口，而在這棟辦公樓的門口，不顯眼，但確實有，一塊長條形木牌子，上面寫著：中國國民革命軍第八路軍辦事處。

「這是中國共產黨在國民黨轄區建立的公開辦事機構。」老錢對陳家鵠介紹道，「現在共產黨和國民黨是一家人，兄弟，都以抗擊日寇爲己任。你有心報國，放棄在美國優越的生活條件，回國來參加抗日戰爭，精神可嘉，我們需要你這樣的有志之士。」

「你希望我參加八路軍？」

「現在國內很多進步人士都在奔赴延安。」

「你希望我去延安？」

「對。」老錢認眞地點點頭，「我知道你準備去重慶，但我個人認爲延安更適合你，你去了一定可以大幹一番事業的。」

陳家鵠站起來，走開去，對著牆壁問：「去幹嘛？破譯密碼？」

老錢跟著也起了身，走到陳家鵠跟前，言之鑿鑿，「對，破譯日軍密碼，我們需要你這樣的人才。八路軍已經在華北開闢出大片抗日戰場，每天都在與日本鬼子正面交戰。」

陳家鵠看著他，無語。

老錢繼續說道：「你一定行的，我們需要你。」

陳家鵠沉思一會，「可是……這……太突然了吧？我一點思想準備都沒有，容我想一想好嗎？」

「當然可以。」老錢笑道。陳家鵠的態度讓他有幾分意外，但他還是爽快地告訴他，「不但要自己想，還要跟你的漂亮太太商量商量，好好商量商量，那裡的生活條件肯定比重慶艱苦。但以我之見，與重慶相比，延安會更安全。現在鬼子正在圍攻武漢，鬼子叫囂下個月一定要拿下武漢，即使沒這麼快，但也不會太久，我估計堅持不到年底的。武漢一失守，重慶就是前線了。國民政府已將重慶定爲陪都，現在大小機關都開始往那裡撤，同時也混進去了不少日本特務和漢奸。現在敵人一心想追殺你，我覺得你去重慶很不安全。」

「延安安全嗎？」

「跟你在美國一樣安全。」

「好，我想一想吧。」陳家鵠伸出手，準備跟他道別，「我去跟我妻子商量商量，明天給你回話。」

老錢一把握住他的手，用力一拉，合腰抱住他，連連拍著他的背脊，像個老朋友，「好，好，不早了，你早點休息，我們明天見，我等你的好消息。」

幾十米開外，一棟簡易的兩層樓，二樓包括一樓大部分房間是八辦工作人員的宿舍，只有盡頭兩間屋是客房，有簡單的招待設施。惠子坐在床沿上，如坐針氈，耳邊不時迴響著槍聲。她不知道丈夫跟什麼人在一起，在幹什麼，但她明顯感到了恐懼。連日來，她看到聽到了太多讓她無法接受的事實，她的同胞在肆意蹂躪這片土地。這片土地在燃燒，在流血，在哭泣，在痛恨，在謾罵，在抗爭……到武漢的第一個晚上，旅館老闆不經意中發現她是日本人後，連夜把他們從旅館裡趕了出來。那個晚上，他們是在公園的石凳上度過的。

幸虧是夏天啊。

就是那天晚上，惠子把隨身帶的所有日式服飾付之一炬。火光中，她看見了自己的決心，又不可避免地感到了深藏的擔心。現在，她回想著今天晚上發生的事，格外擔心丈夫有什麼不測。不用擔心，老錢把陳家鵠毫髮不損地送回來了，看兩人友好的樣子，惠子有理由相信他們遇到好人了，這是個安全的地方。但是送走老錢後，陳家鵠一直木然坐在窗前，丢了魂似的。

惠子關切地問：「你怎麼了？」

陳家鵠沉默良久，只說了一句：「關燈，睡吧。」便和衣躺在了床上。惠子關了燈，準備脫衣服。陳家鵠一把將她拉倒在床上抱住她，對著她耳朵悄悄說：「別脫，我們待會兒就走。」

「去哪裡？」

「我也不知道，但我們必須離開他們。」

「爲什麼？」

「他們是八路軍，要帶我去延安。」

「延安？在哪裡？」

「很遠的地方。」

「去幹什麼？」

「破譯密碼。」

「你不是已經發誓永遠不碰密碼了嗎？」

「所以我們必須走，待會兒就走。我懷疑剛才要殺我的人是他們安排的，目的就是要嚇唬我，取得我的信任，讓我跟他們走。」

「那怎麼辦？他們會讓我們走嗎？」

「沒辦法了，只有試試看。」

黑暗中，兩個人和衣而睡，但感覺比赤身相擁還要熾熱，還要貼心貼肺。恐懼像夜色一樣吞沒了他們，陳家鵠明顯感到惠子的身體在顫抖。他也聽到了自己變粗的呼吸、加快的心跳、血液的加速循環。恐懼和期待合謀拉長了時間，這個夜晚注定是漫長的。

第二天早晨，老錢上門來請兩人去吃飯，發現房間空蕩蕩的。就是說，陳家鵠他們受恐懼的煎熬，熬到的是一個好結果，門外沒有看守的衛兵，或者德國巴伐利亞狼犬（像陸上校一樣）。他們趁著最黑的夜色和運氣逃之夭夭，只留了一封信，是給老錢的。

錢兄，請原諒我不辭而別。我妻子說延安太遠，不想去，怕被你們好意挽留，就悄悄走了。謝謝你的搭救之恩，如果有緣，後會有期。

陳家鵠敬上

老錢看了，對著那張空床說：「他媽的，好傢伙，我被你騙了。」好像床上還躺著陳家鵠似的。

「不行吧？在我意料之中。」老錢的上司看了陳家鵠的留言後笑道，「我跟你說過，這樣貿然去接近他效果肯定不好。你也不想想，他的父母親，一家子親人，還有他的老同學都在重慶，怎麼可能一呼即應跟你去延安？你心太急了，心急吃不了熱豆腐的。」

「小狄向你彙報了沒有？」小狄是老錢的助手，「幸虧我貿然去接近他，否則他就沒命了。」

「彙報了。」小狄是在老錢與陳家鵠交談時向他彙報的，「我就在想，鬼子的消息怎麼會這麼靈通？」

「樹大招風啊，再說了，他老婆是個日本人，鬼知道是什麼底細。」

「你說她有可能是間諜？」

「這年月一個日本女人到中國來當間諜沒什麼奇怪的，愛上一個中國男人反而有點兒不正常。」

老錢的上司是個銀髮飄飄的長者，職務爲八辦聯情部主任，是這裡的三號人物，內部都喊他叫「山頭」。他說話慢吞吞的，偶爾還喜歡帶點古文腔，「我聽他老同學言及過，此人一向恃才傲物，喜歡做出格的事，這年月娶個日本媳婦確實不明智。」

老錢指著陳家鵠的留言發牢騷，「他溜也很不明智啊，多不安全，鬼子正在找他呢。」

山頭和藹地笑道：「只是從你眼裡溜了。」

薑還是老的辣。原來，山頭聽了小狄的彙報後，估計到他會溜，私下派小狄盯著他，今天一大早小狄已經向他報告了陳家鵠他們的藏身之處。

「在春桃路的紅燈籠客棧，你再去找他好好溝通溝通，我就不出面了。」

「下一步怎麼辦？」

山頭思量一會，沉吟道：「武漢淪陷在即，中央已經要求我們做好轉移重慶的準備，我估算我們在這兒也待不久了，你就先行一步，負責把他們安全送到重慶。安全第一，既然鬼子已經盯上他，還是小心為好。」

三天後，老錢和他的年輕助手小狄帶著陳家鵠和惠子踏上了英國曼斯林公司的輪船，向重慶出發。一九三八年十月，武漢淪陷前，八路軍武漢辦事處撤銷，大部人員相繼赴渝，與原八路軍重慶通訊處合併，成立了以山頭為主任的八路軍重慶辦事處，和以周恩來為書記的中共中央南方局。從那以後，山頭改稱為首長，一方面是因為他確實為一方之長，另一方面也是工作需要，混淆視聽，讓外界把他和周恩來混為一談。

四

老錢帶陳家鵠出發的同一天，下午，三千里之外的重慶，杜先生帶陸上校去五號院赴新職。車子停在一扇大鐵門前，鐵門緊閉，門口既沒有招牌，也沒有哨兵，只有一個鐵製的門牌號：止上路五號。這兒看上去既不是民宅，也不像什麼軍事駐所。不倫不類也許正是它的特異之處、秘密所在。這樣的院子隨便拋在地球哪一個角落，誰也不會注目。

司機有節奏地按了三下喇叭，沉重的大鐵門便嘎嘎地開了。上校聞喇叭聲像個暗號，渾身一個激靈。這種聲音對他彷彿刺激很大，似乎在哪兒聽到過。車子駛入小院，從裡面看，小院很安靜，靜得像是空的。院子不大，卻很深，入門可見一棟L型西式小樓房，樓前有花有草，有石板小徑，拐彎抹角而去。

上校環顧四周，「這是哪裡？」

杜先生說：「這是你以後的天下。」

上校有點心不在焉，嘀咕了一句：「我的天下？」

杜先生說：「是的，你總不能在大街上辦公吧，這兒就是你今後的辦公地。」

陸上校一邊聽著一邊左右四顧，他的目光逐漸放出光芒來，驚異的光芒，震懾的光芒，彷彿發現了什麼，又如什麼都被掩蓋了：一團黑。記憶甦醒的過程像孕生黎明，破殼之前是最黑的。

杜先生微笑道：「怎麼了，你發現什麼了？」陸上校看了看杜先生，欲言又止。杜先生道：「其實你來過這裡，就在前幾天。」陸上校只覺得腦袋一沉，頭像被裝進了頭套裡。他立在那裡，魂不守舍，記憶的光亮聚攏成一束強光，令他腦海一片空白，正如凝望太陽使人眼盲一樣。

「別看了，」杜先生催促他，「走吧，去看看你的新辦公室，你想知道的都在你的辦公室裡。」

陸上校恍恍惚惚地跟杜先生進了樓，踏上廊道，拐了兩個彎，步入一間牆上掛著國民黨黨旗和孫中山頭像的大辦公室。裡面早有四人恭候著，他們見二人進來，馬上立正敬禮。陸上校的目光從這些人身上一一掃過，心裡的火星子轟的一下燃燒起來了。這些人都是那天綁架和審訊他的人！他們望著上校，目光的電壓明顯不夠，躲躲閃閃的，有些不穩定。

杜先生對那些人道：「還楞著幹什麼，還不快道歉。」

那幾個人連忙向上校深深鞠躬，一一道歉。

杜先生走到那些人中，侃侃而談：「道歉是必要的，但最該道歉的是我。老實告訴你吧，那天綁架你的戲是我策劃並導演的，他們不過是演員而已。周瑜打黃蓋，都為曹阿瞞。我所以導這齣戲，就是想看看你這個黃蓋能不能受得起苦肉計。綁架、審訊都是對你赴任前的考核。這樓裡的每一個人進來之前都受過苦肉計，因爲忠誠和意志是你們今後生命的保證。」

陸上校看看杜先生，千言萬語不知從何說起。

杜先生指著陸上校對那些人介紹道：「重新認識一下吧，你們曾經是他的考官，現在你們是他的部下。從今以後，你們要像聽從我一樣聽從他，百分之百地聽從，任何違抗，萬分之一的違抗，或者有禁不止，或者有令不行，或者陽奉陰違，都是死罪！你們對他負責，他對我負責，我對委員長負責，這就是我們這個世界的法則。沒有明文，不是法律，但比法律更嚴厲，更殘酷。這是一個特別的世界，無法無天，無情無義，只有黨國的利益和長官的意志。明白了嗎？」

四人一併立正，齊聲高喊：「明白！」

五號院是個新機構，高級，特別，秘密，重要……其前身是「小諸葛」白崇禧爲備戰淞滬之戰組建的「對日無線電偵察大隊」。隨著戰事擴大，上海失守，南京淪陷，武漢告急，這支特殊的部隊幾經破壞，遷遣，不久前才從長沙轉至重慶。在長沙時，部隊高層出了內奸，把駐址拱手送給了敵特，引來鬼子飛機瘋狂轟炸，受到重創，技術人員、機器設備損失過半。兩個月前，即一九三八年六月，杜先生領命，收拾殘部，把他們從長沙轉移到重慶，準備重振旗鼓。現在地盤有了，倖免於難的技術人員大部分已經轉移過來，管理者則一概棄之不用，因爲內奸迄今尙未揪出來。因此，杜先生當務之急是要給這支特殊部隊配備絕對忠於黨國、當然也必須忠於他的管理者。

杜先生爲上校介紹認識了他的四個多年的老部下。首先介紹的是胖子「山田」，他叫左立，曾經是杜先生的日語翻譯，現爲這兒的臨時負責人。他屬於那種喝水都要長肉的人，除了長一身肥肉外，他還不幸長了一對鬥雞眼。據說，這也是他離開杜先生的原因。杜先生是個務實的人，對下屬的長相並不挑剔，左立的日語說得跟國語一樣流利，杜先生喜歡他，讓他做日語翻譯，順便教女兒學習日語。在他的幫教下，女兒的日語水準蒸蒸日上，吐字，發音，口形，越來越像左立。這當然是好的，學有所成嘛，殊不知，女兒從左立身上學得太多了，把鬥雞眼也學過去了。這還了得！男靠才，女靠相，杜家的姑娘怎麼能舉一對鬥雞眼看天下？杜先生的夫人受不了了，走人！走人！就這樣，左立倒了楣，也可以說交了運，官升一級，下派了。

第二位介紹的是孫立仁，人高馬大，孔武有力的那個大漢，當初把陸上校塞進車的就是他。他是杜先生的保鏢，玩刀槍的人，犯命案的人，偏偏取了個仁義道德的名字。杜先生派他下來，當了處長，有兩個原因，一個是這兒需要他，再一個是他年紀大了。年紀實際上也並不太大，剛過四十。但在中國人的傳統裡，四十是個坎，過了四十再留在杜先生身邊是要跌杜先生身價的，好像他找不到人似的。杜先生怎麼可能找不到人？除了躺在墳墓裡的人，什麼人杜先生都可以召之即來，揮之即去。

第三個人，杜先生讓他自我介紹，他叫周軍，小夥子，二十一歲，是孫處長帶來做拍檔的。小周以前只是杜先生衛隊裡的一員，太沒名分，當然不值得杜先生費口舌。剩下那個女的，杜先生把她放在最後本來是想隆重介紹的，但她似乎更願意自我介紹，杜先生剛看她一眼，她便搶先說道：「我自己來吧，我叫林容容，『容易』的『容』，雙木『林』，有人因此叫我木木容容，又因此嘛，也有人把我當做日本鬼子。哈哈，木木容容，多像鬼子的名字。」調皮的笑聲，熱烈的握手，直直的目光，反倒讓陸上校有點局促。

杜先生說：「小林上個星期還是我的機要秘書，跟我兩年了，我發現她有更大的潛力，在我那兒她屈才了。」

「你信嗎？」林容容問陸上校，好像在問一個老同學，「是首座覺得我這個沒大沒小的性格不適合跟他的班，把我貶下來的。因爲是貶下來的，所以你呢也知道怎麼作踐我，朝我臉上吐口水。我長這麼大還是第一次被人吐口水，一個晚上都在噁心。所以，我們之間應該是你向我道歉，我一根汗毛都沒碰你，你卻吐了我一臉口水，還罵我是婊子、母狗，太過分了。我還是個閨女呢，將來嫁不出去你要負責。」

說著咯咯咯地笑了。

能夠在杜先生面前這麼有聲有色地笑，說明她的自我評價——沒大沒小的性格——的確中肯。這個女人在陸上校和陳家鵠的生命裡都將留下深深的印記。她長得算不上漂亮，眼睛太小，皮膚不白，顴骨略高，是那種缺乏媚態的女人。但她的身材是一等的，苗條，修長，小蠻腰，到了夏天，連衣裙一穿，大街上一走，女人都要回頭看她。女人對同性外貌的欣賞要超過男人。排除同性戀，一個男人一般不會被另一個男人俊美的外貌所吸引。男人和女人有很多不同，這是之一。

最後杜先生說：「他們都是我百裡挑一挑來的，現在都成了你的人，工作爲你，生死爲你，一切都是你的。記住，現在這院子裡的人除了他們四位，還有警衛班的人，有多少？」

孫處長答：「十一個。」

杜先生說：「那也就是這十五個人是值得你信任的，其餘的人是從長沙轉移過來的。坦率地說，不是我親自物色的人我都不信任，今後你要一一排查他們。這兒今後是黨國心臟的心臟，秘密的秘密，絕不能有異己者，寧願有錯案也不能放過一個嫌疑對象。我命令你，在沒有排查清楚之前，那些人一律不能走出這個院子。」

陸上校應道：「是。」

杜先生指著老孫：「這個任務你可以下達給他，他跟我十多年了，拿奸捉賊的事幹得不會比你差。行了，你們去忙吧。」

老孫和小周隨即告辭。

杜先生看了林容容一眼，後者會意地從身上掏出一個信封，遞給杜先生。

杜先生接過信封，引上校到桌子前，把信封裡的東西都倒在辦公桌上，是一大一小、一紅一黑兩本證件。杜先生晃晃它們，對上校說：「記住，以後你不再是上校了，而是一家中美合作的皮革研究所的老闆，所長，陸所長，行政級別是正師，少將軍銜，沒虧待你吧？吶，這是你的證件，兩本。這本紅的是特別證件，見官高一級的，不要隨便用。」

上校接過證件看，吃驚地說：「把我名字也改了？」

杜先生說：「從現在開始你要和你過去的一切告別，包括名字，包括這些東西，都已經不屬於你了。」說著上前摘下他的軍帽，扯下他的領章，吩咐林容容給他拿來新行頭。

新行頭是三接頭的皮鞋，結實，漆黑，鋥亮；一套雙排扣的美式西裝，別著胸徽，墊著護肩，挺括得讓上校下意識地挺胸收腹。杜先生上前理了理他的衣服道：「不錯，挺合身的。」

「這是專門爲他量身訂做的。」林容容說。

「你爲他量過身？」杜先生笑道，「趁著他昏迷時。」

「是的。」

穿著新行頭的陸上校，不，不，該叫陸所長，中美合作皮革研究所陸從駿所長（正師職，少將），西裝革履之後，很像一個老闆，口袋裡揣著美金支票，懷裡插著派克簽字筆。他用這支筆首先寫的幾個字是他的新名字：陸從駿，是簽在宣誓書上的。

行有行規，加入五號院，人人都要做效忠宣誓。

我宣誓，從今天起，我生是黨國五號院的人，死是五號院的魂。我將永遠忠誠於黨國，忠誠於委員長，不論遇到何種威脅，何種困境，何種誘惑，我都將誓死保衛黨國的利益。我將至死不渝地服從黨國的意志，堅決完成上峰交給的每一項指令，把生死置之度外，把榮辱束之高閣。

宣誓人陸從駿

民國二十七年八月十五日

陸從駿對杜先生宣誓完畢，左立、林容容、老孫、小周四人又對陸從駿進行宣誓，儀式相同，對著青天白日旗和孫中山先生的頭像，立正狀，舉右手，緊握拳。

在接受四人宣誓時，陸從駿的目光越過他們的肩頭，看到窗洞裡一片挺拔、整齊的池杉林，林中夾雜著兩頂深灰色的傘形屋頂。後來憑窗而望，陸從駿驚詫地發現，後院別有洞天，開闊、幽靜、古老，彷彿是一個已經坐落了上百年的大宅院，各式建築古色古香，樹木也是又老又大，把天空都占滿了。相比之下那片挺拔、參天的池杉林是年輕的，林中蹲著兩棟兩層高的青磚小樓，樣式是西式的，可以想見並不古老。它們被一道更高的圍牆圍著，組成一個院中之院，門口守著兩位持槍的哨兵。槍是最新式的美式卡賓槍，全金屬的，黑得發亮，哨兵端在手上，一下子顯得神聖不可侵犯。

陽光下，兩棟樓安靜得像可以聽到陽光絲絲流動的聲音。

五號院的眞正核心在那裡頭，那兩棟被樹木包圍的安靜的青磚樓。兩棟樓，一是偵聽樓，二是破譯樓。偵聽和破譯是五號院——中國黑室——的兩大業務，沒有偵聽作基礎，破譯成了空中閣樓；沒有破譯師的法眼，所有電文都是無字天書，不可釋讀。打個比方說，偵聽員猶如這裡的身體，破譯師則是這裡的心臟、血氣、靈魂，是身體最隱秘、神奇的通道。

五

事實上，所謂X—13密件指的就是去武漢接兩位碩果僅存的破譯師。

十天前，還在三號院當處長的陸濤接到緊急通知，讓他派幹員去武漢接兩個人。當時他並不知道這兩個人的具體身分，只知道命令是杜先生下達的。下達命令的文書上專門強調申明：事關重大，不得外傳，不得失敗。

但他失敗了，雖然他是小心的，警惕的，高度重視，一絲不苟。他派出四名最精幹的特工前去執行任務，結果四名特工和兩位黑室未來的寶貝破譯師居然在「家門口」，在酆都，被不明身分的敵特當小雞一樣幹掉了。敵人幹得很漂亮，可能也很輕鬆，沒有付出任何代價，也沒有留下任何蛛絲馬跡。

事發在陸所長到五號院上任的當晚，杜先生所以安排他這天走馬上任，本意是要他來迎接兩位寶貝破譯師的大駕光臨，哪知道他接到的是六具屍體！

「這叫出師不利。」當天夜裡，杜先生知情後緊急召見陸所長，像個地痞一樣蠻不講理，罵他：「你祖宗是幹什麼的，怎麼滿額頭都是楣頭，上任第一天就給我這麼大的難堪。」

首座在他豪華的辦公室裡踱著方步，終於罵夠了，緩了口氣，一言一頓地道來：「X—13行動告敗，說明我的直覺沒錯，你那裡面有賊！賊就在那些從長沙轉過來的人當中！我要求你一一排查他們，人人過關，以最快的速度把內賊給我揪出來，殺一儆百。」

「是！」

首座接著說：「內賊不除，黑室就是個明屋子，黑不了，這是一。二，破譯是關鍵，沒有破譯師的黑室就是一堆廢墟，你必須要以最短的時間給我重新組建破譯處。」

「是！」

杜先生走到寬大的辦公桌前，從文件堆裡抽出一份文件，丟給他看，「不瞞你說，我早幾天就敦促國防部下達了這文件，要求各單位提供具有破譯能力的人才。爲什麼？因爲我覺得這麼大一個黑室，只有兩個破譯師太少了，我要增加人力。現在好了，一個都沒了，蕩然無存。這不但考驗你，也考驗我。」

辦公桌是千年烏木，雕龍鏤鳳的椅子像是橡膠澆出來的，其實是海南的花梨木。好的木頭用久了反而會有一種橡膠的感覺，吸光，有彈性。杜先生款款坐在太師椅上，娓娓道來，「林容可以作爲一個重要的候選人，她是浙江大學數學系的高材生，當了我兩年機要秘書，人品、作風、才幹都是過硬的，關鍵是她……下面的話你聽了就忘了，她曾幫我破譯過幾份周恩來跟延安的密電。」

杜先生看陸所長面露驚色，解釋道：「不是存心的，完全是偶然，有時我們的電台跟他們電台串在一起了，無意中抄了他們的電報。」這個說法當然不可信，事實上杜先生當時就在秘密偵聽延安與武漢八路軍辦事處的無線電聯絡。他所以這麼粉飾自己，是因爲他還沒有把陸所長完全當成自己人，他要「留一手」，以免授人以柄，鬧出是非。

「偶然抄到的電報，林容容居然把它們琢磨出來了。」杜先生道，「這說明她可能有這方面的天賦，所以我才把她放到黑室去，也許她會在你手上大幹一番事業呢。」

「嗯，」陸所長點頭稱是，「我對破譯是個門外漢，一竅不通，下一步找破譯師我看只有仰仗她了。」

「她應該可以幫助你的，她跟我這麼久，我瞭解她，有她的過人之處。聰明的男人多得是，聰明的女人要供奉三個菩薩才能出一個，好好用她，會給你帶運造福的。你呀，手上的命案犯多了，需要在身邊供幾個前世修行好的人。」杜先生的目光變得飄渺，那是他示意你走的神情。

陸所長領命回去，像個幽靈一樣，在夜色深深、樹影婆娑的五號院裡慢慢地走啊走，一直走到天光發亮。一邊走，他一邊不停地告誡自己，杜先生交給他的第一項任務就是找人，去尋找他們——破譯師和內鬼……這也可能是他的最後一項任務，如果他不能出色地完成的話。

晚上八點半，陸從駿的眼睛守望的東西更是鬼祟。
驚人的鬼祟。是一個赤條條的女人！
一絲不掛，坐在高腳木桶裡泡澡。

第三章

一

「一號院下發了一個重要文件，要求各大單位配合提供有關人才的資料，我看了一下，我們兵器部就你符合條件。我準備把你報上去，徵求一下你的意見，因爲一旦報上去就有可能被調用。」

「去幹什麼？」

「不知道，現在什麼都不知道，只要求我們提供資料。」

「有什麼條件？」

「條件是很具體的，總的說：一，專業是數學；二，年輕有爲；三，忠誠堅定；四，懂日語。這些你都符合。」

「我同不同意你大概都會報吧。」他叫趙子剛，笑起來臉上有兩個可愛的小酒窩。

「差不多，因爲我們沒有第二個人選。」他叫李政，是國民政府兵器部人力處處長。

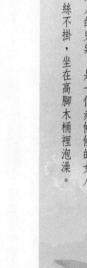

趙子剛爽朗地答道：「那就報吧，也不能讓我們兵器部剃光頭啊，好像我們這兒沒人才似的。」

李政心裡想，我們馬上要來個大人才呢。他想的是陳家鵠，他剛收到陳家鵠發來的電報：

船過酆都，午後三四點可到，望來車接。

二

近鄉情更怯。

一百多里水路外，一艘英國曼斯林公司的輪船航行在江道上。後甲板上，剛給李政發了電報的陳家鵠憑欄而倚，盲目地望著渾濁的江水滔滔遠去，若有所思。他滿腦子都是即將見面的李政。他和李政是同年同月同一天，出生在同一條街上。這條街的名字叫桂花路，地處浙江省富陽縣桐關鎮南邊，站在路的任何一處都可以看見開闊、青綠的富春江。父母都在外地謀生，陳家鵠跟奶奶一起生活，十一歲才被父母接走，離開這條街。當時他覺得自己帶走了這條街的很多東西，木房子、老樹、秋風、春雨、老人、水鬼、瘋子……但在時間的侵蝕下，很多東西都變成了抽象的名字、數字。他的記憶裡甚至沒有一棵桂花樹，這對一個在桂花路上長大的人來說是不可思議的，不知是桂花樹太普通的緣故，還是桂花路上的桂花樹太多。

如今，關於桐關鎮，陳家鵠最鮮明的記憶是李政，其次是富春江，其他的加起來也沒有他們多。這兩團記憶像種在他手臂上的那顆牛痘，隨著時間的流逝反而在長大。陳家鵠平生第一封信是寫給李政的，迄今爲止的最後一封信也是寫給李政的。他在寫後一封信時想起第一次給李政寫信，是在離開桐關鎮的前一天晚上，在月光下寫的，寫信意味著他要離開他，而寫後一封信時他知道他們分別的日子即將結束。他要回去向李政報到，爲國民政府兵器部服務，爲抗日救國大業盡忠。

這選擇到底對不對？

一路上，每一次失眠，陳家鵠都會這樣發問。因爲有太多的人不同意、不支持他回國，甚至包括他自己。他很清楚自己可能有的未來，他的博士論文《關於中國古代數學：周易二進制之辨析》剛剛順利通過答辯，並承蒙《數學壇》雜誌主編馮·古里博士的厚愛，將在來年第一期選發一萬七千字。這很難得。借此，他可以輕鬆留在耶魯執教，可以過上體面的生活，可以繼續沉浸在由幾何方程式築建的虛擬世界裡。他不知道回去後滿腦子的幾何方程式對抗擊日寇能派上什麼用場，但每當他這樣猶疑時，李政信中的一段話彷彿是有魔力的，總會及時從腦海裡蹦出來，撲滅他的猶疑，堅定他的決心。

李政這樣寫道：

除非你已經認定，中國從此亡了，亡了你也不會心痛，否則，將來你一定會後悔的，在民族存亡關頭，祖國陣痛之際，你沒有在場。

回去就是爲了在場，即使手無寸鐵，即使毫無作爲；回去就是參與，就是表態，就是心意。何況，李政說兵器部也需要數學人才，雖然是大才小用了，但終歸是有用場的。他就這樣回來了，靠的是李政的一封信和他對祖國的眷戀。

因爲是李政牽的頭，李政代表的又是單位，一路上他主要跟李政聯繫。中午，輪船在酆都停靠時，陳家鵠上岸給李政發了一封電報，告訴他情況，希望他派車來碼頭接，因爲行李不少。

廣播裡用中英文通報說，輪船已經進入重慶地界，陳家鵠聽了興奮地跑回船艙，把正蜷在床上打盹的惠子拉起來，帶她到窗前，指著兩岸連綿、陡峭的青山峽谷，大聲地嚷嚷：「到了，惠子，到了，我們回家了！一晃又是三年，也不知我父母他們在重慶過得怎麼樣。」因爲興奮，說話時面部動作太大，戴的假鬍子鬆掉了，他想重新黏上鬍子，但一時無從下手，便對上鋪的老錢發牢騷，「你看，什麼玩藝，我連話都不能說。」

老錢跳下床，幫他黏好鬍子，笑道：「什麼玩藝？就是靠這玩藝，我們一路上才平安無事。」

陳家鵠拍拍老錢示謝，興奮令他話多，「我暫時保留我的看法。」

老錢瞪他一眼，「你們知識分子就是看法多。」

陳家鵠以眼還眼，橫眉豎眼地瞪著他，「你瞪我幹什麼，你討厭我就出去走走吧，你們當了我們一路的電燈泡還不夠嗎？」他們坐的是二等艙，有八個床位，這會兒其餘四人都出去看風景了，只剩下他們四個人，說話很隨便。這一路走下來，雙方已經很熟了。

老錢的助手小狄睡的也是上鋪，他下鋪一向不踩踏座，直接跳下來，像隻猴子。他咚地跳到陳家鵠跟前，正經八百地問：「大哥，你說我們當『電燈泡』是什麼意思？」

「傻瓜蛋子！」老錢拽著他往外走，「他罵你你還叫他大哥，走，別給我丟人現眼了。」

陳家鵠按住鬍子呵呵地笑，目送他們出門，回頭坐到惠子身邊，繼續剛才的話題，「惠子，我跟你說過，我們家以前不在重慶，去年底才搬過來的。」

「我知道，」惠子幽幽地說，「你們家以前在南京，因爲……戰爭才……」

「是這樣的，」陳家鵠見惠子一臉愁苦，「你怎麼了，愁眉苦臉的？」

「我眞擔心你的父母不歡迎我。」

「別擔心，」陳家鵠安慰她，「我父母都是讀書人，很通情達理的，他們一定會喜歡你的。」

惠子想得很遠，「就算你的父母不介意，你家的親戚朋友，那些在戰場上喪夫失子的街坊鄰居，一定不會歡迎我這個侵略者的。」

陳家鵠笑起來，「你想得太多了，聽我的，別想得那麼可怕。我可以給你屈指算一下。」說著眞的掰弄起手指頭繪聲繪地給她數起來，「一，我們家新到一地，估計也不會有什麼親戚朋友；其二，鄰居嘛，畢竟是外人，咱們也不必太在意他們；其三，你不是侵略者，你是本人的妻子；其四，本人是他們的兒子，你是他們的兒媳婦；其五，在中國倫理觀裡，進門的兒媳婦就是女兒。那麼請問，誰家的長輩會不喜歡自家女兒的？」

「但願如此吧。」

「不是但願，」陳家鵠信心十足地說，「事實就是如此。」

但事實並非如此，最早嗅到這股異味的人是李政。

送走趙子剛，李政早早出了門。所以這麼早走，他是想先去給陳家鵠父母報個喜，結果撞了南牆，碰了一鼻子灰。門虛掩著，照理家裡該有人，可李政叫了一遍伯父、伯母、家鴻、家燕，都沒有人答應。家鴻是大哥，家燕是小妹，李政跟他們都很熟悉。李政站在清冷中，大起嗓門又叫了一遍，還是沒人應。李政想會不會陳家鵠也給家裡發了電報，他們都去碼頭接人了。正欲離開，大哥家鴻從樓上下來，走一步，停一步，戴一副墨鏡，一臉凶相，像個厲鬼。

「大哥，」李政迎上去，「我還以為家裡沒人呢。」

「我現在也算不了人，」家鴻陰陽怪氣地說，「充其量是一個鬼，一個欲哭無淚、欲死不能的鬼。」大哥正處在巨大的不幸和悲傷中，這李政是知道的，「大哥，你也不能老這麼傷心啊，該過去的要讓它過去。」李政已經這樣安慰過他多次，說的都是老話，聽者無動於衷，說者也難生激情，點到為止便轉了話題，「伯父伯母呢？」

「上街去了，也不知道去幹什麼了。」其實是知道的，家鵠要帶新媳婦回來，家裡需要添置些東西，去買東西了。

「家鵠的輪船今天到，我要去碼頭接他，你一塊兒去吧。」

「回來的不是家鵠一個人，」大哥橫了臉，「聽說他還要帶個鬼子回來。」

「大哥，家鵠這次回來是來參加抗日的，我們兵器部需要他這樣的人才。」

「笑話，帶個鬼子回來抗日，不怕被人笑掉大牙？」

「她不是鬼子，她是家鵠原來在日本時的同學。」

「他讀了半輩子書，同學成千上萬，什麼人不找非要找個鬼子？我看他讀書讀成呆子了！」

家鴻立在天井裡，把拳頭當錘子敲，敲得桌子啪啪響。李政突然有種無地自容的感覺，他看著家鴻新生的銀髮隨著啪啪響聲從頭頂耷下來，亂七八糟地披散在額頭上，心裡頓時有一種盲目的不安和歉疚。陳家鵠回國的事情是他一手促成的，原以為會皆大歡喜，哪知道冒犯了大哥。他想到，大哥可能已經為這事痛苦幾天了，他的情緒非常惡劣，講大道理等於是火上澆油，自討沒趣，還不如不講。

他決定一走了之，便慎言而別。

可走了還是要回來的，現在的問題是，把人接回來後怎麼辦，如果大哥還是這種情緒……李政的心情沉重起來，他的鼻子嗅到了一股異味，彷彿行走在黑夜的山林中，四周傳來窸窣的聲音，把他的心吊起來。他感到膝蓋發冷，小肚子收緊，一種盲目的擔憂包圍了他。

其實，値得李政擔憂的哪是這個，這個說到底是家裡事，破不了天的。眞正該擔憂的事，此刻的李政還一無察覺，但它確實已經發生了——已經有四隻眼睛比李政提前一刻鐘守在朝天門碼頭，他們守候的和李政要接的是同一個人：

陳家鵠！

四隻眼睛都戴著墨鏡，墨鏡之上是一頂帽檐寬大的黑呢氈帽。他們的守候是秘密的，正如他們經常幹的事情一樣。

他們是陸從駿和孫立仁。

三

時間往回倒三天，晚上八點半，陸從駿的眼睛守望的東西更是鬼祟。驚人的鬼祟。是一個赤條條的女人！一絲不掛，坐在高腳木桶裡泡澡。水溫五十度，有足夠的熱度，又沒有熱騰騰的蒸氣，宜於觀看。已經是盛夏，這樣泡澡是有點奢侈，但如果是組織爲保健殺菌專門安排的，則另當別論。你們是黨國的秘密武器、寶貝疙瘩，戰爭讓你們顚簸流離，精神緊張，這樣泡個澡，既可以洗滌你們身上可能依附多時的毒氣細菌，又可以舒筋活血，安神養氣，提高免疫力。水裡據說加了國外進口的昂貴的植物精油，其實不過是一點廉價的香水而已。

這是一個陰謀，目的是要抓內賊。

連日來，陸從駿白天和林容容一起四處找破譯師，到了晚上八點半，他便消失了，誰也找不到他，到了九點半，又準時出現在辦公室裡。這一個小時他就躲在澡堂裡，偷看人洗澡，女的看，男的也要看。

變態？

其實不是，他這是在抓內賊。

這一招，他是從德國學來的。陸從駿在德國海德堡軍事學校學習期間，一個搞清潔的華裔姑娘在深夜下班途中被一個蒙面人強暴了，事發地點在學校操場附近的廁所裡。學校是嚴禁外人進入的，姑娘也證實蒙面人外面穿的是便裝，裡面的衫衣是校服，皮膚細膩，「那東西」粗短而堅挺，像個中國人。當時在校師生只有八個中國人，包括六名學生，一名本地華裔教官，一名中國軍方派出去的帶隊軍官。事發當時，華裔教官已經回家，不在現場，足可排除。事發後校方封鎖消息，但私底下卻讓七個有嫌疑的中國人專門做了個功課，安排他們單獨泡藥澡，每人半個小時，美其名曰「身體大掃除」，專供留學生。四個小時後，校方鎖定嫌疑人，是一位姓江的廣西人。經審訊，此人供認不諱，案情大白。

這件事給陸從駿留下深刻印象，他不知道江某人在洗澡時有什麼異常，露出了什麼破綻。有人認爲這是有理論根據的，理論就是弗洛依德的那一套。當時全世界都迷這位大師，事隔多年陸從駿似乎也迷上了他，他決定仿效一下，便布置了這個局。這一方面是迫於無奈，杜先生對武漢來的人都不信任，在沒有肅清內賊之前，規定所有人都不能放出去。封閉一隅，偵查手段非常有限，也許這不失爲一個方法。另一方面，他覺得弗洛依德的那一套理論是有一定道理的，爲什麼人那麼會撒謊、欺騙？是向我們的肉體學習的，我們的肉體從來沒有眞實地面對過自己。

他興致勃勃地上馬了，實施過程不免鬼鬼祟祟。爲了保險起見，他鋪墊工作做得很扎實，專門召集大夥講了一次話，把理由說得頭頭是道，把貓眼做得特別巧妙，把時間安排得特別科學。平時是每天晚上一個小時，每人半小時，一日觀察兩個；周末全天候，上午兩個，下午四個，晚上又兩個。就這樣，從長沙轉移來的總共三十四個人，男男女女相繼被請進了溫暖宜人的木桶裡，今天是最後一個。

此人叫蔣微，二十四歲，單身，河南信陽人，是偵聽處的骨幹偵聽員。她沒有怪動作，進來後麻利地脫了衣服，坐進了木桶裡……她胸脯飽滿，堅挺，乳頭小小的，粉紅色，右邊腰眼處有一片紅色的胎記。貓眼是特別設計的，隱蔽性很好，能見度又很高，正對著木桶。木桶的位置和朝向是固定的，可以確保泡澡的人正面對著貓眼。陸從駿目不轉睛地盯著對方的目光，發現她坐進木桶後對自己的胎記大感興趣，又是看又是摸，好像是新長出來似的，不認識，很新奇。撫摸胎記時，她身體保持的姿態使她的雙乳變得更加飽滿，肉鼓鼓的，彷彿隨時要脹開來，掉落水裡。

陸從駿注意到，她一直沒有正眼去看自己的乳房，好像是別人的私密處，不好意思去看。有一陣子，她手臂不經意間碰了一下乳頭，迅速移開了，像觸電似的，有點驚慌失措，甚至臉都紅了。就在這時，陸從駿發覺自己下身膨脹起來……這是第二次。

前一次是幾天前，破譯處分析科一位姓鍾的密電分析師，是一位中年婦女，一身贅肉，腰跟木桶一樣圓。她一定是個幻想狂，可以把木桶想像成男人，坐進去後就醉了（像被男人攔腰抱住一樣），眼微閉，嘴翕開，舌頭不時伸出來。她在木桶裡酣暢淋漓地自慰了一次，硬生生地把他搞衝動了，幾乎有點強迫性的，和這一次不一樣。

完全不一樣。

三十四人中有十一名女性，年齡從五十歲到二十歲不等，都屬於有性要求的年齡，但自慰的僅此一人。男人自慰的比例要大大高於女性，二十三人中有六人自慰，其中一人還來了兩次。這七名自慰者以「不光彩」的方式和內賊劃清了界線，因爲在陸從駿看來，一個賊，一個心中有鬼的人，是不會有這份「閒情逸致」的。

蔣微也被排除了，證據是讓他衝動了。他是審判官，不是色鬼，他躲在黑暗中，用貓眼偷窺，心裡裝滿敵意，色情被完全抽離，一個沒有被徹底排除敵意的人，無論如何都不可能讓他衝動。他是受過專業訓練的，即使被灌了春藥也能用意志戰勝欲望。他膨脹的下身提前預告他，蔣微是清白的。

果然，蔣微很快又用新的證據爲自己驗明正身，她簡單地洗滌一番後，專心致志地背起敵人電台的頻率表，其忠心可見一斑。之前，另有四男一女也曾有相似的表現，借泡澡之際做功課，有背敵情資料的，有帶了資料手冊來看的。還有兩個小夥子，對著天花板向在戰場上死去的親人發誓，意思是他們已經榮幸地進入黑室工作，今後一定有機會爲亡者報仇雪恨。還有兩個小姑娘和一個在食堂燒飯的伙夫，前者以哭的方式，後者以罵的方式，表達了他們不願意在這鬼地方過這種「監獄」生活，希望早日離開這裡。

以上十八人屬於當場被排除，因爲他們有硬邦邦的證據，昭然若揭，顯而易見，無需再費什麼神。剩下的十六人，需要根據在案的記錄去做進一步分析研究才能有答案。這天晚上，陸從駿準備回辦公室去好好研究這些人的資料，爭取再排除一批，憑他的印象至少再排除十來人是沒問題的。

至此，雖然尚未結案，也不敢保證最終一定能完美結案，但他對自己出的這一招還是較爲滿意的。這不僅僅是個抓賊的手段，也是他瞭解下屬的一個絕佳過程。通過這半個多月的暗探、偷窺，他覺得自己基本上掌握了這個院子，一種主人的感覺找到了。

與往日一樣，時辰一到，九點半，陸從駿照例出現在辦公室裡。林容容如影相隨地跟進來，懷裡夾著一只講義夾。他知道，那夾子裡可能是又一個破譯師候選人的資料。

「放這兒吧。」他指指桌上的一沓資料，「我等會兒看。」這裡已經摞了有十幾個候選人的資料。

「你很累嘛，看上去。」林容容還是老樣子，大大咧咧的。

「我是想到有這麼多資料要看，覺得累。」

「那我跟你說一下吧，你聽著要輕鬆一點。」林容容把放了一半的講義夾拿回來，準備打開來給他講解一下。就這時，叮鈴鈴，桌上的電話機響了。陸從駿拿起電話，剛說一聲喂，身體下意識地立起來，讓林容容馬上猜測，電話那頭一定是杜先生。

錯！

電話是他在三號院的老上司傅將軍打來的，彼此一番客套後，對方說：「我知道你在找人，我手上有一個，我敢說一定是你做夢都想要的那個，你不想來見見我嗎？」

「您在哪兒？」

「辦公室。」

放下電話，陸從駿急忙穿上外套，匆匆出門。他不知道老上司手上的「那個人」是什麼人，因爲他在找的是兩種人：一爲內賊，二是外援。

四

三號院租用地盤的原來是一家廣東潮州人的會所，在渝中區中山路，是個套著五道門的狹長形院子，前後連著兩條街道，建築多爲木造，一年四季都有一股揮之不去的霉味和酸氣。三號院入駐後，做了一些改造，拆掉了以前的眾多門牌、門檻，修了一條轎車可以出入的通道。從五號院過去，要不了半個小時，車子已經停在傅將軍的辦公樓下。這是陸從駿熟悉的世界，誇張一點說，這裡還殘留著他的氣息。

將軍親自來開門。

「您好，局長。」老稱呼，懂忌諱，不帶姓。

「應該叫老領導了。」傅將軍笑道，「你坐了飛機呢，連升兩級，現在已經跟我平起平坐了。」

「謝謝局長栽培。」庸俗的客套話是放下身段的最好姿態。

「不敢當，栽培你的是杜先生，他這次栽培你連我都是保了密的。不過說到底栽培你的還是你自己，方方面面都過硬。」將軍上來握住他的手，緊緊地握，「好啊，祝賀你。」

兩人邊說邊到客廳坐了。略爲閒聊，將軍便言歸正傳，「我看了一號院下發的文件，知道你在找破譯師。」

「我要找的人多，」老部下笑道，「破譯師只是其中之一。」

「還要找什麼人？」

「賊骨頭，原來那些人中有內奸。」

「這我幫不了你，你也不需要我幫，你這個腦袋鬼點子多，鬼怕你。」

「你身邊有破譯師？」

「你找得怎麼樣？」

「找了一批，但沒有最後定。」

「要多少人？」

說到工作，老部下便露出所長的口吻、職業的眼神，「這很難說，只要找對了人，有一個也許就夠了。」

將軍乾脆地說：「我給你推薦一個人，我敢說他一定就是你最想要的人。」

所長專注地聽著將軍娓娓道來，「這個人我見過一面，幾年前，我去日本公幹，順便去早稻田大學看一位同鄉，他在那兒當老師。閒談中，同鄉向我講了這個人的一件事讓我很好奇，吸引我想見見他，同鄉便帶我去了。那年他也不過二十二三歲吧，但一看就是英氣勃發，談吐非常有見地。

當時他正在讀日本數學泰斗炎武次二的博士生，深得導師的喜愛，經常代導師給學生上課。我們去找他時他正在給學生上課，那課堂上的人啊，簡直可以說人滿爲患，走廊上都站著人。我納悶怎麼會有那麼多人來聽他課？原來就因爲『那件事』——令我好奇的那件事——使他成了學校名人，至少在數學系，學生們都想認識他。」

那件事情是這樣的：數學系一位學生不知從哪兒弄來一道超難數學題，把系裡所有同學和老師都難倒了，包括他們的導師炎武次二也解不了，最後是他把那道難題解了，他的名聲從此傳開。更讓人想不到的是，過了沒多久一位日本大佐軍官到學校來找他，給他優厚的待遇，請他去陸軍情報部門工作。他不從，堅絕不從，好言規勸，威逼利誘，都不從。

將軍說：「因爲是中國留學生，軍方無法強迫他，但可以刁難他，給他設置種種限制阻止他繼續讀炎武次二的博士。第二年，他被迫離開日本，去了美國……」

所長問：「日本軍方爲什麼要招募他？」

將軍說：「因爲那道超難數學題其實是由一份美國密電置換出來的。就是說，誰解了那道題就等於破了那份密電，日本軍方因此認定他是破譯密電碼的奇才……

「他老家是浙江的，十來歲時隨父母親遷居南京。他父親是中央大學的一位史學教授，德高望重，對甲骨文深有研究，是這方面的南派權威；母親是國民政府首任浙江省省長的嫡親侄女，大家閨秀，其父也一度官至水運部部長。南京淪陷後，他們舉家來了重慶……

「像他這種人才，又有那麼強的愛國心，正是黨國需要的，所以我一直在關注他。前不久，我聽說他已經從美國回來，到武漢了，我想他應該會來重慶，憑你的能力總不會找不到他吧？」

所長認眞地點點頭，「我會找到他的，他叫什麼名字？」

將軍抑揚頓挫地道：「陳—家—鵠！」

五

當然找得到，這太容易了！

有名有姓，有父母，有地方，哪有找不到的理？不到一天，陸從駿全搞清楚了，家住哪裡，兄弟姐妹幾個，何時離開美國，什麼時候在香港上了岸，怎麼到了武漢，現在哪艘船上，估計哪一天到重慶，一清二楚。這比他在身邊找賊容易得多。賊在暗處，會躲藏，陳家鵠在明處，立不改姓，坐不埋名，一路寫信發電報，只要用心去找，遍地都是消息。通過駐美國大使館的肖勃武官，陸從駿還打探到了關於他的很多常人不知的情況。

當時軍統勢力大得嚇人，任何部門都安插有人，像駐美國大使館的肖勃武官，眞實身分是軍統美國站站長。那時候在美國讀博士的人不多，能在耶魯這種名校讀的更是屈指可數。所以，肖勃認識陳家鵠。肖勃發來專電一封，向陸所長介紹陳的情況，對他在數學上的才能，肖武官推崇有加，爲此也曾經想發展陳加入軍統。但有一個情況很特殊，就是他身邊有個女人，是個日本人，兩人相戀多年，所以肖勃最終還是不敢發展他。據肖勃介紹，陳和那個日本女人回國前已經結婚，女人跟著他回中國了。

這情況著實令陸從駿高度重視。如果沒有這個情況，他可能在碼頭就直接把人接走了。他等米下鍋呢，這種人才哪裡去找？可身邊有個日本人，不得不叫人多思深慮。這天他所以親自去碼頭看他，偷偷看他，就想證實一下情況是否屬實。

果然如此！

即使下船的人再多，場面再亂，陸從駿也能對著照片認出陳家鵠。他外表俊朗，舉止異樣，在人群中可以一下凸顯出來。有些人的才華是寫在臉上的，陸從駿第一次見到陳家鵠就油然想起老上司傅將軍形容他的一個詞：英氣勃發。他腳步有彈性，臉上有異彩，身上有傲氣，卻絕無半點俗氣，有的是大氣、霸氣、正氣。一對濃密又長的眉毛，一雙炯炯有神的眼睛，挺拔的鼻梁，無不令人產生好感。陸從駿像個女人一樣，看了外表就喜歡上他了，他有一種預感，這人就是他要找的人。可是他身邊的人，叫人大倒胃口，一看她舉手投足的樣子，確鑿無疑，肯定是個日貨；那種櫻花碎步，那種禮數，那種笑容，讓人一目瞭然，讓人下意識地生出厭惡。

這年月，在中國，日本人和魔鬼同名！

這年月，在中國，到處都是日本人，明的，暗的。此時，在陳家鵠身後就有兩個日本人亦步亦趨地暗暗跟著，他們是二十分鐘前才「認識」陳家鵠和惠子的。

二十分鐘前，輪船靠岸，船上的人都開始準備下船。與陳家鵠他們同艙的客人中有一家子，一個中年婦女，拖老帶幼，行李一大堆。老錢和小狄幫了他們一下，把他們的行李從架子上取下來，送出艙門。回頭時，老錢猛然看見陳家鵠已經卸了裝，露出了廬山眞面目。

「你怎麼卸裝了？」老錢嚇了一大跳。

「不卸裝來接我的家裡人怎麼認得出我？」陳家鵠笑道。

老錢板著臉說：「你能認出他們就可以了嘛。」

陳家鵠搖搖頭，「我不想那個鬼樣子去見我父母，他們會見怪的。這是我第一次帶太太回來，我要給他們留個好印象。」

老錢指指丟在一邊的假鬍子，「還是帶著，這上下船時是最危險的。」

陳家鵠斷然拒絕，「行了，沒事的，要有事早該有事了，你啊，就是神經過敏。走走走，下船，下船，到家了。」

老錢把假鬍子收起來，一念之差，並沒有堅持叫他戴。但他還是沒有忘記告誡陳家鵠，「我馬上要跟你分手了，請你記住，鬼子盯著你呢，現在看是一時擺脫了，但我估計敵人會繼續追蹤你的。」陳家鵠嘴上說知道，但心裡是大不以爲然，巴不得他們趕快離開。「你去哪裡呢？有人來接嗎？」老錢說有人來接他們，讓他別管，「你管好自己就可以了。」說著，他們都往外走去，加入了人流。

船在路上走了十天，大部分人都擠在末等艙裡，一路上沒有洗澡，天氣又熱，人群裡空氣非常渾濁，臭氣洶洶，陳家鵠和惠子幾乎同時受到這股惡臭的襲擊，腳步下意識地停下來。惠子不愼踩到了後面一個人的腳，連忙道歉，急不擇言，說的是日語。陳家鵠及時捂住惠子的嘴，用國語道歉。對方很客氣，笑笑而已。但後面有兩個人，一男一女，顯然聽到了惠子剛才說的日語，對惠子和陳家鵠多看了幾眼。

他們就這麼「認識」了惠子和陳家鵠。

這兩人實爲鬼子派駐重慶的特務，男叫陳村，女稱桂花。陳家鵠執意不戴假鬍子，馬上就付出了代價。日後鬼子正是從這個「一面之交」上，斷定陳家鵠已經身在重慶了。

六

桂花眞名叫宣嘆，自小在東北長大，中國話講得地道，後來又在上海待過多年，阿拉阿拉的上海話也會講，扮個中國人沒問題。她化名爲桂花，在重慶中山路上開了一家糧店作掩護開展特務工作，借此常跑上海、南京，拉人入夥，壯大力量。如今，她的組織在重慶已是數一數二的規模了，她的男人也剛剛被華東派遣軍司令部特高課授予少佐軍階，意味著多年的付出終於修成正果——被納編了。男人以前在東北犯過事，睡了上司的一個姘頭，因此被開除軍籍，四處游手好閒，認識了桂花後才改邪歸正，重操效忠天皇的舊業。

男人叫伊村騰昌，化名陳村，自受了少佐軍階後，桂花和內部人士都叫他「少老大」。桂花是個男權主義者，喜歡做男人的綠葉，少老大在她的扶持下越來越像個老大，心狠手辣，詭計多端，但表面卻中庸溫和，面沉似水，說話慢悠悠，陰凍凍，好像從來不會著急上火。只是，一旦發怒也是有血火的，爆發力十足。

他們來重慶不到一年，但發展了一個重要人物：馮德化警長，本地人，主管城區治安。馮警長屬於自投羅網的，那時候他還是下面一個片區的小警長，每天要到轄區走走，逛逛。有一天在街上巡邏，看到一個女人在他前面走，一步一搖，屁股翹翹的。他跟著她走，眼睛離不開她翹翹的屁股，看著看著，下面不老實了，翹起來了。下面決定上面，他不由自主地加快步子，走上前攔住了她。經過簡單的盤問，搭訕，他預感這是一個可以搞到手的外地女子，心花怒放，請她去重慶飯店喝了咖啡。一來二往，女人一直吊著他胃口，卻始終不肯跟他去開房間。有一天，女人開了房間請他去，他興沖沖去，見到的卻是一個男人和一根筷子長的金條。

男人開門見山跟他說：「你拿這根金條可以睡一千個女人，但別對我的女人動心思。」

警長同意了，收下金條，走了。

男人回去對他的女人說：「是一個小惡棍，可以拉他入夥。」

女人說：「就是太小了，我們需要更大的惡棍。」

男人說：「我們可以再用一根金條把他培養成大惡棍，又貪財又好色，這樣的人不好找的，就是他了。」

就這樣，馮小警長當了大警長，同時成了他們的俘虜、夥計，經常出入中山路的糧店。有了更大的馮警長加盟，少老大和桂花明的暗的生意都如虎添翼，蒸蒸日上。兩根金條物有所值啊。

糧店地處中山路甲二十七號，一棟沿街老式的木板房，上下二層，另有一層閣樓；前後有門，前門臨街，後門連著一個小院，種有兩棵柚子樹，蓋有兩間臨時建築，一爲雜貨間，二爲茅房。臨街的一樓做了店面，夥計是個乾瘦老頭，跛足，人稱么拐子。這會兒，他正在打盹，聽見外面傳來說話聲，醒了，正準備出來看，馮警長已經闖進來。

「請，請，少老大在樓上等你呢。」么拐子是馮警長介紹來糧店的，他對這份工作十分滿意，對馮警長自然是尊敬有餘，說話間已經把腰彎成了一張弓。

馮警長從樓梯上吱呀吱呀地上去，徑直進了房間，沒看見人，喊了一聲：「少老大。」少老大從閣樓上下來，見了馮警長，客氣道：「大警長來了，屋裡都要亮堂一些。怎麼樣，有結果了嗎？」

「我四處找人打聽了，都不知道。」馮警長搖著頭說。

「都知道就不叫黑室了，」少老大遞給馮警長一支菸，「這是現在重慶最大的秘密。」

馮警長是懂規矩的，接了菸連忙先給少老大點燃。「最大的秘密就是最大的難度。」他給自己點了菸，坐下後說。

少老大挨著馮警長坐下，拍著他大腿說：「你不是在裡頭養了內線的嗎，我們這次行動能夠這麼順利，不就是靠你養的人及時提供消息。」他們說的是X—13行動。

「那是他（她）在長沙發出的情報，現在到了重慶，他（她）至今還沒有出來跟我接頭。」馮警長指代不明地說。

「怎麼回事？」

「不知道。」

「會不會出事了？」

「不知道，但我想是不會出事的。」

「出了事總會有風聲的，我聽說他們中還沒有一個人出來過。」

「爲什麼？」

「聽誰說的？」

馮警長看他一眼，「你不認識的，也沒必要認識。」

少老大盯著他說：「你對我有秘密。」

這倒是眞的，但既然是秘密，馮警長怎麼可能輕易告訴他？他只是含糊其詞地說：「我們都有秘密，秘密能夠保護我們。」

少老大下達命令，「不管怎麼樣，這個任務你必須完成，上面盯得緊著哪。」他手一揮，指著閣樓說。閣樓上有一部電話，剛才他在上面就在打電話。

「哪有這麼容易呀。」

「重慶就這麼大，你馮警長又這麼有本事，不可能找不到這個地方的。你在長沙都能找到它，現在到了重慶，在你的地盤上，還會找不到？」

馮警長的本事眞是不小，兩個月前他跑了一趟長沙，少老大開始以爲他只是爲了騙個活動經費去玩的，哪知道他把長沙的黑室攪翻了天！正是因爲馮警長在裡面成功發展了內線，透露了地址，才引來敵機一陣狂轟濫炸。緊接著，X—13絕密行動又是他的內線及時提供了準確的消息。在少老大看來，有這麼可靠的內線，黑室遷到天上都是找得到的。但一個月來，明知內線已經抵達重慶，卻是杳無音訊。情況發生了變化，陸所長關門打狗，搞鐵桶陣，內線出不來了。

「我的內線出不來，我也沒有辦法。」

少老大拍拍馮警長的肩膀，說：「我知道，你會有辦法的，需要一點活動經費是不是？已經給你準備好了。」說著走到床前，從枕頭下抽出一個信封丟給警長，「吶，先用著，看它能不能幫你想想辦法。」

馮警長不客氣地收了錢，「好，我儘量吧。要說清楚，這是活動經費，不是工資。」

少老大爽快地說：「等你搞到了黑室的地址，我給你雙份獎金。這個任務是你給我找來的，不能半途而廢，讓別人撿了便宜。」

自上個月起，南京得知長沙黑室西遷，即給少老大壓了擔子，要他務必找到新黑室的地址，徹底搗毀它，行動代號就叫「斬草除根」。那時候，陸從駿還不知道黑室已經西遷，更不知道他有一天會去掌控黑室，可見敵人的嗅覺是何等的靈敏。

好在他們暫時還沒有嗅到陳家鴿的「氣味」，不過也快了。

七

陸從駿並不喜歡重慶。

這個城市像個山村，樓房大多築在山坡上、轉彎角、低窪地，出門就是台階路，潮濕，陰暗，長著藏污納垢的青苔，散發出混濁的霉臭異味。街道狹窄、骯髒、雜亂，迷宮一樣的胡同裡，四處是小偷、野狗、妓女、騙子、閒雜人員。關鍵是陸從駿很快發現，在這裡表面上的友好中，暗藏著錯綜複雜。他們第一批運過來的裝備，從朝天門碼頭到駐地，不到五公里路途，居然少了七支手槍、兩部收音機，還有幾袋大米和一箱壓縮餅乾。他們是逃兵，敗兵之將，沒有人打心眼裡歡迎他們。歡迎都是虛假的，笑裡藏刀，綿裡藏針。

與南京相比，這個城市的好處是女人都長得水靈，皮膚細膩潔嫩，目光嫵媚，多風情，容易得手。妓女是不要說的，天下妓女都跟屠夫刀下的肉一樣，只要你肯花錢都吃得到嘴的。叫人開眼界的是那些女人，所謂的良家婦女吧，對陌生男人沒有那種古板的戒心和矜持，很好接近，甚至也容易釣到手。這可能就是重慶所謂的碼頭文化的獨特內容吧，色情味很濃。

陸從駿曾經想過，要早十年來這兒，他可能也會喜歡這個城市的。他在三號院時手下有七八個年輕人，來重慶前大多沒碰過什麼女人，來了不到半年，睡過的女人都比他多了。他們偶爾會跟他吹噓重慶女人怎麼怎麼個好，甚至說出不少淫穢的細節。這一定程度上促使他提前把妻子折騰到了重慶。在戰火紛飛的年月，這是一件很困難的事，好在他手上有些特權。

陸從駿的家就在山坡上。

陳家鵠的家也在山坡上。

不同的是，陸家坐的是小山坡，坡緩，門前是水泥路，可以行車；陳家坐的是大山坡，在山腰上，一條狹長的巷子，入口就是七級台階，車子根本沒法開進去。順著這條巷子一直往前走，走到頭，曾經是這個城市的校場，殺人砍頭的地方，現在是一片亂墳崗。

巷子叫天堂巷，把殺人、埋死人的地方叫做天堂，這是國人素有的智慧和膽識：不怕死人，怕活人。陸從駿已經在地圖上見過這條巷子，但還是第一次實地來看。看了以後，他很滿意，因爲這條巷子很窄，只有一米多寬，而且陳家對門的房子比陳家要高出一米多，如果把對門樓上的房子租下來，很便於觀察陳家的動靜。剛才在路上，他已經做了決定，要對陳家鵠和他的日本女人考察一番。五號院是敵人的眼中釘，敵人想方設法要插人進來，誰敢保證陳家鵠一定懷的是赤子之心？尤其是他身邊的那個女人，看上去文靜、單純、善良，像良家婦女，但也可能是假象。不叫的狗最會咬人，披著羊皮的狼更可怕。

「對門是什麼人家？」陸從駿從天堂巷出來，上了車，問隨行的孫處長。

「房東沒見著，現在裡面住了四戶人家，都是逃難來的。」老孫昨天已經來看過，摸過情況。

「請走一戶，讓小周過來蹲點，給我二十四小時盯著。」陸從駿吩咐道，「主要看他們跟什麼人來往。」

「知道了，我回去就安排。」

「今天去接他們的是什麼人，我怎麼有點面熟？」

「是兵器部的人力處長，叫李政。」

「他們是什麼關係？」

「不知道。」

「瞭解一下，最好能找到一兩個他在日本留學時的同學。」

「嗯，明白。」

「走吧。」

老孫發動車子，準備走，突然從汽車的後視鏡裡看見一對母女急匆匆地跑過來，「快看，那是陳家鵠的母親和妹妹。」陸從駿回頭，看見一個頭髮花白的老婦和一個年輕的、紮著兩條羊角辮子的姑娘，提拎著不少東西，咚咚地小跑著，轉眼跑進了天堂巷。後面還跟著一個滿頭銀髮的老頭，空著手，不緊不慢地走著。

「嘿，」陸從駿回頭說，「陳家鵠長得像他母親。」

「對，很像。」老孫一邊開動車子，一邊看著所長說，「看來這人眞是有才。」

所長問他：「你從哪兒看出來的？」

老孫笑道：「俗話說，兒子像爺爺，有福，兒子像母親，有才。」

這叫什麼理論？所長不以爲然，「照你這麼說，那姑娘也就一定沒才了，我看她長得也很像她媽的，跑步的樣子都像，都是往一邊傾，明顯是一隻腳要短一點。」

「她是個假小子，性格很開朗。」老孫說，「昨天我跟她去了學校，她跟同學們在演一齣戲，她演的是一個把鬼子活活掐死的女英雄，演得還眞不賴。」

「她在哪兒讀書？」

「中央大學，學氣象的，四年級，明年就畢業了。」

「叫什麼名字？」

「陳家燕。」

「就兄妹倆？」

「不，還有個哥哥，叫陳家鴻，今年三十二歲，比陳家鵠大四歲，他很不幸。」

「怎麼了？」

「在來重慶的路上，他妻子和兩個孩子都被敵人的飛機炸死了，他自己也受了重傷，一隻眼睛瞎了。」

「他娘的，還有這事，」陸從駿罵了一句娘，「這麼說這家人跟鬼子有深仇大恨啊。」

愛屋及烏，恨又何嘗不是？儘管心裡知道，因爲自己的不幸而恨兄弟娶日本人爲妻是沒道理的，但要讓這份理性指揮自己的心緒又談何容易。大哥陳家鴻聽見李政接他們回來的聲音，遲疑再三，終於還是按捺不住熊熊心火，從後門悄悄溜掉了。這會兒他正在山上的墳地裡溜達，恨不得鑽進墳墓去，一了百了。大哥溜了，小妹和父母親都去街上採購東西未回來，所以屋裡空無一人，只有一壺水在爐子上吱吱地冒著熱氣。陳家鵠回了家，猶如置身異地，沒有親人相迎，沒有鄰居觀望，甚至屋子裡沒有一樣熟悉的東西能夠喚醒他的記憶。倒是惠子，找到了回家的感覺，把爐子上吱吱響的開水摻了，又找來茶具，給李政和陳家鵠泡了茶。

茶還沒有涼下來，母親和小妹家燕率先回來了。家燕見到哥，欣喜若狂，甩了東西衝上來，一把抱住他，二哥二哥地喊，讓陳家鵠一下找到了回家的感覺。陳家鵠父母也走上來，與兒子親熱相見。但親熱中又夾著謹慎，放不開，因爲惠子在身邊。這個陌生女人他們無法不在乎，又似乎無法在乎起來，找到公公婆婆的感覺。好在家燕不亦樂乎，喧賓奪主，把二哥圍得團團轉。

「二哥，你還能認出我來嗎？」

「變了，變了，醜小鴨變成天鵝了。」

「我從來就是天鵝。」

「好，我的天鵝妹妹，快喊嫂子吧。」

家燕倒是很大方，當即嫂子嫂子的喊開了。陳家鵠父母藉機也上前與惠子相認，老人家的禮儀盡到了，程序走過了，但更像是在走過場，雙方的拘束憑眼看得見，用手也摸得著。

陳家鵠發現大哥家鴻和大嫂沒在場，問母親：「大哥呢？還有大嫂和我那個小侄兒呢，沒在家？還是他們沒有和你們住在一起？」

陳母遲疑一下，看看惠子，不知說什麼好。父親出來解圍，道：「哎，給你們上街買東西，走得我腰痠背疼的。」父親顯然是想支走惠子，單獨與兒子說話，便對小妹說：「家燕，你帶她……你……嫂子去樓上歇歇吧，走了一路該累了。」

小妹親切地喊一聲嫂子，上來拉著惠子走，「走，嫂子，我帶你去看看你們的新房，都是我一手布置的，保你喜歡。」

她們走後不久，家鴻突然像一個幽靈似的不知從哪兒閃出來，依然怪怪地戴著一副墨鏡，對家鵠說：「你回來了。」樣子陰鬱，缺乏應有的歡喜勁。興奮的陳家鵠沒在意大哥的異常，上前親熱地抱住他，無忌地笑他：「大哥，你在家戴個墨鏡幹嘛？」家鴻勉強笑了笑，「怕嚇著你。」說得家鵠莫名其妙。

陳母連忙上前解釋：「家鴻的一隻眼睛受了傷，他是怕你看了擔心……才戴眼鏡的……」

陳家鵠焦急地問：「怎麼回事？」

家鴻看看父母親，默然不語。

父親深吸一口氣道：「不小心被東西砸的。」

家鵠不知情，繼續追問：「怎麼砸的？」

父親答非所問，嘆道：「人哪，倒楣的時候喝水都要嗆死人。」

陳家鵠擔心地看看大哥，又看看父母親，茫然若失又若有所思。這個久違的相見，與陳家鵠期待的並不一樣，他也分明覺察到父母親對惠子的冷淡和顧慮。這在他想像之中，又在意料之外。不過，接下來意外的事情實在是太多了，從某種意義上說，家鵠的歸來，使這個家踏上了一條無數個意外疊加、交錯的不歸路。

防空警報突然拉響，像催命的符咒一樣，
在天空中嗚嗚地刮旋著，把人的汗毛都旋得悚立起來。
車間裡的工人蜂擁而出，像決堤的河水一樣往防空洞跑。

第四章

一

渝字樓是一棟紅磚樓，三層，呈直角結構，坐落在著名的重慶飯店背後的一條古老小街上。其實，渝字樓也是重慶的名樓，曾經本市最出名的妓館就藏在這裡。如果說重慶飯店是明的最熱鬧的場所，渝字樓就是暗的最熱鬧的地方，原先由黑幫勢力把持、經營，杜先生到重慶後，血腥打壓了黑幫勢力，接管了這棟黑樓。黑室的「中美合作皮革研究所」公開的辦公地就在這樓裡。黑室在地球上是找不到的，但它又以中美合作皮革研究所的名義在這兒與外界聯絡、往來，招搖撞騙。

這棟樓裡什麼功能都有，一樓辦公，二樓餐飲，三樓住宿，封閉的後院可以泊車，廣告牌都掛得顯眼。地面之下還有一個寬大的地下室，敵機來轟炸時可以當防空洞用，平時可以行刑逼供，殺人藏屍，天不知，地不知。

就在陳家鵠回家後的翌日上午，陸從駿在他的第二辦公室，即渝字樓公開的辦公室裡，會見了林容容給他搜羅上來的幾位破譯師人選，其中有兵器部的趙子剛。

「你叫趙子剛？」

「是。」

「我看了你的資料，條件不錯。」

「謝謝。」

「願意到我們單位來工作嗎？」

「你們是幹什麼的？」

「暫時你還無權知道。」

「不知道我怎麼選擇呢？」

「你沒有選擇權。」

「什麼意思？」

「只有我選擇你的權力，沒有你選擇我的權利。」

「聽上去像個特權部門。」

「事實就是如此……」

同一時間，百步之外，在地下室裡，老孫正在審問一個人：姓馬，女，二十三歲。此人是馮警長的義妹，一年前，義妹回重慶時見過義哥，交談中神乎其神地說及了她的工作：在一個極爲重要的秘密機構。馮警長被兩根金條打造成走狗後，急於報答少老大，又不知如何下手，便想到義妹的秘密工作。秘密就是情報，裡面一定有貨！爲此他專程去了一趟長沙，找到義妹，想挖點貨回來討好少老大。義哥巧舌如簧，把前線戰況和形勢解說得頭頭是道，義妹聽了，感覺幾個月內偌大的中國必將四處插遍太陽旗。又聞義哥已經與日方達成合作，她毅然決定加盟。黨國的忠誠衛士與賣國賊之間的距離並不遠，說只有一紙之隔也不爲過。

黑室裡的賊就是她！

她是怎麼露出尾巴的？首先是在木桶裡洗澡這一關沒過好，被所長作爲六分之一揪出來了。就是說，三十四個人，通過洗澡洗出去了二十八個，剩下六個被所長盯上了。理由各個不一，比如這位馬姑娘，有個怪動作，沒有脫內褲。三十四個人，男女老少，就她一個人沒脫乾淨。爲什麼？所長無法分析出具體原因，應該說有多種可能，但其中也許有一種可能，就是她心裡有鬼，懷疑到這次洗澡是一次打鬼行動。她就這樣被拎出來，成了六分之一。嚴格地說，僅洗澡這個環節她沒有成爲頭號嫌疑人，頂多排中間吧。

她的問題出在第二個環節上：想上街。老孫布網，貼了個通知：所裡決定周末安排四名代表上街購物，請有意者報名，云云。最後，全院共有九人報名要上街，六個嫌疑對象中只有兩人報名。

這下好了，她成了二分之一。

只剩下兩個嫌疑對象，可以派人二十四小時盯梢。盯了三天三夜，她的疑點步步高升，最後終於被鎖定。她幹了什麼？這要從她的工作說起，她在破譯處密電分析科工作，負責密電基本面的分析判斷。按程序，偵聽處抄收的電報首先要交給他們科室看，做基本面的初步分析、歸類：空軍的歸空軍，陸軍的歸陸軍，例報歸例報，突發急電歸突發急電，並提供相應的敵情資料。有經驗的分析員對有些常見的電報，甚至可以判斷出電報的大致內容，提供一些破譯關鍵詞、關鍵數據。打個比方說，他們就像排球場上的二傳手，是破譯師的架子、搭檔。破譯師拿到的電報，事先都經他們看過，分析過。眼下，雖然沒有破譯師，但他們的工作照常在進行，那個把木桶幻想成男人的鍾姓婦女就是幹這個工作的。她有五個同事，包括科長在內。

科長姓劉，是個湖南人，四十五歲，經常生吃辣椒，吃得滿臉通紅，鼻頭常年充血。陸所長安排他監視馬姑娘後，那幾天他的鼻頭就更紅了，像紅辣椒似的。後來，眼睛也紅了，因爲他發現了馬姑娘驚人的秘密：她看電報時居然在做手腳！

怎麼回事？分析師看電報時，一般手上都捏著鉛筆，發現個別數字寫得模稜兩可，會描一下。偵聽員在抄錄電報時，因爲信號不好，或者報速太快，有些數字會寫得不規範，潦草。分析師經常看他們的電報，熟悉他們的字體，對個別書寫不規範的數字會修正一下，以免破譯師猜錯。劉科長在監視中發現，馬姑娘不是在修正，而是在篡改：筆頭一畫，「0」變成了「9」，或者「6」；一勾，「1」變成了「4」，或者「7」。

這哪是傳球，這是搗蛋，攪渾水！可想而知，這樣的電報破譯師是永遠破不出來的，因爲基本面被破壞了。她怎麼會幹這事？不言而喻，她不是黨國的忠誠衛士，而是內奸，賊！

證據確鑿，可以審訊了。

「知道爲什麼要帶你到這兒來嗎？」

「不知道。」

「那麼你知道我們黑室有內賊嗎？」

「不知道……」

畢竟沒有受過什麼專業訓練，是臨時拉入夥的，哪禁得起審？說第二個「不知道」時聲音已經顫了。審第七個問題時，恐懼的眼淚奪眶而出，招了，認了。老孫很開心，咚咚地上樓去報喜。他知道，今天陸所長在這裡接待趙子剛等破譯師候選人。

半個小時後，陸所長接待完人，和老孫一同下來，準備挖出內賊的上線或下線。開門一看，傻掉了，凳子四腳朝天，人的雙腳也離地了，懸在空中，微微晃悠。舉目看，眼睛睜得大大的，舌頭伸得長長的，但永遠不可能收回去——也就是說，永遠不可能吐字發音了。

她上吊了！不知是因爲恐懼，還是因爲忠心——對她義哥。馮警長就這麼躲過了一劫，有點死裡逃生的幸運，似乎暗示著他日後必將大幹一番。

二

天堂巷和渝字樓相距不足三公里，這會兒陳家來了一位客人，沒進門，就家鵠家鵠地喊。待走進院門，看見陳家鵠的父親躺在廊道的涼椅上看書，便喊了聲：「陳伯伯，您好！」

來人叫石永偉，身上有股棉絮的味道，仔細看一定可以在頭髮裡發現棉花屑。這跟他的職業有關，包括他說話總是提著嗓門，高八度，也屬於他的職業病，要壓倒隆隆的機器聲呢。他是陳家鵠在日本早稻田大學的同學，可以說也是惠子的校友。石永偉看陳父手上捏著書，亮亮堂堂地說：「陳伯伯，人都打仗去了，您還在做學問啊。」

陳父哼一聲道：「現在誰還有心思做學問，國難當頭，學生們都忙著抗日救國，沒心思上課，我一把老骨頭，學校讓我提前退休了，沒事幹，只能拿本書消遣消遣。」他晃晃手裡的書，笑了，「這就是我一輩子打的仗，天塌下來了我也丟不掉，你是來……」

「看家鵠啊，」石永偉道，「聽說他回來了。」

「回是回來了，可是……」陳父看看樓上，遲疑著。

石永偉是個急性子，又搶過話頭，「可是出門了是不？該不會是去看我了吧？」

陳父支支吾吾，「嗯，不清楚……不知在不在家……可能出去了……」

陳家鵠從樓上下來，一邊搭著腔：「爸，我在家呢，誰來了？」

「家鵠，是我！」

「啊喲，是你啊！」

「說，我是誰？看你還認不認識。」

「石永偉！」

石永偉高興地一把抱住陳家鵠：「好，虧你還記得我。」陳家鵠對著他耳朵悄悄地說：「不但記得你名字，還記得你的綽號，石板橋。」石永偉哈哈大笑：「我也記得你的綽號，陳家鳥！」

有朋自遠方來，不亦樂乎，笑聲四起。石永偉的嗓門眞是在機器聲中練出來了，連個微笑的聲音都響得在屋宇間亂竄。惠子本來在睡覺，被吵醒了，聽到樓下有客人便起了床，準備下樓。走到樓梯口，陳家鵠母親喊住了她。母親在拆一件舊毛線衣，毛線散落一地，要繞成一個團子，確實也需要有人幫個手：一人拆，一人繞。母親的房間正好對著樓下天井，樓下的聲音傳上來，惠子聽得清清楚楚。

「李政說你去成都出差了。」

「是去進貨，昨天夜裡才回來，所以沒去接你啊。」

「聽說你當大老闆了，手下有幾百個人。」

「所以忙啊，人越多越忙，我哪有你的福氣，人還在太平洋上，人家李政已經給你騰出了位置。」

「好嗎？」

「當然好囉，幹的是抗日救國的大業，但又在大後方，不會日曬雨淋，更沒有槍林彈雨。別猶豫，兵器部的待遇好得很，李政現在又是大權在握，去了保你滿意。」

「這些都是次要的，關鍵是他那邊用得上我。」

「他下面有個武器設計研究所，有你的用武之地。」

石永偉突然想起，「哎，惠子呢，不是也回來了，人呢？」

陳家鵠說：「在睡覺，路上太辛苦了，我去喊她起來。」

石永偉說：「就是，我不但是你的同學，也是她的同學呢。」

惠子這才被陳母放下樓來，與石永偉見了面。往事並不如煙，但面前這個女人石永偉怎麼也勾不起他對往昔的記憶，她穿得這麼樸素、老氣，一件完全中國式的印染花布襯衣，像泥土一樣抹在身上，頓時讓惠子顯得鄉氣、土俗。連陳家鵠都覺得怪異，不由得想發笑。衣服是陳母從箱子底下找出來的，惠子想融入這個家庭，討老人家歡喜，結果搞成喜劇了。陳家鵠忍住笑，湊近她，從頭到腳細細地觀察她，像在觀賞一件神秘的天外來物。終於還是忍俊不禁，以石永偉的口吻笑道：「惠子同學，你在搞什麼幽默，黑色的還是藍色的？」

「No，No，不該叫同學了。」不等惠子回答，石永偉接住話頭，對惠子說，「在早稻田時你還算是我的同學，現在搖身一變，成了我嫂子了，該叫嫂子才對，是不是？」

「你還是老樣子，嘴巴這麼快。」惠子紅著臉說。

「可你變了，惠子，我要在街上碰到絕對不敢認你。」石永偉的眼睛繞著惠子轉了一圈，對陳家鴿說，「哎，你發現沒有，惠子的長相變了。」

「是穿扮變了。」陳家鴿笑道。

「眞的，我看她越來越像你了。」石永偉認眞地說。

「你胡扯什麼。」

「我沒有胡扯，這是有道理的，俗話說相由心生，這說明惠子心裡裝滿了你。」

「你的意思是說我心裡沒有她，只有我自己。」

「你就是她，她就是你，你們已經合二爲一。」

石永偉十分健談，聊了半個上午才走。陳家鴿要留他吃午飯，說李政待會兒可能也會來。石永偉卻擺擺手說：「不吃了，不吃了，我還有事，改天再聚吧。」他確實有事。他不是一般的老闆，而是一家軍用被服廠廠長，半個身子在前線，忙得很。

這會兒，李政在哪裡是陳家鴿怎麼都想不到的。這是個秘密：他在機房街七十號。這是八路軍重慶通訊處的辦公所在地，也是目前八路軍在重慶的最高組織機構，負責人是個寧夏人，回族，組織代號「北斗星」，同志們都叫他「天上星」。以後，該處將與武漢八路軍辦事處合二爲一，改組爲八路軍重慶辦事處，下設六組一科。一科就是外事特工科，主要負責外情聯絡和地下組織發展工作，由天上星擔任領導。這是個相對獨立的部門，工作保密度高，需要埋名隱姓。爲此，同志們延續了老稱呼，依然叫他天上星。這是後話。

話說回來，李政怎麼會在這兒？

李政其實是延安的人，是打入國民黨內部的布爾什維克，發展他的人正是天上星。這會兒，李政和老錢正坐在天上星辦公室裡，等待天上星接見。天上星的秘書小童，正在給他們泡茶。他泡好了茶，遞給老錢：「來，喝茶，天上星同志接個電話，馬上就出來。」老錢象徵性地喝了一口，笑道：「聽說大首長最近在重慶？」大首長指的是周恩來，這段時間他經常在武漢重慶兩地跑。

童秘書笑著搖搖頭：「這是秘密，我不知道。」

老錢說：「武漢要守不住了，我們可能都要過來了。」

正說著，高大、魁梧、黝黑的天上星從裡屋出來，一見老錢，如見故人，很親切，「你就是老錢啊，你好，你好，我們在電報上已經多次聯絡過，這次辛苦你了。」

老錢緊緊地握住天上星的手，「哪裡，哪裡，應該的，我沒有完成任務，沒能說服他去延安，慚愧哪。」

天上星請老錢和李政都坐，自己也坐下，慢條斯理地說：「這沒什麼，在我們的意料之中，組織上本來就沒有這麼樂觀，安排你們接觸他一下，主要是想試探試探他，看他對延安是個什麼態度。」

老錢說：「態度是比較消極的，我感覺他對延安不是很瞭解。」

「不瞭解很正常。」天上星說，看看李政，「他離開祖國已經好幾年了吧？」

「嗯，五年多了。」李政接過話頭，信心滿滿地說，「我相信以後他會瞭解的。」

天上星指著李政對老錢說：「他是陳先生的同鄉和老同學，這次陳先生回國他是引路人。」

李政對首長說：「我剛才都已經跟他說了。」

老錢看看李政，笑道：「你說遲了，我要早知道這些情況，就不會這麼貿然動員他去延安了。」

天上星看看兩位，「你們以前認識嗎？」

兩人點頭。漢陽有三個兵工廠，是兵器部的老窩子，李政經常去，每次去都會跟武漢八辦的人聯繫，幫他們弄點武器。老錢掏出隨身的手槍，「這把手槍還是李處長送我的，你看，好著哪，德國貨，聲音小，射程遠。」

李政接過槍，把玩一下，「你就是用這把槍救了我的老同學？」

「是啊，就是它。」老錢收了槍，「可惜我槍法差了點，讓敵人跑了。」

天上星沉吟道：「鬼子反應這麼快，還下殺手，我還眞沒有想到。」

老錢說：「問題可能在他身邊的女人身上，她看上去文文靜靜的，但誰知道她的底細呢。」

李政說：「我聽陳家鴿說起過，她有個哥哥，好像是在日本情報部門工作。」

天上星沉吟道：「問題可能就出在這兒，否則敵人的消息怎麼會這麼靈通呢。」

老錢說：「現在的問題是他的安全，他並沒有意識到自己的安全有問題，他甚至懷疑鬼子對他下手是我們安排的，想嚇唬他，騙他去延安。」

天上星笑道：「這說明他對我們共產黨眞的很不瞭解，我們不搞偷雞摸狗的事情。」

李政笑道：「他數學這麼好，也不算一算他的危險係數有多高。」

老錢說：「我覺得現在還是要派人保護他，尤其是開始幾天，情況不明，還是小心爲好，萬一敵人跟過來呢。」

李政對老錢笑道：「你放心，我們領導早已經有安排了。」

天上星看看老錢，「是的，我們已經在他家對門租了房子，派了人在保護他。」

老錢自告奮勇，「我建議還是由我和小狄來負責保衛，如果敵人跟過來，我們畢竟還認識那兩個傢伙。」

「嗯，這個建議好。」天上星對老錢笑道，「同時我還要建議你，就留在這兒幹好了，我跟山頭領導說一下，我們這兒正缺人手哪。」

「不需要說，」老錢從身上摸出一封信，遞給天上星，「你看，山頭已經把我安排給你了。」

「哦，這太好了。」天上星當場拆開信看，看完了對李政吩咐道，「那就這樣吧，你現在就帶老錢和他的助手過去，把人換回來。確實，安全第一，當務之急是要保證他的安全，然後還是老計劃，儘快讓他去你那兒報到，上班，人在你身邊，你可以慢慢地做他工作，日積月累，潛移默化，最後我們還是希望他儘快去延安。」

「放心吧，」李政充滿信心地說，「我一定會動員他去延安的。」

「我就要你這句話。」天上星立起身，邊走邊說，「要發展一個同志不外乎『情理』兩個字，現在在感情上你對他占了友情，唯一缺的就是個理，他需要一個說服自己去延安的道理。但理這個東西啊，除了誘導和說服之外更多的還是要靠自己的覺悟，只有自己覺悟才能夠透徹堅定。」

老錢說：「我感覺，讓他有覺悟還要一定時間。」

天上星說：「是的，我們需要時間。事實證明，欲速則不達。所以，下一步我們要明確工作思路：第一，他現在不願意去延安我們要理解，畢竟他對我們不瞭解，說實話我們對他也不瞭解。第二，不要氣餒，要繼續做工作。李政，這個任務就交給你了，今後主要靠你去影響他，引導他。」

「嗯。」李政認眞地點點頭。

天上星繼續說：「第三，你現在的身分對我們很重要，暫時不要對他暴露你的眞實身分，因爲他現在的思想狀態你並不瞭解，別弄巧成拙。」

「嗯。」李政再次點頭。

三

陳家租的是一個古式小宅院，臨街是一棟兩層樓房，有三個開間，當中一間被打通，做了門廳和過道。穿過過道，迎面是一個小庭院，連著山坡，山坡和正樓之間搭有兩間臨時平房，有點廂房的意思。以前，這裡有兩戶人家，庭院兩家人合用，過道右邊是陳家，左邊是另一家。兩家人合住在一個屋檐下，自然有些不便，但在這年月的重慶能夠租到這樣的房子已屬不易，是全靠李政的關係上下疏通才租到的。陳家鵠兩口子回來前，李政又動用關係，把另一戶人家調整走了。現在陳家在這裡是獨門獨戶，屬於權貴級待遇。

陳家對面是一溜平房，六個開間，房東留用兩間，出租四間，原先是四戶人家。這兩天相繼搬走兩戶，新住進來的人都是清一色的大男人，一間兩人，共計四人，都操外地口音。房東看他們怎麼都覺得不順眼，大白天閉門不出，吃飯不開伙，下館子，看人不正眼，形跡詭異。越詭異，房東心裡越不踏實。下午晚些的時候，李政帶著老錢和小狄來「換防」時，房東的女人想干涉，發現李政身上別著手槍，嚇得不敢進門，灰頭土臉地溜走了。如果她知道，李政帶來的兩個人，還有，昨天晚上入住的另外兩個人（黑室的小周及隨從，就住在房東隔壁），身上都藏著槍，她一定要嚇得逃走。

就這樣，冷僻的天堂巷，因爲陳家鵠和惠子的入住，暗流湧動。

天剛抹黑，老錢聽到巷子傳來腳步聲，立刻躲到門背後窺視，看到李政立在陳家門前舉手敲門，一邊大喊：「來客了，開門。」睡在裡屋床上的小狄霍地坐起身，問：「是什麼人？」老錢走進來，對小狄笑道：「反應很靈敏嘛，沒事，是李政。」

小狄說：「他不是才從我們這兒走嘛。」

老錢說：「這就叫小心。」

李政從老錢這裡出去後，沒有馬上去陳家，而是上山去轉了一圈，等天黑了才冒出來。雖然他不知道隔牆有別的耳目，但他的秘密身分已經形成了他小心行事的習慣。

小狄想起床，老錢按住他，「要幹嘛？你睡覺。」

小狄說：「這麼早，睡不著啊。」

老錢說：「必須睡著，否則後半夜你怎麼站崗？」

小狄躺下，望著天花板感嘆：「想不到一轉眼成重慶人了。」

老錢抽出一支菸，笑道：「這不正好嘛，川妹子多漂亮啊。」

「我看他們家有個小女子，長得確實水靈靈的。」小狄說。

「知道是什麼人嗎？」

「什麼人？」

「陳先生的妹妹。」

咫尺之外，陳家燕已經爲李政開了門，正領著他進屋，一邊歡歡喜喜地嚷嚷著：「加筷子，加筷子，貴客駕到。」

李政看一家人都聚在庭院裡，圍著桌子準備開餐，樂得搖頭晃腦，拿腔拿調地說：「有道是來得早不如來得巧，我的口福怎麼會這麼好呢。嗯，好香，這些菜都是我愛吃的。」

陳家鵠把他拉在身邊坐了，「我知道，你是算好時間來的。」

李政接過家燕給他的筷子，直接往一盤菜裡伸，「呀，這菜色香俱全，看了就想吃。」

陳家鵠一把抓住他的手，「懂不懂禮貌啊，我爸媽還沒有開筷呢。」說著先給父母親搛了菜，請二老先品嘗。

李政的大腦門又搖晃上了，「對不起，對不起，伯父伯母，我是跟你們太熟了，忘了尊卑。」說著也想給二老拈菜。

陳母客氣地擋掉了，一邊說家鵠，「你呀，哪來這麼多名堂，人家李政跟我們吃飯的次數可比你要多。」

家燕學著李政的口氣說：「那也不能忘了尊卑。」惹得大家都笑了。

母親輕輕打她一下，「就你話多。」

話多的當是陳家鵠，他憋了一肚子話要問李政。昨天，李政在碼頭上當著陳家鵠的面不好與老錢相認，只是暗暗打了個招呼。所以把陳家鵠送回家後，李政沒有久留，編了個說法告了辭，去找老錢他們了。今天李政又是姍姍來遲，陳家鵠心裡壓著好多問題，如鯁在喉，不吐不爽。吃罷飯，陳家鵠迫不及待地把李政拉進客廳，擺開架勢，傾吐衷腸。

「李政，我很納悶，我這次回國延安的人怎麼會知道的呢？」陳家鵠表情肅穆。

「這有什麼奇怪的，那你說鬼子怎麼會知道你的行蹤？那些搞情報的人是無孔不入的。」李政與老錢見過面，對陳家鵠的問題完全可以對答如流，打過腹稿的。

「他們對我的過去好像很瞭解。」

「什麼過去？」

「我在日本的事。」

「你在日本的事本來就不是什麼秘密，只要跟你一起留學的人都知道。現在延安有不少從外面留學回來的人，說不定還有你的同學呢。」

「現在國共關係怎麼樣？」

「很好，一家人，精誠合作，共禦外侮。你剛才不是說了，他們明知道你要來重慶工作，可爲了你的安全，還專門送你過來，這就是合作。」

「嗯。」陳家鵠點點頭。

「愛才啊，」李政看看陳家鵠說，「共產黨是最愛人才的。」

陳家鵠指著他笑道：「我看老錢他們該來動員你去延安才對。」

李政誠懇地說：「我是貪慕虛榮，吃不起那個苦，再說也沒你那個才，否則啊……國民黨派系鬥爭太厲害，幹著太累了。」

「那你怎麼還連寫三封信動員我回國？」

「回國沒錯的，大敵當前，中華民族危難之際，你在國外待得安心嗎？」

「確實不安心，說眞的，沒有你去信我也會回來的。這場戰爭毀了我當一個數學家的夢想，但我也不可惜。國破家敗，如果還自顧自談個人夢想，那才是沒心沒肺，你說是吧？」

李政說：「你將來的工作還是跟數學有關的。」

陳家鵠說：「研製常規武器充其量是個工程師而已，不是什麼數學家。數學家是在天上飛的，做的是探索天外的事，不是應用工具，我回來就是當工具用了。」

李政試探地問：「那延安喊你去是幹什麼？」

陳家鵠聽了一楞，似乎不想提這事，把話支開去了。

李政把話題又拉回來，「哎，我跟你說，像你這樣的大博士，不光是延安要挖你，這裡可能也會有很多單位要來挖你，你可不要見利忘義了。你要被人挖走了，我可沒法交差。」

「放心，我就看中你的位置，走不了的。」

「準備什麼時候上班呢？」

「剛回來，心神不定的，緩幾天吧……」

四

陸從駿不想緩了，他本來是想讓小周暗中盯上幾天，看看動靜再說。但這天晚上他失眠了。失眠改變了他。失眠使他的頭腦變得出奇的清醒，於是不期而遇了一個念頭，讓他如獲至寶，興奮難抑。興奮使失眠的時間拉長了，直到天光發亮他才迷迷糊糊睡著。醒來已經十點多，沒有吃早飯，直接到辦公室，桌上已經放了小周監視陳家一天的報告。情況簡單，只有兩條：一、有兩個人——石永偉和李政——分別去會過陳家鵠；二、昨天午後陳家鵠曾陪惠子去郵局打過一個電話，據查實，電話是打給美國大使館的。

陸從駿看了報告喊來老孫，問他：「這個石永偉是什麼人？」老孫說正在調查，「好像是西郊三二〇被服廠的。」陸從駿抬頭瞪他一眼，「什麼叫好像？這些話不應該是你說的，你可以說正在調查，別把好像的東西拿來當情況彙報。」老孫低下了頭稱是。顯然，馬姑娘的上吊自殺對老孫來說是一大敗筆，他的身分跌了一大截。現在，他時常從所長的目光中看到嚴厲和拷問。

「安排車子，跟我走。」陸從駿吩咐，「我們去會會陳家鵠。」

半個小時後，車子停在天堂巷口。老孫關了引擎，下了車，東張西望地拾階而上，敲開了陳家的門，走了進去。出來時身後跟著陳家鵠，手上捏著一張名片。

陳家鵠跟著老孫來到巷子口，左右四顧，看不見人，「哎，人呢？」

老孫謙遜地笑笑，「我們所長在渝字樓裡等你。」

「渝字樓在哪裡？」

「不遠，開車過去也就是十分鐘。」老孫請他上車。

「還開車？」陳家鵠又看了下名片，「我家裡有事。」

「這就是你今天最大的事。」老孫依然滿臉堆笑，打開車門，上來拉陳家鵠上車，「走吧，陳先生，車去車來，很快的。」

陳家鵠在老孫的連請帶拉下，猶猶豫豫地上了車。

可以說好事成雙，也可以說壞事成堆。老孫的車剛開走，又一輛黑色轎車接踵而至，停在幾乎就是老孫剛才停車的地方。看車牌照，是美國大使館的車子。車上下來的人叫薩根，是美國大使館的機要員。他中等個頭，四五十歲，戴眼鏡，大鬍子，但看長相又有點像東方人。他下車後，也像老孫一樣，徑直往陳家走去。

躲在對面不同房間裡的小周和老錢，都從窗戶裡看見，薩根一邊看著手上的地址，一邊滿懷欣喜地走過來，最後立在陳家門前，小心翼翼地敲門。

陳母聞聲出來，見是外國人，一時發楞，問他：「請問你找誰？」

「夫人，你好。」薩根的中文說得不錯，「請問這個地址是這兒嗎？」

陳母看了地址，露出警覺，「是這兒，請問你要找誰？」

薩根說：「我找小澤惠子，我是他父親的朋友。」

陳母哦一聲，努力地擠出笑意，「請進，請進。」一邊大聲喊惠子出來見客。

昨天石永偉來訪的事，讓惠子多少覺察到母親對她見外人有顧慮，所以剛才聽到有客人來訪，她知趣地準備去樓上迴避一下，聽到喊聲又回頭了。她沒有馬上認出薩根，倒是薩根一下認出她來，「惠子，不認識我了？你昨天給我打過電話的。」

惠子驚喜地衝上來，「哎喲，是薩根叔叔，您這麼快就來了？」昨天陳家鵠陪她去郵局打電話，找的就是這位老外。

薩根掏出一封信，幽默地說：「是它要我快來的。」

惠子看著信封，「是我爸爸的信嗎？」

薩根說：「是，令尊的信一個月前就來了，而你卻姍姍來遲，一定是戰火拖住了你們的後腿吧？要不你們應該早到家了。」

惠子說：「是的，我們在路上不是很順利。」

薩根笑道：「眞沒想到，在這兒還能碰到你，用一句中國話說這就叫緣分啊，有緣千里來相會。」

惠子樂陶陶地給薩根拉來椅子請他坐，順手把信塞進了自己的口袋裡。

薩根指指她口袋，「哎，這是給我的信哦。」

惠子這才反應過來，不好意思地把信還給薩根。

薩根笑道：「我今天回去就給令尊拍電報，告訴他已經見到你了，也許要不了多久，你就會收到他的信。這封信嘛，還是物歸原主。」說著，把信收了起來。

老孫領著陳家鵠走進渝字樓，過堂走梯，上了二樓。二樓左邊是個飯館，正是午間，熱鬧得很。右邊是個喝茶的地方，相對要清靜一些。陳家鵠亦步亦趨跟著老孫走進茶館，老孫熟門熟路地帶他走進一個小包間，迎面即見陸所長正在裡面品茶閱報，優哉游哉的。

「陳先生好，冒昧打攪，請勿見怪。」陸所長起身相迎，彬彬有禮地請陳家鵠入室。

「您是……」

「陸從駿。」

「他就是我們陸所長，」老孫介紹道，「剛才我已經給過你名片。」

「你就是陸所長，」陳家鵠背誦道，「中美皮革技術合作研究所陸從駿所長。」

「幸會，幸會。」陸所長熱烈地握住了陳家鵠的手，「久仰，久仰。」

陳家鵠彷彿聞到一股異味，心裡有種不祥之感，手握得非常僵硬，話也說得直通通的，「不知陸所長有何吩咐？」

「豈敢吩咐您？」陳所長笑聲朗朗，「您是留洋歸來的大博士，大名鼎鼎的大人物，我陸某區區一個所長，豈敢吩咐您。來，坐，坐下聊，我們邊喝茶邊聊。」陳家鵠坐了，估摸著對方的動機，說道：「陸所長這話我聽著不知怎麼的，總覺得話裡有話，帶刺帶角的。我看，雖然初次見面，但咱們不必繞彎子，直說無妨，我洗耳恭聽。」陳家鵠下的是猛藥，準備速戰速決。

陸所長不急，「還是先喝茶。」他辭退了服務生，親自爲陳家鵠斟茶，一邊對老孫指指兩邊的包間，吩咐道，「去看看，有沒有人，有人就請勞駕一下，我要跟陳先生說點小話，不便讓外人聽見。完了你就守在門口吧，這戰爭把人心都打壞了，還是小心爲妙。」

老孫出去，合上門，去查看了兩邊包間，見無一人，便回來立在包間前，臉上不無疑惑。他心想，咫尺之外就有辦公室，你不去，非要到茶館來談事，而且你一個皮革商人搞得這麼神神秘秘、威威風風，誰信嘛。

「來，陳先生，喝茶，喝茶。」

「陸所長不把話說明，這茶我可能是喝不下肚的。」

「陳先生見外了，莫非我有什麼話是黑的，不是白的，要專此澄清道明？」

「恐怕連這片子上的東西都是黑的吧。」

「先生是明白人，好眼力。這樣吧，陳先生，咱們打開窗來說亮話，名片上的頭銜果然是假的，我的眞實身分是吃軍餉的，官級不大不小，某部情報處處長。」

老孫在門外聽到這裡，嚇得臉都綠了，連忙警覺地四顧。

「非常感謝陸所長坦誠相告，不過……」

「不過什麼，說來聽聽，我既然與您坦誠相見，您也不必藏藏掖掖。」

「我乃平民百姓一個，有什麼好藏可掖的。我在想……陸所長係軍中要人，對我來說如同天外之人，所以更加不解您找我來是爲了哪般？」

「目的只有一個，招賢納才，希望您到我那兒去工作。」

陳家鵠楞了一下，突然大笑道：「原來是來給我送飯碗的，謝謝，謝謝。可是你瞭解我嗎？陸所長，你招賢納才，我有何德何能來捧您的飯碗？謝謝您的賞識，陸所長，情我領了，但是有名無實的利祿本人實在不敢冒領，你還是另請高明吧。」

陸所長淺淺一笑，「我當然瞭解你。」然後從容不迫，娓娓道來，「陳家鵠，現年二十八歲，浙江富陽人。早年就讀南京中央大學附中，後因學業出眾，連跳兩級，直接保舉升讀大學。大學期間，您代表國人東渡日本，參加菲力斯亞洲數學競賽，名列亞軍，載譽而歸。大學畢業後，被公派赴日本早稻田大學留學，投寄一代數學宗師炎武次二門下，攻讀數學博士。後因故與日本國政府交惡，改赴美國耶魯大學深造，年前獲得博士學位。從古都南京，到異國他鄉，您在數學上的才華，盡人皆知。」

陳家鵠擺擺手，「夠了，看來你爲了我眞是費盡心機了，打探出這麼多事情，不愧是情報處長。」

陸所長說：「請先生不要介意，我們瞭解這些只是工作需要，沒有別的意思。」

陳家鵠說：「不介意。不過我這人有個毛病，不喜歡被人打探，也不喜歡打探別人。您的門下我是無心寄身的，因爲您幹的就是打探別人的事。」

陸所長說：「現在是大敵當前，全民爲兵，有識之士都在爲抗日出謀出力。您陳先生學貫中西，見多識廣，正是我們急需的良才，我們需要您，希望先生不要拒絕。」

陳家鵠說：「國家興亡匹夫有責，我陳某此時回國正是心懷報國之志，但陸所長的誠意實在不敢領受。」

陸所長勸他，「你不要這麼快拒絕，現在沒有想好我可以給您想的時間，一天，兩天，都可以，不必這麼貿然拒絕。」

陳家鵠搖頭，「絕非貿然，貴處的門檻太高，我陳某實在不敢高攀，請陸所長諒解。」
陸所長看著外溢的茶水在茶几上蜿蜒而下，無語，直到陳家鵠欲起身告辭方才阻攔道：「且慢，陳先生，且慢，既來之則安之，不必如此性急，我們再談談。」
「沒必要了。」陳家鵠斷然拒絕。
「您認爲沒有談的必要，而我覺得恰恰相反。」陸所長又給他添了茶水，笑道，「我覺得我們很有必要談下去，您剛才也說了，國家興亡匹夫有責，您心懷報國之志，我那裡正是實現你理想之所，又爲何拒絕？」
陳家鵠說：「條條大路通羅馬，報國並非只有你這邊一條路。」
陸所長問：「我這條路有何不妥？」
陳家鵠猶豫一會兒，「恕我直言，我對您這種部門沒有好感。」
陸所長笑道：「您認爲我這是什麼部門？」
陳家鵠指指名片，「還用我說嗎？這張片子就已經說明一切。你看，改頭換面，埋名隱姓，秘而不宣，疑神疑鬼。」指了指毛玻璃外面老孫模糊的身影，又說，「他此刻的模樣就是您這種部門的特點，人無面目，只有模糊的影子。也許您並不叫陸從駿，是吧？」
陸所長爽朗而笑，「這都是爲了安全的需要。」
陳家鵠道：「換句話說，也就是您的工作缺乏安全感。」
「所以您害怕來？」
「不是怕，而是不感興趣。對不起，我難以從命，要先走一步了。」
「不妨三思。」

「已經三思了。」

陳家鵠起身往外走，陸所長也不再強留，「俗話說，強扭的瓜不甜，既然先生執意要走，我祝先生一路走好。」拉開門，喊老孫，「送陳先生回家。」

陳家鵠對老孫說：「謝謝，不需要。」

陸從駿說：「他聽我的。」

老孫打一個手勢，「陳先生，請。」

陳家鵠不從，揚長而去。老孫追出去，陳家鵠回身擋住他，「聽我的，留步，我的腳走遍了世界各地，還走不回家嗎？所長閣下，強扭的瓜不甜，喊他回去吧。」

陸從駿這才把老孫喚了回去。老孫回頭看所長喜滋滋的樣子，拉上門，不禁發問：「所長，你今天是怎麼啦，怎麼一開始就跟他兜了底牌？」陸所長仰頭望著天花板問：「我跟他說我們工作上的事啦？」

「你不是說……你是情報處長……」

「情報處長多著呢，你知道我爲什麼要這樣說嗎？」

「不知道。」

「那我問你，如果他今天很爽快地答應了我，你會怎麼想？」

「你一定就要他了唄。」

「哼，沒長腦袋！如果他今天很爽快地答應了我，我才不要他呢！」

老孫沉思一會，恍然有悟，「你在試探他……」

是的，陸從駿在試探他，這就是他昨晚失眠獲得的「靈感」。可以想像，如果陳家鵠是日本間諜，你讓他來軍方搞情報工作他一定高興壞了。現在好了，他斷然拒絕，至少說明他是清白的，可以任用。

老孫說：「可他不願意來啊。」

所長說：「只有我們不要的人，沒有我們要不來的人。」想了想又說，「再看幾天吧。倒不是看他，關鍵是他身邊的女人，你叫三號院給我們好好查查她的情況，不要又是一個川島芳子哦。」

老孫點頭稱是。

五

陳家鵠和客人不歡而散，惠子這邊的情況也好不到哪裡去，雖然開始相談甚歡，但潛伏著不歡而散的危機。薩根是帶著秘密的使命來的，有些話不便當著陳家鵠的家人說，便約惠子出去走走。天氣晴朗，空氣熱騰騰的，山上吹下來的風倒是略有涼意。兩人出門後自然往山上走去，邊走邊說。

「薩根叔叔，你是什麼時候來中國的？」

「兩年前。可以這麼說，你什麼時候別了父母，去了美國，我就什麼時候離開了美國，來了中國，這個戰火連天的地方。」

「您在使館做什麼工作？」

「做這個。」薩根做了個發報的手勢。

「發電報？」

「也抄報，」薩根解釋道，「報務員，屬於使館裡的藍領，幹活的，身上只有秘密，沒有權力。正因爲身上有秘密，你要替我保密哦。」

「不會的，在這裡我想洩密都找不到人。」

「是啊，你這叫背井離鄉啊。」薩根深情地看著惠子，「眞想不到會在這裡見到你。去年，就在這場戰爭爆發前，我曾去過日本，見了你父親，大概知道了一些你的情況。可我還是想不到，你都長得這麼高了，這麼漂亮了。我們該有十年沒見面了吧。」

「是啊，十年了，我能不長高嘛。」

「該，應該，女大多變，你現在完全是大姑娘了。」

「什麼大姑娘？我都結婚了。」

「你們結婚了？」薩根止步不前，渾身都是驚訝。

「幹嘛這麼吃驚？」惠子蠻不在乎的樣子。

「我是很吃驚，」薩根走近一步，看著惠子說，「你父親還叫我來勸勸你呢。」

「勸我離開他？」

「是的。」

惠子咯咯地笑，一邊繼續往山上走，「那遲了，我們就怕有人拆散我們，包括他的父母也不想要我這個兒媳婦呢。所以，我們在回國前舉行了婚禮，用我先生的話，這叫先斬後奏。」

薩根跟著她往前走，「你很喜歡他是嗎？」

「當然。他很優秀的，是你們耶魯大學的高材生，你們國家好多單位都想留用他呢。」

「那你們怎麼回來了？」

惠子嘆口氣說：「是這場戰爭把他叫回來的，該死的戰爭。」頓了頓又說，「他覺得他的國家正在遭受災難，他的父母親年紀也大了，需要他照顧，他不回來心裡過不去。」

「難道你不知道戰爭的雙方是誰？」

「當然知道，所以我們才悄悄結婚，就怕雙方父母不同意。」

「你父母至今都不知道你們已經結婚？」

「我沒跟他們說，但他們應該知道吧。」惠子側目看了看薩根說，「我跟我哥哥說了一下，他在上海。」

「你哥在上海？」

「是。」

「他還在軍隊工作嗎？」

「沒有了，」惠子肯定地說，「他離開軍隊了，要不我才不會跟他說，他討厭我們國家發動了這場戰爭，和我一樣。」

「嗯，」薩根沉吟道，「他現在在做什麼？」

「當老闆，做生意。」

「什麼生意？」

「開藥店。」惠子不乏欣慰地說，「有人在殺人，他在救人，我哥皈依佛陀了。」

薩根哦了一聲，不知爲什麼地回頭看了看，狹長的巷子裡一個人影都沒有，好像不在人間。此時他們已經上了山，視野開闊起來，明晃晃的陽光下，遠處的一片墳地，反射出一些凌亂的光點，不知是什麼。

「你跟你哥見過面嗎？」薩根把目光從遠處收回來，看了看惠子問。

「沒有。」惠子說，「我們沒到上海，是從武漢過來的。」

「他知道你到重慶了嗎？」

「應該知道的，我在香港給他發過電報，但在這兒沒法聯繫，電報和信都不行，斷郵了。」

前方的路邊出現了一棵樹冠龐大的小葉榕樹，鋪出一地林蔭，樹下有一張石桌子，還有四個石墩子。「累了吧？」薩根拂了拂石墩子上的塵土，讓惠子坐下，自己卻站在旁邊，莫名地嘆氣。

「怎麼了？」惠子抬頭問他。

薩根搖了搖頭，「我很遺憾你愛上了一個中國人。」

惠子撅著嘴說：「中國人怎麼了？」

薩根聳聳肩，怪怪地笑道：「是啊，中國人很好，勤勞、善良，但同時也愚昧、懦弱。在國際上，中國人除了享有『東亞病夫』的『美譽』之外，還專門充當別的國家的看家犬。」

惠子有點不高興地說：「你這是在侮辱中國人，我看到的中國人根本不是這樣。」

薩根彎下腰，湊近臉去，「那麼請問，惠子小姐……」

惠子瞪著他，「我不是小姐。」

薩根笑了笑，說：「好吧，我的中國夫人，那麼請問既然中國人那麼優秀，你的祖國又爲何要發動這場戰爭？」

「那是政治家的事，跟我無關！」

「我看你也應該學學做一個政治家。」薩根意味深長地看著惠子，說，「你父親在信上專門交代我，希望我勸你離開你的中國朋友，回日本去。」

惠子大聲說：「他是我丈夫，不是我朋友！」

薩根依然和藹地笑著，說：「其實，丈夫也是可以離開的。惠子，相信你的父親，也相信我，你現在的選擇是不明智的，你應該儘快離開他，回到你的父母身邊去。你只要決定走，其他事情我都會安排的。」

惠子生氣地站起身，瞪著薩根，「謝謝你的好心，我的決定是不走！對不起，我失陪了。」說罷惠子轉過身去，咚咚咚地往山下跑，樣子像個生氣的中學生，又像一個受了委屈的小媳婦。

六

陳家鵠從渝字樓出來，心裡悶悶的，便晃晃悠悠地往前走，漫無目的。不經意間，竟來到了石永偉的被服廠。他看著漫天飄飛的棉花絲，聽著轟隆隆的機器聲，想進去找老同學說說話，解解悶，卻被一個門衛模樣的老頭攔下了。老頭問他找誰，陳家鵠說找他們廠長。門衛又問他是什麼人，陳家鵠開玩笑地說：「我啊，誰也不是，就想要一批貨，跟你們做一筆生意。」以爲這樣必定會讓那人來勁地去叫廠長。結果那人反而更加冷淡，嚴肅地問他：「你是哪個部門的，有批條嗎？」

陳家鵠楞了，他哪裡知道，現在是戰爭年代，被子、服裝是最緊俏的物資，早被軍管了，沒有管理部門的批條休想拉走一件，誰敢在私下交易，那是犯法的，要坐牢的。陳家鵠束手無策，好在石永偉在辦公室的窗戶裡看見他，急忙跑出來，解了他的圍，同時將盤問他的門衛狠批一頓，像煞一個發了橫財的暴發戶，蠻不講理。陳家鵠看不下去，勸他走，「你罵人家幹什麼，人家也是有責任心嘛，應該表揚才是。走，帶我參觀參觀你的天下。這花絮滿天飛，機器隆隆響，看上去生意很興隆嘛。」

石永偉說：「我這發的是國難財，生意越興隆，說明前方戰事越大，死的人越多啊。」說著領陳家鵠在廠裡大搖大擺地走，見人指指戳戳的，大聲喊著叫著，吩咐這，吩咐那。

正要帶陳家鵠去車間裡參觀時，防空警報突然拉響，像催命的符咒一樣，在天空中嗚嗚地刮旋著，把人的汗毛都旋得悚立起來。車間裡的工人蜂擁而出，像決堤的河水一樣往防空洞跑。陳家鵠發現，那些人頭上、衣服上，甚至眉毛鬍子上都是白色的棉絲、棉花，像從雪堆裡鑽出來似的。石永偉見陳家鵠傻楞著，一把拉起他，跟著工人跑。

陳家鵠甩手掙脫，說：「我要回去。」

石永偉瞪著他，「你瘋了，半路上就把你炸了。」

陳家鵠冷靜地說：「沒這麼可怕，我父母親有個三長兩短那才可怕哩。以前不在身邊是管不了，沒辦法，現在不行，我必須回去。」

石永偉說：「你怎麼回去，除非你真是一隻鳥！」

陳家鵠扭頭看見牆邊停著一輛摩托車，便朝石永偉笑笑，然後猛衝過去，騎上摩托車就跑。他果然變成了一隻鳥，一隻腳踏風火輪的大鳥，頂著嗚嗚的警報聲，風馳電掣般地往他家飛去。石永偉在後面氣得又是跺腳，又是罵娘。可跺腳有什麼用？罵娘有什麼用？還能把日本人的飛機跺回去，罵回去？無奈之下，石永偉只得跑進車庫，開出一輛吉普車，去追陳家鵠。

整個城市突然空了，看不到人影，空蕩蕩的大街上，只有石永偉一輛吉普車在奔馳，一些草屑和紙片被車輪捲起，受了驚嚇似的，四散飛逃，天空中已傳來了飛機的引擎聲，由遠及近，由弱到強，像天邊的悶雷，轟隆而至。

陳家鵠趕回天堂巷，發現家裡空無一人，只有一壺開水正在煤爐上嗞嗞地冒著熱氣。石永偉把水壺從爐上拿下來，安慰陳家鵠：「沒事，他們一定都去防空洞了。」

陳家鵠問：「附近有防空洞嗎？」

石永偉說：「多得是，比糧店還多。」然後偏著頭，尖起耳朵去辨聽飛機的轟鳴，「看樣子，今天不像是來轟炸的。」

陳家鵠走出門去，仰望天空，果然看見兩架飛機正在盤高、遠去。

石永偉跟出來，看了看飛機，「走了，沒事了。」

「是來偵察的？」

「鬼知道，可能就是來嚇唬人的。」

「經常來嗎？」

「反正時不時會來一次，轉一圈，這一定跟政府遷都重慶有關。武漢已經守不住了，你看李政他們這些核心部門都已經過來了。」

「可政府主要行政機構還在武漢。」

「那是做給人看的，穩定軍心，頭腦機關都退完了，前線的人會怎麼想？」

陳家鵠點了點頭，他有太多話想說，多得無話可說。石永偉把目光從天空收回來，看著陳家鵠，「敵人也在打心理戰，時不時來轉一下，炸你一下，就是要告訴你，你遷都到哪裡我都打得到你。」陳家鵠憤憤地說：「可對平民實行轟炸是違反國際法的。」他在美國和學院裡待了太長時間，書生氣十足，用石永偉的話說：「你太天眞了，鬼子還跟你什麼法理。」

飛機飛走了，兩人在屋檐下的石階坐下來。城市彷如嚇死過去，依舊靜寂無聲，悄悄的，彷彿縮小了，只剩下天堂巷。令人窒息的死寂裡，陰溝的水流聲汩汩傳來，有如地獄的囈語。

陳家鵠落寞地望著天空，不由得嘆息道：「難怪我爸媽他們對我娶惠子有看法啊，這年月我娶個日本女人，眞是太天眞了。但惠子眞的是無辜的，她對我們中國很有感情。」

石永偉笑道：「我感覺出來了，我看伯父伯母恨不得藏著她，不見天日，連我都見不了。那天我只跟她說了幾句話，我對她的印象還停留在她當年暗戀你的時候啊。」

陳家鵠說：「我那爸媽呀，都是讀書人，可在這件事情上他們變得跟個鄉民一樣沒見識，把她當個恥辱看。」

「這樣吧，」石永偉想了想說，「我來出面安排大家吃個飯，以給你們接風洗塵的名義，給你們補個婚宴，如何？」

陳家鵠頓即高興起來，緊緊按住石永偉的肩頭，「好啊，我一直希望我父母能夠請人來聚一聚，吃個飯什麼的，也算是給惠子一個名分。我看也不要請太多人，就我們三家人，你、我、李政，家裡人都來，好好地熱鬧熱鬧！」

石永偉見陳家鵠興致頗高，不覺也來了興頭，慷慨地說：「好吧，包在我身上，大家好好聚一聚，我廠裡的事實在太多，忙忙亂亂的，也好久沒有和李政見面了。」

石永偉萬萬沒有想到的是，他出於對老同學的這點關心和好意，卻差點辦出一個天大的壞事，把陳家鵠的性命懸在了一根線上。

壞事就出在兩天後的婚宴上。

石永偉本打算在朝天樓爲陳家鵠和惠子補辦婚宴，但事到臨頭又變卦了，把地點改在了重慶飯店。朝天樓是一家普通酒樓，就在朝天門碼頭附近，雖顯嘈雜，但菜做得好，又麻又辣，很合本地人的口味，也是本地人舉辦壽宴、婚宴的首選之地。石永偉之所以改變主意，不是他貪圖重慶飯店的豪華虛名，而實在是被人所迫。

這個逼迫他的人，就是陸從駿。

就在石永偉去朝天樓聯繫宴席並預付訂金的時候，老孫鄭重地向陸所長彙報了一個來自三號院的重要情報：陳家鵠當年在早稻田大學裡解答的那道暗藏著美軍密碼的超級數學難題，正是惠子拿到學校裡來的，而向她提供這道難題的人就是她哥哥，當時正在日本陸軍省情報部工作……陸所長聽了這個情況後，著實吃驚不小，沉思良久，方抬頭問老孫：「這情報可靠嗎？」

「絕對可靠。」老孫言之鑿鑿，「據三號院那邊說，提供這材料的人當時就在早稻田大學留學，與陳家鵠和惠子是同學。他說這事是公開的秘密，班上的人都知道。」

陸所長不放心，要老孫跟三號院聯繫，追查情報提供人的身分和地址。結果很快就查到了石永偉頭上。那天石永偉剛從朝天樓回來，陸所長就帶著老孫攆上門來，屏退辦公室所有的人，面色嚴肅地追問陳家鵠和惠子究竟是不是日本間諜。

石永偉驚愕不已，提著大嗓門喊道：「不可能，陳家鵠絕對不可能是日本間諜！」

「爲什麼？」陸所長冷冷看他。

「爲什麼？」石永偉嘴裡吐出一根棉絲，更是氣急敗壞，橫著眼對陸所長說：「你不是來頭很大嘛，你難道不知道陳家鵠在日本的情況？他當時就因爲拒絕爲陸軍省服務，遭到了各種各樣的報復，以致不得不離開日本，去美國重讀博士。當時他博士都快畢業了你知道嗎，可他們就是不給他續簽證。這是很欺負人的，污辱啊，跟當街脫你褲子一樣，也只有這種強盜國家才做得出來這種欺人太甚的事。如果是你，受了這種污辱還會給他們當間諜，可能嗎？絕對不可能！」

「那陳家鵠跟這個女人是怎麼好上的？」

「你是說小澤惠子？我覺得主要還是惠子欣賞陳家鵠的才華吧。其實惠子比我們低兩級，我也不太瞭解她。」

「你覺得她……小澤惠子，有沒有可能是鬼子的間諜？專門派到陳家鵠身邊的，她哥哥不是在情報部門工作嗎？」

石永偉撓了撓頭，一副把握不定的樣子，「這……難說，很難說。要說惠子人還是……挺不錯的，對我們中國人很友好。我是說那時候，在學校的時候。但是現在的日本人啊，都中了邪似的，不好說。你們從其他管道瞭解瞭解看吧，我能肯定的只有陳家鵠，他絕不可能是日本間諜，那樣的話太陽就從西邊出來了。」

問題不在陳家鵠身上，這一點陸所長已有基本判斷，石廠長不過是讓他更加堅信而已。問題是惠子，但對此石永偉無法提供確鑿信息。陸所長見問不出什麼名堂，準備告辭，在跟石永偉握手的時候，不忘交代：「不過我還是要提醒你，今天我們的談話內容不能對任何人洩露，尤其是你那兩個同學。」

石永偉笑道：「放心，只要對抗日有利的事我都樂意做，包括你以後還可能對我提出的要求，甚至是不光彩的要求。」

陸所長皺著眉頭，不解地看著他。

石永偉一副洞察秋毫的樣子，笑了笑，說：「難道不是嗎？下一步你可能會讓我去試探惠子，看她是不是日本間諜。」

陸所長搖頭，「這個暫時還無必要。」

石永偉爽朗地笑著，「最好是永遠沒這個必要。說句老實話，我跟陳家鵠包括他父母的關係都很好，對惠子印象也不錯，我可不希望她搖身變成一個鬼鬼祟祟的間諜，更不希望讓我去證實。不瞞你說，我正在給他們張羅舉行個小婚禮呢。」

陸所長的雙眼頓即變成了兩把錐子，緊緊地扎著他。石永偉趕忙解釋：「陳家鵠娶了惠子壓力很大，按說家裡該給他們補個儀式，但他的父母至今都沒有安排，我就安排了。」

陸所長眼裡的錐子變成了花朵，舒然綻放。他拍了拍石永偉的肩頭，笑逐顏開，「我給你提個建議，最好把婚禮安排在重慶飯店。」

「爲什麼？」

「不爲什麼，就算是對我工作的配合。」

「我需要知道爲什麼？」石永偉提高聲音。

「如果你這被服廠還想開下去，就聽我的。」陸所長壓低聲音，低得要將嘴巴湊到石永偉耳邊。言畢轉身而去，連個再見都不道，像個吃橫飯的地痞。石永偉怔在那裡，他看著腳步生風的陸所長，從他冷硬的背影上，感到了一種不容質疑的威懾和霸道。

婚宴就這麼改在了重慶飯店。

七

重慶飯店是當時重慶少有的安全之處，有「廢墟上的樂園」之稱，住滿了各國外交人員、記者和商人，牆壁上和樓頂上塗抹著國際通用的禁炸標誌，鬼子飛機對它也另眼高看，從不往它的區域裡扔炸彈。入夜後，整個重慶一片漆黑，唯有這裡，享受著華燈璀璨的光明，有時還會傳出軟綿綿熱騰騰的歌舞之聲，彷彿置身於戰爭之外。於是乎，各路達官權貴和商賈富人雲集在此，花天酒地，尋歡作樂；紅男綠女，穿梭往來，珠光寶氣，閃爍其間。

但有一個情況，一般人是不瞭解的，重慶飯店同時還是各國間諜心照不宣的集散地，牛鬼蛇神，魑魅魍魎，時常游弋於此。陸所長要求石永偉把婚宴改在這裡，目的就是要利用這裡魚龍混雜的複雜情況，試探惠子，看她會不會露出一點馬腳來。出於同樣的考慮，同時也爲了便於監視，宴席沒有設在包間裡，而是設在了大廳。

可自始至終，宴席都很正常，沒出現值得懷疑的地方。陳家鵠帶著惠子、父母、大哥和妹妹家燕來了，石永偉也帶著他母親和小妹來了，兩家人顯然早已熟識，見面打拱作揖，互相問好，酒桌子上也是一團和氣，該敬酒的敬酒，該喝酒的喝酒，一切都按部就班地進行著，禮貌而又熱鬧。只是有一個情況，引起了秘密監視的老孫和小周的注意，那就是姍姍來遲的李政。婚禮遲到，本沒什麼新鮮的，新鮮的是，李政在酒過三巡後，竟然送給陳家鵠一份獨特的禮物：一把仿德國品牌的名貴手槍，把在場的人都嚇了一大跳。

陳家鵠問李政：「你送我這個幹嘛？」

李政笑容滿面，侃侃而談：「有兩層意思，第一，你現在是有婦之夫，梧桐樹上停了鳳凰啦，要隨時擦亮你的『槍』，爭取百發百中，早得龍種！」引得大家哄堂大笑。李政接著又說，「這第二層意思嘛，現在重慶亂得很，什麼牛鬼蛇神都有，你嘛，又是名貴珍稀動物，容易招事惹事，身上有一把槍可以防防身，以防萬一。」

陳家鵠觀賞著槍，「我又不會使，有它也沒有用。」

李政比劃著筷子說：「比使筷子還容易，等會兒我教你一下就知道了。」

陳家鵠把槍還給李政，「免了吧，說不定它還給我惹事呢。」

李政拒絕不接，「收下，別傻了，這可不是一般的槍，在座的各位把身上的腰包掏空了，可能也只夠買個準星。你看這是什麼？」指著準星和扳機，「一個純金，一個白銀，都是眞傢伙，不是鍍的，你就是當禮品也要收下。我們總共也只生產了三百支，這是我們部長特批給你的，老人家求賢若渴，對你刮目相看呢。」

陳家鵠拿起槍，端詳一會兒，譏諷道：「這可能只能當個玩具槍把玩，瞄不準的。」

李政說：「怎麼瞄不準？這是完全按德國B７手槍模型造的，絕對瞄得準！」

陳家鵠臉上依舊掛著譏諷的笑意，說：「正因爲它是按手槍模型造的，所以才瞄不準。」然後就行家似的對著那把槍指指點點，品頭論足起來，「你看這是什麼材料，鋼，比重爲七．八七的輕型鋼。可能這也是這款槍設計的材料，但現在準星是比重爲一〇．五的銀，扳機呢是金，比重爲十九．三二。這樣整把槍的重心就發生了變化，後重前輕，平衡點也隨之發生了變化、移動。平衡點變了，整支槍的設計數據都混亂了，還能瞄得準嗎？」

一席話說得大家驚異不已，屏息靜氣，瞪大兩眼楞楞地看著他。李政聽罷，來勁了，「先不說你說的對不對，就憑你這番話，你就該去我們那兒，絕對前途無量啊。收下吧，這是見面禮，也是你的身價。我們部長今天專門說了，讓你馬上報到，我們剛走了一個人，需要你儘快去發熱發光。」陳家鴿笑笑，不答話。旁邊的石永偉高興地站起來，舉起杯子說：「來，家鴿，這杯酒我們大家一齊敬你，祝你早日到李政那裡去上班，為國家出力，為抗日出力！」

大家紛紛舉杯起身。在眾人的碰杯聲中，李政又大著嗓門對陳家鴿說：「我先乾為敬了，明天我就給你送徵調令去！」

其實，此時危險已經悄悄來臨，只不過所有的人，包括前來監視惠子的老孫、小周和前來秘密保衛陳家鴿的老錢、小狄，都未察覺而已。之所以未能察覺，是因為這不是一次事先精心策劃的暗殺行動，而是一次偶然又偶然的不期而遇，是狹路相逢。

就在李政等人興高采烈地鬧酒的時候，一個面貌陰沉、身材粗短的男人，帶著一個姑娘走進餐廳，並在服務員引領下，找好了就餐位置。男人被旁邊的鬧酒聲吸引，抬起頭無意識地將視線掃過去。當他的目光落到陳家鴿身上時，他猛地驚住了，兩隻眼睛頓時瞪得銅鈴似的，像見了厲鬼一樣。別人見了鬼，會心生恐懼，可那個男人見了陳家鴿，陰沉的臉上頓如夏季的熱風喧騰而起，熱辣辣地溜過一絲驚狂和喜悅。他趕緊摸出一張錢放在姑娘面前，起身說：「抱歉抱歉，實在對不起，我有點事，明天我再來找你。」說完，三步併作兩步，飛快地往飯店外面走去。姑娘是個妓女，拿了錢，又不需要身體上的付出，等於是白撿了個便宜，頓時高興壞了，朝那男人揮著手說：「謝謝，謝謝大哥，要記得囉，明天我等你的囉。」男人根本不予理會，轉瞬就走得沒了蹤影。

這匆匆離去的男人並不是一般的嫖客，他就是在武漢曾經對陳家鴿實施暗殺的兩個日本特工之一，名叫昭七次三。因在武漢的暗殺行動失敗，他的同伴已被送到前線去打仗了，而他因過去立有大功，加之與惠子哥哥素有的關係，被秘密派到重慶，接受少老大和桂花的領導與監視，以戴罪之身，繼續完成暗殺任務。

事實上，那次暗殺是惠子哥哥一手策劃的。惠子哥哥確實在上海開了家藥店，鋪子裡燒著香火，供著觀音菩薩，時不時還在門前架鍋贈粥，救人於難。但這一切不過是掩人耳目的把戲而已。他的眞實身分是日本在華特務機關長松本室孝良的幹將。淞滬戰爭爆發前，他作爲南本實隆少將的隨從潛入上海，先後加入日本在滬特務組織「竹機關」和「梅機關」，秘密開展特務活動。他比任何人都早知道陳家鴿在破譯上的才華，當初正是他執意要把陳家鴿召入陸軍省破譯機構，事敗後也是他在暗中搞鬼，要把陳家鴿逐出日本。因爲他發現自己妹妹被這個男人迷上了，他要拆散他們，棒打鴛鴦。哪知道自己妹妹不爭氣，丟人現眼追到美國去了，把父母氣得翻白眼，下狠話：限期回來，否則斷絕關係。惠子執迷不悟，一時間雙方斷絕往來。直到去年他開始在上海「大行善事」，惠子才開始與他書信往來，稱兄道妹，恢復親情。這次回中國前，惠子給哥哥專書一信，期盼一見，終因武漢戰況吃緊而落空。

其實，惠子根本不曉得，哥哥現在的特殊背景與身分，當他得知惠子和陳家鴿的行程後，立即策劃了一起暗殺陳家鴿的行動。在他看來，於公於私陳家鴿都該死：於私，陳家鴿是他們家的仇人；於公，他是他們國家的敵人——如果他回國幹起破譯，必將對日本國造成威脅。這一點惠子哥哥最清楚，幹掉陳家鴿，一舉兩得！惠子哥哥毫不遲疑，私自派出最得力的部下昭七次三赴武漢守株待兔，以爲十拿九穩，哪知道半路殺出兩個土八路壞了事。

惠子哥哥知道憑自己的力量已經難取陳家鵠性命，便把陳家鵠的情況添油加醋地向南本實隆少將彙報，大肆渲染陳家鵠對帝國的危害。南本在重慶養有兩條「野狗」，其一便是少老大和桂花的「夫妻店」，其時正受命要鏟除黑室，暗殺陳家鵠的行動就這麼落到了他們頭上。謹愼起見，惠子哥哥又將昭七次三派往重慶，配合行動。

昭七次三一到重慶就找到中山路糧店，投到了少老大和桂花門下。當少老大從昭七次三帶來的照片上，認出陳家鵠和惠子就是幾天前他和桂花在朝天門碼頭上劈面相逢的那一對年輕夫妻時甚感驚奇。他覺得這是個好兆頭，說明這人眞跟他有緣——孽緣。

「他到底是什麼人？」

「一個要置帝國於死地的人。」昭七次三咬著牙，恨恨地說。

「幹什麼的？」

「手無縛雞之力，卻可以上天攬月。」

說得神乎其神，是爲了讓大家對他下面要說的話洗耳恭聽。昭七次三繼續說：「他是個數學家，曾經在早稻田大學數學系就讀，對炎武次二先生的數學理論頗有研究。炎武先生是當今亞洲數學第一人，日本當代密碼學之父，帝國當代密碼學的理論是在他二十年前確立的炎氏二進叉一理論基礎上拓寬發展起來的。東京認爲，重慶一旦知道他回來，必定會想盡一切辦法拉他去黑室盡職，這對我們極爲不利。所以，必須找到他！幹掉他！」

少老大聽罷，驚喜不禁。他感到冥冥之中有神靈在幫助他，不僅要他滅了中國的黑室，還要他殺了帝國的心腹大患，建立奇功。這對於剛被皇軍納編授予少佐軍階的他來說，無疑是一針強烈的興奮劑。他立即命令馮警長密切配合昭七次三，全力搜尋陳家鵠的下落，並給他們下了必死命令：一旦發現陳家鵠的蹤跡，格殺勿論！

可讓昭七次三根本沒有想到的是，他第一天出門，本意是想找個妓女解決一下生理問題，不料卻與陳家鵠不期而遇。可以想像昭七次三心裡是多麼驚喜，他急匆匆地往飯店外面走的時候，右手已迫不及待地伸進了懷裡，他握槍的手都在顫抖。

按規矩，昭七次三理應將這一情況緊急呈報少老大，可是他沒有，原因有二：一，陳家鵠是從他槍口下溜掉的，他要親手宰了他，將功補過；二是時間不容許，因爲陳家鵠等人隨時都可能筵終人散，消失在茫茫人海中。天賜良機，守株待兔的機會又來了，他不相信自己的運氣會這麼差，會再次失手。天黑下來了，昭七次三很容易地在黑暗中找到了理想的射擊點：一輛帶篷罩的黃包車。他提前給車夫支付了雙倍的車錢，讓車夫把車停在正對著酒店大門的一棵大樹背後，既能打，又能跑。他甚至想好了，如果車夫到時臨陣逃跑，他還可以自己逃跑。

他的右手一直插在懷裡，緊握著槍，槍體已經被激動的手焐熱。他望著燈火通明人聲鼎沸的重慶飯店，想像著陳家鵠走出飯店，他拔槍射擊的情景。他聽見子彈呼嘯著射入陳家鵠的身體，還看見鐫刻著天皇頭像的帝國勳章從天而降……

天上能降祥雲，也降禍水，眞所謂天有不測風雲，人倒楣時喝口水都要嗆死你：一個人用不要命的身體擋住了他通向天皇勳章的路，另一個人則用槍，打爆了他充滿幻想的腦袋。

這個用身體擋路的人，就是小狄。當陳家鵠、李政等人喝得醉醺醺的，準備帶著妻兒老小回家時，小狄在老錢眼神的示意下，搶先一步出了飯店。小狄的任務是偵察外面的環境，看有無異常情況。八點多鐘，正是酒店人流高峰，吃飯的要回家，過夜生活的剛出來，門口不時有來來往往的人。小狄夾在人群中往外走，目光四顧，突然看到一個熟悉的身影坐在一輛黃包車上往外張望。他沒有一下子反應過來他是誰，只覺得有點面熟，多看了他一眼。

適時陳家鵠等人已經從門內走出來，李政的軍車鳴著喇叭開過來，停在酒店門前，剛好擋住了昭七次三的視線。陳家鵠的酒喝到位了，小狄聽見他在背後大著舌頭嚷嚷，執意不肯上車，要三位老人家先上車。轉眼間，小狄有意無意地發現昭七次三的三輪車往前挪了位置，而且昭七次三的目光一直盯著陳家鵠，右手一直插在懷裡，感覺有點不對頭。他回頭找老錢，看他剛從門裡出來，對他做了個手勢，示意他過來。當他再回頭去注視昭七次三時，發現他已經掏出槍，準備射擊。

砰——！

槍響了，小狄幾乎本能地一個飛身魚躍，用身體迎接了子彈。中彈的小狄憑著信念的力量朝槍口猛撲過去，信念的力量居然這麼強大，他像隻大鳥一樣張翅而飛，直撲昭七次三，令他驚懼失措。

砰——！

槍聲又響，小狄再次中彈，抽搐著轟然墜地。正是這一槍，讓昭七次三暴露在老錢的視線內，他短暫的驚懼也給老錢贏得寶貴的時機，及時射出了復仇的子彈。

砰——！

又一聲槍響。感謝老天，這一回老錢沒有失手，子彈鑽進了昭七次三的腦門，他最後憑天皇意志擊發的子彈射向了天空，他的性命也像這顆子彈一樣向天上飛去，不知去向。

遽然出現的槍聲和血腥場面，讓陳家鵠等人驚慌不已，一幫人驚叫著，混亂著，扶老攜幼，紛紛往飯店裡退避。現場人多，事發突然，加之老錢和小狄都是喬裝打扮，陳家鵠和惠子難辨眞僞。

他們都不知發生了什麼事，不知小狄和昭七次三是爲家鴿而死。包括一直盯梢的老孫和小周也不知緣由，以爲是一幫地痞在火拼，沒有去管，事後也沒去追查。

只有陳家鴿父母，對喜慶的婚宴之夜大鬧血光之災，不免憂心忡忡，想入非非。日後，當兒子和惠子的婚姻在淒風苦雨中不可避免地告終後，兩位老人家總會想起這場突發而至的血災，不時地喃喃自語：蒼天在上，人間萬事都是老天注定的。

你知道破譯密碼是幹什麼？是傾聽死人的心跳聲！
你能聽到死人的心跳聲嗎？聽到了是不正常的，聽不到才是正常的
——這就是破譯密碼，世上再沒有比這個更殘酷的職業！

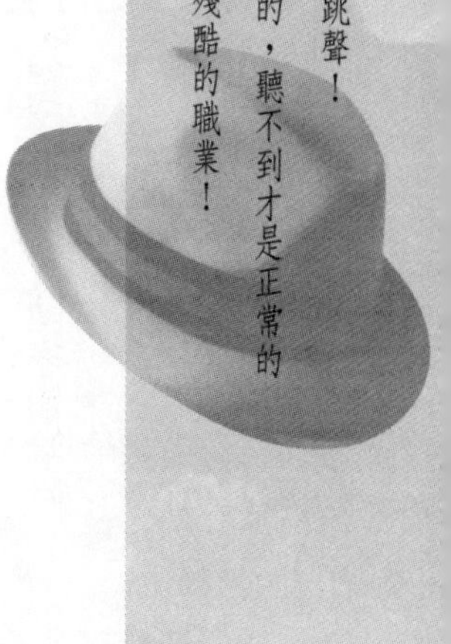

第五章

一

從重慶飯店回來，惠子心裡暗自高興，像在銀行裡存了筆秘密款子。她似乎從熱鬧、喜樂的酒宴中，從李政、石永偉等人敬酒的熱情裡，還有陳家鵠父母春風滿面的笑容上，看見了自己融入陳家的希望。

次日，天剛濛濛亮，她就窸窸窣窣地起了床。旁邊的陳家鵠睡眼矇矓地問她：「幹嘛呀，起這麼早？」她將嘴巴附在他耳邊，輕聲說：「你不是說，『精神』所至，金石『會』開嘛。」

陳家鵠睜了下眼，又閉了，「你說什麼呀？」惠子翻下床，笑著說：「沒什麼，我要去幫媽媽燒早飯。」陳家鵠這才清醒過來，撐起半個身子說：「不是『精神』所至，金石『會』開，是『精誠所至，金石爲開』。」

惠子在房門口回轉身來，嫵媚地笑道：「知道啦，精誠所至，金石爲開。」朝他扮了個鬼臉，

就咚咚咚地朝廚房跑去。

廚房裡，陳家鵠的母親正在燒早飯，鍋裡漫著蒸氣，灶台一角的煤油燈在蒸氣中一閃一閃的，屋頂上幾塊亮瓦漏下幾縷朦朧晨光，母親在這光影裡，身影也是朦朧的。惠子彎著腰恭恭敬敬地叫了聲：「媽，你早。」母親甚感意外，抬頭望著她。惠子笑眯眯地走上前，接過母親手上的傢伙，「我來幫你燒早飯。」母親驚異地看著惠子，不知說什麼好。

惠子灶上灶下地忙活起來，一邊忙活一邊說：「媽，我今後天天來幫你燒早飯。我……我要學著做陳家的好兒媳婦，做……做中國的好兒媳婦。」說著臉竟紅了，眼裡的兩汪秋水在柴火的映耀下，羞羞地晃動。「好，好，好哦。」母親望著羞澀的惠子，臉上的皺紋漾開去，柔柔的，像外面的晨光一樣，充滿了憐惜與愛意。

這天早上，陳家人第一次吃到了惠子燒的早飯。大家都誇獎惠子的早飯燒得好，只有大哥家鴻苦著臉坐在桌角，悶著頭扒飯，一聲不吭。家燕看不過去，伸過筷子去敲他的碗沿，「哎，大哥，你吃了嫂子燒的早飯，怎麼連一聲謝都不道呀？」家鴻哼一聲，丟了碗筷就走。惠子怔怔地看著家鴻的背影，臉上充滿訝異和尷尬。母親趕緊出來打圓場，對惠子說：「你大哥就是這個脾氣，別理他，我們吃飯，吃飯。」

剛吃完飯，惠子正幫著母親收拾碗筷的時候，李政風風火火地推開門，闖了進來。陳家鵠哈哈大笑道：「你這回可來得不巧，我們剛吃完。」

「我吃了。」李政一臉嚴肅。

「那是給我送徵調令來了？」

李政看天井裡人多，對陳家鵠使了個眼色，「進屋說。」陳家鵠這才注意到李政的神色不對，臉色像被霜打了似的。他湊上前，小聲問：「怎麼啦？」

「見鬼了！」李政低聲罵道，徑自朝客廳走去。兩人匆匆來到客廳，未及坐下，李政就拉住陳家鵠，急急地問：「最近是不是有什麼部門來要過你？」

「是啊。」

「什麼部門？」

「說是什麼情報機關的。」

「是不是姓陸的，叫陸從駿？」

「鬼知道這是不是他的真名，反正就是他。」

李政一拍大腿，「我猜就是他！」

陳家鵠並不瞭然，放鬆了身體，淡然地說：「怎麼，你認識他？」

李政憤憤地說：「我才不想認識他，這種人，仗勢欺人之徒。他才從我們那兒挖走一個人，現在又來挖你。今天一大早他就給我送來一號院的通知，說他們要調你，叫我們放手。」

陳家鵠這才重視，楞楞地看著李政。李政嘀咕道：「奇怪，他怎麼知道我們要調你呢？」陳家鵠終於明白過來，神情肅穆地說：「他肯定在跟蹤我。」李政點頭默認。

其實，何止是跟蹤，婚宴的地方都是黑室定的，其間一切談笑風生、好言佳話、是是非非，都被老孫如數收集在案。當天晚上，老孫便趕回五號院向陸所長作了詳細彙報：惠子那邊明的暗的沒有絲毫異常，倒是兵器部冒出事來了，他們要調陳家鵠。

陸所長不顧夜深，當即給杜先生打去電話，把傅將軍對陳家鵠的薦詞和自己一面之識的感受，以及兵器部要調他的情況，簡單作了彙報。杜先生聽了電話問他：「你需要我做什麼？」陸所長答：「我五號院需要他。」電話裡只傳來一句「知道了」便斷了線，嘟嘟地響著，像一艘潛艇正在秘密下沉。次日天剛放亮，一份密件就由值班人員送到了陸所長的床頭。他命人將密件送到了李政手上。

到達的不只是密件，人也緊跟著到了。

就在陳家鵠與李政迴避家人、在客廳裡密談之時，老孫拎著一籃水果，走進了陳家，彬彬有禮地向陳家鵠父母問好，並打問陳家鵠。陳家鵠聞聲出來，冷著臉問他：「又是你，找我幹嘛？」老孫對他的冷淡視而不見，依舊很有禮貌地問好。陳家鵠皺著眉頭，語氣很衝，「我本來是好的，見了你就不好了！」

「對不起，」老孫謙卑地笑著，「不是我想見你，是我的老闆想見你，讓我來接你。」

陳家鵠的情緒已經被李政剛剛提供的情況烘乾、焐熱，一點就著火，「我要不走呢？你是不是準備掏出槍來逼我走？」

老孫搖頭，「不，不，陳先生見外了。」

陳家鵠說：「少囉嗦，回去告訴你老闆——不，應該是處長吧，我不想見他。」

門外響起一陣大笑，陸所長款款地走進來，朗聲說道：「早知陳先生有脾氣，所以甘拜下風，甘願登門求見。」

陳家鵠先是驚異，繼而馬上不客氣地回敬道：「你不怕我們家門檻高嘛，對不起，我不想見你，請走人！」

陳家鵠的父親正在旁邊整理一盆花草，見狀，回頭責備道：「家鵠，你怎麼這樣不懂禮貌！」意外得了援兵，陸所長連忙走上前，對老先生一鞠躬：「陳教授好，學生多年前曾在同濟聽過您老的講座，受益匪淺，至今不忘。」轉而又對陳家鵠母親鞠了一躬，「伯母好。」

「哦，你是同濟的，哪一年的？」陳父有些驚奇地望著他。

「民國十年，那時候您每年都來我們同濟開講座。」

陳父說是是是，拉過一張凳子，請陸所長坐，把現場的氣氛緩和下來。這時李政從屋裡出來，陸所長見了，故作驚訝地招呼他，「這位不是李處長嘛，我們見過面的，我們剛從你手下調了一名幹將，不錯，不錯，兵器部果然是藏龍臥虎啊。」

陳母解釋道：「這個小李啊，跟我們家鵠是同一天生，同一條街上長大的。」

陸所長對陳母點點頭，「哦，難怪李處長要把令郎招至門下，可是……」他轉頭望著李政，聲音變得生硬，「李處長，恕我直言，貴部的門檻兒低了些，不適合陳先生高就。」如此公然挑釁，令李政反感，唇齒間不由發出一聲冷笑，「跟你的門檻比是低了一些，只怕我的老同學不願意走高門檻。」陸所長淡淡一笑，「你放心，這是我的事。」

「別理他。」陳家鵠走過來，對李政說，「走，我送你走。」

陸所長在後面追了一句：「要回來哦，我有大事要跟你談。」陳家鵠根本不理睬他，親熱地扶著李政的肩頭徑直向外走去。場面有點僵，陳父爲了打破尷尬，叫家鴻來給客人泡茶。閒談中，陸所長知道家鴻以前在南京郵政局工作，現在賦閒在家，表示他樂意張羅一下，或許能幫個小忙。一下贏得了陳父陳母和家鴻的好感。

陳家鵠送完李政回來，即要上樓。所長見了連忙喊：「陳先生別走，你我終究是有過一面之交，何必如此冷落我。我既然來了，總要談一談嘛。」

「談什麼？我們沒什麼好談的。」

「還沒談怎麼知道沒什麼好談的。」

「那你說吧，我聽著。」

「我們需要找個地方談。」

陳家鵠瞪他一眼，率先進了客廳。陸所長跟進來，小聲道：「我們去外面談吧，你知道，幹我們這行的總是疑神疑鬼的。」陳家鵠反唇相譏，說：「哼，你連我的家人都不信任，我們還有什麼好談的。」陸所長怎麼會這麼容易敗下陣來，他答得更加漂亮，「不瞞你說，我連自己都不信任。關鍵是，我要對你的家人負責，我在這兒待久了不好，鬼子把我當成一個香餑餑，可能正在四處找我呢。」

陳家鵠這才正眼看他，顯然是被點到穴位了。

所長勸他，「走吧。我知道，出了門往右，走五分鐘，有一片亂墳崗，我們去那裡談吧。死人是不需要我們負責的。」說著出去，正好碰到惠子和家燕洗完碗筷，在擦桌子，便又相認了一番。客觀地說，看惠子溫良、安靜得甚至帶點兒羞怯的神情和舉止，陸所長難以將她和一個間諜聯繫起來。但他馬上又告誡自己：不能「以貌取人」，俗話說不叫的狗最會咬人，一眼識得破的間諜又怎麼能當間諜？

二

正是盛夏時節，墓地裡草長鶯飛，蓊鬱一片，蝴蝶翩翩舞，昆蟲嗡嗡飛，嘉陵江的風越過無數的屋脊，颯颯地吹來，在草叢間掀起嘩嘩的浪語，讓人備感清爽舒服。所長和陳家鴿一前一後向墓地深處走。老孫保持一定距離，若即若離地跟著。

所長邊走邊頗爲抒情地說：「這兒眞好，死人聽不見我們的話，聽見了也不會說。我相信死人，不相信活人；我相信背叛，不相信忠誠；我相信陰謀，不相信愛情。有時候，我對自己的職業眞是厭倦透了，可有什麼用？除了死，沒有解脫的途徑……」陳家鴿不耐煩地打斷他，「你別閒扯了，有什麼事你就說吧，我可不想在這種鬼地方待久了。」

「好吧。」陸所長突然變得嚴肅起來，緊緊盯著陳家鴿，一字一句地說，「我們需要你，請你去我們那兒工作。」

「我要說不呢？」

「抗日救國的大事，我相信你不會說不。」

「我去兵器部也是抗日救國！」

「那對你來說是大材小用了，只有在我們那兒，你的才華才能得到充分發揮。」

陳家鴿不屑地說：「據我所知，你們幹的都是偷雞摸狗的事，我又能爲你們幹什麼？」

「你眞想知道？」陸所長停下腳步，目不轉睛地盯著他說，「死人聽見了沒關係，但你絕對不能跟任何一個活人說。」

「你就把我當個死人吧，知道了也開不了口。」

「不要說不負責任的話。」陸所長神色凝重，口氣嚴厲，「嚴格地說你現在還無權知道，但你恃才傲物，自鳴得意，我不讓你知道恐怕也無法讓你跟我走。實話告訴你，我不是什麼情報處的，我是對日無線電偵聽機構黑室的主人，我們請你去是要你破譯日軍密碼。」

陳家鵠震驚了，以裝糊塗掩蓋內心的驚異，「你說什麼？什麼機構？我沒聽清楚。」

「別裝糊塗，」陸所長知道，他需要用沉靜的銳利去擊敗他，「我要你去破譯鬼子的密碼。」輕聲柔語，言簡意明。

「破譯密碼？」陳家鵠目光炯炯地看著對方，繼而又破顏而笑，「你找錯人了！我怎麼會幹這個？鬧了半天，居然是個天大的誤會，哈哈哈……虧你還是個搞情報的，哈哈哈。」笑聲比蝴蝶飛得還歡快。

「你笑什麼？有什麼好笑的。」

「我笑你，情報頭目搞錯情報了。」

「你笑我，死人在笑你！」陸所長眼睛裡透出一束光亮，狠狠地瞪著他，臉上充滿譏諷，「你以為這樣能騙得過我？你太小看我了，瞭解你，我超過你的父母。」

「可惜瞭解的都是假情報。」

「難道你破譯美國外交密電也是假情報？」

陳家鵠一驚，臉上瞬息萬變，但還是故作輕鬆地說：「什麼美國醜國、密電明電的，我沒聽說過。」

「想聽嗎？」

「想，說來聽聽。」

「說來話長。」

「沒關係，我有的是時間，您慢慢說。」

「幾年前你在早稻田大學讀書時解過一道超難數學題，是嗎？」

「是。」

「這道難題將早稻田大學裡的所有數學教授都難倒了，包括您的導師炎武次二教授。」

陳家鵠看他一眼，「說，往下說。」

陸所長說：「據我所知，炎武次二是日本最有名望的數學家，他都解絕不了的難題，而您竟然毫不費事地將它解決了。」

「您知道的還眞不少。」陳家鵠冷笑。

陸所長說：「如果我們再談下去，您會發現我知道的更多，甚至有些不該知道的我都瞭如指掌。」

陳家鵠故作鎭靜，「說啊，繼續說，既然你知道的那麼多。」

陸所長便繼續往下說：「事實上，那道超難數學題是由一份美國外交密電置換出來的。當你解了那道難題時，無異於破譯了那份密電。而之前，你從未接觸過密碼，這說明你有破譯密電的天賦，奇才啊！」

陸所長看了看陳家鵠，見他不語，又說：「所以事後不久，日本陸軍情報部門派人到學校要你爲他們去服務，但遭到你的拒絕。是這樣嗎？」

陳家鵠覺得來者不善，而且一語擊中了他幾年前的舊傷，一股無名火忽地從心底躥上來，不覺提高聲音吼叫道：「是又如何，不是又如何？」

陸所長卻顯得很冷靜，笑瞇瞇地說：「如果是，說明你正如我所料，也正如你自己說的，你有一顆赤誠的中國心，報國心。」

「你高看我了。」陳家鴿冷冷地說，然後抬腕看看手錶，「對不起，我有事先走了，請你自便。」說完拔腿下山。

陸所長跟上來，頗具耐心和禮貌地說：「以我之見，一個英雄最怕的是沒有對手，沒有用武之地，您的才華正是我們民族解放事業急切需要的，我們那裡正是您這樣的英雄大展宏圖之處，我眞的不知道您爲何如此固執己見？」

陳家鴿不聞不顧，依舊疾步而走。

陸所長緊追幾步，又湊上去說：「你身爲一代國士的後裔，如今國難當頭理當挺身而出，豈有置之不顧之理？」

陳家鴿突然剎步，佇然而立。

「這是一條死亡之路！毀滅之路！自殺之路！不歸之路！你休想把我騙去！」陳家鴿突然暴跳如雷，像機關槍一樣對陸所長大聲嘶吼，連發不止。

陸所長退開一步，輕蔑地說：「這樣的話我曾不止一次聽汪精衛先生說過，難道你也是求和派？」

陳家鴿稍稍平靜了一下自己，喘息著說：「我不是求和派，要投降我又何苦回國？你聽錯我的話了。」說著就近找了塊墓石坐下，一副心力交瘁的樣子。

陸所長在他旁邊蹲下來，「是啊，我也是這樣想，求和投降只要有一張乖巧之嘴和一顆奸詐之心即可，身在異國也不妨，何必漂洋過海、風雨兼程地回來？既然不是和，就是戰！而你將要去從事的工作就是爲了戰，爲了戰無不勝，爲了殲敵於千里之外！」

陳家鵠埋頭不語。

陸所長繼續說：「兵家言，知彼知己，方能百戰不殆。國軍所以節節敗退，絕非前線將士貪生怕死，而是——正如蔣委員長說的，我們是輸在兩樣東西上，一是裝備，二是情報。裝備，是國力的象徵，冰凍三尺非一日之寒，不過目前我們已從德國、蘇聯和美國採購了大批武器裝備，組建了像第八十八師這樣完全德式裝備的鐵師雄旅，還有特種坦克獨立師、空戰師，這些驍勇善戰的尖刀部隊，在中原與敵鏖戰血鬥，寸土不讓，可謂初見成效。而說到情報，這也是一場戰爭，像破譯密碼，打的是智力戰、人才戰。我泱泱大國，人才濟濟，難道還不能迎頭趕上？我們對你已有充分的瞭解，你是炎武次二的高材生，而現在日本軍事密碼就是從炎武次二的數學成就上站起來的，你是最適合來幹這個的。你一定能夠破譯日軍密碼，爲抗日救國大業建功立業。」

陳家鵠猛地抬起頭來，冷冷一笑，「你說的比唱的好聽，你瞭解密碼嗎？你知道破譯密碼是怎麼回事嗎？」

陸所長笑道：「不知道，所以才如此懇切邀你加盟。你若今天不答應我，我照樣還會登門邀請，那樣的話我就是三顧茅廬了，您就是諸葛先生了。」

陳家鵠瞪著他，「我永遠不會答應你的，因爲答應了你，等於是葬送了我的前程。」

「老弟此言差矣，」陸所長搖頭，「投身救國救民的大業，怎麼能說是葬送前程？」

陳家鵠高聲說：「我說的是破譯密碼！你知道破譯密碼是幹什麼？是傾聽死人的心跳聲！你能聽到死人的心跳聲嗎？聽到了是不正常的，聽不到才是正常的——這就是破譯密碼，世上再沒有比這個更殘酷的職業！你讓我去幹這個，不是葬送我的前程嗎？」

「言重了吧，你不就曾經破譯過密電嗎？」

「那是偶然！」

「對你也許是必然。」

「沒有必然的事！我剛才說了，密碼破不了才是正常的，必然的，破了才不正常，才是偶然的。」

「就算是偶然吧，偶然有一，就會有二。你想過沒有，只要你再有一個偶然，給我軍破譯一部日軍密碼意味著什麼？意味著前線有多少將士將免於一死……」

他們背後突然發出一聲異響，好像是一只鐵碗觸地的聲音。所長頓時噤口不語，迅即起身去墳墓後邊察看，發現有一個流浪漢正捧著一只髒乎乎的鐵碗，在啃吃食物。從吃的東西看，顯然是搜羅來的祭物。此人必是個盜墓賊，而且就栖居在此。一座墳墓已經被他挖空，改造得像個工棚，聊以住人。

陸所長立即衝上去，責問他是什麼人，在這裡幹什麼。流浪漢聽不懂他的國語，只是一味比劃著一雙髒乎乎的手，嗚嗚亂叫。陸所長的臉黑得像鍋底一樣。他想了想，不再理會這個流浪漢，轉過身去，朝遠處的老孫招手。老孫跑過來，陸所長在他耳邊悄語幾句。老孫看看那個流浪漢，將嘴巴湊到陸所長耳邊悄語。陸所長顯出很不耐煩的樣子，瞪眼吼道：「別問我，這你還不知道嗎，你是幹什麼的！」

老孫諾諾地退開，向流浪漢走去。所長則招呼陳家鵠往山下走。陳家鵠扭回身去看老孫，他顯然沒有放下此事，不知道老孫會如何處理那個流浪漢，會不會把他帶走？陸所長自語道：「見鬼了，在這種鬼地方，想不到背後還有人。」

「他是本地人，聽不懂你的話。」陳家鵠說。

「聽懂了也可以裝不懂。」

「他聽懂了你會怎麼樣？」

「這不是我的事，是他（老孫）的，讓你放下顧慮跟我走才是我的事。」

「你死了心吧，我不會跟你走的。」

陸所長笑而不答，默然往前走了好一會兒才開口：「我該說的都說了，不該說的暫時還不想說。」有點威脅的意味了。陳家鵠才不吃這一套，「我倒想聽聽你不該說的是什麼？」

「眞想聽？」陸所長微微笑道，「其實很簡單，就是不管怎麼樣，你都得跟我走。」陳家鵠告訴他，「幾年前那個像你一樣的日本情報官也是這樣對我說的。」

「不一樣，我不是日本情報官。」

「對我是一樣的，我依然不想葬送自己的前程，面對的依然是秘密組織的嘴臉，自以爲是，過分地相信自己的權力和能力，不尊重別人的感情和意志。」

「不，不一樣！」陸從駿提高了聲音，每一個字擲地有聲，「他是你的敵人、敵國！而我代表的是你的祖國和無數在前線浴血奮戰的將士，無數的父老鄉親，無數的親人姐妹！」

陳家鵠坦然應對，「是，你說得對，可我代表誰？我代表的是我，而不是你。你不能代表我，強求我去做一件我不願做的事。」

陸所長攔住對方去路，厲聲喝道：「可你的國家需要你去做！」

陳家鵠看看天空，像個美國人一樣攤攤雙手，無奈但其實無所謂地看著他，「你不必這麼聲色俱厲，我不是孩子可以嚇唬的。正因爲我不是孩子，我知道我應該選擇什麼路，對國家和對自己都是有益的！」陸所長默然不語，只有冷笑。這是他第一次對陳家鵠發出冷笑。陳家鵠也不想再跟他浪費唇舌，邁開大步往前走去。

幾百米之處，老孫和流浪漢，一個站著，一個坐，都在抽菸，悶聲不語。看樣子，兩人似乎剛吵過架，又似乎言歸於好了。老孫看對方菸快抽完了，又遞上一根，「再來一根吧。」對方也不客氣，一手抽著，一手又接過了一根，夾在耳朵上。爲表示感謝，他讓出自己的座位，請老孫坐。老孫謝絕了，用本地話問：「老鄉，你在世上還有親人嗎？」

流浪漢說：「啥子親人，有親人啷個會住到這兒來嘛。」

老孫摁滅菸頭，起身立到墳頭，看所長他們已經走出墓地，消失在一棵大樹背後，於是準備行動了。他剛才抽菸，其實就是在等他們走遠，好行動。這會兒他掏出手槍，拉開槍栓，把手放在身後，朝流浪漢走去。說來也怪，老孫的身上看上去好像什麼也沒有，但其實是要槍有槍，要刀有刀，也許還有迷香、毒藥什麼的。

老孫走到流浪漢身邊說：「老鄉，對不起了。」說著朝他胸背開了一槍。槍口冒著絲絲熱氣，老孫吹了一下，把槍收了，仰望天空。他不想看見死者臨死前的抽搐，直到腳邊完全安靜下來才收回目光。死者趴在地上，一動不動，生命已經化成一攤烏血，鑽進泥土。

老孫蹲下身，把死者翻過身，發現死者睜著眼，便幫他抹下了眼簾，對他說：「老鄉，你是爲了保守國家秘密而死的，一路走好。來，我給你挪個位，我可不能讓你像漢奸一樣，死了都沒人敢收屍，入不了土。」

老孫一邊說著，一邊把屍體往墳洞裡拖。優質的墳洞據說是冬暖夏涼的，但對一個死者來說又有什麼意義呢？死者知道冷暖嗎？

有科學數據表明，在空曠無礙之處，手槍的響聲可以傳三千米遠。老孫開槍時，陳家鵠他們至多相距五百米，陳家鵠不可能聽不到。他剛才一直在思忖老孫會如何處置一個可能什麼也沒有聽懂的流浪漢，當槍聲打破墳地的清幽和闃寂、驚得無數的鳥兒撲翅飛起，陳家鵠已經猜到處置結果。這個結果令他比鳥兒還要驚悸，他轉身往山上跑去，他要去看個究竟。

陸所長擋住他的去路，「你要幹什麼？」

陳家鵠急紅了眼，「我要去看看，是不是你的人把他殺了！」

陸所長抓住他手臂，「你不要管，這不是你的事。」

陳家鵠想硬闖過去，哪知根本不是陸所長的對手。陸所長像棵大樹一樣巍然屹立著，腳步一動不動。陳家鵠想掙扎，陸所長稍一用力，他就痛得渾身軟了下去。陳家鵠瘋了似的吼叫：「放開我！你們這些劊子手！」這可是陸所長最不想聽的話，他手上略爲用力，就將陳家鵠旋過身去，並順勢推他一把，「下山吧，那不過是個吃死人東西的盜墓賊而已，值得你管嗎？」

陳家鵠回頭朝他呸一聲，大聲說道：「我再也不想見到你了，你這個殺人凶手！」然後掉頭往山下瘋狂地跑去。陸所長怔怔地看著陳家鵠消失在視線裡。

老孫處理完事情，趕回陸所長身邊。陸所長指著他鼻子罵道：「你幹的什麼事！你不會不出聲嗎!?」老孫囁嚅著說：「我想……想讓他走得痛快些……」陸所長沒好氣地吼道：「他痛快了，我難受了，你沒看見他剛才跟我急！」

三

陸從駿急，李政也急。

陸從駿急的是，一個好端端的人才、奇才，他苦口婆心，語重心長，威逼利誘，磨破嘴皮子，似乎都不見效，現在甚至是翻臉了，瘋了，絕了；李政急的是，他一手爲延安準備的人才都到了家門口，卻突然殺出個程咬金，活生生地把他劫了去。

別人能劫，難道他們就不能劫了？李政心裡不由一動。所以離開陳家後，李政火速趕到機房街八路軍辦事處，向上司天上星作了彙報，並建議把陳家鵠藏起來。

天上星搖頭，「依我看事到如今，沒辦法了，你把他藏在哪裡都沒用，他們都會找到他的。他們可以明著搶，但我們不行，除非你的同學現在主動要求做我們的同志，我們可以幫他忙，讓他離開這兒。」

李政說：「這肯定不行，他還沒有這覺悟。」

「所以就沒辦法，只有順其自然了。」天上星說。可李政不甘心，又建議讓陳家鵠自己去找關係，擺平杜先生。旁邊的童秘書覺得這是個辦法，可以一試，「他們陳家也算名門了，也許上面會有關係。」他說。天上星搖著頭說：「難，估計難。那個姓杜的現在位高權重，他要調的人一般人是不敢去找他說情的。」然後又轉臉問李政：「你覺得陳家鵠願意去黑室嗎？」

「肯定不願意。」

「爲什麼？」

「我覺得主要是他不喜歡這工作，他說去那裡面工作是下地獄，不會有好下場的。」一旁的老錢也跟著點頭說：「他跟我談話中也表露過這個意思，尤其對破譯密碼深惡痛絕。」

天上星笑道：「他是個智者，知道這東西的深淺。」

李政嘆了口氣，說：「可能這跟他在日本的遭遇有關吧，他被這工作搞怕了。」

天上星說：「我看他怕也得去，沒有回頭路了。」

豈止是沒有回頭路，連旁門左道都被堵死。

陳家鵠回到家裡，還沒來得及喘口氣，陸所長又帶著老孫來敲門了。陳家鵠無奈，只得去樓上躲著，讓大哥陳家鴻去開門，並告訴陸所長，他不在家。老孫欲闖進門去，被陸所長攔住，後者知道，機會還在，不必急。他對家鴻說他們晚上還要來，請他轉告家鵠，讓他務必在家等候。陳家鵠在樓上聽見了，氣得咬牙切齒，對牆怒罵：「見你的鬼去！」

當晚，天剛攏黑，陸所長如期而至。這次，是妹妹家燕開的門。家燕把門拉開一條縫，將自己的臉夾在門縫裡，對門外的陸所長說：「對不起，我二哥還沒有回家。」

陸所長不客氣了，令老孫強行推開門，闖了進來。陳家人聚在庭院裡，剛吃完飯，一盞昏黃的煤油燈映照著滿桌的狼藉，也映照著他們忐忑的臉。陸所長一看他們緊張慌亂的神情，就知道，陳家鵠不是沒回家，而是走了，跑了！可當他轉臉看見惠子時，心中的一塊石頭又落了地。他知道，惠子沒走，說明陳家鵠不會跑遠，他相信只要他不跑出國去，一定能找得到他。

陸所長在院中安閒地踱起方步，臉上掛著輕鬆的笑意，環顧著四周說：「我知道他在躲我，其實沒必要，有些事，躲是躲不掉的。」他越輕鬆，陳家人就越緊張，全都不安地看著他。陸所長像個長袖善舞的戲子，長袖抛出去後又馬上收了回來。他踱到陳家鵠父親身邊，彎腰禮貌地說：「老先生，可否借一步說話？」陳父正有許多事要問他，便點點頭，站起身，帶著他往客廳走。陸所長竟疾步上前，去托陳父的手肘，樣子像個謙卑的晚輩或學生。

院裡的人都不覺驚愕地看著他，看他扶著老先生進了客廳。一進客廳，陳父劈面問：「你究竟是什麼人？找我們家鵠去幹什麼？」陸所長不慌不忙地將陳父按在沙發上，說：「我的身分是保密的，但先生是令人尊敬的，我也不妨違反一下紀律。」說著就掏出證件遞給老先生看，「這是我的證件，你看了不要外傳就是。」陳父只看了那證件一眼，就震驚了，「你……你是軍委的？」

陸所長笑道：「不是黑社會，你兒子手無縛雞之力，黑社會也不需要他。但他在數學上的才華和成就正是抗日救國最需要的。說實話，他一個人的本事可以抵得上一個野戰軍！」

陳父驚喜不禁：「眞的？」

陸所長說：「絕無戲言，只是他現在對我們有些誤會，所以懇請我敬重的老教授替學生做做工作。」

陳父擺擺手爽快地說：「我們家和鬼子於公於私都有不共戴天之仇。既然如此，你放心，我會把他找回來向你去請纓的。中華民族生死存亡之際，每一個國人都責無旁貸。老夫身朽，也甘願爲抗擊日寇赴死沙場，他風華正茂更當如此，豈有不從之理。天地良心，孝爲先，報國爲上，他不從，首先老夫就不依不饒！」

老先生的通情達理令所長振奮又感動。辭別之際他已無擔心，他深信，明天老先生就會告訴他，陳家鵠藏身何處。

果然，第二天一早，老先生搭乘電車，去石永偉的被服廠找到了「消失」的兒子。父子倆關在房間裡促膝相談，掏心掏肺，衷腸吐露，眞相大白。

父說：「家鵠呀，抗日救國是民族大業，你萬萬不可在這等大是大非上打小算盤，要小聰明。」

子答：「爸，我要打小算盤就不回來了。我回來就是爲了抗日，但他們要我幹的事我沒法去做。」

父問：「他們讓你去幹什麼？」

子說：「這是秘密，他專門要求過的，不能對任何人說。這是一個國家的秘密，洩露了是犯法的。」

父說：「這說明這工作很重要啊，你應該感到榮幸才是。」

子說：「爸，你不瞭解，這種事……是個陷阱，誰陷進去了一輩子都可能一事無成。再說這也不是我的專業，我要去做，一切都要從頭開始，我心裡根本沒底。」

父說：「沒底，你可以從頭學嘛。」

子道：「這不是學的問題。這……這根本就不是一個職業。爸，這是一個陰謀，是人類爲了謀殺天才設計的屠宰場！」

父親驚愕地看著兒子，不知道他在說什麼。既然事關抗日救國大業，又怎麼成了陰謀，成了謀殺天才的屠宰場？父親不懂，但兒子懂。陳家鵠深知，破譯密碼是一位天才努力揣摩另一位天才的「心」，這樁神秘又陰暗的勾當，把人類眾多的精英糾集在一起，爲的只是猜想由幾個簡單的阿拉伯數字演繹的秘密。這聽來似乎很好玩，像一場遊戲，然而人類眾多精英卻都被這場「遊戲」折磨得死去活來，甚至心智崩析。密碼的了不起就在於此，破譯家的悲哀也在於此。

陳家鵠見父親困惑地望著他，只得換一種方式對父親說：「爸，說實話，如果我不瞭解內情，稀里糊塗地去了也就去了。但現在我知道……我有幾個同學現在就在幹這個，他們無不悔恨莫及，我怎麼能再蹈覆轍。有個同學曾這樣對我說，你想一輩子都被廢掉嗎？就去幹這個！你想一輩子都生不如死嗎？就去幹這個！爸，這是人類最殘酷的事業，它把人類大批精英圈在一起，不是要使用他們的天才，而只是想叫他們活活憋死，悄悄埋葬。爸，相信我，我不會給你丟臉的，我只是想從別的途徑來報國救亡！」

父親似乎懂了他的心思，長嘆一口氣說：「但你這樣躲也不是個辦法啊，他們遲早會找到你的。」

陳家鵠苦苦一笑，「他們已經找到了。」

父親不解地望著他。

陳家鵠說：「是你帶他們來的。」

父親震驚不已，「你是說他們在跟蹤我？」

陳家鵠肯定地點了點頭。

父親一臉的焦急，「那怎麼辦？」

陳家鵠苦笑道：「沒辦法。」

父親拍著自己的額頭，唉聲嘆氣，「你看我，都老糊塗了。」

陳家鵠安慰父親，「沒事，爸，你不用自責。其實，躲是躲不了的，躲到哪裡他們都能找到我。我這樣做只是為了表明一個姿態，一種決心，他們看我堅絕不從，也許會放過我的。」

陳家鵠想得太天眞了，陸所長是幹什麼的？杜先生是幹什麼的？只有他們不要的人，沒有他們要不來的人，他們既然決心要他，又怎麼可能放過他？天眞的陳家鵠啊，你終究跳不出黑室的掌控，正如孫悟空跳不出如來佛的掌心一樣。

四

由於地處西郊，相對僻遠，除了一些拉被服的卡車外，很少有其他車輛來石永偉的被服廠。可這天午後，卻有一輛軍用吉普車，在炙熱的陽光下，徑直開到了被服廠門前。

車上下來兩個人，一個年紀稍大，一個年紀輕輕，下車就往廠裡闖。老門衛攔住他們。那個年紀稍大的亮了證件，可老門衛並不理會，依舊攔著，伸手向他們要進廠的批條。這就惹惱了那個年紀輕的，刷地從腰間拔出槍來，抵在了老門衛的太陽穴上。老門衛頓時嚇得臉都綠了，渾身顫抖著，趕緊放行。

兩人就開著吉普車，昂揚而入。

這就是老孫和衛兵隊長小林，他們奉命來給陳家鵠送信。

陳家鵠拆開信，剛抽出信紙，咣噹一聲，裡面竟然還掉出了一顆子彈！陳家鵠和在場的石永偉俱震驚不已，包括前來送信的老孫和小林也面面相覷，頗覺意外。顯然，他們也不知情。

信很短，只有三四行，可字字見血，句句封喉，字裡行間無不充滿著透徹骨髓的威嚴和殺氣。

信如是說——

有人給你送槍，我們送你子彈。殊途同歸，都是爲了請你高就。不同的是，我們這邊沒有退路，拒絕要付出生命和榮譽的代價。到此爲止吧，再不要考驗我們的耐心了！

陳家鵠怒火中燒，當即把信撕得粉碎，往老孫和小林臉上砸，「見你們的鬼去吧，滾！給我滾！回去告訴那個姓陸的，我不怕，幾年前鬼子就這麼威脅過我，老子不怕！哼，想要流氓啊，讓我見識一下，有膽就拔槍把我斃了！」

老孫和小林任他罵，一副榮辱不驚的樣子，石永偉則死死抱住他，不讓他與老孫他們近身。陳家鵠掙脫石永偉，衝到老孫面前，指著自己的胸膛吼道：「來吧，有種的你就開槍！這兒，對準這兒，一槍斃命！」

老孫雙手交叉放在小腹前，不動聲色地說：「跟我走吧，我是執行命令的人，不要爲難我了。」

陳家鵠嚷道：「我就是不走，我就是要爲難你，怎麼著？我再說一遍，要嘛你有種就把我斃了，要嘛你們滾！馬上滾！」

老孫還是那樣平靜，「你不走，我們不可能走的。」

陳家鵠冷笑，「要我跟你走，除非你先把我斃了，帶屍體走。」

老孫定定地看著他，抬起手去摳鼻孔，別人還沒明白是怎麼回事，他已快如閃電地擺動身形，突然衝上去，拿出手銬，以迅不可及的手法把陳家鵠跟他銬在了一起：「對不起陳先生，你違抗軍令，我只有帶走你了。」

陳家鵠氣得發瘋，猛甩著被銬住的左手大罵道：「你這王八蛋，你銬我算什麼本事，你有種開槍啊！」

老孫略一使勁，將陳家鵠拉了個踉蹌，「我的任務是把你帶回去。」

陳家鵠極力掙扎，極力謾罵。老孫不聞不吭，默默發力牽著他走。陳家鵠順手操起一個傢伙，高舉著威脅老孫，「你如果再逼我走，我就砸斷我的手！」

老孫愣住了，不敢再逼他，正要好言相勸。陳家鵠瞪著眼說：「你給我閉嘴，我不會聽你的，要跟我說什麼先解開手銬，你以爲我是墳地裡的流浪漢，可以讓你隨便作賤！告訴你，即使一個流浪漢你作賤了他照樣要付出代價，你想作賤我還要再投胎一次！沒見過就這麼銬人的，你的政府是黑社會啊，黑道白道都要講個天道，我今天一不犯法二沒有傷天害理，你要銬走我，休想！」

老孫僵在那裡。

陳家鵠舉起他被銬住的左手，怒喝道：「我再說一遍，解開手銬，不解我就砸斷我的手！給你五秒鐘，我這就開始數數，數到五，你不動手我動手，我說到做到，不信試試看。」

「一。」

「二。」

「三。」

「四……」

見過不要命的，還沒有見過這麼不要命的。千鈞一髮，老孫不敢遲疑，乖乖地給他打開了手銬。陳家鵠二話不說，抬腿就走。走到屋門口，又轉過身來，怒目圓瞪，對老孫吼道：「別跟著我，回去告訴那個姓陸的，我已經瘋了，被他逼的。幾年前我被鬼子就這麼逼瘋過，想不到我還有今天，被自己的同胞逼得尋死覓活。蒼天哪，大地哪，你睜開眼看看，我在過什麼樣的日子啊！」

撲通一聲，陳家鵠跪在門外，抱頭伏地。

氣得老孫呆立在屋中，噴粗氣，翻白眼。

五

幾天後事情有了轉機。轉機來於多方面：機房街顧全大局的疏通，絞盡腦汁的攻心，還包括陸所長的外圍攻勢——動用關係，在軍人俱樂部給大哥陳家鴻安排了一個當放映員的工作。機房街這邊，李政從石永偉那裡得知陳家鵠堅決反抗陸從駿後，爲這位老同學的錚錚鐵骨和凜然正氣大爲感動，同時他也覺得這是個絕好的機會，可以趁兩邊鬧得水火不容之際做陳家鵠的工作，動員他另謀出路，去延安。

李政如是這般向天上星作了彙報，天上星沉吟片刻，覺得李政說得在理，「既然陳家鵠已經跟陸從駿翻臉，寧死不從，我們趁勢而上，因勢利導，也許有一定的成功基礎，但成功率不會高，很小。不過你的建議很好，讓我突然產生了一個新思路，我想見見他，跟他當面談一談。」

以什麼理由請他來？天上星召集老錢、李政、童秘書開會，最後找到了一個最佳理由：請他來與救命恩人道個別，送個終。「小狄是因爲保護他犧牲的，他應該來與他告個別，送個終。」老錢的建議立刻得到天上星贊同，「對，這個提議好，有些事情我們不妨藉機告訴他，這既是爲他的安全考慮，同時也便於他瞭解我們。我們是眞正的爲他好，即使他現在不領情，還有今後。」

就這樣，老錢卸下僞裝，戴著服喪的黑色袖箍，出現在陳家鵠面前。「是你，來來，進屋坐，」陳家鵠客氣地迎老錢進屋，「我還在惦記你們呢，不知你們是不是回去了。」

老錢沉痛地說：「小狄出了事，他想最後見你一面。」

陳家鵠沉痛地立在小狄的棺木前，棺木上覆蓋著鮮紅的中共黨旗，靜靜地停放在屋子中央。老錢指著棺材，對陳家鵠說：「其實，自從你來到重慶後，我們就住在你家對門，天天保護著你。」隨後老錢把小狄犧牲的經過向陳家鵠從頭細細道來，時間，地點，情節，細節，一五一十，有憑有據。這下，陳家鵠不僅是驚愕，而是傻了，魂不守舍，雙膝發軟，如在雲端。他如夢如痴地楞了好一會，突然抓住老錢的肩膀，在沉默中爆發，「爲什麼？你們爲什麼要這樣做？是誰讓你們這樣做的？」老錢嘆口氣，說：「因爲只有我們知道你的生命有危險。」

天上星適時走進來，邊走邊說：「這就是緣分啊，陳先生，我們偶然得知你回國，慕名邀請您去延安共謀抗日大業，不期巧遇你遭敵人追殺。不知則罷，知道了我們就要盡最大努力保護你，這也說明我們對你是誠心誠意的。」

陳家鵠疑惑地望著天上星。老錢給他介紹：「這是我們領導。」天上星上前握住他的手，「很高興認識你，陳先生。」陳家鵠卻不知說什麼，只支吾了一下。天上星友好地拍拍他，「人死不能復生，跟他告個別吧。然後我請你喝杯茶，好嗎？有些事我想跟你交流一下，我想和你做個朋友。」

天上星的秘書小童是福建南屏人，父親是個三代相傳的茶商，小童記憶裡最早的形象是母親背著他採摘茶葉，那漫山遍野的青綠，一片接著一片，如大海波浪一樣翻騰著，無窮無盡。每天早晨，父親總是坐在屋檐下，優哉游哉地，泡茶，倒茶，喝茶，一杯接一杯，茶香從門縫裡鑽進來，伴隨著茶具碰撞的聲音，使他的童年有一種隔世的感覺。生活在一個茶商身邊，注定要與茶結下深厚因緣，現在他每天的生活就是從喝茶開始。

喝的是武夷岩茶，葉片粗亂無形，顏色枯黃，泡出來的茶水像黃酒。這對出生在富春江邊、從小喝慣綠茶的陳家鵠來說，是一次陌生的體驗，在沒有入口之前，他不相信這是茶水，而是藥水。他甚至擔心喝下這杯東西，他也許會被迷魂架走，醒來時可能已經置身在像這杯茶水一樣昏黃的大地上：陝北延安。但眼看主人率先兩杯入肚，他也放開膽子，呷了一口，舌下頓時生津潤滑，精神爲之一爽。

好茶！

聽話聽音，天上星的開場白從茶起頭，談天說地，有理有節，有智有趣，率性隨意，收放自如，讓陳家鵠有理由放下一顆一直懸掛的忐忑之心。他甚至想，這次談話有可能像這壺茶：從不安開始，由驚喜收場。

主人道：「請容許我首先向你道個歉，由於我們求賢若渴，我們的同志貿然地走進了你的生活，也許給你帶來了一些意外的麻煩和顧慮。」

客人答：「首長客氣了，是我給你們帶來了麻煩，以致小狄都犧牲了。」

主人道：「小狄爲救你而死，死得光榮。我想他一定是走得無怨無悔的，因爲保護你的安全是他的任務。」

「你們沒有保護我的義務。」

「怎麼沒有？你是我們中國人的驕傲，你歸國是爲了抗日救國，以你的才智和學識，將來一定能在抗擊日寇的戰爭中建立功勳，我們當然有義務保護你的安全，每一個中國人都有這個義務。」

「首長過獎了，學生不才，受之有愧。首長找我想必有事相商，不妨說來。」

「好，我們就言歸正傳，今天請你來主要兩個原因：一，從道義上說，我覺得你應該來與小狄作個別，畢竟他是爲你犧牲的。」

「謝謝，理該如此。」

「第二呢，我們感到你對自己的安危缺乏足夠的認識，今天告訴你事實眞相目的就是要引起你的高度重視。」

「謝謝。」

「別老說謝謝，不用這麼客氣。現在我要說的是，我知道你不想去延安，至少目前沒有這個想法，我理解、尊重你的選擇。但現在，你在這兒的安全受到極大威脅，我們無法保證你不受傷害，去延安我可以保證，那邊雖然苦，但形勢沒這兒複雜。這兒有大批漢奸、特務，還有黑社會，很複雜。怎麼樣，是不是可以考慮一下？」

「如果我僅僅因爲怕死去延安，這樣的人你要嗎？」

「你偷換概念了，不過你這麼說我也就明白你的意思了。放心，我不會強求你去的，我只想告訴你，我們延安很需要你這種人才，比重慶需要，雖然大家都是抗日，但重慶人才多啊，你到延安去可以甩開膀子大幹一番事業。」

「謝謝首長厚愛，很遺憾，我確實沒有這個考慮，請首長原諒。」

「原諒談不上，遺憾倒是有。不過沒關係，來日方長，我相信我們的誠意你已經有充分的認識，哪天想去了，可以隨時跟我說，我親自送你去。」

「謝謝。」

「又謝謝了，哪有這麼多客氣，我可跟你不客氣了，有些話，我得跟你直說。」

「學生洗耳恭聽。」

「如果你非要選擇留在重慶，我建議你去黑室。」

「首長怎麼知道我要去黑室？」

「重慶就這麼大嘛，杜先生又是我們的朋友，現在國共合作了，稱兄道弟的關係，既是兄弟就要信息互通嘛。再說了，老錢他們天天跟著你，保護你，你什麼事能瞞過他們，他們都是訓練有素的專業人才。」

「你爲什麼建議我去黑室？」

確實，天上星出了一張怪牌，不論是陳家鵠本人，還是旁聽的老錢和小童秘書（他負責泡茶），還是在外面過廳裡「偷聽」的李政，都覺得不可思議。大家都盼著看他的底牌。神秘的底牌，是鮮花，還是陷阱？

天上星飲一口茶，一邊親自續茶水，一邊慢條斯理地道來：「兩個原因，也可以說三個：一，與我們希望你去延安的初衷是一樣的，就是爲了你的安全，你去黑室就會有組織保護你；二，黑室是個極力主戰的禦敵部門，任務就是破譯日軍密碼，需要你這種人才；這第三嘛，我瞭解杜先生這人，凡是他想要的人他會想盡一切辦法要到的。這就是我和杜先生的區別，可能也是共產黨和國民黨的區別。」

陳家鵠詫異地看著天上星，沉默不語。

天上星笑道：「等著吧，杜先生一定有辦法把你弄去，到時候我們就後會有期了。」看看時間，準備收場。坐在外間聽他們談話的李政見他們要出來，連忙躲掉了。李政暫時還不能暴露自己的眞實身分，自然不能在八路軍這裡與陳家鵠相見。

陳家鵠一走，李政就急不可待地跑出來，問天上星：「主任，你怎麼建議他去黑室呀？」

「你沒聽我說嗎？」天上星自問自答，「這事沒辦法的，首先我們想攔也攔不住；其次他的安全現在看問題確實很大，鬼子已追到重慶，千方百計要殺掉他，去黑室對他的安全有利，我們沒這麼多人力長時間去保護他。」

「可進了那鬼地方，我們就很難跟他聯繫了。」

「爭取嘛，」天上星笑道，「什麼都可以爭取的。我知道你的心情，留在你身邊便於你做工作，好動員他早日成爲我們的同志。可現在情況很特殊，我們也要隨機應變，不要去硬碰，你執意留他，弄不好還會把你的身分暴露了。就讓他去吧，來日方長，從大的方面講他去黑室也是抗日，當然從長遠看，我們不要放棄他，有機會就要爭取他。」

李政苦笑，「我買酒，別人喝了，這個買賣虧大了。」

天上星說：「我沒有你這麼悲觀，不是有句話嘛，山重水複疑無路，柳暗花明又一村。李政同志，世界是圓的，山不轉水還轉呢。」

六

陳家鵠剛跨進家門，就覺出了異樣，母親、惠子，還有妹妹家燕，全都在庭院裡坐著，卻像被什麼東西嚇住了一樣，噤若寒蟬。家燕迎上來，小聲說：「哥，你去哪裡了，來了位大人物。」陳家鵠皺著眉頭問：「什麼人？在哪裡？」家燕伸手指指客廳。

客廳的門像被家燕的手指開的，陸所長收縮著身子走出來，面帶笑容，舉止拘謹，像有人押著他。陳家鵠不以爲然，哼著鼻子冷笑道：「大人物，原來是你啊，怎麼又來了，你以爲這是你家嗎？想來就來，又想來銬我走是不是？那你應該帶一支隊伍來！」

陸所長笑吟吟地說：「我是陪杜先生來的。」

客廳門大開，杜先生果然從裡面款款走出來，還有陳家鵠父親、母親和大哥家鴻，亦步亦趨地跟在後面。杜先生瞟了陳家鵠一眼，問他父親：「這就是你家老二？」

陳父點頭稱是，「正是犬子。」然後對陳家鵠喊道，「家鵠，你去哪裡了，快過來向杜先生問好。」陳家鵠立在原地不動，父親眉毛一揚厲聲喝道，「過來，別沒規矩。」

杜先生淡淡一笑，「不必了，認識了，我們走吧。」回身招呼陳父和陳母，「陳兄、嫂子，一塊兒去。還有你，」指著家燕，「也可以去。」家燕誠惶誠恐地站起身來，頻頻點頭應允，好像有槍押著她，把她修理得一下子懂規矩，知滄桑了。陳家鵠看看大家，問：「去哪裡？」杜先生看都不看他，徑直往外走，「去了你就知道了。」

去的地方是國防部軍人俱樂部，今後家鴻將在這裡上班，當放映員。這是杜先生下午即興送給陳家的一份厚禮。所謂即興，就是說他下午拜訪陳家的本意不是來送禮，而是請他們（當然主要是陳家鵠）來這裡看一部片子。由於陳家鵠外出，杜先生在陳家耽擱下來，閒談中陸所長存心提起家鴻失業在家，請杜先生關照，後者便做了個順水人情。

看的片子是一部日寇在南京實施大屠殺的紀錄片。膠片不停走動，槍決，砍頭，活埋，奸淫，搶劫，轟炸，放火……銀幕上硝煙彌漫，刺刀閃閃，堆屍如山，血流成河……地獄般的陰森恐怖，慘無人道的血腥屠殺，慘不忍睹，痛心疾首。

影片放完，燈光亮起，可放映室裡依然鬼氣森森，彷彿剛才銀幕上的噩夢降臨在此。陳家鵠和他父母、兄妹驚魂不定地陷在座椅裡，難以從剛才那場慘絕人寰的噩夢中緩過來。

杜先生率先立起身，踱到陳家鵠面前，平靜、溫和、冷冷地說：「聽說你是在南京長大的，這就是你的故鄉被日寇踐踏的眞實記錄，如果你覺得心痛，就跟陸所長走。如果沒感覺就算了，你走吧，但別待在中國，去你的美國、法國、英國，隨你，天高任鳥飛。」

陳家鵠望著空蕩蕩的銀幕，久久沒有動彈。旁邊的母親眼裡早已經噙滿了淚水，轉頭望著他，淚花閃閃地說：「家鵠，你就答應杜先生吧，你都看到了，日本鬼子禽獸不如呀！你不曉得，你大哥的眼睛就是被鬼子炸瞎的，還有你大嫂……小侄兒……都是被鬼子炸死的……」

「石大哥的爸也是被鬼子炸死的。」家燕說。

「我們是礙於惠子的面子不敢跟你說實話。」家鴻說。

「家鵠，你就聽媽的話，去吧。」母親已經泣不成聲。

「家鵠，」父親最後站起來，長長地舒一口氣，意味著他有更多的話要說，「如果你還是我的兒子，就聽我一句話，不管是上刀山還是下火海，不管你是願意還是不願意，不管出於家恨還是國仇，你都跟陸所長走。國難當頭，沒有最好的選擇，只有服從抗戰的需要，我老了，如果……」

陳家鵠沒有讓父親再說下去，他答應走，「但我有個條件。」對杜先生說。

「說吧。」杜先生雙手抱胸，一副洗耳恭聽的樣子。陳家鵠請杜先生和陸所長走到一邊，才說：「我妻子是個日本人。」

杜先生說：「這叫什麼條件。」

陳家鵠說：「你們必須絕對信任她。」

杜先生問：「你信任她嗎？」

陳家鵠答：「我絕對信任她，爲了我，她已經跟家人決裂了，她把一生都交給我了，我要對她負責。我也可以對你們負責，她絕對不會有任何問題，希望你們相信我，答應我，不要對她有任何懷疑。」

陳家鵠知道，只要他們對惠子稍有懷疑，他們的夫妻情就會被生吞活剝。他所以這麼決絕地不願意去黑室，或許這才是眞正的原因。現在，他想把命運掌握在自己手裡。

一個日鬼的女婿，一個日鬼的女婿，一個日鬼的女婿……
這天夜裡，林容容反覆念叨著這句話，
深切地重溫了失眠的滋味。苦的。生鏽的。

第六章

一

重慶。

霧都。

霧是重慶的魂靈。每天早晨，旭日晨曦降臨，嘉陵江上的霧氣也隨之甦醒，隨風起舞，白茫茫，晃悠悠，像一匹遮天蔽日的巨大白紗布，從河坎下漫起，漫向坡坡坎坎，漫向大街小巷，甚至還漫到屋頂，漫上樹梢，漫進居民家的庭院和窗戶，最後將整座城市和所有的人嚴嚴實實地掩起來，裹在一起。霧氣中夾雜著一種生石灰的味道，還有濃厚的魚腥味，再加上居民家潲缸裡的怪味和陰溝裡的腐臭味。因爲霧，這些魚龍混雜的氣味被久久地滯留，深深地嵌在絲絲縷縷裡。旭日東升，晨光乍現，空氣清新，小鳥啁啾，悠然見南山。一日之計在於晨。太陽每天都是新的。這些形容早晨美好的詞句，對重慶來說猶如夢囈。拂曉時分，黎明時光，你若佇立在重慶闃無一人的街角、巷口，漁火零星的岸邊、碼頭，含混不清的黏滯的光線、氣味，甚至氣溫、潮氣，都會使你的身體沉重、厭倦。

重慶的早晨猶如貧窮的街道一樣，令人絕望。

陳家鵠就是在這樣一個早晨，被陸所長和老孫從家裡接走的。這是他到重慶後的第十三天，恰好又是星期五。這兩個數字讓惠子事後連續多日夜不能寐，她眼前頻繁、擁擠地浮現出教堂的穹頂，受難的耶穌，慈祥的聖母瑪麗亞，還有那個面容不清的猶大。這兩個數字連接著出賣、背叛、苦難、犧牲。這一切都是因爲她和陳家鵠的終身是在教堂定下的。

去教堂履行婚禮，倒不是因爲信仰的原因，而是由於條件限制，不得已爲之，有點土法上馬的意思。客居異鄉，舉目少親，時間倉促，如何讓婚禮辦得既簡單有效又莊重神聖，教堂不失是個好地方。那裡有擅長此道的牧師，有成龍配套的程序，有天眞燦爛的笑顏和優美唱詩的童音。最後，他們甚至欺騙了牧師才贏得了一場像模像樣的婚禮。臨行前的晚上，飽嘗離別之傷的陳家鵠安慰惠子，他們投機取巧、貪圖方便的行爲只會觸怒基督及其教徒，因此他們其實是遠離了基督，而不是接近，更不是接受，所以那些古老而神聖的教義和規矩對他們不會產生效力的。

無心因而無效。

惠子當時是聽進去了，才沒有極力勸阻。但事後她又被後悔糾纏，她憂鬱地想，丈夫並不是去參加什麼比賽，或者某個時間特定的活動，不能改變行期。從某種意義上說，她完全可以藉故拖延一天，甚至拖兩天，拖過一個周末。她是想到的，可就是開不了口。她不是個善於開口的人，她性情內向、溫和、柔軟，更善於默默地忍讓。在黎明的黑暗中，她眼看丈夫乘坐的車子消失在迷霧中時，她終於忍不住，流下了滾燙的熱淚，熱度足以灼傷她的眼睛。

二

小車出小巷，穿大街，過馬路，左彎右拐，爬坡下坎，徑直向郊外駛去，向一片茫茫的大霧深處駛去。直到太陽初升，濃霧漸散，陳家鵠才發現，他們的車子已經行駛在了一條坎坷不平、曲裡拐彎的山徑小道上。還是盛夏時節，山道兩旁樹木葱蘢，花草繁盛，但車窗外了無人跡：看不見一座民房，不見一縷煙火。而且越往裡走，越是空寂、荒蕪、野僻，甚至有些野草都大肆蔓延到了路上，並且生機勃勃。

太荒蠻了！

陳家鵠不由得從車窗外收回目光，扭頭問陸所長：「要去哪裡啊？」

陸所長和藹地笑笑，道：「我們有約在先，不該問的不能問，你問了輕則失約，重則就是犯規。幹我們這行的，要學會多看，多想，少說。」然後友好地拍拍陳家鵠，安慰似的說，「沒事，你會習慣的。」

陳家鵠哼一聲，不屑地說：「還是不要習慣的好。別忘了，你們對我也有約定。」

「忘不了。」陸從駿的目光移向窗外，淡淡地說，「我們必須絕對信任你的妻子，她雖然是日本人，其實比很多中國人還愛我們國家。」

「還有——」

「還有什麼？」

「杜先生不是說，如果通過培訓證明我確實不行，你就放我走。」

陸所長哈哈大笑，「你怎麼可能不行？如果你都不行了，那還有誰行？」

陳家鵠瞪他一眼，「強盜邏輯。」

陸所長收回目光，看著他，「不是我不講理，而是我太瞭解你，你不可能不行的，所以你不要打小算盤算計我。你是個漢子，男子漢大丈夫，不要搞陰謀詭計，那要掉你身價的。我也不是那些臭官僚，可以隨便被暗算的。」

陳家鵠避開他的目光，悶悶地說：「我曾發過誓這輩子幹什麼都行，就是不幹這個——破譯密碼。」

陸所長笑道：「你這話我已深有領教，不用再重複了。最近我調了那麼多人，加起來都沒有你這麼複雜、囉唆。」頓了頓，又說，「這就是命運的無常，我們的命運都不是自己掌握得了的。不瞞你說當初我也是不想幹這個的，可還是一幹就是十幾年，而且接下來還要幹，幹，幹完一輩子。在我身邊，我聽到最多的一句話就是：只有死亡才能讓我結束這個職業。」

陳家鵠不想再跟他說話，他這都是在藉機教育他呢。不想領教！他扭頭去看窗外，看樹木旋轉著向後掠去，看青山漫無邊際。大約半小時後車子終於拐下山道，拐進了一道圍牆。這是一個建在峽谷深處的大院落，有十幾棟平房散布在四周的山坡上，門口有持槍士兵守衛。陳家鵠知道，這就是他們所謂的「培訓中心」了。

前來迎接他們的是五號院原臨時負責人、現任中心負責人左立。山上空氣好，事少，他似乎又長胖了，更像個日本鬼子，臉上肉嘟嘟的。他把全部學員都吆喝來迎接新同學，這些學員顯然都認識陸所長，見了面都「陸所長、陸所長」地問好示敬。陸所長把陳家鵠推到他們面前，介紹道：

「來，認識一下，陳家鵠，他是從大西洋那邊回來的，耶魯大學的數學博士。」

學員們鼓掌歡迎。

其實總共才五個學員，左立一一介紹：張名程、吳華、李健樹、趙子剛。最後介紹到一個女子，陸所長笑吟吟地把她推向陳家鵠，「還是你自己來吧。」

女子甚是活潑、幹練，主動向陳家鵠伸出手去，且不乏調皮，「你好，晚到的新同學，很高興認識你，握個手吧。」落落大方。陳家鵠伸手與她相握，發現她黑亮的眼珠裡盛有自己的身影。這是光照使然，幾率只有千分之一。陳家鵠想起，自己和惠子第一次見面時也出現這種情況。

「聽說我們所長三顧茅廬才把你請上山，好大的架子哦。

「俗話說，山不在高，有仙則靈，人不在叫，有價則俏，哈哈哈。

「還有，你的名字可讓我出了一次醜，我把它念成『陳家皓』，哈哈哈。」

滔滔不絕，自唱自彈，活脫脫一齣獨角戲。

她使人想起林容容。

她其實就是林容容。

林容容不是早進黑室了，怎麼還來當學員？這就是黑室的德行，在哪裡都要玩貓膩，既要明察，又要暗訪。說白了，林容容是混在學員中的考官，是眼線。她會出各種稀奇古怪的考題，讓你在不知不覺中被考試，被「稱斤論兩」。日後，趙子剛就是被她考敗的，丟翻在她挖的陷阱裡，被開除出局。

陸所長給陳家鵠介紹道：「她是浙大數學系的高材生，上個月還是杜先生的機要秘書，相當於杜先生的半隻腦袋呢。現在我們急需破譯人才，杜先生也只有忍痛割捨，把她送來培訓，改行了。」

林容容自嘲：「我們都是國貨，怎麼能跟洋貨比呢？」

陸所長笑道：「你也是洋貨，日語講得很好的嘛。」

林容容說：「我的日語是自學的，漏洞百出，只能唬唬不懂日語的人。」

陸所長說：「那以後就好好跟你的新同學學習吧，陳先生在日本留學多年，日語講得很好。」

林容容便學著日本人的禮儀，對陳家鵠來一個九十度鞠躬，「陳君，請多賜教。」舒眉展顏，拿腔帶調。還想繼續表演，見門口的衛兵急急跑來方作罷。

衛兵向左立報告：山下來了兩輛車，一輛是高級轎車，可能是首座駕到。所長和左立跑去大門口看，果然有兩輛車正往這邊駛來。所長認出其中那輛黑色高級轎車正是杜先生的，便對左立吩咐：「是杜先生來了。快，把哨兵都集合起來列隊歡迎，把教職工都集合到教室裡聽候首座指示。」

杜先生上山，如晴天霹靂，一下子院子裡的天都變了。

不一會兒，兩輛車在兩列哨兵的敬禮中駛入院內。前面的是警備車，車上有一挺重型機關槍，內有五個全副武裝的人。車一停，他們即四散在院內，各司其職，一副訓練有素的樣子。後面的車尚未停穩，保鏢即從車上跳下，左右四顧爲杜先生打開車門，彷彿漫山遍野的樹林裡至少有東南西北四個殺手。

所長及時迎上去，「首座，您怎麼來了？」

杜先生舉目望著飄飄白雲，「我想來就來，這一磚一瓦，一草一木都是我設計修建的，我來這裡就像回家一樣。」

「這地方是您選定的？」

「是啊，不好嗎？」

「好，很好，秘而不宣，隱蔽安全，離神仙洞又不是太遠。」五號院就在神仙洞。

杜先生看看兩邊的山，「關鍵是敵機來轟炸，這兒是個盲區，不信你上山去看看，兩邊都看不到的。」

山是凝固的浪花，億萬年前，重慶這地方一定是個波濤洶湧的風口浪尖。霧都之所以爲霧都，是因爲它首先是個山城，四面環山，山連著山，嶺搭著嶺，群山崇嶺，吸風納雨，故雲霧肆虐。巴山以褶多著稱，深山藏土匪，蜀道難難於上青天。正是因爲山多路險，天高地遠，重慶才有幸成爲陪都。大山既是天然屏障，又是養精蓄銳之地。但是現代戰爭又有不同，鬼子的飛機，那一隻隻巨大的「鐵蜻蜓」，憑空而來，騰雲駕霧，翻山越嶺，時不時轟鳴在巴山之上，盤旋在渝城之頂，扔下成噸的炸彈、傳單，讓城市顫抖，令人心惶惶。

作爲五號院的人才基地，甚至也是備用的辦公之所，安全是培訓中心的不二選擇。杜先生用「敵機盲區」來概括它地理的優勢，使陸所長當天不辭辛苦登上了兩邊的山頂，得以滿足好奇之心。

確實，這兒是山的一個胳肢窩，不論是登上左峰還是右巔，占地二十餘畝的培訓中心像變戲法一樣，剛才還是歷歷在目，轉眼間就消失無形了。正是由於杜先生精到的選擇，培訓中心成了森林中的一片樹葉，人群中的人，尋找、發現它不但需要努力，還需要運氣。

這是午後的事情，陸所長站在山巔，一邊欣賞著山連山的波瀾壯闊，一邊回憶著杜先生在課堂上作的精彩發言，心裡頭暗流湧動，是一種被熱烈情緒鼓動的感覺，像遠航的水手隱約看見了海岸線。

初創的培訓中心一切都是簡陋的，桌椅五花八門，講台是一張不知從哪個廟裡搬來的香案，黑板倒是新做的，漆黑發亮，但送上山時被坎坷的山路顛得裂開了縫。更寒磣的是，窗戶的玻璃還沒有裝，形同虛設，擋不了風，阻不了雨。只有兩樣東西是鄭重其事的，首先是人一個不少，學員、教員和行政人員，無一缺額；其次是大家的神情，肅穆，虔誠，熱切，精氣神十足，注意力極高。

當然，今天站在講台上的人，像個傳說一樣神秘而又廣為人知。

掌聲經久不息，注目禮隆重不退。杜先生像面對千軍萬馬，雙手很有風範地舉過頭頂，往下壓了壓，示意大家安靜、坐下。待大家坐定後，他才款款走上講台，簡短的開場白過後，朗朗開講：

「我今天來給大家講幾點。第一，各位是我和陸所長千里尋寶尋來的，萬裡挑一挑來的。為何而來？為抗日救國而來。前線將士用槍、用炮、用生命、用血肉之軀打擊日寇，你們不用槍，不用炮，一般情況下也不用身體和性命。用什麼？知識，智慧，才華，天賦。他們在明處，我們在暗處，方式不一樣，但內容是一樣的，就是抗日救國！為黨國效忠！為四萬萬同胞效命！所以，對黨國忠誠——絕對忠誠，為此甘願付出包括你們生命在內的一切，這是你們必須要有的一種精神。此精神即為你們之魂，之魄，之一切和一切的一切。

「其二，我剛才說了，我們在暗處。明槍好躲，暗箭難防，但如若暗箭不暗，明了，那難防的利箭也就成了廢箭，一支竹籤而已。到了這裡，你們身上的秘密已經相當於一個軍團司令，一言一行，一舉一動，都涉及到國家最高的機密和利益。所以，遵守保密守則，對你們來說如同對黨國之忠誠一樣重要；這兩條是心和肝，是性和命，缺一不可，猶如魂魄。如果缺一，輕則受罰，開除出局，重則喪命，與這個世界作別。所以，這兩條，務請各位牢記，要記在心的心上，不要一失足成千古恨。

「其三，俗話說，一人藏，千人找。都說破譯密碼是世界上最難最難的事情，爲什麼？因爲藏這玩藝的人都是世上的天才，人中之極品。對凡人來說，想破解他們的玄機妙想，無異於上天攬月，白日夢而已。但你們都是我們針尖對麥芒找來的天才，天才對天才，輸和贏，就像南拳和北腿，要看自己的造化。天道酬勤，天道有時也不酬勤，尤其是破譯這個行當。但是歸根到底，天道還是酬勤的，因爲機緣只提供給有心人。

「其四，屬於大家的時間很短，只有三個月。三個月裡，你們要完成兩大轉變：一是身分上，要從一個普通人轉變成一個特殊的人，有特殊的工作、特殊的使命、特殊的權力；二是專業上，要從一個研究數學的人才轉變成一個術有專攻的破譯家。我不懂破譯的玄妙複雜，但我知道這是一個天才的職業，是人世間最最高級的智力搏殺。有人說，在人類歷史上，葬送於破譯界的天才是最多的，我可不想看到你們被葬送，葬送了你們也就等於葬送了我。所以，我強烈地希望你們在這裡要拋開一切，要心無旁騖，要竭盡全力地用好這三個月，爲將來不被葬送打下堅實的基礎。不瞞你們說，對你們，對這件事，最有心的人是蔣委員長，他親自出面從美國給我們請了一位大破譯家回來，現在人已經到了香港，不久你們就會見到他。在此，我要代表大家感謝委員長。」

說罷，杜先生彎腰，向窗外深深地鞠了一躬。

台下的人頓時全體起立，莊嚴地對窗戶行注目禮，那些搞行政的幹部和個別來自軍營裡的學員，甚至還將鞋後跟碰得嚓嚓響，一種發自內心的感動和激情在他們眼裡燃燒，在他們臉上流淌。

唯獨坐在最後一排的陳家鵠，起身得遲，腰桿又沒站直，雙目無光，神情慵慵的，一副無所謂、無作爲的樣子。站在講台旁邊的陸所長見了，心中不由一緊一嘆。

杜先生顯然也看見了陳家鵠那副疲疲塌塌的模樣，但沒有生氣，只是淡淡一笑，說：「你們懂規矩我很高興，不懂也無妨，只要你將來能給我破譯密碼，你就是躺著見我，我也不生氣。」學員們都不覺地順著杜先生的目光，扭頭去看陳家鵠。

陳家鵠依然無動於衷，耷拉著眼皮，一副無精打采的樣子。這是一個他不熟悉的世界，從一個普通的人轉變成一個特殊的人，這是一條漫長的路，他才剛起步。甚至，在他心裡，根本不屑於起步。這個世界他不僅僅是不熟悉，更叫人憂愁的是不接受。

三

陳家鵠一走，天堂巷明裡暗裡都冷清了許多，老錢撤走了，小周也不經常來了。小周沒有退掉房子，是因爲還有惠子。事實上，沒有人會因爲陳家鵠的保證或是對陳家鵠的保證，完全相信惠子的清白和良心。她內心有沒有污點，身後到底有沒有長尾巴，這還是個謎，需要時間和事實來驗證。因此，陸所長對小周的吩咐是：沒事還是給我盯著點。

就是說，有事可以放開她，沒事還是要看著。

這個寬嚴有度的「新政」似乎透露出一點「信任」——對惠子。其實，信任談不上，但是擔憂已經大可不必。在陸所長看來，即使惠子長尾巴，窩藏蛇蠍心腸，暫時已經奈何不了陳家鵠了，因爲她不知道後者置身何處。鳥兒飛走了，雖然近在眼前，但去向不明，如泥牛入海，消失無影。風趣地說，陸所長已經給惠子製造了一部密碼：愛人身在何方？

家鵠，你在哪裡？

這是惠子畢生都沒有破掉的「密碼」。

家鵠，你在哪裡？家鵠，你在哪裡？家鵠，你在哪裡？家鵠，你在哪裡？家鵠，你在哪裡……這是惠子以後天天念叨的一句話。有一天晚上，這句話被惠子抄寫了一夜，寫滿了一本筆記本，寫得手指頭滴血，滾滾熱淚濕透衣襟，眼睛都快瞎了。如果說開始這僅僅是一句代表思念的話，那麼後來這實在是一句惡毒的咒語，每念叨一遍，惠子的生命之息就要少一口，短一截。這是一部置人於死地的「密碼」，正如世上其他的密碼一樣，令人窒息，令人絕望，令人生不如死。每一天，每一夜，絕望吞噬著他們——破譯密碼者，他們天天徒勞地期待，入夢之前的象徵和遺忘的浩渺。

太陽西沉，泥土色的雲使天空顯得粗俗。

開飯了！

開飯了！

大哥，吃飯了！

嫂子，下樓了！

家燕像隻喜鵲一樣喳喳叫，把全家人都邀到了飯桌上。儘管餐桌上少了陳家鵠，但惠子發現，每一個人臉上都是喜氣洋洋的。可以不誇張地說，陳家鵠走比他回來那一天還讓全家人高興。唯有惠子，悶悶不樂。不只是孤獨，不只是思夫之情，還有其他，其他一些說不清道不明的煩惱和鬱悶。譬如，杜先生來訪那天，最後把他們一家人都叫走了，唯獨沒讓她去。她把著門框站在門口，望著他們的身影在小巷裡漸行漸遠，她突然有了一種「獨在異鄉爲異客」的生分和苦澀。他們被叫去幹什麼？她根本不知道，陳家鵠回家後也不給她說，只是兩眼發直地躺在床上，一副身心交瘁的模樣。晚上，她想跟他親熱，可她的纖纖之手在他身上游弋了許久，從他的胸膛滑到他的小腹，又從小腹滑到私處，他竟然沒有絲毫反應，竟然幽幽地嘆出一口長氣，把她的手拿開了。他們相愛多年，這是陳家鵠第一次排斥她的身體。

昨天晚上，陳家鵠幾乎一夜都未睡著，老是在惠子身旁翻來覆去的，還暗暗地嘆氣。直到天快亮的時候，陳家鵠才突然趴到了她身上，緊緊地壓著她，抱住她，把臉頰深深地埋進了她的頸窩裡。「怎麼啦？」惠子撫摸著他的脊梁問。陳家鵠將她抱得更緊了，用臉頰蹭擦著她的頸窩，在她耳邊淒聲說：「我……我要走了，不知道什麼時候能……回來看你。」惠子驚愕不已，摟著他問：「你要去哪兒？」陳家鵠聲音啞啞地說：「去爲政府工作。」惠子這才放下心來，捧起他的臉輕輕地吻著，溫柔地說：「去爲政府工作好呀，你回來，不就是要爲你的國家效力嗎？」

陳家鵠憤憤地說：「那不是我想要的工作！」惠子問他是什麼工作，他默然不語，甚至不敢正視惠子，眼睛和嘴巴都什麼也不說。「離家遠嗎？」黑暗中惠子的聲音打著顫。也許是出於同情，也許是由於憋著氣，他長嘆一口氣說：「我不知道，也許近在眼前，也許遠在天邊。」

這種答覆比沉默還折磨人，惠子不禁陷入了沉思，她問自己：既是去爲政府工作，怎麼連地方遠近都不知道？這究竟是個什麼工作呀？丈夫就在身邊，可感覺已經走掉了。她感到一種盲目的恐懼、擔憂。今天一大早，陸所長和老孫來接陳家鵠時，陳家鵠不准她下樓去送，他在房間緊緊地抱著她，久久不願離去。老孫在下面催了又催，他才磨磨蹭蹭地下樓，跟著他們出發。他知道，惠子一定在窗戶裡目送他，等著他回頭作最後的一別。可他就是不回頭。不！像個絕情的丈夫，又像個倔強的受傷的孩子，義無反顧、勇往直前、堅定不移地離去，但足印裡卻透露出一份怨氣和苦痛，令惠子忍不住淚流滿面。

此刻，惠子看著大家興高采烈的樣子，她深深地覺得孤獨，彷彿她與他們之間隔著一道黑色的屏障，冰火兩不容。正是這天傍晚，天上籠罩著泥土一樣烏雲的時分，在同桌人喜笑顏開、胃口大開的餐桌上，惠子心裡第一次聽到自己尋找丈夫的聲音——

家鵠，你在哪裡？

這是一句有魔力的咒語，是從潘多拉盒子放出來的，具有無限衍生的能力。它始於有時，終於無時，正如陸所長所言：只有死亡才能讓你結束這個「開始」。甚至，連死亡也無法成為它的終點。

與此同時，幾公里之外，在陳家鵠和惠子補辦中國式婚禮的重慶飯店的咖啡吧裡，收音機裡正播放著歡快的美國鄉村音樂，幾撥外國人零散地坐著，在品香閒聊。戰爭也許是個少不了的話題，但人們也不會因為戰爭停止尋歡作樂。這個世界是混亂血腥的，這個世界也是情色迷亂的，男人和女人永遠不會停止用身體唱歌，即便是毫無感情，身體依然不甘寂寞。

這會兒，薩根正與一個賣色女郎在竊竊調情。女郎姓呂，沒有蠻腰，不是鳳眼，不長小酒窩，眉毛淡淡的，頭髮黃黃的。但總的說還是蠻中看的，女人味十足，嬌媚生動，顯山露水，讓人有感覺。這就是川妹子，局部看不咋的，整體看卻有姿有色。首先是膚色潔白細嫩，所謂一白遮百醜；其次是性情溫軟又不悶，張馳有度，語言俏皮，表情豐富，讓人頗有親近感，如見故人。話說回來，像薩根這種「藍領」人士，國色天香的哪輪得上他，呂女郎這模樣已經夠他受的了。尤其是看呂女郎胸前那兩只大饅頭，薩根樂陶陶地請人家喝極品藍山，最貴的咖啡呢，害得呂女郎一邊喝一邊心絞痛。

馮警長一身周正，如約而至。他立在門口，左右巡視一番，看到薩根，徑自走過去。薩根老遠就注意到他來了，但裝作沒看見。直到警長杵在面前，他才啊啊地起身相迎，喜笑顏開。

「啊喲，馮大警長，你終於來了。你約了我又姍姍來遲，是為了表明你是警長，有特權？」馮警長趕忙致歉：「對不起，我臨時有事耽誤了一會兒。」然後指著旁邊的女郎，「這位是……」他不希望有外人在場。

薩根落落大方地介紹說：「呂小姐，我們剛認識的，很漂亮吧。所以，這時候我其實並不想看見你。」

警長面色凝重地說：「我有事，請她走吧。」薩根卻興致很高地給呂女郎介紹起警長來，語氣中有一種顯擺，「這位是馮警長，本片區都屬他管，以後誰欺負你了，可以直接找他。」然後拍拍女郎肩膀，讓她走，同時又在她屁股上狠狠地捏了一把，哈哈地笑。

待馮警長坐下後，薩根做作地摸摸他的警服袖子，不無嘲弄地說：「按說你這身衣服的職責是治安，給我們增加安全感，可實際上反過來了，是我在給你提供安全。怎麼樣，在這裡你感到很安全吧？」然後他端正了身子和表情問馮警長，「什麼事，說吧。」

馮警長湊上前去，壓低聲音說道：「昨天我們開會了，你和助手都沒去。」

薩根瞟著馮警長，依然響著喉嚨，「聽口氣，是個重要會議。」

「是的，我們現在要找一個人，必須馬上找到。」

「找人是你的事啊，我人生地不熟怎麼找得到人？」

「這人剛從你們美國留學回來，老闆認爲他可能會跟你們大使館接觸，所以少老大要你多留心一下。」

說的自然是陳家鵠，先報名字，中文，英文，然後是介紹年齡特徵，家庭情況。說著，警長從身上摸出一只信封，遞給薩根，「詳細資料都在上面，你回去看吧。」

薩根才不聽他的，「難道就不能現在看嗎？你越是搞得神神秘秘別人越容易盯著，我在這兒大大方方看反而就沒人在意了。」說著，當場拆開信封，瀏覽起陳家鵠的照片和資料。「哦，小夥子長得挺帥的嘛……哦，他娶的還是個日本太太，現在也跟他一塊回國了。」說到這裡薩根突然被自己的話點醒了，一拍腦門，驚呼道，「嗳，會不會是他？」

警長莫名其妙，「誰？」

薩根沉醉其中，「嗯，可能就是他。」

警長伸長脖子，「誰嘛，你認識他？」

薩根出神地點點頭，自語道：「美國回來，日本太太，十有八九是他。哈哈哈，看來我要立功了，建功就得領賞，哈哈哈。」搞得警長一頭霧水。霧水是甜的，像蜜糖。換言之，叫驚喜參半。

四

生活也許是由古老的魔幻彎曲構成，充滿了目不暇接的紛紜和混亂，它有太多的定理格式，如日落月沒，如生老病死，如瓜熟蒂落，任憑天打雷劈，兀自巋然不變。但有時它又沒有規矩和格式，就像睡夢一樣變幻不定，在漆黑的荒野中行走，既猶豫又大膽，某種機緣巧合像天外來客，像地下精靈，乘雲而降，拔地而起，神奇又蠻橫。

這天晚上，由於警長的「干擾」，薩根失去了呂姑娘，等警長走時呂姑娘已經消失無蹤。這很正常，她們屬於錢，有錢人都可以把她們領走。當然，有錢人也不會把她們久留在身邊，拿了錢走人，天經地義。有一個人就這樣，剛拿了錢從樓上下來了，和正準備離去的薩根在咖啡廳門口劈面相逢。

天哪！她比十個呂女郎還要強。驚艷啊！塞翁失馬，焉知非福？今天眞是薩根的好日子，警長不但給他白白送了一個功勞，還鬼使神差讓他碰上這麼大的一個艷福。

丟了芝麻，撿了西瓜——她姓汪。

薩根在汪女郎的陪伴下度過了一個十分愉快的夜晚，不僅僅是身體欲望的滿足，更有對明日之行必勝的期待。十有八九，立功領賞。他品嘗到了生活款待他的滋味。這滋味比汪女郎的身體更滋潤他，滿足他。因爲，後者富有不勞而獲的象徵意義。

這天夜裡下了一場暴雨，雨水沐浴了陳家鵠父母種在庭院裡的幾盆花，但也把山坡上的一些泥沙沖進了庭院，院中有一種拖泥帶水的髒亂。吃過早飯，家燕上學去了，家鴻上班去了，陳父和陳母，還有惠子，忙開了。園子小，很快收拾妥當，陳父開始悠閒地侍弄幾盆花草，拔雜草，修剪亂枝。

轉眼間，陳父發現惠子蹤影不見，只見陳母一人獨自在一邊泡髒衣服，準備洗。

「惠子呢？」

「她上樓去給家鵠寫信了。」

「她知道家鵠的地址？」

「不知道。」

「那她信往哪裡寄啊？」

「她說家鵠總是會來信的，來了信就知道地址了，所以先寫著再說。」

陳父想笑，他覺得這就是女人幹的事，大雪剛封山，就在想明年開春種子發芽的事。他看看樓上，想壓低聲音這麼說時，聽到外面有人敲門，便止住了。陳母放下衣服去開門，卻是薩根不約而至，手上提著禮物，嘴裡含著蜜糖，彬彬有禮的樣子像是上門來相親的。

一回生，二回熟，陳母客氣地請薩根進屋，一邊朝樓上喊惠子下來見客。在薩根和陳父陳母寒暄之際，惠子從樓上咚咚咚地下來，但看見是薩根，臉頓時陰了下來。

「你來幹什麼？」

「我來看你啊惠子。」

「我很好，不需要你關心。」

「可我感覺你並不好，滿臉怒容，怎麼了？」

薩根有備而來，不會被惠子這麼氣走的。「怎麼了，受了誰的委屈了？」薩根是個老江湖，知道怎麼來破掉僵局，「是不是公公婆婆虧待你了？」薩根有意把戰火燒到兩位老人身上，果然起到了立竿見影的效果，因為話題一下打開了。

總之，在兩位老人的湊合下，惠子和薩根結束了對抗，坐下來聊天了。話題自然說到陳家鵠頭上，惠子以他不在家搪塞了之，薩根也沒有追問他去了哪裡。他只是問了姓名，哈哈，就是他——

陳家鵠！隻字不差。當然，中國人太多，同名同姓的情況常有，為保險起見，薩根又藉故尋得了目睹陳家鵠照片的機會。

「我來兩次都沒有見到他，我還眞想見識見識。」薩根小心翼翼地接近目標，「想必一定是個英俊才郎吧，讓我們的惠子這樣鍾情。有他的照片嗎？讓我一睹為快。」

其實客廳的牆上就掛著陳家鵠的照片，但惠子覺得那些照片不能充分體現夫君的俊朗，她要讓薩根叔叔為自己夫君的外表折服，所以專門上樓在箱子裡挖出了她自己保存的照片，兩大本。薩根從看第一張照片時開始樂，然後一直看，一直樂，樂，樂，最後簡直樂壞了，下意識地去摸錢包。對上了！就像卯和榫，對得嚴絲合縫。

薩根有理由相信，他的錢包又要鼓起來了。

薩根急不可待地離開陳家，隨後直奔糧店。

糧店有一點點不祥的氣息，因為新入夥的昭七次三死了。死了就死了，幹這行，生死不是個嚇人的問題。置生死於度外，這是混跡於諜海世界裡的人的基本素質。問題是昭七次三死得蹊蹺，不明就裡，無人知曉他為何而死，死前有沒有給他們留下麻煩。為此，少老大緊急召集大家連夜開會，但薩根沒有到會。他已經連續兩次沒有來開會，如果沒有出事倒也罷，不滿而已，但現在出事了，少老大不禁心有餘慮。他對薩根的印象本來就不是太好，覺得他太張揚，愛顯擺，「上下兩個口子」都太鬆，欲望太強。

這種心情和形勢下見到薩根不期而來，少老大的臉色難以鬆寬下來，陰沉得像窗外的霧氣，「你怎麼來了？該來的時候不來。」

薩根嬉笑道：「我是來邀功領賞的。」

少老大驚異：「哦，你已經把黑室地址搞到手了？」少老大不敢確定馮警長是否已將任務下達給他，所以根本沒往陳家鵠身上想。薩根攤開手，「這個嘛，還是讓馮警長去完成吧，我一個小小機要員實在難與國民政府高層接觸上，難哪。不過，我把你要找的人找到了。」

「誰？」

「陳家鵠，或者說麥克。」

「眞的？」

「我只對女人撒謊。」

「你怎麼找到的？」

「重要的是我找到了，」薩根得意洋洋，「至於怎麼找到無關緊要。」

「怎麼這麼快？」少老大驚疑參半，「沒錯吧？」

「錯不了，百分之百，就在這兒。」薩根遞上一張紙條，「如果需要的話，我可以開車帶你去認個路，雖然不近，但也不遠。」

少老大在薩根言之鑿鑿的保證面前，陰鬱多時的心忽然間明亮起來。人找到了，手無寸鐵，除之如殺雞。不僅如此，薩根還用「光輝的」事實和行爲洗清了他模糊的面容（剛才少老大還在擔心他的忠心）。少老大心頭一熱，出手很是大方，贈送了一對黃燦燦的金耳環。

不論是少老大，還是薩根，他們在藉金耳環表達勝利的喜悅之時，都沒有想到一個眞正的事實：陳家鵠已經「不知去向」。

五

嚐——

嚐——

嚐——

上課的鐘聲在一只炮彈殼上響起，在周圍的山野和樹林裡激起回音，嗡嗡嗡地響成一片。學員們都從各自的宿舍裡出來，往教室快步走去。唯獨陳家鵠，落在同學們的後面，手中捏著筆記本，不緊不慢，像個走馬觀景者，一邊走一邊四下張望。

他看見了一個稀奇——那個敲鐘人背向他，立在院中那棵龐大的榕樹下，一隻手握著一把銼亮的鐵榔頭（肯定是日貨），另一隻手在隨風飄，時而彎曲有形，時而垂直落下，像雜技一樣。是什麼人啊，太奇怪了！他定住目光望去，發現那竟然只是一隻空袖管。

可以想像，他的手丟在戰場上了。與那些不幸丟掉性命的戰士相比，他無疑是個幸運者；與那些丟掉腿腳的人相比，他也是幸運者。

不，不，他不僅僅是丟掉了一隻手，當他轉過身來時，陳家鵠大驚失色：眼前的人沒有臉！他臉上戴著一個黑布套，只亮出兩隻黑眼珠子，隱隱在動。可想而知，戰火燒毀了他的面容，眞實的面容一定比黑布套還要嚇人。他還活著，但面相醜陋，不敢以眞面目示人，這是幸還是更大的不幸？陳家鵠望著他，不由自主向他走去，不知是出於好奇，還是同情。

對方注意到他的企圖，回頭又敲了一下彈殼：嚐——

陳家鵠知道，這一道鐘聲是專門敲給他聽的，在提醒他：別過來，快去上課！或者說，對方不想接受他的同情，或者滿足他的好奇心。陳家鵠這才往教室快步走去，沒有遲到，幾乎和教員同步入室。

教員姓王，女，穿著樸素，五十來歲，上課的樣子很是老到，對教學內容也是爛熟於心。但缺乏激情，慢聲慢氣，有點之乎者也。她教的是基礎課，從古老的《孫子兵法》下刀，游刃有餘，「《孫子兵法》有道，夫未戰而廟算勝者，得算多也；未戰而廟算不勝者，得算少也。多算勝，少算不勝……」

文言不能太多，多則少矣。現在是白話年代，年輕人對文言一知半解，點到為止。王教員深悉時代特徵，及時改用白話講解：「這道的是何意？就是講，兩軍對壘，倘若要勝劵在握，必須要摸清敵人之情況。破譯密碼也是如此，對敵人的建制、編制、裝備、駐地、兵力，以及各主官的職務、名姓等等情況，我們必須要掌握。掌握得越多越深，你就越容易抵達破譯之彼岸。比如，像這次杜先生來這裡視察，來之前可能會發出密報，通知我們做好接待準備工作，假如敵人截獲了此份密電，但對首座的身分、職務、姓名等情況一無所知，那麼要破譯這份密電的難度顯然加大。反之，如果敵人對首座之情況很瞭解，身分、職務、名字都瞭若指掌，那麼破譯這份密電相對就易，因為在這份密電裡極可能出現杜先生之名字、職務等相關文字。這等於有了突破口。破譯密碼，難就難在找不到突破口。有了突破口，你們之專業才華才有了用力的支點，進而才可能撬動整棟密碼大廈。」

王教員講得頭頭是道，下面人聽得專心致志。只有坐在後排的陳家鵠，精力不太集中，目光幾度從教員臉上游離開去，跑出了教室，散落在窗外。他的注意力可能還在蒙面人身上，他在想黑布之下的那張面孔究竟有多麼醜陋、恐怖。當然還有種可能，是在想惠子……胡思亂想間，教員早已改弦更張，從空洞的理論轉到兩軍對壘的作戰地圖上。王教員身材矮小，張掛圖表不是件輕鬆事，但她爲了讓同學們切實掌握知識，掛了一張又一張。這會兒，她又掛出另一張圖表，一邊掛一邊問下面：「我們再來講講日軍第十四師團的情況，請問這支部隊現在誰是指揮官？」

「土肥原賢二。」趙子剛答。

「對，就是他，土肥原賢二。」王教員解釋道，「此人是個『中國通』，曾在關東軍裡當過多年特務頭子，此次出征……」說到這裡，教員發現陳家鵠呆若木雞，定睛一看，居然睡著了。坐得端端正正地睡著了！

王教員叫醒他，問道：「你這是在打坐還是上課？」

陳家鵠道歉道：「對不起，我昨晚沒睡好，太睏了。」

教員決定不輕易接受他的道歉，「那你今後可能每天都要犯睏哦。」陳家鵠不知其意，欲言無語。教員晃晃一本厚厚的敵情資料彙編，有聲有色地說：「因爲——據我所知，他們爲了將它瞭然於胸，不是凌晨三點鐘睡覺，就是凌晨三點鐘起床。而且我認爲除此之外，別無他法。你來得遲，可能更要睡得遲哦，除非你是個異人，像劉皇叔（劉備）一樣，有雙手過膝、過目不忘之異秉。你有嗎？」

陳家鵠注意到大家都回頭在看他，便報之一笑。

按理，王教員那邊吃一塹了，許教員這邊應該長一智，別四處不討好。但陳家鵠居然在許教員的課堂上悄悄寫起了信，可謂放肆！好在是悄悄的，許教員激情澎湃，也許是因爲眼睛近視沒發現，也許是視而不見，給他個面子。

許教員是個西裝革履的中年人，四十來歲，戴眼鏡，蓄長髮，有一種不修邊幅的詩人氣質。他講的是密碼專業知識。文如其人，講課也如其人，他竟把那玄奧抽象的密碼講得跟詩一樣。

「什麼是密碼？有人說，密碼是風做的，除了風生風長的千里眼，誰也看不到眞實。也有人說，密碼是水做的，因爲鏡中花水中月最難捉摸。以我看，世間再沒有比密碼更難捉摸的東西了，即使悟透了世間最高級或最低級的謎也捉摸不透。無法捉摸就是密碼的本質……密碼是天書，是迷宮，是陷阱，是危機四伏的數學遊戲……一個天才爲葬送另一位天才而專門設計製造的……天才的智力是有害物質……天才總是幹蠢事……密碼專門殘害天才而放過了蠢才，它聽上去是遊戲，實際上是人世間最殘忍的職業……」

陳家鵠一邊寫信，自然是聽得有一句沒一句的。

林容容坐在他前面，教室裡安靜得很，她聽到後面連續不斷地傳來紙筆的摩擦聲，忍不住回頭看，看到陳家鵠孜孜不倦地記著筆記，心裡甚是安慰。她的角色決定她絕不會妒忌同學們學得比她好。她本來就在找機會想與陳家鵠聊聊天，看到他這麼認眞地記著筆記，機會便在心中孕育了。

吃過晚飯，從食堂裡出來的林容容看陳家鵠在前面一個人走著，追上去，爽爽朗朗地喊他：

「新同學，走那麼快幹嘛？」

陳家鵠回頭，還以幽默：「請問老同學有何吩咐？」

林容容說：「請你把筆記本借我看看吧，許教員講話太快了，好多內容我都沒記下來。」

「我沒記。」陳家鵠說。

「新同學跟老同學撒謊就不怕被揭穿？我看見的，你記了好多。」

「你看我在記，其實我是在寫信。」

「寫信？你在課堂上寫信？」

「那不是上課，是詩朗誦，一首關於密碼的抒情長詩。」

「你覺得他上得不好？」

「我說他上得好，把密碼課上得這樣詩意綿綿也眞是要水平的。」

「聽說你以前學過密碼，是嗎？」

「看過一些書，知道一點皮毛。」

「你喜歡學嗎？」

「破譯密碼不是靠學的，學不來的。」

「靠什麼？」

「時間，和遠在星辰之外的運氣……」

兩人邊走邊聊，距離一肩之寬。天色尚亮，林容容注意到陳家鵠後脖子上有一片手指印一樣大的紅色胎記。她想起家鄉的一句俚語，是說胎記和痣的：

眉中有痣，必有酒喝，不論紅黑；
前頸痣紅，上吊跳樓，入土爲安；
後頸黑記，拜師孔孟，講台爲岸。

那麼後頭的紅記呢？俚語裡密而不表，林容容想，應該是比黑記還要好吧，因爲中國人是迷戀紅的。分手前，林容容出於對秘密使命的負責，老話重提：「你說在課堂上寫信是眞的？」答覆是肯定的。

但林容容還是不大相信，認爲這不過是他不願出借筆記本的託詞。

六

君子不窺他人之秘。

偷看他人信件，當屬非君子之列。由此而言，左立不是君子，林容容作爲左立的副手，又怎麼可能是？中心所有人寄出的所有信，包括教職員工，包括一封普通的家信，都必須經過左立和林容容的審查，確認沒有問題方可寄走。

親愛的惠子：

你好嗎？必須好！離家幾日，我今日方去信，實是身心疲憊、情緒低落，怠惰了，沒有寫信之精神。連日上課，盡是些無聊內容，難免令人煩躁，只想一走了之，但又深知這不可能，只好自己同自己說話，自己給自己解悶。

說什麼話，解什麼悶？答案只有一個，那就是你。幾天下來，你的頭髮，你的笑容，你的身影和你的氣息，無不飄渺在我眼前，「才下眉頭，又上心頭」。是的，每天晚上，獨自一人枯坐燭光，我都會取出你的照片看，看在眼裡，裝進心中，融入血液，須臾不忘。我相信你也一樣。在這非常的年月，我們這樣身分非常的夫妻，若沒有非常的眷念，如何能夠相濡以沫、攙扶前進？

我寫這封信的時候，講台上的人正在深情而陶醉地進行詩朗誦，感謝他的朗誦，喚醒了我對文字的激情，暫時壓制了如麻的心亂，我才能提起筆，寫下這無奈與想念。你是不是也要感謝他呢？哈哈，應該感謝。不過，退一步說，世上本無事，庸人自擾之，不滿都是暫時的，你深知我不甘屈做庸人，故而不必爲我心生煩勞。你且盡心替我照顧好父母、兄妹，爲我解決後顧之憂，我也好儘快完成我的任務，早日回家與你團聚啊！

對了，你上次說想要一點我們中國的胭脂，我給忘了，有空的時候叫上家燕陪你去買吧。那玩意兒其實很便宜。你在家不要太拘謹，想要什麼就跟家燕說一聲，你是她親嫂子，她不幫你還能幫誰？

盼你的回信。

愛你的家鵠

及：

1 1 1 13 23 5 69 10 14 2 20 34 1 99 41 60

這是陳家鵠上山後寫給惠子的第一封信，內容平實，都是情感紀事，絕無洩密之嫌。但林容容在審閱時竟有三大發現：

第一，此信沒有封口，封口大嘴敞開，好像等著他們來看似的。「這說明他知道信要被我們審檢。」左立的鬥雞眼一對，笑道，「可以說，他已經破譯了一部密碼了。」

第二，他用的信箋是上課用的筆記本上撕下來的。據此，林容容頓時想起他在許教員課堂上伏案奮筆的情景，同時明白了他對她說的話是真的。真的！林容容覺得不可思議，這麼做也罷，還這麼不以為恥——居然敢公然承認，磊落得好像在挑戰什麼似的。太荒唐了！這麼兒戲。她氣得差點把信對開撕掉。

第三，信末，林容容又發現一個「荒唐」。不是信的內容有問題，而是信的正文後面，有一個「及」字，接下來是一串莫名其妙的數字：「1 1 1 13 23 5 69 10 14 2 20 34 1 99 41 60」這些數字是什麼意思？難道是密碼？陳家鵠要向他的日本妻子透露這裡的情況？

林容容趕緊叫左立看，左立看了也生出相同的懷疑。兩人如臨大敵，趕緊叫來許教員。許教員研究一番，道：「這肯定是一句什麼話。」左立說：「我知道它是一句話，我要你把它破出來。」許教員將信的內容和那一串數字翻來覆去地看了許久許久，終是未能解讀。

左立笑道：「看來你只能當老師，不能去當戰士，連學生造的密碼都破譯不了。」

許教員不服氣地說：「什麼密碼！密碼是一門科學，這是什麼鬼東西，亂七八糟，莫名其妙，毫無規律。」

規律肯定有，林容容想，只是沒被發現。她想把信帶回去研究研究，左立不同意。「你攬這個責任幹什麼？」左立說，「交上去吧，讓陸所長去處理，讓他去認識一下，他費盡心機挖來的是個什麼大活寶。」

林容容說：「我覺得他以前可能在我們這種部門工作過。」

左立搖頭，「誰知道呢，只有老陸知道，是他一手弄來的。聽說他還死活不想來呢，要我說才不要他來呢，一個日鬼的女婿。」

一個日鬼的女婿，一個日鬼的女婿……這天夜裡，林容容反覆念叨著這句話，深切地重溫了失眠的滋味。苦的。生鏽的。她曾憎恨池塘的死水，她曾厭煩傍晚的鳥鳴……今晚她感到可怕的靜止，而她是這些靜止的東西的討厭的守衛……她徒勞地想擺脫自己的軀體，擺脫不眠的鏡子──有詩人曾經這樣描寫過失眠。

這天夜晚，林容容就是這樣熬過漫漫長夜的。

世上沒有兩片相同的樹葉，卻常常有兩個相同的人。

這天晚上，在天堂巷巷口斜對面的一家客棧裡，有一個人也被失眠的痛苦折磨著。他是個啞巴，或者說裝得像個啞巴。你或許在武漢到重慶的長江客輪上見過他，或許在重慶某條街上撞到過他，可你肯定沒有聽他講過話。今天一天，他都待在這家客棧裡，雖然很少離開房間，但總歸是見過人、跟人打過交道的，比如老闆娘，比如服務員。他們一致認爲，他是個啞巴。老闆生動地說，他跟我說話不用嘴，用的是手。

其實他不是啞巴，如果你跟他說日語，他的語速很快，吐字清晰。作爲一個深入中國陪都的鬼子特工，他的缺點很明顯，就是不會說中國話。但從另一方面說，有這麼大的缺陷還派他來，說明他必有非凡之特長。他的特長是心狠手辣，刀槍都玩得一流，百步穿楊是他的拿手好戲，手起刀落、見血封喉是他的看家本領。那兩個黑室的寶貝破譯師漂亮地（不留蛛絲馬跡）被暗殺在輪船上，正是他不久前的傑作。

他是少老大手中的王牌，名叫中田。

少老大從薩根手上得到陳家鵠的住址之後，即派出中田前來守株待兔。他非常樂意地接受了這項任務，像是前去約會一樣，臉上帶著一種興奮的紅潮。這家客棧正好處在天堂巷西北面，中田住的房間在頂層正中間，但凡進出巷子的人都在他的視野之內、目線之下。只要陳家鵠出入巷子，中田手中的帶瞄準鏡的狙擊步槍絕不會放過他，子彈將用一種狂熱的精確擊中目標的眉心，而且不會出聲，因爲槍裝有當今最先進的消音器。

事實上中田是昨天晚上入住的，美美地睡了一夜，養足精神，從今天早晨開始守望。下午三點半鐘，在守望無果的情況下，他曾斗膽去拜訪過陳家。當時陳家恰好無人在家，拜訪也是無果。不，其實是有結果的——既然家裡無人，說明陳家鵠肯定沒在家。他就這麼吃了定心丸，心想他總要回家。於是一直堅守著，守到天黑，又守到天亮，望眼欲穿之苦灼傷了他明亮的雙眼。

一天。

兩天。

三天。

第三天晚上，頭昏眼花的中田氣憤地放棄了陣地，走了。

七

中田來到糧店，對少老大發毒誓，說陳家鵠肯定不在家。怎麼回事？怎麼回事！中田用了一個感嘆號表示心中的憤怒和堅決的態度。少老大聽了不由得急了，連夜派人去找來薩根，責問他究竟是怎麼回事。

「中田連守三天，家裡所有人都見了，就是沒見到他！」少老大氣勢洶洶地瞪著薩根，那樣子恨不得把他吃了。

薩根也很吃驚，「什麼？這麼多天你們還沒見到人？我還以爲你們已經送他上西天了，叫我來是領賞金的呢。」

少老大說：「這個賞遲早是要領的，但現在的情況是，你要設法儘快確定你說的人到底是不是陳家鵠，我覺得你可能搞錯了。」

「我絕對沒有搞錯！」

「你見到人了嗎？」

「掛在屋裡的照片不是人嗎？你想想，名字一樣，照片一樣，美國回來，日本太太，不可能有這麼巧合的，肯定就是他！」

「那會不會已經離家出走了？」

「他剛回來，太太又在家，他能去哪裡？」

少老大皺著眉頭思索片刻，勸說：「看來你還得再去一趟，看看他到底是怎麼了，爲什麼不露面？」

薩根想了想，說：「我看還是讓我助手去吧，我老去不合適。」

「你是說黑明威，他怎麼去？」

「他不是美聯社的記者嘛，陳家鵠從美國名牌大學學成歸國，他去做個採訪名正言順。」

少老大不語。黑明威是薩根介紹來的，他只見過兩面，談不上瞭解。於是問薩根：「他可靠嗎？他到底是哪個國家的人？」

薩根說：「他父親是貴國大和人，母親是中國台灣人，他從小跟父母親在印度長大。在他十七歲那年，他母親被一個駐印度的中國軍官騙取愛情後又把她暗殺了。我知道，他心裡一直懷著復仇之心，我覺得他對貴國的忠心不會亞於你的中田。」

少老大聽了，對瞭解不深的黑明威一下懷有好感，便同意了薩根的安排。「那就讓他去吧，要儘快，這事情不能再拖了。夜長夢多，如果讓黑室的人知道他在重慶一定會拉他入夥的，那樣的話我們就麻煩了。該死的警長，不知道一天到晚在搞什麼鬼，至今都還沒有打探到黑室在哪裡，中國人都是滑頭，跟泥鰍一樣！」

不想薩根卻因此調侃道：「聽說貴國政府現在跟中國第二領導人汪副總裁接觸頗多，何不在汪大人身上碰碰運氣？他該知道的。」

少老大的臉色陡然大變，狠狠地瞪著薩根說：「我看你知道的太多了，這事情可遠比殺一個陳家鵠重要，你的嘴巴最好要再上一把鎖。」

薩根聳聳肩，攤攤手，做了個美國式的不以爲然的動作。

黑明威的臉龐不是日本式的。日本式也是中國式，不是日本式也就不是中國式。換言之，黑明威臉上沒有父母親的特徵，他鼻梁高聳、挺拔，額頭、嘴唇均富有稜角，寬厚的肩膀，古銅色的膚色，都是印度式的，再聯想到他母親在愛情面前的輕率幼稚（兒子十七歲了她還被男人蠱惑、欺騙），把他推測爲是他母親與一個印度男人的偷情之果，也不失爲抵達眞實彼岸的路徑。

可以進一步猜測，他從小沒有得到過父愛。據說失去父愛的男人，容易得到某些女人的青睞。這些女人往往具有挑戰男權的機智和勇氣，她們像男人一樣喜愛主動尋找獵物，征服異性。可以說，黑明威是一個等著被女人征服的英俊男人，一面之識，陳家燕對他的英俊外表留下了深刻難忘的印象。這從某種意義上說，至少是一種征服意識的甦醒。

儘管家燕客氣地請他進屋，但眞正要採訪的主人非但沒有見到，而且也很難從他家人的嘴裡掏到什麼有價值的線索——全家人都很警覺，凡涉及到陳家鵠的問題，皆避而不談。黑明威無可奈何，只得灰溜溜地回去。他住在重慶飯店三〇一房間，經常出入咖啡館，同樣經常出入咖啡館的薩根就是這樣認識了他，發展了他。

薩根在重慶飯店的咖啡館裡喝著咖啡，當他聽了黑明威無功而返的彙報後，不由得搖了搖頭，「你啊，還是嫩了點。」

黑明威思量一會兒，沉吟道：「我估計他是去了黑室，否則他的家人不會這樣疑神疑鬼的。」

薩根盯著他，用教訓人的口氣說：「大記者，估計沒有用，我們要肯定，或者否定。如果他眞是去了黑室，要幹掉他就難了。」黑明威還想說什麼，被薩根揮手攔住，「行了，你的任務到此爲止，不要再去了，再去就是畫蛇添足，成不了事，反倒會把事情搞砸。」

薩根摸出錢包準備付錢走人，「看來還得我親自出馬。」看看黑明威，搖頭嘆道，「你呀，就是筆桿子好。當然，你還有個好。」

「什麼？」黑明威好奇地問

「錢多啊。」薩根笑道，「聽說你的遺產有半條街。」

黑明威苦苦一笑，率先抽出兩張錢，「還是我來吧。」

薩根欲起身走，猛然看見汪女郎正坐在吧台邊，脈脈深情地望著他，頓時朝她招了招手，同時對黑明威說：「你走吧，我今天要放鬆放鬆。女人總是能給我帶來好運的。」

黑明威將嘴巴湊到他耳邊，「小心是個女間諜。」

薩根嘿嘿地笑道：「中國有句老話，有錢能使鬼推磨。只要你有錢，所有中國人都會爲你服務的，他們沒有信仰，他們信仰錢。」

八

薩根所言極不是！

別人不說，林容容就是一個靠信仰活著的人，她踏上了追求眞理的大道，堅定的信仰穿透了她的胸膛，信仰成了她的第一生命，身體成了她信仰的影子。她嚴格恪守上司的指令，爲了完成上級交給的任務，她可以置生死於度外，可以置榮辱於身外，可以欺騙，可以撒謊，可以，可以……什麼都可以。眼下，她的任務就是要去瞭解陳家鵠，引導他，鼓勵他，給他信心和力量。陸所長聽到一些針對陳家鵠的非議後，指示林容容要想方設法，尋找各種機會、藉口去接近陳家鵠，看看他「葫蘆裡灌的到底是什麼水」。

是泉水，又香又甜，沁人心肺。

令林容容沒想到的是，通過她死皮賴臉地接觸、瞭解，她非但沒有探尋到陳家鵠有什麼不好，倒是發現了他非凡過人的才華。這天黃昏，林容容和陳家鵠從外面散步歸來，禮貌地邀請他進屋坐坐。陳家鵠略一遲疑，便大方地跟著她進了屋。進去之後，陳家鵠看見她床頭和牆上到處張貼著敵情資料，便笑著奉承她：「你很刻苦嘛。」

林容容謙虛地說：「笨鳥先飛吧。」

陳家鵠竟然不客氣地說：「這確實是個笨辦法。」

林容容用一雙亮晶晶的大眼瞪著他，「聰明人的辦法難道就是上課睡覺和寫信嗎？」

陳家鵠一楞，看著牆上的資料笑道：「你在挖苦我。好，現在我也可以回敬你一下。」便指著牆上一頁資料說，「你看，如果我沒記錯的話，清平眞野的部隊應該是31521人，而不是315211人。你因爲睡眠不夠，多加了個1，一下子就給敵人增加了283690人。哈哈，幸虧只是增加在你的牆壁上，如果是增加在我們國土上，豈不是禍國殃民！」

林容容驚愕了，因爲陳家鵠在說這些時似乎是不假思索的，好像有備而來，一眼看出了她的筆誤，而且把「315211減31521」的算術算得像是「31減3」一樣簡單容易。

她終於領教到了他的神奇，她出神地看著他，希望他坐下來好好聊聊。

陳家鵠似乎看見了她內心之願，很不領情地轉身而去，一邊居高臨下地告誡她：「早點休息吧，告訴你，大腦中有一種物質是需要充足的睡眠才能分解的，人睡眠不夠將導致智商直線下降。爲什麼戀愛中的人智商都比較低，因爲戀愛中的人總是缺少睡眠，哈哈。我今天晚上也要早點休息，因爲聽說明天要來一個高智商的人。」

林容容跟著出門，一邊說：「我聽說他是一位大破譯家，美國來的，叫什麼海塞斯，你認識嗎？」

「我怎麼可能認識？」

「你不是美國回來的嗎？」

「美國有一億二千四百萬人。」

「人家是大名人。」

「你認識蔣委員長嗎？他也是大名人。」

「你這人眞討厭。」

「所以我該走了。」

一個前面走，一個後面跟。就這樣，林容容跟著陳家鵠去了他的宿舍。兩人經過幾次接觸，一回生二回熟，已經比較隨便，可以開些不大不小的玩笑。陳家鵠看她跟進來，說他沒有請她進來。林容容說現在請也來得及，雖然晚了一點，但她無所謂。陳家鵠說，那你先出去我再請。林容容說，我才不上你的當。說著，林容容拉開凳子先坐下。

宿舍是一樣的，包括屋裡的東西：單人床，寫字桌，木板凳，床頭櫃，木箱子，甚至床上用品，都是一式一樣的，像軍營。這是林容容第一次進陳家鵠的宿舍，她第一眼就看到，寫字桌上，檯燈下，放著一個相框，裡面是一個微笑的姑娘，看上去年輕貌美。

她當然就是惠子。

此時的林容容尚不知，命運之神將把她和照片上的這個女人在眾人之中單列出來，組成神秘的棋局，排兵布陣，丟卒保車，殺聲震天，演繹人間最淒慘酷烈的悲情故事。這天晚上，命運之神薄待了林容容，陳家鵠在林容容坐下不久即驅趕她，「快走吧，別忘了，明天有美國的大教授要來上課，我可不想因爲睡眠不足，丟人現眼的在大教授面前打瞌睡。」

這兒也有延安的人？他是誰？
難道真像人們傳説的那樣，延安的人無處不有
——野火燒不盡，春風吹又生？

第七章

一

大教授叫讓．海塞斯，聽名字，好像是個法裔，但看上去，很像美國人。大塊頭，大臉盤，大鬍子；鬍子又濃又密，沿著寬下巴和兩個腮幫子瘋長，亂七八糟，雜亂無章。那年代的美國，硬漢作家海明威的形象並不比總統羅斯福讓人陌生，剛從美國回來的陳家鵠初見海塞斯，以爲是見到海明威了。事後他對幾個人說：兩人的外貌，驚人的相似。

這是陳家鵠上山一周後的事，酷暑正當頭，武漢日漸告急，重慶的上空頻繁地響起或正確或錯誤的空襲警報聲。海塞斯上山途中，正好遇到空襲警報，耽誤了半個小時（敵機沒來，是誤報），其間他和陪同他上山的陸所長在臨時藏身的山崖下玩了幾圈紙牌，陸所長輸掉了隨身帶的所有鈔票和子彈。海塞斯用贏來的子彈打了一路的山雞野兔，居然還獵獲了一隻山雞。

所以也可以說，海塞斯是和一隻半死的山雞一道來赴任的。

踏著上課的鐘聲，海塞斯不慌不忙地走進教室，卻一言不發，自顧自在講台上坐下來，且點上一支菸，旁若無人地抽著，用他那犀利、陰鷙的目光冷冷地罩著台下的學員。教室裡鴉雀無聲，所有的學員都正襟危坐，氣氛凝固如冰凍。但在學員與海塞斯之間，似乎又飛奔著一團熾烈的氣流，呼呼地從海塞斯的嘴裡吐出，灌入每個學員心裡，然後反彈於教室的每個角落。這是一場無形的較量，學員們誰也不敢懈怠，生怕一不留神便會被氣流烤焦，化成灰燼。

海塞斯就是以這種奇特的方式，沉默的方式，開始上課。沉默中，他閃爍在煙霧後面的兩道目光，變得更爲犀利、陰鷙，透露出一種不容置疑的權威。剛開始，陳家鵠也是和大家一樣，很認眞又小心翼翼地在乎著海塞斯的一舉一止，一個眼神，一縷煙霧。但後來不知怎麼的，他放棄了這種小心和在乎，拔出筆，埋頭在筆記本上胡亂抹畫起來。

在眾人的屏息斂聲中，他那隨意的舉動顯得十分扎眼。

連續燒完兩支菸，海塞斯摁滅菸頭，默默地走下講台，走到陳家鵠身旁，問他：「你叫什麼名字？」

「陳家鵠。」陳家鵠抬起頭，鎭定地說。

「你想聽聽我對你的評價嗎？」

「想。」

「你將來不是你們這些同學當中最優秀的，」海塞斯豎起大拇指，又伸出小指頭，「就是最差的。」

陳家鵠略略驚訝地望著海塞斯，還想聽他說下去，不料他卻轉身走到了講台上，在黑板上飛快地寫下自己的英文名字。「這是我的名字，讓·海塞斯。」海塞斯昂著頭，很驕傲地說。隨後，他又請大家如法炮製，都上台在黑板上寫下自己的名字。陳家鴿起身準備上來時，海塞斯攔住他，對他笑笑，「不必了，我已經知道了，你叫陳家鴿。」隨後順手舉起粉筆，問大家，「請問這是什麼？」

沒人回答。

海塞斯指著坐在第一排的趙子剛：「你，告訴我，這是什麼？」

趙子剛大聲說：「教授，這是粉筆，白色的粉筆。」

海塞斯點頭：「對，這是粉筆，白色，中國生產。在我正式講課之前，它就是一支粉筆，材料是石灰粉和黏性材料炭膠水。你，林容容，漂亮的小姐，頭髮是黑色的，皮膚白晰，如同白玉，與我有天壤之別。你，ＯＫ，趙子剛，男，三十五歲左右。你們，人人都一樣，都有屬於自己的名字和固定的屬性。但是，我必須要強調，這是在我正式開課之前，我們面對的是一個常人的世界，現實的世界。現在……」

海塞斯看看錶，報出一個精確的時間，「從現在開始，我的身分是教你們破譯密碼的老師。這意味著什麼？我們已經告別現實世界，走進了一個神奇的變態世界、密碼世界！到了這個世界，它——一支粉筆肯定不是一支粉筆，我——海塞斯肯定不是海塞斯，你——林容容肯定不是林容容，你——陳家鴿肯定也不是陳家鴿。包括我們眼前的這一切，黑板肯定不是黑板，桌子肯定不是桌子，窗戶肯定不是窗戶，包括外面的樹木肯定不是樹木，房子肯定不是房子，圍牆肯定不是圍牆，森林肯定不是森林，山谷肯定不是山谷，天空肯定不是天空，老鷹肯定不是老鷹。總之，所有的一切，在變態的密碼世界裡，都脫離了它原有的關係和屬性……」

海塞斯就這樣跟學員們見了第一面，上了第一課。他的聲音和他所講的「密碼知識」，像一股巨大的氣流，拔地而起，把學員們的身體托離了地面，在空中暈暈乎乎地飄蕩……他奇特的授課方式讓人沒齒不忘。他就是國民政府花重金從美國挖來的大破譯家。他是黑室遭重創後迎來的第一位主人，同時也在山上兼任教員，每周來授兩次課。有了他，黑室又長了翅膀，而且翅膀將越來越硬，因爲後繼有人了。

二

聽話聽音，看人看樣。海塞斯是委員長請來的菩薩，杜先生也不得不敬他三分。這日午後，杜先生在一號院他的私人辦公室裡接見了海塞斯，贈國禮鄭板橋的畫和成都蜀錦各一幅。同時參加接見的人有陸所長和海塞斯的助手閻小夏，後者是海塞斯十年前的學生，學成歸國後一直在廣東嶺南大學任教。此次海塞斯點名要招他做助手，遂特招入黑室，屬於特事特辦。一個月後海塞斯後悔了，因爲他發現十年前令他賞識不已的學生，如今已淪爲庸碌之輩，小心眼，勢利眼，狗眼（看人低），紅眼（病）……身上平添了好多的「眼」，就是沒有了十年前那種一針見血的眼力，和一個破譯師必備的看雲識霧的法眼。時勢造英雄，時勢也毀人。閻小夏回國，被貧窮和混亂以及嶺南濃濃的世俗煙火氣毀了。像一塊鮮肉被煙火熏醃了，可以日曬雨淋，可以與蚊蠅爲伍，貌似強大了，經久耐放了，實際上失去了本身獨特的魅力和活力。

海塞斯收下禮物，沒有向杜先生道謝，反而得寸進尺，要求更多的東西。「首座必須要給我配備一部測定電台方位的測向儀，兩名演算師。爲了配合教學，我需要有足夠數量的密碼學書籍、有關的字典和境內外各種報紙，還要有各種地圖。地圖的種類越多就越有利於教學，以便熟悉山脈、河流和城鎮的名稱。還有，有關每日戰況簡報必須要及時發給我們。另外，我還要瞭解日軍和中國軍隊裡軍、師團兩級的番號以及它們指揮官的名字。」

陸所長在筆記本上記下他的要求，保證回去一一落實。

「還需要什麼？」杜先生問海塞斯。

「我希望您從武漢前線司令部裡給我派一個人來，這個人的任務是，不斷地給我在作戰地圖上標繪新的戰況。」

杜先生看看陸所長，後者連忙答應：「好的，我會去落實的。」

海塞斯這才躬身向杜先生道謝。杜先生上前親熱地拍拍他肩膀，主動說：「也許我還應該給你配一輛汽車和司機。」

海塞斯笑道：「這需要找您嗎？我覺得這個問題陸所長就應該可以解決。」

陸所長本來也許是解絕不了的，但現在可以解決了，因爲杜先生隆重地接見了海塞斯。這猶如劉備給趙雲牽馬出征，牽馬是假，放話是眞。中國古老的王權術，上至權貴大臣，下到黎民百姓，都懂。淺顯易懂。越是私密的接見，將越是廣爲人知，而且越是被賦予象徵和特權。

果然，當天下午，一輛墨綠色的美式吉普車開進了五號院，停在了破譯處樓下。汽車引擎的噪聲把正在午睡的海塞斯吵醒，他從窗戶裡探出頭，看見一群人正圍著汽車在嘰嘰喳喳。其中一個胸脯飽滿的姑娘對著後視鏡在照鏡子——是蔣微，後視鏡把她的面容變形了，變胖了，她似乎很生氣，在朝鏡子伸舌頭，做鬼臉。海塞斯看著笑了，心裡不無幽默地想，我應該跟杜先生再要一個中國姑娘才對。他似乎相信只要他提出來，杜先生一定會答應，把某個中國姑娘就像這輛美國吉普一樣，送到他樓下。

哈，這是美國人的天眞了，後來的事實證明，這是不可能的。不論是杜先生還是陸所長，不論是出於工作考慮，還是道德壓力，他們都嚴禁海塞斯「在窩邊吃草」，更嚴禁他去外面採摘「路邊野花」。

然而，再後來的事實又證明，令人髮指地證明：這是極其錯誤又錯誤的，錯誤的程度相當於毀了半個黑室。

海塞斯憑窗窺探樓下之時，陸所長已經咚咚地上樓，來送車鑰匙。之前陸所長曾多次來過樓上，但哪一次都沒有現在這樣讓他心裡踏實。這樓上以前一直空空如也，這兒空，相當於整個院子都是空的。樓下報庫裡的電報已堆積如山，偵聽處還在以每天近百份流量的增速，源源不斷地送來。每一份電報裡都可能藏有上好的戰機、勝利、陣地、鮮花、掌聲、榮譽、升遷……但沒有破譯師一切都無從談起。一切都是廢紙，是嘲笑，是恥辱，是夢想。連日來，陸所長做的夢都是同一內容：樓上有主了！

如今，夢想終於成眞，陸所長從自己上樓的咚咚聲中，彷彿看見了前線將士像古人一樣在作戰，戰鼓敲得地動山搖，萬馬奔騰，刀光劍影，殺聲震天……但是，陸所長請海塞斯破譯的第一份密電，顯然不是爲了前線將士，他在把車鑰匙交給海塞斯的同時，遞給海塞斯一封信，笑道：「在你正式破譯敵人密電前，先請幫我看看這個，這也是一份『密電』。」

海塞斯打開信，粗粗一看，見是一封書信，問：「這是一封私人信件？」

看陸所長點頭，海塞斯生氣地把信還給他，說了句英語。後者一時沒聽懂，但可以想見是一句指責的話。

這是陳家鵠寫給惠子的信。第一封——以後還有很多，內容各個不一，但格式完全一致，信末均翹著一根「及」字尾巴。陸所長指著「及」字後面的那一串數字，底氣十足地說：「教授，你看，這不是一封正常的私人信件，這裡還有密電碼呢。」

「這說明人家就怕我們偷看，我們就更不能看了。」海塞斯敲著信，義正詞嚴地教訓所長，「要知道，偷看私人信件是違法的！」

「教授，」所長笑笑，安慰道，「你知道幹我們這行的，保密是第一生命，他們新入行，不懂規矩，我們檢查一下沒什麼錯的。」

「錯！這是不人道的。」

「其實這是最大的人道，」陸所長深信自己有足夠的理由說服他，「難道不是嗎？我們是在爲他們的安全負責。你想過了沒有教授，如果他們在信上說了什麼不該說的，是要直接威脅到他們的安全的。」

「那你可以事先跟他們講明呀。」

「講是講，做是做。教授，要知道，這是中國，不是貴國，敵人的飛機隨時都可能出現在天上，扔下成堆的炸彈，讓你離開人間去地獄。天上有敵機，地上還有特務，漢奸，經常搞暗殺。告訴你，敵人正在四處打探我們這個機構和我們這些人，包括你，教授。我們的安全受到了嚴酷的威脅，我們必須嚴格保密，必須這樣做。」

彼此各執一詞。

海塞斯覺得這太荒唐，根本沒興致跟他囉唆，立起身，離開座位，對所長下通牒令：「要看你找其他人去看吧，本人是堅絕不會幫你這個忙的。」

「那好吧，」陸所長說，「我只有把這封信燒了。我不可能把一個內容不詳的東西發出去，尤其是這封信，是寄給一個日本女人的，她哥哥就在日本陸軍情報部門工作。」

海塞斯一怔，沒想到他的學生中還有這麼一個人，便問那信是誰的。陸所長說是陳家鵠的。海塞斯一聽這名字，眼裡不覺地放出光芒，「哦，是他，我記得他，他可能是你那些人中最優秀的。」不等所長表示什麼，又緊跟著說，「也可能是最差勁的。不要問我理由，我是憑直覺，沒有理由。」

陸所長不解地望著海塞斯，「他可是你們耶魯的高材生呀。」

海塞斯搖頭道：「這不能說明什麼。怎麼，你懷疑他是日方間諜？」

陸所長想了想，沉吟道：「不能說懷疑，有些東西不可言傳，只可意會。我相信陳家鵠，但有些東西需要證實。你如果希望陳家鵠的妻子收到這封信，就請你幫我解開這個謎團，否則，我只有把它燒了。」

「荒唐的邏輯！」

「不荒唐，謹慎而已。我們必須謹慎從事，包括你，教授，今後絕對不能隨便走出這個院子，你有事要出去必須報告，不能單獨出門。」

「你放心，我不會一個人出去的。這個城市像個垃圾場，要公車沒公車，要路標沒路標，我出門就像個瞎子，哪裡都去不了。」

陸所長見他情緒緩和下來，又拿起信，遞給他，「勞駕，就算幫幫我，也可以說是幫幫陳家鵠，讓他太太能夠收到這封信。」

世上很多事情都是語言造就的，奧匈帝國皇儲的一句話，可以引發一場世界大戰；李煜因為迷戀語言（作詩）而丟了江山，一代君主成了階下囚；張居正的侄子因爲「不會說話」全家遭錦衣衛屠殺。人的語言含風蓄水，可以改變世相本來的風水。陸所長最後這句話有力挽狂瀾之功，是眞正說到位了，只留給海塞斯發發牢騷的餘地。發完牢騷，他不可能有第二個選擇，他只會接過信，坐在沙發上看起來。

看著看著，海塞斯忍俊不禁，獨自大笑起來。

「你笑什麼？」陸所長問。

「因爲我看到了好笑的事情。」海塞斯笑著將信丟給所長，「行了，你現在該做的就是儘快把這封信寄出去。這個陳家鵠啊，有意思。」

「他說什麼了？」

「你無權知道。」

「我要寄它首先要知道他在說什麼。」

「你不是擔心它洩密才扣壓下它的嗎，那麼我現在告訴你，它沒有洩密。如果說洩密，洩露的也只是他陳家鵠個人的隱私，跟你工作無關。所以，你也無權知道。寄吧，沒問題的，有問題我負全部責任！」看陸所長不表態，海塞斯振振有詞地嚷開了，「怎麼，你連我也不信任？你只信任自己？先生，這可不好，信任是雙方的。相信我，這信沒有任何問題，我告訴你也沒有任何意思，不過是男女之間的調情而已，我都羞於開口。」

陸所長奇怪了，他想自己曾多次看過這封信，並沒有發現任何引人發笑和羞於啓齒的片言隻語。到底是怎麼回事？

三

海塞斯羞於開口，那麼只有讓惠子來告訴你。

這天晌午時節，姍姍來遲的信終於到了惠子手上。當時惠子正在廚房裡洗碗，聽陳父說陳家鵠來信了，她繫著圍裙從廚房裡衝出來，見了信，兩隻手在圍裙上蹭來擦去的，不知所措。陳母指著她身上的圍裙說：「快，把圍裙脫了，去看信吧，家鵠說什麼了？」

惠子哎哎地答應著，慌忙解了圍裙，接過信就往樓上咚咚跑，躲進房間，急不可待地拆開（陸所長代封的），讀起來。

親愛的惠子：

你好嗎？必須好！離家幾日，我今日方去信，實是身心疲憊、情緒低落，怠惰了，沒有寫信之精神。連日上課，盡是些無聊內容，難免令人煩躁，只想一走了之，但又深知這不可能，只好自己同自己說話，自己給自己解悶。

說什麼話，解什麼悶？答案只有一個，那就是你。幾天下來，你的頭髮，你的笑容，你的身影和你的氣息，無不飄渺在我眼前，「才下眉頭，又上心頭」。是的，每天晚上，獨自一人枯坐燭光，我都會取出你的照片看，看在眼裡，裝進心中，融入血液，須臾不忘。我相信你也一樣。在這非常的年月，我們這樣身分非常的夫妻，若沒有非常的眷念，如何能夠相濡以沫、攙扶前進？

我寫這封信的時候，講台上的人正在深情而陶醉地進行詩朗誦，感謝他的朗誦，喚醒了我對文字的激情，暫時壓制了如麻的心亂，我才能提起筆，寫下這無奈與想念。你是不是也要感謝他呢？哈哈，應該感謝。不過，退一步說，世上本無事，庸人自擾之，不滿都是暫時的，你深知我不甘屈做庸人，故而不必爲我心生煩勞。你且盡心替我照顧好父母、兄妹，爲我解決後顧之憂，我也好儘快完成我的任務，早日回家與你團聚啊！

對了，你上次說想要一點我們中國的胭脂，我給忘了，有空的時候叫上家燕陪你去買吧。那玩意兒其實很便宜。你在家不要太拘謹，想要什麼就跟家燕說一聲，你是她親嫂子，她不幫你還能幫誰？

盼你的回信。

愛你的家鵠

及：

1 1 1 13 23 5 69 10 14 2 20 34 1 99 41 60

親暱的問候和甜蜜的話語，頓如駘蕩的春風，在惠子臉上吹起陣陣幸福的漣漪。看罷正文，她同樣被「及」字後面那一列莫名其妙的數字困惑了。她蹙起細細的彎眉，又往信封裡看了一下，以爲裡面有什麼暗示或提醒。

沒有。

手摸，眼看，抖甩，裡面什麼也沒有。

惠子想，沒有提示，就是讓我猜。她一點也不苦惱，她知道家鵠不會把她難倒的。她趴在桌上，偏著頭，望著那串數字尋思開來，樂在其中。知陳家鵠者莫如惠子，夫妻嘛，總是有些默契的，這是其一；其二，惠子及時想起了他們剛談戀愛時曾經玩過的一個遊戲，就是「報數讀《飄》」。是這樣的：一人任意報一個數字，另一人依數翻到這一頁書，如果這頁書中有親吻或者類似的情節和意思，報數者就有權親吻對方，否則換一個人報數。如此循環，周而復始，愛情故事又多了一曲浪漫的篇章。

正是這個遊戲給了惠子靈感，讓她輕易破掉了陳家鵠的鬼點子。事實上「密碼」很簡單，就是跳著讀，跳的規律由數字來定：是什麼數就跳多少個字。比如開頭的「111」，就是此信開頭的三個字：親愛的；接下來的「13」，是從上一個字起，跳過十三個字，讀第十四個字，然後又從下一個字起，依數往後揪出再下一個字。

依此類推。

就這樣，惠子用鉛筆在信紙上畫起圈來：一個，兩個，三個，四個，五個……她前後圈出了十多個字。她把這些圈出的字連起來從頭往後讀，剛讀完，她的臉騰地緋紅了。

親愛的，我之上頭和下頭都非常想你啊！

是這麼一句話，屬於枕邊言，豈能讓人看？難怪海塞斯知羞。

親愛的……我想你啊！惠子看著，看著，一種暈眩的幸福感霎時彌漫了全身，像陳家鵠第一次親吻她，像他們第一次做愛，像他們將又一次做愛……她受到了挑逗，想起了陳家鵠的「下頭」，想起了他們在一起的那些如膠似漆的夜晚。天哪！不行了，她一頭撲倒在床上，鑽進被子，蒙著頭，抱著枕頭，家鵠家鵠地喊，如醉如痴，情不自禁，像陳家鵠早已藏在被窩裡……天哪！家鵠……天哪！天哪！家鵠，家鵠……家鵠，你在哪裡？

此刻，大哥家鴻也在呼天喊地。

家鴻呼天喊地，不是因爲虛擬的快樂，而是出於眞實的苦楚。陸所長給他上了一個套，讓他上也不是，下也不是，很難受。就像數學上的「正無窮大」和「負無窮大」是同一個「數」一樣，難受和快樂到「無窮大」時，人的表達方式往往是一樣的：膜天拜地。

陸所長今天本來是要給惠子來送信的，多好的機會，看看惠子，與她拉拉家常，談談家鵠，也許會感受到一些信息。但車子經過軍人俱樂部時，所長突然間改變了主意。

「停車。」

「怎麼了？」老孫問。

「回頭，送我去軍人俱樂部。」

「不去送信了？」

「你去送。」所長把親自封好的信交給老孫，「我要去看看家鴻。」

「看家鴻？」老孫思量著，「幹嘛？」

「我給他找了一份新工作，去跟他談談。」

「什麼工作？」

「當你的眼線。」

他決定讓大哥家鴻監視惠子——雖然他只有一隻眼，但正因如此他恨透了鬼子，包括惠子。這個主意當然不錯，既利用了家鴻的情緒，有操作性；又利用了家鴻獨特的位置，可以「貼身監視」，無人能替代。但也挺餿的！名不正，言不順，以致當他面對家鴻後，一時竟有些尷尬，不知道該跟他從何說起。最後，他還是決定先聲奪人，跟陳家鴻打開天窗說亮話。

所長說：「家鴻，你現在已經是半個軍人了，我呢也是個軍人出身，我把醜話說在前，今天我們所談的內容涉及到軍事機密，你一邊聽一邊要忘掉它，走出這個門絕對不能傳，否則當以軍法處之。你能接受嗎？接受我們就往下說，不接受你現在就可以走人。」

陳家鴻甚是驚異，不安地望著陸所長，他想到事情可能跟他弟弟有關。

所長說：「是的，你很聰明，想到了。確實，事關你弟弟的生命安全和榮譽。」

事關如此重大，怎麼可能不接受，「好，我接受。」

所長說：「你要向我保證，我們今天的談話僅限你我兩人知道。」

「我保證。」

「好。」陸所長鬆了口氣，慢慢道來，「首先我要告訴你，你弟弟今後將有可能從事我們國家最機密的工作。人一旦有了秘密，就像有了財富，人身安全就會受到威脅。要消除這種威脅，我們先必須要把這種威脅無限地擴大，對任何人都要有一種警惕之心、防範之意，包括你的弟媳婦惠子。我現在希望你能配合我，如實回答幾個問題。第一，你弟弟走後的這些天，你有沒有發現她跟什麼人接觸過？有沒有人來找過她？」

「沒有。」家鴻搖頭，「至少我沒有注意到。」

「二，她有沒有收到過什麼信件，或者包裹？」

「沒有，應該沒有。」

「三，你覺得她有沒有什麼不正常的舉動？比如經常單獨出門？」

「沒有，她倒是經常陪我媽出去買菜。」

「她晚上出過門嗎？」

「肯定沒有，我這些天晚上都沒出門，可以肯定。」

「那你平時有沒有發現……她在關心重慶飯店呢？比如打問它的地址、電話什麼的？」

「沒有。應該說……她還是……」

「很正常？」

「嗯，」家鴻點點頭，可想了想，又說，「要說不正常，我覺得……她對我父母包括我和小妹都很好。太好了，好得有點不正常。」

所長也點了點頭，說：「儘管這樣，我們還是不能消除對她的警惕。不瞞你說，據我們瞭解她哥哥在日本是個情報官，曾經和你弟弟有些瓜葛。我們現在沒有確鑿的證據可以證明，她嫁給你弟弟完全是個人行爲。所以，今後有什麼緊急情況，希望你能及時向我通報。」

就這樣，所長拐彎抹角又冠冕堂皇地給陳家鴻布置了「任務」，後者沒有馬上答應。他覺得這件事太黑，太狠，太歪，不厚道，在丈量他的良心，考量他的品德。但最後還是答應了，由衷地。當家鴻與所長分手後，他不停地問自己爲什麼會眞心答應陸所長的這個餿主意，是因爲他給自己找了這份工作，爲了感謝他，還是由於自己內心對鬼子積蓄了太多仇恨的緣故？

四

重慶的黃昏別有一番風韻，因爲是山城，立體感強，房屋錯落有致，抹上昏黃的夕陽，畫面感特別足。家鴻來重慶已經半年，卻從來沒有認眞留意過這個城市的風景。不是因爲少了一隻眼，欣賞不了，而是少了一隻眼，有礙觀瞻，他懶得出門丟人現眼，即使出了門也總是埋頭低眉，行色匆匆。

這天不知怎麼的，也許是心情複雜沉重，怕回家看見惠子吧，他的雙腳像得了軟骨病，沒力氣，沒信心。走到一半，他覺得不行了，走不動了，便在路邊找個僻靜處坐下來歇腳。

於是，夕陽中的山城便在他面前肆意鋪張開來。

他看見西沉的太陽靠在山梁上，感覺就像自己，疲憊，慵懶，無精打采；江對岸，那些零零散散坐落在山谷裡、山腳下、山坡上的土牆草屋，白壁黛瓦，紅磚破垣——各式房屋，被漫天鋪灑的斜陽照亮，閃耀出令人昏沉沉的黃光白芒，倒是有一種山裡或鄉下的人間煙火味道與日暮鄉關的平和與寧靜。這個傍晚，家鴻心裡平添了一個去鄉下生活的念頭，砍柴、挑水、種地、餵雞……閒來無事就獨倚柴扉，觀看斜陽。但也僅僅是一念而已，等他歇過腳，依然往城裡走去。

他還要回家去完成陸所長交給的任務呢。

家鴻走進家門時，小院裡靜靜的，夕陽的餘暉已經爬上牆頭，正在靜靜地退走。家鴻的父親躺在一把椅子上，正將老花眼鏡當做放大鏡，對著報紙，一行一行地看著。

「媽呢？」家鴻問。

「買菜去了。」父親答。

「她呢？」家鴻又問

「誰？」父親看看兒子，「你是說惠子？跟你媽在一起。」

正說著外面傳來惠子與陳母回來的聲音，家鴻迅速丟下父親，上樓去了。

母親走累了，一進家門就在老伴身邊坐下來，一邊捶著腰桿喊累，一邊抱怨著市場上飛漲的物價。她指著菜籃裡一條巴掌大的魚對老伴說：「你看看，就這麼一條魚，五塊錢，簡直成金魚了！」回頭看看已經走進廚房在準備泡茶的惠子，笑著嗔怪道，「她孝順你呢，我不要買，她非要買，說是你愛吃魚。」

陳父道：「我是愛吃魚，可五塊錢也確實太貴了。」

陳母說：「現在什麼東西都貴，就這麼一把小菜也要五毛錢，再這樣下去，我看只有什麼都不吃了。」

陳父瞪她一眼，不滿地說：「別危言聳聽，我剛看報紙，政府已經組織了車隊，準備從成都調運大批糧食和蔬菜過來。只要鬼子打不過來，日子只會一天比一天好過的。報紙上也說了，鬼子的進攻又受挫了。十萬大山，兩百萬正規軍，鬼子要想打過來，我看難！」

陳母卻有些擔憂，搖著頭說：「那飛機不是說過來就過來了，你沒有去外面看，炸得到處都是焦土、爛房子。」

陳父突然生氣地扔下手中的報紙，「那都是暫時的！」

這時惠子已泡了兩杯茶從廚房裡端出來，看見老兩口在打嘴仗，連忙攔在中間，請二老喝茶。陳母提起菜籃子往廚房走，「惠子，我不是你爸，天塌下來都有福享，我哪有時間喝茶哦。」惠子趕忙上去奪過菜籃子，「媽，你先休息吧，等我把菜洗好了，您再來燒，好嗎？」惠子將陳母按在椅子上重新坐下來，拎著菜籃子去了廚房。

陳母看惠子走進廚房，笑瞇瞇地對老伴說：「說實話，惠子這孩子真是不錯的，我們家鴿啊，沒有看錯人。」

陳父得意地笑道：「我們家鴿什麼時候看錯過人？他滿腦子都是算盤，只有人看錯他的，他哪會看錯人。」但想了想，又忍不住嘆了口氣，說，「家鴿這孩子就是心氣太高，凡事總想著自己，有時不太考慮別人的感受，以後說不定會吃大虧的。」

「可惜她不是個中國人啊。」

「誰說的？她做了我陳家的媳婦就是中國人。」

「唉，那是你說的，雖然看是看不出來，可一張嘴說話還不照樣……」

都是木樓板、木板壁，隔音效果很差，父母親的話，在樓上的家鴻聽得清清楚楚。這會兒他甚至聽到父親嘆氣的聲音，然後說道：「而且我看家鴻怎麼也過不了這個坎，剛才一聽你們回來像見了鬼似的，溜了。」

「他去哪裡了？」

「在樓上。」

家鴻的想法是，他眞想溜了，離開這個家，遠走高飛。去哪裡呢？他的眼前又浮現出江對岸那些土牆草屋，那些人家，那些裊裊炊煙，那些叫人昏沉沉的黃光白芒，那些倒映的青山，那些骯髒的水窪子，那些與世隔絕的寧靜。他突然厭倦起自己和這個家，包括父母親：他們談論惠子的那種話，那種既欣賞又擔憂的情緒，都讓他心生厭惡，煩！

陳家鵠的煩惱也是說來就來，下午他上課回來，驚愕地發現門縫裡塞了一只信封。他以爲一定是林容容搞的鬼名堂，可打開信一看，不是的，寫信人沒有留下名字，甚至試圖連筆跡都想抹殺，字體歪歪扭扭，好像是三歲小孩寫的。這裡面沒有小孩，可以想見主人是用左手寫的。爲什麼要這樣？看內容知道了。

你有志報國令人起敬，但你進錯門了，你應該去延安，而不是在重慶。這裡混跡著一群官僚、政客、奸商，以抗日救國爲名，中飽私囊爲實。延安歡迎你！

是誰？

陳家鵠心中不覺一陣恍惚，止不住想起在武漢客棧的奇遇來，想起那個長得很粗糲的叫老錢的人，那個爲他犧牲的年輕小夥子（小狄），那個勸他上山的「首長」……他們希望我去延安。可在這兒，這鐵板一塊的地方，怎麼還會出現這樣的紙條？這兒也有延安的人？他是誰？難道眞像人們傳說的那樣，延安的人無處不有——野火燒不盡，春風吹又生？陳家鵠一邊想著，一邊掏出筆來，把紙條塗得一抹黑，之後又用指甲把它切成碎片，揉成一個個的小紙團，在桌上滾來滾去地玩著。他在做這些的時候，沒有絲毫的神秘感，也沒有什麼鬼祟感，更沒有恐懼感，就像一個上課不太專心的小學生，在下面搞著玩鉛筆、橡皮擦之類的小動作。

後來，陳家鵠又想，這人的膽子也夠大的，難道就不怕我交上去？他想，只要我把它交上去，上面一定會追查，山上就這麼十幾二十來人，追查起來不會太難的。

他越想越覺得對方膽子眞大，大得有點魯莽。

不知怎麼的，他首先懷疑到趙子剛。趙子剛就住他隔壁，他決定去看看，試探一下他。過去看，趙子剛宿舍門敞開，屋裡空的。再往外面看，發現趙子剛拎著水桶，正往水井那邊走去。

山上沒有自來水，所有用水都靠一口井。這會兒，王教員和林容容正在水井邊打水洗衣。趙子剛遠遠看見兩人正合力又吃力地打水，跑上去幫她們把水拎上來。

趙子剛拎上水，分別給兩人的盆子倒上，一邊笑道：「我建議咱們應該分個工，像這種力氣活兒就由我們來做，你們……」

林容容打斷他：「像洗衣服這種事，就應該由我們來負責？」

趙子剛說：「是啊。」

林容容說：「不幹。王教員，你幹嘛？你要不幹，就讓他把水倒了，我們自己來。」

趙子剛拎著水桶，假裝要回井，「那我眞倒了？」

林容容說：「倒啊，倒，別以爲我們拎不上來。」

趙子剛把水桶放下，「聽說你今天收到家書了，怎麼還跟個小辣椒似的。」

林容容說：「這說明報的不是喜訊唄。」

趙子剛關切地問她：「怎麼了，家裡有什麼事嗎？你家在哪裡？」

林容容哼道：「不跟你說，保密。」

趙子剛笑道：「怎麼，還沒上班就得職業病了？噯，說眞的，給我們寫信應該寄到哪裡啊？這地方有地址嗎？」

林容容說：「你還想寄到這兒？做夢！」

趙子剛說：「不是在問你嗎，應該寄到哪裡？」

林容容說：「五號院。重慶市一六六號信箱。」

陳家鵠遠遠地看著趙子剛跟林容容說說笑笑的，越發覺得他是延安的人。他甚至覺得他有點像老錢，老錢也是個愛說愛笑的人。想起老錢，跟著又想起了他們從武漢來的一路，想起了小狄爲救他而犧牲了自己。想到這裡，他覺得不能把紙條交上去，他對自己說：你雖然不選擇去延安，但延安的同志對你還是眞心實意的，是朋友，你不能出賣朋友。只是他不明白，都說現在國共是一家人，親如兄弟，爲什麼重慶對延安的人意見這麼大？後來想起美國，民主黨和共和黨之間經常吵吵鬧鬧，互相詆毀，又覺得這是正常的。後來，他心裡突然冒出一個從未有過的念頭：政治眞複雜，政治家都只會把世界複雜化，用鬥爭解決問題，跟科學家恰好相反。科學家是用智慧解決問題的。

就是這一天，他在心裡種下了一個念頭，今後要遠離任何政黨。

同時他告誡自己，以後要少跟趙子剛來往，免得攪出什麼麻煩事。

幾個小時後，趙子剛是延安人的想法還沒有在心裡焐熱，到了晚上，又冒出新的嫌疑者來了。當時陳家鵠正在水井邊沖澡，井水很涼，一桶水嘩地澆下來，冷得他跺腳。突然，背後冒出個聲音：「這是山泉水，能這樣沖澡嗎，小心感冒！」把他嚇了一跳。回頭發現，是那個蒙面人，在黑暗中像個沒臉的鬼，頓時起了一層雞皮疙瘩。

「你好……」陳家鵠跟他打招呼，聲音也有了幾分顫抖。

「我怎麼可能好呢。」蒙面人冷冷地說，「這水不能沖澡，要出事的。」

「沒事。」陳家鵠鎭靜下來。

「等涼氣鑽進了你骨頭，你就比我還要廢物了。」蒙面人說。

「不會的，」陳家鵠說，「我冬天都洗冷水澡，練出來了。噯，請問您貴姓？」

「問我名字？」蒙面人哼一聲，「虧你還是知識分子，我臉都沒有了，還要名字幹什麼？我無名無姓。」

說罷，沒有招呼，徑直走了，令陳家鵠甚是驚駭。黑暗中，陳家鵠一直放肆地盯著他的背影，越看越覺得身上冷颼颼的，彷彿他一語成讖，涼氣已經進了骨頭。

就在背影行將被黑暗吞沒之際，那隻空袖管突然出現在陳家鵠眼裡。

他沒有右手！

難道是「他」？

如果是他，說明歪歪扭扭的字不是出於計謀，而是由於被迫。這種可能性有多大？陳家鵠覺得大於趙子剛。雖然這個結論不乏勉強，但陳家鵠找到了自圓其說的證據。陳家鵠想，如果這個人很有計謀就不會這麼膽大，採取這麼簡單甚至是魯莽的手段，他所以這麼膽大，可能是對自己有一定的瞭解，知道自己不會揭發他。這麼想著，趙子剛的可能性就只能屈居其後了。

五

薩根最近背運，兩次來找惠子都沒有踩著點，一次是鐵將軍把守大門，一次是惠子陪老人家出去買菜了，只見著陳父。陳父是不大喜歡洋鬼子的，三兩個回合下來，硬邦邦的熱情消散殆盡，就侍花弄草去了，讓薩根坐立不安，只好告辭。事不過三。這次來之前，薩根想如果再續前緣，不管誰在家，不管如何坐立不安，他都要就地死等，把糟糕的孽緣撐破，使它脫底。爲此，他也準備了一個非常具有說服力的理由。但事後看，正是這個無可挑剔的理由，給他惹了事生了非，進入了黑室的視線。

絕地一搏的決心和雄心結束了背運，今天薩根來，惠子正在樓上練字呢，照著《紅樓夢》練毛筆字，抄每一回開始的四句詩。聽樓下媽在喊她下樓見客，她準備趕緊下樓來，急忙中不小心把墨水碰翻了，欲速則不達。上次見面，惠子開始給了薩根一定的難堪，事後陳母專門找了個機會對她說，他們陳家雖然不是什麼顯赫權貴之門，但也算得上是個書香門第、詩禮之家，所以做事一定要有禮有節。特別是對待上門的人，進門就是客，不管含冤有仇，禮遇是面子是無論如何要給的，云云。惠子記在心上，今天有機會貫徹，薩根受到了惠子熱情周致的接待，嘴上喊，手上忙，又遞菸，又泡茶，反而把一心想帶惠子出門的薩根耽擱下來了。

茶過一巡，陳母提著新燒好的開水壺從廚房出來，看薩根的茶杯半空，遂上前給他續水。薩根謝辭，一邊道出眞情，「陳先生，陳夫人，我是無事不登三寶殿，今天我來是想請惠子去替我辦點私事。」什麼事？薩根早打好腹稿，「是這樣的，下個月是我和太太結婚二十周年的紀念日，她幾次來信要我給她買兩套中國旗袍，我就想趁這個機會給她買了，了她一個心願，也是多一份紀念。可……這事還眞把我難倒了，幾次去商店看了，都下不了手，不知道買什麼好，所以想請惠子幫我去參謀參謀，不知方不方便？」

這是多簡單的事嘛，而且是成人之美的事，何樂不爲？陳父爽快答應：「這有什麼不方便的，去吧，惠子，就當出去走走，散散心。」陳母也附和，「對，惠子，你老一個人悶在家裡也不好，跟你薩根叔叔去走走，順便也可以給自己看看衣服，天快涼下來了，你也該置備一點換季衣服了。」說著要上樓去給惠子拿錢，卻被薩根攔住了，「夫人，不必了，我身上帶著錢呢。」

就走了。

去哪裡？

重慶飯店。

醉翁之意不在酒，薩根哪是給夫人買旗袍，他是要探聽陳家鵠的下落。所以重慶飯店是不二的選擇，這兒是薩根的第二個家，熟悉。人在熟悉的環境裡身體放鬆，思維也會敏捷，手氣也會變好。這裡，一樓買東西，上樓喝咖啡，自然轉場，不牽強，不刻意，惠子不會有其他想法。這不，就是這樣，薩根帶著惠子在樓下商店裡轉一圈，隨便選了兩件旗袍，給惠子倒是購了一大堆，穿的、吃的、用的，都有，讓惠子既歉疚又感動。這時請惠子上樓去「喝一杯」，順理成章，不會旁斜枝出。

音樂潺潺，香氣飄飄。兩人坐在窗邊，一邊透過玻璃窗看著街景，一邊品呷著咖啡。戰時的重慶街頭，雖然人來人往，但所有人都步履匆匆，行色裡透出一種緊張和不安，甚至還有人不時地把手擋在額頭上，抬頭去望天空，不知是厭煩太陽的毒辣，還是擔心鬼子的飛機突然淩空。

一切都是經心預備好的，不會馬上打問，也不會遲遲不問。合適的時機，薩根會以合適的方式切入主題。這不，薩根出動了，他像忽然想起什麼似的，從窗外收回目光，對惠子說：「嗳，惠子，你的博士先生爲什麼不願見我？該不是你給他說了什麼吧，他討厭我？」

惠子放下咖啡杯子，笑道：「沒有，怎麼會嘛。」

薩根盯著她，假裝生氣，「怎麼不會？你看，我都登門幾次了，他一直避而不見。其實，我……

怎麼說呢，我也是站在你父親的立場才那樣說的。」

「我知道。」

「所以他不該生我的氣。」

「沒有，他沒有生你的氣，他什麼都不知道。」

「那他幹嘛不見我？」

「他不是不見，而是……」惠子遲疑了一下，「他沒在家。」

「嘿嘿，嘿嘿，」薩根頭搖得像撥浪鼓，「去一次見不著叫不湊巧，兩次也可以勉強這麼說，可我已經去了三次，總不會次次都不湊巧吧？你是學數學的，有這樣的概率嗎？」

惠子笑，「你就是再來三次也照樣見不著他。」

薩根將身子傾過去，關切地問：「怎麼了，你們……鬧矛盾了？」

惠子搖頭，幽幽地說：「沒有，他出去工作了。」

薩根來勁了，像渾水摸魚，摸到了魚尾巴，但更要小心，切忌衝動，下手太快。此時一定要沉住氣，不妨以退爲攻，來個大包圍。「那好啊，你們剛回來他就找到了工作，好事啊。你不知道現在這城市裡到處都是失業的人，有個工作不容易啊。好，你定個時間，我請你們吃飯，慶賀一下。人逢喜事精神爽，有好事要慶賀啊。」

惠子臉上頓即泛起一種難言的苦衷與鬱悶，「好是好，可是……他這個工作啊……其實我都不知道他什麼時候能回來。」

魚兒露頭了，該收攏包圍圈了。「怎麼？」薩根盯著惠子，「他沒在重慶？」

惠子苦笑道：「我也不知道他在哪裡。」

包圍圈可以繼續縮小。薩根用手指著她，不滿地說：「你看看，又在搪塞我了。狗有狗窩，貓有貓道，鳥有鳥巢，都有去處，哪有他工作了還沒個地方的。」

惠子很誠實地望著薩根，「眞的，我眞的不知道他在哪裡。」

搪塞也好，作假也罷，只有深挖下去才能見分曉。「你總不會說，他雙臂一擊飛天了，連個通信地址也沒有？」

終於撞到南牆。惠子直言：「通信地址倒是有。」

好！分曉就在眼前。薩根一拍手，「那不就行了，有了地址哪有找不到地方的。是什麼地址呀？」

惠子猶豫了一下，最終還是道出陳家鵠的通信地址：重慶市一六六號信箱。

猶如石頭砸進池塘，撲通一聲，薩根心裡頓時迸濺起無數驚喜的水花。他憑感覺就知道，這一六六號信箱，肯定是個重要的神秘的單位，不然爲什麼不用街牌號，而要用信箱？可能就是黑室！一舉雙得呀。梅花香自苦寒來，這種好事像小提琴的琴弦上飛出小鳥，你不聳肩縮脖練個幾年哪能行，嘴上沒毛的黑明威肯定不行，自以爲是的馮警長也不行。這是鴻門宴，走鋼絲，驚險和精彩都在腳跟手掌上。

薩根對自己今天的表現評價是：心有多大，天下就有多大。

大功告成，撤！急急忙忙將惠子送回家，又急急忙忙趕回大使館，薩根躲在自己的寢室裡，給少老大打去電話，彙報了他今天的重大收穫。激動之下，他竟忘了兩人之間的雇傭關係，拿出美國人慣有的架勢和語氣，頤指氣使地說：「你馬上讓馮警長去查一下，看看這個一六六號信箱究竟在哪裡，是個什麼單位。我估計這肯定是個秘密機構，說不定就是我們正在找的中國黑室！」

六

晴空麗日的日子重慶不多，但不是沒有。這天就是這樣，天高雲淡，日頭分外旺。時近中午，炙熱的陽光直直地灑落下來，將屋頂的片片青瓦曬得乾焦發白，亮晃晃地騰起一團團氤氳的熱霧，直撲人的臉面，同時也將圍牆腳下的夾竹桃烤得蔫頭耷腦的，像一個被歲月抽乾了精血的女人，在烈日下垂頭枯立。

惠子提著薩根給她買的旗袍回到家，見母親正坐屋檐下的陰涼地裡擇菜，便從提袋裡拎出旗袍，在身上比劃著，笑瞇瞇地問母親好不好看。母親丟下菜，退後兩步，上下打量一陣，拍著手連聲道好：「哎喲，惠子，你穿我們中國旗袍真好看，比你照片上穿的那些和服好看多了。」

適時家燕放學回來，一見惠子身上那件漂亮的旗袍，禁不住撲上前，拉著她轉來轉去地看，讚嘆道：「哎喲，你看這花色，這樣式，真好。嫂子，你在哪裡買的？」

「重慶飯店。」

「誰陪你去的？」不等惠子作答，家燕睜大了眼，「我二哥回來了？」

「沒有。」

「那是誰陪你去的呀？挑了這麼好看的旗袍。」

家燕又是觀看，又是手摸，愛不釋手，滿口讚譽：「啊喲，你看這料子真好，絕對不是本地貨，這花色你看，顏色多正。看，這做工也很考究啊，針腳好細密好勻稱。」

陳母看女兒這麼喜歡，笑道：「這麼喜歡啊，現在好好讀書，將來自己掙錢去買。」

家燕問惠子：「多少錢，一定很貴吧？」當然不便宜，二十個美金呢。家燕聽了驚叫起來：「哎呀，都夠我買幾年衣服的了。嫂子，你眞捨得嘛。」

「不是我付的錢。」惠子笑。

「誰付的？」

「你問這麼多幹什麼？」母親上來干預，「快去洗手，準備開飯。」

家燕掉轉頭，矛頭直對母親，「媽，是你付的嗎？你好偏心哦媽，你對嫂子這麼好，我妒忌！我妒忌！」

老人家也關心這麼貴的旗袍錢是誰付的，惠子遂實話相告：是薩根。先一步回來的家鴻，此時正在樓上房間裡看報紙，自聽到樓下傳出「重慶飯店」的信息後一直豎著耳朵在偷聽，這會兒又冒出個「薩根」和「美金」什麼的，覺得這可能是個情況，記在心裡。下午去了單位，家鴻猶豫再三，想給陸所長打電話，最後還是沒有打。

凡事開頭難。

何況是一口鍋裡吃飯的，更難！

有一句諺語，說的是重慶的天氣：早晨大霧出太陽，兩個太陽一場雨。由於山多，水氣很容易下沉，所以霧多。如果早晨大霧瀰漫，說明高空中的雲層已經很薄，所以要出太陽。但是總的說山裡水分太足，加上四周環江繞水，太陽一猛水氣迅速升空、積聚，到了夜晚，太陽走了，溫度下降，帶著熱度的水氣迅速化作雨水，所以容易下雨。

這天白天的太陽出奇的猛烈，預示著雨水將加速形成。果然，天一黑，雨水便淅淅瀝瀝下來了。五號院本來就靜，下了雨更靜。看門的德國牧羊犬伏在門衛室的屋檐下，瞪著幽藍的眼睛，注視著老孫辦公室的一窗燈光。牠是老孫從杜先生身邊帶過來的，跟老孫感情篤深。老孫因爲牠立功多次，又是雌性，給牠取名叫「功主」，諧「公主」之音。

門衛室的電話突然大作，「功主」頓時躍起，衝到門衛室前，看到門衛已經接起電話。門衛放下電話，對「功主」說：「喊你孫大哥來接電話。」「功主」心領神會，冒雨跑去，到老孫辦公室窗外狂吠。

老孫從樓裡跑出來，對牠招呼，「行了行了，別叫了，我這不去接了嘛。」

「功主」搖頭擺尾地跟著老孫進了門衛室，抬頭看著老孫接電話。老孫放下電話直奔陸所長辦公室報告情況。電話是家鴻打來的，他在經歷了白天的痛苦折磨之後，夜色似乎是遮蔽了他一些良心和親情上的顧慮，終於鼓足勇氣給這邊打來電話。

「什麼事？」陸所長問。

「今天惠子去了重慶飯店。」

「去幹什麼？」

「買了些衣服。」

「她有錢嗎，去那兒買衣服。」

「是薩根陪她去的。」

「薩根？是什麼人？」

「美國大使館的一個工作人員，家鴻說這人已經來過他家多次。」

「有沒有發現什麼情況？」

「事先不知道，沒有盯。」

「小周呢，幹嘛不盯著？」

「你不是喊他沒事才去盯嘛，今天他這邊有事，沒去。」

「從現在開始，給我死盯。這個馬虎不得，重慶飯店這鬼地方全都是賊！好啊惠子，我就怕你沒長尾巴。還有這個美國佬，讓三號院去調查他一下，可別是隻披羊皮的狼。」

陸所長正是由此開始重視薩根這人，其實之前薩根首次上門找惠子，小周監視到後就把情況向他彙報過，但沒有引起他重視。他覺得陳家鵠從美國回來，美國大使館的人去找他，沒什麼不正常的。直到後來，薩根的面目徹底暴露，陸所長才後悔不迭：他居然多次忽視了薩根的嫌疑！否則，他們本是可以輕易搗毀設在糧店的少老大這張間諜網的。

這會兒，少老大正在接受桂花傳統的日式服侍：泡腳。不是一般的用熱水泡泡腳，而是用蒸氣泡，專門有一只特殊的木桶，木桶的腰部加有隔板，腳就放在隔板上，下面是熱氣騰騰的滾燙的開水，木桶口子用濕毛巾捂著，有點專給腳蒸桑拿的意思。故鄉在遠方，重慶又不是南京，在這裡，沒有日式餐館，沒有日式澡堂，沒有歌伎，沒有和服，沒有櫻花……故鄉的一切在這裡都是忌諱的。只有到了晚上，桂花會穿上和服，邁著櫻花碎步，哼著家鄉小調，給思鄉心切的夫君忙碌一次，就是泡蒸氣腳。有時情緒好，桂花也會擺弄幾個歌伎的舞姿，逗夫君一個開心。

今天，桂花心情不好，因為約定的馮警長遲遲不來。

來了，來了，終於來了！

警長並沒有因為遲到表現出應有的歉意，反而大大咧咧地入座，掏出香菸遞過來一支。少老大接過菸，猜他這麼隨意一定因爲手頭有貨，便道：「看樣子手頭有貨，不過最好是鮮貨。」

「絕對是好東西。」馮警長頭一昂，底氣十足地說，「聽說戴笠從美國弄來了一位破譯專家，招了不少人在秘密集訓。」

「是嗎？」少老大著實一驚，吸了一半的烟又吐了，「哪兒來的消息？」

「就是那人。」

「那個神秘的姜姐？」

「嗯。」

說到這個姜姐，少老大就沒心情蒸腳了，他曾多次從馮警長嘴裡聽說過她，好像是他發展的下線，而且身居要位，在杜先生的轄地：渝字樓。所以，他幾次要求警長帶她來相識，共謀同略，但警長總是推三托四，不貫徹，消極抵制。究竟爲哪般？思來想去，少老大只想到一個原由，就是：此人是警長的姘頭，他想金屋藏嬌。爲什麼要藏？無非是怕他以權謀私，橫刀奪愛。小人之心！想到這裡，少老大氣不打一處來，鼻子出氣，嘴巴出聲，而且聲音明顯高八度：「嗳，我不是讓你帶她來見我嘛，什麼意思？還要我租轎車去接！」

警長說她不願意：「她說了，她只爲我幹，不加入任何組織。」這不是又當婊子，又立牌坊嘛，笑掉大牙！不，她才不是婊子，她上街目不斜視，每天讀書看報，談人生理想，吟詩寄情，作畫抒意。扯淡！天下個個女人都是婊子，只要男人給的好處夠數對路。有的女人認錢，有的女人認情，有的女人認弱，有的女人認壞——像桂花，典型屬於男人不壞她不愛的那種賤坯。

「實在不行，讓桂花見見她行不行？」少老大先退一步，是爲了讓警長斷絕退路。哪知道警長仍不領情，頭頭是道，據理力爭，「她爲我幹活，還不就是爲皇軍幹嘛，你們何必非要見她。有道是，強扭的瓜不甜，趕鴨子上架，吃力不討好。」搬古論今先生狀，振振有詞理當先，氣得少老大直翻白眼珠。好在桂花在場，笑意濃濃，左擋右堵，方使夫君怒氣引而不發。

桂花對夫君說：「你還是跟警長說說正事吧，你喊他來不是有事嘛。」怕他又高八度說話，再濺火花，桂花臨時決定自己來說，「是這樣的，我的大警長，下午薩根打電話來說，他已經從惠子口中得知陳家鵠已經在一個單位工作。什麼單位不知道，地址也不清楚，只有一個信箱——重慶市一六六號。我們在想，這會不會就是黑室哦。」

「就是黑室。」警長蔫蔫地說，「我今天來本來就是要說兩件事，剛才才說了一件，第二件就是這個。」

少老大霍地站起身，責問：「你聽誰說的？」

「就是她。」

「姜姐？」

「嗯。」

「她怎麼會跟你說這個？」

「你不是要找黑室嘛，我找她打聽，她就找來這個地址，通信地址。」

少老大還赤著腳，桂花上前扶他坐下。少老大一屁股坐下，神情木木地自語道：「這就麻煩了，進了那鬼地方要殺他就不那麼容易了。」當初以爲殺他如殺雞，頂多中田在客棧守個通宵而已，所以他對南京誇下海口：快則三天，慢則十日，陳家鵠一定命歸西天。想不到，陳家鵠轉眼進了黑室，而黑室在哪裡？至今只有一個抽象的信箱。

「我不要信箱！我要地址！地址!!」少老大在沉默中爆發，抓住警長的肩膀怒吼，歇斯底里，有一種讓人陌生的威嚴和醜惡。做狗的也是有脾氣的，何況如今又是大警長，脾氣已經越養越大，雖然明知有主僕之分、提攜之恩，但在尊嚴和臉面丟盡之際，馮警長忍無可忍，以失控告終，氣咻咻地拂袖而去，任憑桂花怎麼追喊都沒有回頭。

蒸腳的好處是可以提高睡眠質量，入睡快，睡得死。結果可想而知，這天晚上少老大的腳是白蒸了，氣憤，擔憂，焦慮，不安，隨著夜色潛入他心底，令他充分體驗到一種提心吊膽的感覺——心像被一隻無形的黑手拿捏著，血液從心臟出發，噌噌地往頭腦裡沖，眼睛閉著都亮晶晶的。

床前明月光，疑是地上霜……

其實，這天晚上沒什麼月光，是失眠沖淡了夜色，放大了夜光。

失眠也有好處，讓少老大想明白了幾件一直懸而未決的事：一，馮警長養在黑室裡的內線久不露面，說明極有可能是出事了；二，黑室地址久尋未果，說明對方在重創之下已經高度警惕，保密措施嚴密，常規的辦法已經難以奏效，他必須另闢蹊徑；三，現在他手上一時還打不出更高級的牌，相比之下薩根是目前最可能給他建功的人選，因爲他手上畢竟有陳家鵠妻子這張底牌；四，陳家鵠進黑室的事必須如實向「宮裡」彙報，不能再捂，再捂只會讓自己難堪。

所謂「宮裡」，指的是日本陸軍設在南京的最高特務課。

眾念在心中盤旋，如鯁在喉，不吐不快。少老大不惜叫醒桂花，將這些想法和盤托出，徵求她的意見。桂花睡眼惺忪，但意識很清楚，她認爲「宮裡」在重慶肯定還有其他組織，她建議丈夫應該把他們現在面臨的困難如實甚至是誇大地向「宮裡」反映，爭取更多力量的支援，共同來完成這項艱苦的任務。會哭的孩子總是長得快，因爲哭了就有奶喝。桂花力勸丈夫不要硬撐，要學會哭。

「實在不行，」桂花堅定地說，「我一個人去一趟南京，我去哭。」

少老大不同意，堅絕不同意。現在武漢的仗打得很凶，路上太危險。這麼好的老婆他是丟不起的，他恨不得含在嘴裡呢。難怪他要生馮警長的氣，把姜姐藏著，怕他染指。怎麼可能呢？他前心後背都愛著她，他左手右手都需要她。他決定天亮後去找薩根聊聊。

事實上，此時天光已經發亮，山嶺的那一邊已經透露出新一天的曙色。

匕首淩空而飛，從汪女郎眼前飛過，
噌的一聲，直直地釘在門框上，
嚇得汪女郎頓時青灰了臉，如見了厲鬼惡魔。

第八章

一

美國大使館是一座巴洛克風格的高大建築，矗立在城東區一排濃綠的梧桐林中。每天早晨，當重慶這座西南腹地的大都市從黑夜中醒來時，第一縷陽光總是首先灑在它米黃色的牆體和潔淨明亮的玻璃窗上，整個樓體都熠熠生輝，放射出刺眼的亮光。於是，這座具有異國情調的高大建築，便從周圍那些低矮灰暗的土牆黑瓦的民房群中脫穎而出，拔地而起，像整個二戰期間的美利堅合眾國一樣，到哪裡都有一種鶴立雞群的非凡氣勢。

少老大約薩根在茶館見面，茶館開在使館後門的一條街上。老闆是馮警長的一個老上司，退休了，開了這家茶館，蠻高檔。中田便在茶館裡當夥計，店裡的人都叫他「啞子」，就是啞巴的意思。薩根和少老大要了一壺苦丁茶喝，因爲少老大有急事要他做，茶沒喝夠，匆匆別了。回來，薩根直奔使館宿舍樓，一頭扎進自己寢室，打開床鋪後面的一個翻板，踩著窄窄木梯子，迅速鑽了下去。這是一間用來儲酒的地下室，裡面放了一些散酒和幾只酒桶。但薩根並不是來取酒的，他從牆角的箱子裡和酒桶裡翻出一些雜七雜八的零件，熟練地鼓搗起來。

他在組裝電台。

中山路糧店一直沒有設電台，這完全是出於安全方面的考慮。因爲使用電台會發出電訊信號，一旦被中方偵測到，就會引起巨大的懷疑。而設在薩根這裡就不一樣了，一則他本身就是報務員，發報和收報技術都很嫻熟，二是他在發報時就是被中方偵聽到也能蒙混過關。因爲這裡是美國大使館，需要隨時用電台與國內聯絡，出現電訊信號屬於正常。

這也是當初少老大不惜出重金收買薩根的原因之一。

現在，薩根就奉少老大之命，準備向「宮裡」彙報陳家鵠的情況，並請求上峰援助。薩根組裝好電台，調試好信號，開始發報，滴滴達達的發報聲，一下將這間雜亂的屋子變得神秘、離奇起來。

可薩根的電報剛發了幾組訊號，懸在頭頂的電燈泡子就突然暗了下去，變成了一根紅絲，瞬間又猛地亮了起來，熾如閃電。薩根驚愕地抬頭，可還沒來得及拔掉電源，電台就哧的一聲，迸濺出了一團刺眼的火花，隨後一股黑黑的煙霧升了起來，滿屋都是嗆人的焦臭味。

電台燒壞了！

薩根氣得跺腳，摘了耳機在地下室裡團團亂轉。可急也沒法，他只好踩著小木梯子，爬出來，迅速去向少老大彙報情況。他知道，少老大還在茶館裡耐心地等他的回電呢。

少老大一聽電台燒壞了，急了眼，厲聲呵斥道：「你怎麼搞的，竟把電台燒了？」

薩根擦著額頭上的汗水，沒好氣地說：「這鬼地方的電壓比婊子的心還不穩定，我有什麼辦法？」

「這可怎麼辦？」少老大急得團團轉。

「立刻派人去成都買零件。」

「這太慢了！」少老大小聲驚道，「陳家鵠進黑室這麼大的事，我必須立刻向宮裡報告，」他提出更好的方案，「你不是報務員嘛，就用你們使館的電台悄悄給宮裡發個報，不行嗎？」

「那怎麼行？」這下輪到薩根驚叫了，聲音壓不住的大，「如果讓大使知道了我就犯了通敵罪，要送我去坐牢的！」

「他不會知道的。」

「他百分之百要知道。」這個深淺薩根是明白的，絕不會退讓，「你以爲是寫封信啊，機器是要出聲的，再說機要室是雙鑰匙，沒有我的頭兒同意我根本就進不去。」

「怎麼辦？這可怎麼辦？」急火攻心啊，清熱解毒的苦丁茶算是白喝了。

「你不是在成都還有個站嘛，」薩根建議道，「馬上派人去成都，租一輛好車去，今天出發，明天就可以到的。」

「誰去？你能去嗎？」

「這我來安排。」

半個小時後，薩根急急地走進重慶飯店，直奔三樓，嘭嘭地敲開三〇一房門，出來的人是黑明威。美聯社的年輕記者在中國至少是個省長待遇，裡外兩間的套房，外面是接客室兼書房，裡面是臥室。

「你馬上去一趟成都。」薩根進屋，一邊關房門，一邊忙不迭地說。

「幹嘛？」黑明威的英式英語聽上去總帶有點鄉氣，哪怕只是一個單詞。

「去找這個人，」薩根給他一封信，「你就說是我們少老大的朋友，讓他立即代我們給宮裡發報，要說的事情上面都寫著。」

「什麼事？」黑明威顯然不高興被人小看，讓他幹活又不明就裡。

「現已查明，陳家鵠已經被重慶軍方招入黑室工作。」薩根實話實說，是因為知道瞞不了他。信在他手上，舉手之勞即可洞穿秘密。

「是嗎？」黑明威突然覺得手上信沉甸甸的。

「肯定。」

「你怎麼知道的？」

「你怎麼話這麼多，」薩根瞪他一眼，「快準備走。」

「你說嘛，我想知道。」年輕人總是因為好奇而露出幼稚。

「哼，快收拾東西！」薩根率先幫他收拾打字機，並告訴他，「第一，他的女人親口告訴我，他現在本市一六六號信箱供職；第二，馮警長已經查明，這個地址就是黑室！」

「我說嘛，他一定在那兒工作，否則他家裡人不會那麼警惕的。」

「你是口說無憑，現在才是確鑿無疑。」

「那下一步怎麼辦？」

「這不讓你去成都發報嘛。」

「你不是有電台嗎？」

「他娘的燒了……」

兩人一邊收拾著行李，一邊說著。樓下，少老大已經在出租車行裡租好一輛美國吉普車，花了他五十個美金，令他心痛如絞。他不知道，車行老闆是薩根的同鄉，平時經常一塊喝酒泡妞，屬於一丘之貉。薩根已經私下跟他打過招呼，讓他大開獅子口，狠狠宰他，五十美金將來至少有二十個美金是要入薩根的囊中。說白了，薩根爲少老大賣力，與汪女郎爲他賣身是一回事，都是信仰錢。一個小小的使館藍領，不甘心過枯燥乏味的生活，要經常出入高檔娛樂場所，品咖啡，聽音樂，打撞球，抽菸，喝酒，泡妞，身體的每一個汗毛孔都不甘寂寞，怎麼辦？

只有把《聖經》丟進廁所。

現在的薩根，只有在夢中才能聽到教堂的鐘聲，那是他童年最熟悉、親切的聲音，現在卻成了他的噩夢。如果給他權力，他一定會毫不猶豫地割捨自己的童年，因爲那成了他多餘的尾巴。回想自己曾經是那麼愛聽牧師布道，經常深夜挑燈苦讀《聖經》，胸懷天下人的疾苦和高尚的理想，追求人生的眞善美。可現如今，過去的操守蕩然無存，天天沉浸在酒色中，而且不以爲恥，反以爲榮。

人生如夢，往事如煙，日光之下一切皆爲虛妄……人生苦短，眞理太假，榮譽太重，牧師是人間最滑稽的小丑，身體是世上最大的上帝，眼裡有萬物，嘴裡有百味，身體裡有無限的能量……薩根一邊送黑明威下樓，一邊胡思亂想。到了二樓，兩人作別，黑明威繼續下樓，薩根進了酒吧。

一輛美式吉普車已經等候在樓下。幾分鐘後，薩根從酒吧的窗戶裡看到黑明威乘車而去，目光還沒從窗外收回來，不知從哪兒冒出來的汪女郎已經悄然坐在他對面：一身香氣襲人，一臉笑容燦爛。薩根禁不住感嘆道：這就是我要的人生，有人爲我賣命，有人爲我賣身。

二

在對女人的貪心和用功上，馮警長和薩根可以一比：兩個人，一個半斤一個八兩，都是見了有姿色的女人腳步要慢下來、心眼要打歪。說好聽點，是性欲旺盛，說難聽了，就是好色之徒。但是，在爲少老大賣力、賣命的事情上，馮警長和薩根是不大一樣的，後者單純是爲錢，前者既夾雜著一份感激之情（少老大用金條爲他謀了這個位置），又摻入了一些投機的心理。當初，他去長沙游說義妹（馬姑娘）加盟，他的一番話——中國必敗論，大部分是他衷心的見識。這也不是他一個人的見識，四萬萬國人中少說有幾百萬吧，甚至包括汪精衛、周佛海、胡蘭成等在內的一大批高級官員和知識分子，都認爲國人抗戰無異於以卵擊石，除了勞民傷財外，不會有第二個結果。武漢，長沙，重慶，成都，昆明，貴陽……這些現今的國統區，要不了半年，頂多一年，均將紛紛成爲上海、南京、北平等地的翻版。識時務者爲俊傑。馮警長委身於少老大，少說有一大半是他識時務，是他明智的選擇。

所以，昨晚的事情他是後悔的。小不忍則大亂啊！

爲此，今天他的心情像這天氣，一直陰沉沉的，灰暗如土，糟透了！他處於深深的自責和莫名的恐慌中。越是自責，越是想戴罪立功，把黑室的地址儘快搞到手。可他出身卑微，警長才當不久，高層和軍界都沒有關係、缺乏圈子，思來想去，沒有一隻可以牽拉的手。他坐在威風凜凜的警車上，東轉轉，西轉轉，最後又轉到渝字樓下。他知道，這裡是杜先生的地盤，是他可以接近黑室最近的一隅。關鍵是，這裡已經有一隻他可以牽拉的手，而且是溫軟的，高貴的，性感的。她會敞開雪白的胸脯擁抱他，和他做西式的愛，也會衣袂飄飄，彈琴吟詩。她端莊起來，像個才女，上知天文，下曉地理，出口成章，口若懸河；她放肆起來，像個妓女，脫得精赤赤的，在房間裡款款來去，如入無人之境；高興起來，她且歌且舞，一招一式，一顰一笑，都撩人上火，局部堅挺。自當上片區小警長以來，憑藉著「碼頭優勢」，這些年來好色之徒馮德化基本上總是同時跟兩三個女人保持著性關係，直到一個多月前，她奇蹟般地冒出之後，他主動斷絕了同時與他來往的其他女人。他滿足了，夠了，醉了。他覺得她有無窮的魅力，值得他用全身心去喜歡，去享用，去珍視。

她就是渝字樓二樓餐館掌門人姜姐。

姜姐大名姜美雲，四川雅安人，父親是個行伍出身，四十歲改行經商，做軍火生意。女兒十九歲那年，父親做了山東韓司令的一筆大買賣，賺了大錢，便在上海買了房產，舉家遷到了上海，把女兒送去東瀛學習時髦的西醫。這是一九二六年的事。

就是說，一九三八年的姜姐其實不是大姐大，剛年過三十而已。之所以上下皆稱其爲姐，是餐館這行業的原因，那群小姑娘整天這麼喊，姜姐，姜姐，當面背後都這麼喊，喊出來了，成形了，欲罷不能。川人嘴甜，語言俏皮，開口閉口都是哥啊姐的，不像老北方，是人都是爺。

馮警長第一次在餐館見到姜姐是一個多月前，他帶了幾個同僚來吃飯，進了門擺大牌，橫眉豎眼地對服務員說，要見老闆。服務員不敢怠慢警哥，就姜姐姜姐地大聲喊，喊出來一個身材高挑、面若桃花的大美人。你就是老闆？警長不相信自己的眼睛。更讓他不相信的是，這個被遍地稱爲姜姐的大美人，看上去高不可攀，實際上是個悶騷，當天晚上就不羞不澀跟他回了家，上了床。喲喲喲，很多女人大同小異，這個女人可大不一樣哦。那天晚上，警長見了西洋鏡，樂到骨頭縫裡去了。

上了床，進出了陰門，就是一家人了。警長是「信仰」鬼子的，終有一天「尾巴」擺出來了，就像當初動員義妹入夥一樣，動員姜姐跟他一起共赴「前程似錦的美好明天」。明天我可能就是重慶市市長，你就是市長太太，可以住洋房，可以坐小車，可以披金戴銀，可以前呼後擁，可以……以為杜先生地盤上的人，需要足夠的理由和耐心，要搖旗鼓噪，要曉之以理，動之以情。哪知道，姜姐不等他說完，手一揮，一言蔽之：

「少囉唆，你需要我幹什麼？」

就這麼入夥了，幹上了，令大警長又驚又喜。大驚大喜啊。這個女人總是給他驚喜！驚喜只有開始，沒有結束：不斷驚喜，不斷！兩情相悅，志同道合，有事可以商量，有苦她來分擔，有喜一起分享。憂苦越分越少，喜事越分越多，一多一少，生活充滿陽光。還有，她在床笫間中西合璧的功夫、千嬌百媚的情趣；還有，她在茶餘飯後的高談闊論，世界各地的奇趣軼聞。等等等等，令馮德化警長常常感動得要拜天拜地，在夢中仰天大笑。

只有一點，略為不稱心：她堅決拒絕去晉見少老大。見了就是一個人頭，可以多拿一份錢。不過，不見也好，免得節外生枝，引狼入室，引火燒身。但是昨天自己衝動了，闖禍了，拿什麼去緩和這個關係，能搞到黑室的地址當然最好，將功贖罪。

「你怎麼老來問這個事，我知道能不告訴你嗎？」姜姐一聽又是要黑室的地址，煩不勝煩，「你也不想想，黑室是什麼？是目前國民政府的最高機密，哪能這麼輕易就能探聽到的。」

「我已經有個想法，也許有點冒險，但事已到此，冒個險也無妨。」

「什麼？」

「找人去郵局打探。我想郵局他們要發信，應該知道具體地址。」

「你瘋了！」姜姐的一對柳眉頓時拉得筆直，「你腦子進水了我看，出這種餿主意！你這不是提燈籠照自己嘛，他們正等著你去問呢，誰去逮誰，然後順藤摸瓜把你摸出來！」

這其實是一般人都想得到的，警長閣下確實是利令智昏了。此路不通，警長只好退而求其次。「這樣吧，我看你還是去見一下我們老大吧，他已經幾次要求我帶你去見他。我想你遲早是要去見的，現在去剛好可以給我打個圓場。」

這主意倒不賴，言之有理。可姜姐一如往常，搖頭，不同意。以前看她搖頭警長並無所謂，甚至還偷偷樂（免得惹事生非），今天則不同，他要拿她去討好人家，去救火，去給自己下台階。所以，再三好言相勸，竭誠竭力，結果把姜姐惹火了。

「哼，他有什麼資格要求見我！」這下眉毛像火焰一樣豎起來了。

「現在我們不是都在一起做事嘛，他畢竟是老大。」

「他是你的老大，對我，他小著呢！」

一來二去，姜姐抖出了個駭人的大包袱：「聽著，你去告訴他，想見我讓他跟『竹機關』去說！」

「竹機關」是「梅機關」的前身，是日本在華著名的特務機構，直屬於日本內閣和陸軍省，總部設在上海。首任機關長爲土肥原賢二，後由影佐禎昭中將擔任。就是該機關，後來一手策劃了汪精衛的叛國醜行。

馮警長聽罷，大驚失色，驚悸地瞪著姜姐，犯了口吃病，「你……你……你是竹機關的人？」

姜姐瞪他一眼，冷冷地說：「所以，我要幹的事比你們找一個信箱要大得多。」

馮警長又是既驚且喜，「那你怎麼不早告訴我？」

姜姐哼一聲道：「你的級別不夠。」又交代道，「到此為止，不要外傳。」

事情捅破了，有些事情不言自明。級別決定資源，事實上姜姐早知道少老大這個組織，包括其他組織情況她也知道，她在高處，一覽眾山小。她可以隨時使用這些資源，因需所取，因急所用。馮警長不過是她因需所取的一枚棋子，她初到重慶，用得著他，比如辦個證件，用個車，去個地方，辦個事，撐個面子，等等，警長是最好的人選。高處不勝寒，凡事更小心，更低調，更狡猾。姜姐所以不用權力，不亮尚方寶劍，而是用美人計降服警長，就是這個理：小心為妙，貓在暗處更安全。今天一衝動，一吐為快，但事後她不免後悔，所以再三叮囑：不得外傳。

這一天，警長獲得的驚喜比以前所有驚喜加起來都還要大，他呆呆望著這張熟悉的面孔，驚得目瞪口呆，喜得心有餘悸。駭人哪！這個女人了不得哪！難怪！難怪！想起曾經在她面前的驕狂放肆，淫穢下流，馮警長直覺得額頭發熱，冷汗都嚇出來了，一顆顆往眼睛裡砸。

三

在馮德化警長被姜美雲駭人的大秘密搞得暈頭轉向之際，薩根興高采烈地出現在陳家燕面前。老熟人了，家燕熱情地迎他入屋，一邊朝樓上大喊：「嫂子，快下樓來，你的外交官叔叔來看你了！」

「不，不，」薩根親切地笑著，「今天我還不僅僅是來見惠子的，也是來見你和你的全家人的。他們都在嗎，你爸爸媽媽？」

「在，在，都在。」家燕又喊爸爸媽媽。

惠子從樓上，陳父從客廳，陳母從廚房，被喊的人分別出來迎接貴客，煞是喜樂。寒暄過後，薩根從身上摸出一本大紅請柬道明來意：明天是他的五十歲生日，他要設宴慶賀，款待親朋好友。

家燕最活躍，馬上作出反應：「包括我嗎？」

「當然，你們全家人，都去。」

「在哪裡？」家燕問。

「重慶飯店。」薩根對大家說，「我一切都定好了，明天中午十二點，飯店二樓中餐廳平安包間。陳先生，陳夫人，說好了，到時我來車接你們，都去，大家都去給我湊湊熱鬧。」

陳父看看老伴，使了一個眼色，後者心中有數，編了個托詞，婉言謝辭：「薩根先生，實在抱歉，明天我和他爸正好有事。惠子，你去吧，你去就代表我們全家人了。」

二老其實也不希望家燕去湊這個熱鬧。

薩根執著相求：「不，都要去，你們都要去，我在重慶沒有什麼朋友，你們要是不去，我這個慶典就成了個空架子，只有自唱自彈了。」言在理在，誠心實意，軟人心腸。

最後，陳父出來圓了個場，折了個中：「薩根先生，實在不好意思，我們眞的去不了，因爲有約在先，分身無術，只能愧對你啦。這樣吧，家燕，你陪嫂子去吧。」

家燕連聲稱好，揚了揚請柬對薩根說：「就這樣，明天我陪嫂子去，他們確實有事就免了，我和嫂子去更好，不用你來車接，我們可以自己過去。」

薩根攤攤手，很遺憾的樣子，其實是正中他下懷。在他的計劃中家燕是必須要去的，二老呢最好不去，之所以邀請他們，是迫不得已，掩飾需要。心中懷有鬼胎，做事總是格外小心，只請家燕和惠子略為唐突，現在二老婉言辭請，乃天助矣。

這是個好兆頭，薩根對完成他的計劃信心備增。

薩根想幹什麼？他也想去郵局打探黑室的地址。他不笨，當然也預料到直接去打探的風險。馮警長是因情而急，頭腦發熱，才冒那種傻氣。薩根並不急，雖然少老大專此找過他，委以信任和重託，可他是見過世面的老油條，絕不會因此受寵若驚，亂了陣腳。他老謀深算地放了一條長長的線，家燕是這根線的一個關鍵的「結點」。

次日中午，家燕和惠子如期去重慶飯店赴宴。

說來也巧，在她們進飯店前幾分鐘，李政和石永偉彷彿在等她們來似的，已經在大堂裡入座，挑的座位正好在她們去包間必經的拐角口。就是說，幾分鐘後家燕和惠子必將遇到他們。

李政要完成組織上交給的一個任務，為在皖西新組建的新四軍金蕭支隊搞一批被服。問題便在這裡，是為新四軍，當然不能大鳴大放去廠裡要，只好把石廠長約出來私下談，而且不免遮遮掩掩。

石永偉接過李政遞給他的名片，看了後，驚訝道：「你怎麼幫他的忙，你沒聽說嗎，他是延安的人。」

李政淡淡地說：「聽說了，可我能跟他說，這事不行，因為你是延安的？這不正給他們拿住話說嘛，沒準兒周恩來又要去找委員長了。委員長昨天還在報上說，國共合作，不分你我。」

石永偉嘆口氣道：「是啊，貌合神離，搞得我們下面沒法做人。我跟你說，我那裡是有明文通知的，不准我把貨發給八路和新四軍。」

李政笑道：「所以他才託我求情嘛。」

石永偉問：「你跟他是什麼關係？」

「大學同學，還是同班的。」

「不會你也是八路吧？」

「我是八路你能不是嗎？我第一個發展的就是你。」

「你這不正在發展我嘛，讓我給八路辦事。」

「沒辦法，抹不開情面。」李政說，「就給他一點吧，怎麼樣，就算幫我了個事。再說他們現在確實也在打鬼子，給點被服應該的。」

石永偉說：「八路有你這個同學眞是好，要兵器有兵器，要被服有被服……」

正這麼說著，家燕老遠衝過來，驚驚咋咋的，像隻喜鵲。家燕的高聲歡語又把正在包間裡靜候她們的薩根引出來，他見惠子和家燕與李政、石永偉說得十分親熱，便上前跟他們相認。薩根聽說兩位是陳家鵠的摯友，大喜過望，力邀李政和石永偉共赴宴會。李政和石永偉自是一再推卻，可哪禁得起薩根再三懇請。在薩根看來，這可是兩個他打著燈籠要找的人物，怎麼能交臂錯過？一定要相知相認，加上家燕敲邊鼓，又拉又說。兩人無奈，恭敬不如從命，跟他們去了包間。

包間裡已經坐著兩對夫婦和一個漂亮的年輕女子，其中一對是本飯店總經理王某夫婦。另一對，男的是中國外交部的一位官員，一個副處長。而那個漂亮的年輕女子就是汪女郎，今天被薩根介紹爲他們使館的中文翻譯，特意安排她坐在家燕身邊。

介紹大家認識後，薩根高舉酒杯，興致甚高地道起開場白：「重慶很大，人很多，洋洋數百萬，但對我來說就是這一張圓桌。圓桌象徵著圓滿，今天是我年過半百的紀念日。生日嘛，也可稱其爲『圓滿之日』。在座的是我在重慶僅有的至親好友，你們來了，今天我就圓滿了。來，爲我們大家今後都圓圓滿滿，乾了這杯。」

大家紛紛起身，向薩根舉杯道賀。

一切都是有預謀的，薩根興師動眾舉行這場宴會有兩個秘密的目的，其一爲讓汪女郎和陳家燕熱絡上，最好交成朋友。所以，一杯酒剛下肚，薩根又高談闊論起來：「達爾文說，物分種，人分類。今天我們也來分分類，分類喝酒，喝個名堂出來。來，這杯酒，是我一個美國人敬貴國各位友人的。」說罷，率先將杯裡的酒一飲而盡。

隨後薩根提議，下一杯酒應該由汪小姐和陳小姐來敬他們，理由說得天花亂墜。「我剛看了一篇文章，是你們一個中國人寫的，用英文，了不起吧。作者還說，以後他還準備把這篇文章的意思寫成小說。文章說，世上只有兩類人，一類是有婚姻的，有家有室，有夫有婦之人，叫城裡人；另一類就叫城外人，就是你們倆，雖有家但無室。我們都是城裡人，只有你們倆是城外人，是一類。你們先自己互相敬一杯吧，然後再敬我們這些城裡人吧。」

一個「城裡城外人」之說，果然讓家燕和汪女郎對上了，熱乎起來，彼此稱姐道妹，不時交頭接耳，相談甚歡。薩根看在眼裡，喜在心頭，一種暗暗的得意泛上了他的嘴角。

接下來，他要來落實第二件事：讓惠子走出家門，到本飯店這個間諜自由港來工作，便於他今後可以隨時跟她見面。他知道，要想釣到陳家鵠乃至黑室這條大魚，這女人是最好的誘餌。陳家鵠是隻風箏，就算飛得再高再遠，也擺脫不掉惠子這根線。當然，這根線也可能變成導火線，所以他不會隨便去扯它。比如，去郵局打探黑室地址，這事就不能指靠惠子，她的口音不對，容易被人盯上。這事只有靠家燕，這也正是他爲什麼要把家燕套進來的原因。現在家燕已經中套了，好啊，好啊，再接再厲吧。

酒過三巡，薩根像突然想起什麼似的，轉頭問惠子道：「噯，惠子，你現在在做什麼？有工作了嗎？」

惠子淺淺一笑，用手比劃著，「我在跟小妹學織毛衣。」

薩根故作驚訝狀，「你沒有工作？那太可惜了，你可是我們堂堂耶魯大學的學子，又懂英語，又會日語，是難得的人才啊。你一定要出來工作，要爲中國人民的解放事業出一把力嘛。」

「那你就給我嫂子找份工作啊。」家燕插話道。

「不用找，」薩根笑道，「遠在天邊，近在眼前。」

「怎麼，」家燕問薩根，「你是想讓我嫂子去你們使館工作？」

「進使館工作手續太複雜了，但留在這樓裡工作就容易得多，我想就是王總經理一句話。」王總經理顯然沒有任何心理準備，聽了不覺一楞，沒有積極響應他的呼應。薩根現場做起了動員工作，「王總啊，你可不要猶豫，猶豫就要錯失良機哦，在座的都是統領一方的領導老闆，你就不怕人家跟你搶惠子？」說著環視大家，笑嘻嘻地說，「怎麼樣，我說得沒錯吧？」

大家半眞半假地給他幫腔。石永偉倒是認眞的，對惠子說：「要不你就去我那兒，我那兒還正需要一個懂英文的人。」

這下薩根更加來勁了，借著酒勁，拍著王總的肩頭說：「聽見了沒有，有人跟你搶呢，你就甘心認輸？不過石廠長，我覺得你應該還是給王總一個優先選擇權，一則我知道王總這邊確實需要像我們惠子這樣的人才，二則惠子在這裡可能更能發揮她的才幹，三則嘛，我今天既然跟王總開了口，也希望王總給我一個面子，否則——王總，這尊貴的地方我今後是不好意思再來囉。」

話說到這份上王總還能說什麼，只得順水推舟賣個人情。他胸脯一挺，爽爽快快，「來來來，你要來，惠子也要來。惠子，像你這樣的人才，我打著燈籠都找不到，哪有不要的道理，要！」

至此，薩根這場酒會眞正是圓滿了，超級圓滿，因爲還邂逅了兩位陳家鵠的摯友。摟草打到兔子，出門瞧見彩虹。一切都比他期待中的好，他沒有理由懷疑，他自由自在的日子即將結束了。

四

洋洋得意的薩根絕對沒有想到，在他挖空心思巧作安排的時候，他在重慶飯店舉辦生日宴會的所有細節，都被一個人監視到了。此人便是自惠子第一次光顧重慶飯店後，應陸所長之命，一直死守在陳家對面負責監視惠子的小周。當時陸所長其實也派老孫去三號院調查過薩根，可那邊遞過來的報告表明，薩根是個「仇日一族」。

三號院認爲薩根仇日，是基於如下事實：一九二一年至一九二二年，日本和美國政府曾就軍艦總噸位數經歷過長達一年多的艱苦談判，日方反覆強調，公開申明，雙方之比例不得低於七比十，即日方爲七，美方爲十。但事實上日方的底牌是六比十。就是說，實在不行日方可以接受六比十之比例。美方得知這個情報後，在談判中堅不退讓，死死咬住六比十的比例，最後談判結果就是如此。事後日方獲悉，給美國政府提供日方底牌的人是一個在美國僑居多年的日本女人，她就是薩根的母親。爲此日方公開申明，終生不准薩根母親回國。

這是薩根人生的一個十字路口，當時他正在美國駐日使館供職，機要員，高薪，體面，太太年輕漂亮，有兒有女，生活充滿陽光。但爲捍衛母親的尊嚴和名譽，抗議日本政府，年輕氣盛的兒子憤然辭去公職，離開日本。薩根的人生由此發生裂變，回國後找工作並不順利，加之感情又出了軌，妻離子散，一度窮困潦倒，成了上帝的棄兒。就是那幾年，他拋棄了上帝，酗酒，亂情，行竊，過上了放浪形骸、糜爛無恥的低級生活。最後是他的一個老同事拯救了他，把他帶去意大利使館當了一名司機，總算又過上了正常人的生活。但事業已經良機錯失，難有光明的前途，混日子而已。

薩根拋棄上帝，知情者或許不多，但他拋棄日本的「壯舉」轟動一時，三號院要探悉它如探囊取物。正因如此，三號院判他爲「仇日一族」，認定他爲鬼子做事的可能性不大，陸所長也就放鬆了警惕。可現在他把惠子弄去重慶飯店工作這件事透露出來的信息太曖昧，太令人不安。陸所長的眉頭緊鎖不展，他聞到了一股疑竇重重的氣息，那是從他內部的幽暗處發出來的。多年的反特經驗告訴他，要相信現在，不要相信過去；要相信事實，不要相信說法。現在的事實是他把惠子弄去了一個間諜活動頻繁的集散地，他爲什麼要這樣做？爲什麼？薩根像一盤蛇一樣盤在了陸所長心裡。

晚上，陸所長一個人在辦公室裡反覆研看老孫給他收集來的有關薩根的信息和資料，他又發現一個令他不安的事實，就是：十六年前，薩根在日本使館工作期間已經是三等秘書，如今依然是三等秘書。十六年不變，原地踏步，甚至是退步了，因爲中國處在紛爭和戰亂中，人都愛往高處走，現在這兒是「低處」，貧窮，混亂，罪惡，危險……是人人都要逃避之地，他爲什麼而來？沒有高升，沒有厚祿，一定是避之不及。這麼想著，陸所長腦海裡浮現出一個油腔滑調、吊兒郎當的形象——而且這個人是一個賣國賊的兒子。

想到這裡，他踱步去了老孫辦公室，無來無由地對老孫說：「也許我們是被他的家仇私恨欺騙了。」

「你是說誰？」老孫一頭霧水。

「薩根。」陸所長有太多的思緒想對老孫表達，「你認爲，他母親當初爲什麼要出賣自己的祖國？」他自問自答，「我想不外乎幾種原因，其中一種就是爲了利益，爲了錢。如果我們假設薩根母親就是爲了錢出賣祖國，然後我們再出進一步假設，有其母必有其子。就是說，薩根繼承了母親唯利是圖、無忠無孝的劣根性，那麼你會有什麼新的看法？」

別回答，聽著就行了。他不是跟你來談話、探討，他是要表達。

陸所長繼續說：「一個爲了錢可以出賣祖國的人，同樣可以爲了錢出賣自己的母親、家庭。」水落石出，可以下結論了。陸所長憂心忡忡地說：「我們可能是被他的身分和家庭背景迷惑了，有些人天生是沒有尊嚴和信仰的，他們像牲口一樣，胃口決定一切，有奶就是娘。」

「嗯。」老孫沉吟道，「這怪我，麻痺了。」

「要怪的是我。」所長嘆息道，「我們該早盯他。」

「現在盯他也不遲。」老孫說。

「小心一點，」所長交代他，「別給我捅馬蜂窩。」

窗外，一陣風從樹下升起。桃樹下埋著少女，梨樹下住著寡婦，香樟樹上掛著死人的衣衫。一九三八年的中國，每一棵樹都是向天國報喪送信的道士，每一片夜色都是人鬼同行的窮途末路。這個夜晚，老孫窗外的那棵無皮桉樹依稀瞅見了薩根的窮途末路。

有道是，福無雙至，禍不單行。薩根的羊皮被陸所長幽暗靈異的思維盯上之際，汪女郎卻出手更猛，她將直接揭下薩根的羊皮。女人，禍水，以偏概全，誇張了，失實了。事實上，只有像汪女郎這種女人，才是禍水。

汪女郎是土生土長的重慶人，住在朝天門碼頭旁邊的一條破敗不堪的老巷子裡。破爛的街道，破爛的土牆氈房，垃圾到處亂扔，潲水遍地流淌，大狗小狗旁若無人地追攆著，在路中間，在人面前，肆無忌憚地幹架、交配、偷食。這是重慶典型的骯髒邋遢的貧民區。龍生龍，鳳生鳳，老鼠生來會打洞。汪女郎生於斯，長於斯，全身上下，都充滿了這條街道的世俗味，充滿了這座城市的煙火特色：嗜辣如命，耿直粗放，坐不擇相，行不擇路，語不擇言，風風火火，潑潑辣辣，正如掛在家家戶戶房檐下的紅辣椒。

但汪女郎也有一好，一大好，天生麗質，並且完美地繼承了重慶女人特有的風采：乳豐臀翹。天下人都知道，巴山蜀水養女人身，白晰細嫩、溫柔嫵媚是蜀女的一大特色，而乳豐臀翹，性烈如火，則是巴妹子獨有的魅力。成都女人白晰細嫩的姿色是天賦的，因爲成都平原陰雨天多，就像埋在地下的韭菜葉子，其白其嫩，是捂出來的。而重慶女子的乳豐臀翹的風采和魅力，則是後天練就的，她們出門就翹著屁股爬坡上坎，經年累月，日以繼夜，乳就豐了，臀就翹了。

只是，汪女郎的豐不是一般的豐，翹也是非凡的翹，她隨便往哪兒一站，一立，蠻腰，豐乳，翹臀，體態豐滿，曲線優美，其形其狀令女人妒忌，令男人鬼迷心竅。薩根什麼人嘛，足跡遍布全球，什麼女人沒鑑賞過？白的，黑的，黃的，金黃的，都見識過，交往過。這是他拋棄上帝後唯一驕人的戰績，獨特的風采！像汪女郎這種職業女郎，薩根一般只留一夜情，不做回頭生意。獨獨汪女郎破例了，情有獨鍾，久經考驗，足見汪女郎之魅惑力非凡。了不得啊！神奇的東方人啊！每次，薩根與她約會，都禁不住要撫摸她豐滿堅實的乳房，翹圓彈性的屁股，有時對美的欣賞，反而使他身體失去了欲望和衝動。美到值得欣賞的身體，往往是叫人無欲而剛的。對此，國人專有一詞：坐懷不亂。

這天上午便是如此，薩根來找汪女郎，實在不是奔著她的身體來的。他要接她去赴任：去郵局幫他辦一件事，一件正經的大事。該有的鋪墊都已經完成，現在該讓汪女郎去拉線，釣黑室這條大魚了。

薩根將車停在巷口，按了幾聲長長的喇叭。不久，汪女郎從一間破舊的瓦屋裡款款走出來。她邊走邊跟街坊鄰居熱情地打招呼，上車的時候還特意將車門撞出砰的響聲，上了車還搖下車窗跟外面人招呼，那意思再明顯不過，她是在向街坊鄰居顯擺。薩根對她的磨蹭不滿意，嘰嘰咕咕地抱怨著，令她一下著火，操著重慶話說：「啷個嘛？你把眼睛瞪得跟牛卵子一樣，想吃人嗦？老娘晚上陪你睡覺，白天還要給你辦事，你不耐煩，老娘還不耐煩呢。」說著就要拉開車門下車去。

薩根趕忙換上笑臉，伸過手去摟住她的膀子，涎著臉說：「好了，我的東方美人兒，別生氣，事辦完後我會給你好處的。」汪女郎這才破顏一笑，假意地擰了擰他的耳朵說：「這還差不多，有點像我們重慶的粑耳朵男人了。」說著哈哈大笑，仰靠在車椅上，把腳蹺到擋風玻璃後面，點上一支香菸，兀自抽了起來。

鰣魚多刺，海棠無香，像這種破街陋巷裡出來的職業女郎，你別指望她柔軟如銀，溫婉如玉。她們總是笑聲放浪，舉止不雅，愛爆粗口，就像天使愛微笑一樣。

車子開到重慶飯店門口停下，薩根帶她上樓，去咖啡館，面授機宜。其實該說的昨天下午都已經說過，就在對面的酒吧。今天是汪女郎出動的日子，薩根擔心她粗心大意，把事辦砸，行前再三叮囑，要怎麼做，怎麼說，怎麼問，怎麼答，注意什麼，預防什麼，什麼什麼，反反覆覆，交代個沒完。汪女郎不覺又有些著火，高挑著她那雙柳葉眉，不屑地說：「你以為我有你那麼老嗎先生，我都知道了，記住了，別再婆婆媽媽了，煩人！」

薩根不厭其煩，「儘量別讓她知道，陳家小妹。」

汪女郎突然覺得很厭惡，她似乎一下子明白了薩根為什麼要讓她去打探這個地址，惡狠狠地說：「知道又怎麼了，難道你除了想搞她嫂子還想搞她？」她認為薩根是看上了惠子，所以想去見陳家燕的哥哥，去跟他談條件，或者什麼的。「你說，你是不是就是這副鬼心腸？」

薩根笑而不答，不置可否，或者說是默認了，至少在汪女郎看來是這樣。這多少影響了她的情緒，致使她後來行事較為草率、輕慢，演砸了薩根精心譜寫的劇本，並令他最終在陸所長面前原形畢露。

五

在薩根小心周密的計劃中，汪女郎應該在這天下午請陳家燕在郵局附近的茶館裡品茗一杯，小敘一通，進一步加深感情，熱絡關係。從茶館出來，往右走五十米即是郵局，汪女郎應該藉故讓陳家燕順便陪她去郵局一趟，寄一封信，或者打一個電話，或者拍一份電報，或者見一個所謂的熟人。

總之，汪女郎要把陳家燕騙進郵局，配合她完成薩根交給她的任務：打聽到黑室地址。咫尺之遠，舉步之勞，家燕必定不會拒絕的。那麼好了，有家燕在身邊，汪女郎完全可以冒稱是陪家燕來問地址的。當然，當中有一些不確定，有一些技巧，有一些可能突發的變故。諸如此類，薩根都預先考慮到了，並且找到了萬無一失的應對方法和策略，行前已再三傳授給汪女郎，讓她務必照章行事。

應該說，如果汪女郎嚴格照薩根的要求和囑咐行事，即使遇到什麼麻煩，比如郵局確有黑室的內線，因爲有家燕擺著，對方多半不會引起重視，更不會產生敵意。作爲陳家鵠的妹妹，家燕來打聽哥哥的地址，很正常嘛，有什麼好大驚小怪的。薩根放這麼長的線，目的就在這裡：萬一郵局有黑室的內線，有家燕這頂保護傘可以化險爲夷。

問題是汪女郎並不知道這些風險，她不知道眞正的內情，不知道薩根的眞實身分和險惡用心——如果知道了她也不會幹的。在她看來，薩根不就是想去跟惠子丈夫談判，把她從對方手上奪過來。雖然這有點見不得人，但也不至於搞得這麼神神秘秘，鬼鬼祟祟。去郵局問個地址有什麼了不得的，何必這麼複雜，還要讓她破費請家燕吃飯。當然，薩根給了她足夠的飯錢，但節約下來不是更好。再說她也不喜歡家燕這人，長得哪有自己漂亮，卻那麼神氣活現，又是大學生，又是小家碧玉，吃穿不愁，前途光明，人間太不公平！再再說了，以她對薩根的瞭解，沒準哪天陳家小妹又會成爲他的玩物，到那時她們就是情敵了。

所以，儘管薩根行前再三叮囑，可汪女郎都當耳邊風，風過言飛，天高雲淡。她從來就不打算「照章行事」，並且充分相信自己一定能夠出色完成任務，拿到豐厚的回報。

笑話！你以爲天底下的男人都是嫖客，都會被你牽著鼻子轉？從進郵局大門到離開，不過半個時辰，汪女郎先後跟四個男人搭過訕，結果都一一碰了壁，到最後一頭撞了南牆，被一孔烏黑的槍口押走了。此時的她心驚膽戰，哭喪著臉，灰頭土臉的。

郵局是一棟臨街的兩層黃磚樓，門前有一路台階，一棵在清末「四川保路運動」時期種的皀角樹，高大挺拔，樹冠如雲。據傳，這棟樓曾經關押過保路運動中不幸被捕的三位義士，義士最後無疾而終，都死在這樓裡。門前的皀角樹所以生生不息，尤爲壯盛，民間的說法是因爲三位義士的魂靈都聚集在這棵樹上，有靈了，成精了。

進門，一樓有一間單獨隔出來的電話用房，一排營業櫃台，台內有一女兩男三位營業員。汪女郎首先挑擇了一個年輕小夥子打問，未果。她又問旁邊一位大伯年紀的工作人員，大伯正在忙，沒理她，旁邊的婦女熱心地指點她，讓她上樓去詢問。

就上了樓。

第一個辦公室裡沒人，她就進了第二個辦公室。屋裡只有一個人，正在埋頭看報紙。報紙擋住了他半張臉，汪女郎無法確定對方年齡，貿然又親熱喊了聲「大哥」。大哥移開報紙，鬍子蓬盛，至少年屆五十。

「么妹喊錯人了吧，」對方客氣地笑道，「我的年齡可能比你父親還大，至少該喊大伯了吧。」

「對不起，大伯。」

「沒關係，么妹找我什麼事？」這辦公室是接待拍電報用戶的。

汪女郎雖沒有文化，但整天在外面混，懂得求人的艱難和自己在男人面前的優勢，裝出一副乖巧、嬌氣的樣子，走過去很有禮貌地向大伯問好，說有一件事想麻煩一下他。大伯抬頭問她什麼事，她便打開手上的小皮夾子，掏出一張紙條遞上去，「我想找一下這個信箱的地址。」

大伯接過紙條看，發現是「本市一六六號信箱」，頓時心驚肉跳，備感警覺起來。他盯著汪女郎，問她爲哪般要找這個地址。郵局的人都知道，這些三位數的信箱都是保密單位的，而對這個

「一六六號信箱」，大伯是太敏感太敏感了。說實話，他也一直在打探這信箱的地址呢。汪女郎謊稱其「哥哥」在裡面工作，現在家裡有急事要找他，寫信太慢，又不知道他單位電話，只好直接去單位找他。

「你可以拍電報啊。」大伯說，「我這兒就是拍電報的，告訴我你哥哥叫什麼名字，拍電報多快嘛。」大伯似乎已經預感到她「哥哥」是誰。

「這……」汪女郎遲疑了一下，「我不要拍電報，我……要去找他，我還有東西要當面給他呢。」汪女郎也是有兩手的，不會束手就擒。

「那你說吧，」大伯抓起筆，一副要記錄的樣子，「你哥哥叫什麼名字？」

「這跟找地址有什麼關係？」汪女郎哪知道今天遇到「鬼」了。

「有關係，」大伯說。他是一定要逼她說出名字的，以證明他的判斷，「這個單位有三個地方，不同的部門在不同的地方，你不說具體人名我怎麼告訴你具體地址。」

這個理由編得好，汪女郎這才說她哥哥叫陳家鵠。大伯一聽「陳家鵠」三個字，又驚又喜。喜的是他的預感應驗了，驚的是：此人到底是誰？大伯見過陳家鵠妹妹，眼前的人肯定不是。她是誰？大伯一邊尋思著，一邊裝著若無其事的樣子，點著頭說，「哦，我有這個印象，這個名字……後面那個『鵠』字我不認識，還專門查過字典呢。」

汪女郎暗自竊喜，「那就麻煩你幫我找一下好嗎大伯？」

好的，好的，大伯露出大伯應有的慈祥的笑容，起了身，殷勤地拉出一張凳子，客氣地請她坐，「你稍微等一下，紀錄本在另外一個辦公室裡，我這就去幫你查。」

「謝謝，謝謝，」汪女郎湊上前，綻放出職業的笑容，「謝謝大伯。」

「不客氣，不客氣。」大伯聞到了對方身上濃郁的香氣，於是聯想到那個著名的日本女間諜川島芳子，十多年前他曾在北平和那個壞女人有過一面之交，留下深刻印象。出門之際，爲了穩住她，大伯又給自己埋了個伏筆，「也不知我同事在不在辦公室，萬一不在你只有耐心等一下囉。」

此時，大伯已經知道眼前這個女人的下場了。

六

大伯其實就是老錢。

老錢怎麼會在這兒？

說來話長。可以一點不誇張地說，陳家鵠進黑室有共產黨人的諸多功勞，他因李政動員而回國，因老錢和小狄捨命相救才留下性命，包括最後在陳家鵠與陸從駿僵局難破之際，天上星爲了他的安全考慮，主動勸他加入黑室，難堪的僵局才得以鬆動、緩和。但是現在陳家鵠一走，杳無音訊，這可也不是個事。風箏放出去，要收得回來。天上星決定把他放給黑室，不是說把他放棄了，而是請黑室暫時「養」著他，等待時機成熟時，再「另謀出路」。

既是如此，怎能「杳無音訊」？

必須找到他！只有知道他人在哪裡，聯繫得上，才有可能作進一步努力，去潛移默化他。完成這個任務——找到他，非李政莫屬。於是乎，李政時常以「莫須有」的理由，隔三岔五地出現在陳家庭園裡，飯桌上，棋局上……老爺子以前其實不會下棋（象棋），是李政生生地把他教會了，惹他上了癮，給自己固定了一個可以常來常往的理由。惠子第一次收到陳家鵠信的當天傍晚，李政又來蹭飯了，沉浸在剛收到信喜悅中的惠子見了李政，忍不住悄悄告訴他：家鵠來信了。

「是嗎？難怪我看你臉上像停了一隻花喜鵲。」李政喜形於色。他想，眞是巧啊，下午天上星還專門召他去見面，一是問他有沒有陳家鵠的消息，二是布置他一個新任務（爭取惠子）。現在兩件事已經有一件落實，陳家鵠終於有消息了。「怎麼樣，他都好吧？」李政問惠子。

「嗯。」惠子點頭，問，「他給你去信了嗎？」

「他哪有時間給我寫信哦，」李政笑聲連連，妙趣横生，「他寧願給你寫十封也不願給我寫一封，雖然我早你二十幾年認識他。因此說，這不僅僅是個時間問題，更主要是個心情的問題。」

「哪裡，」惠子臉紅紅地說，「你是家鵠最好的朋友。」

「能好過你嗎？自從有了你，惠子，我就是西山之落日，殘陽啊，只剩薄薄的餘暉。」幽默是爲了讓氣氛更加輕鬆，以便自然而然地探知黑室地址。「有一種人就是這樣，重色輕友啊。」李政似乎有點求勝心切，幽默有失分寸。惠子不是可以隨便開玩笑的，她靦腆，害羞，玩笑開過頭了反而會讓局面尷尬。他意識到這點後，一時心亂，問了一句剛問過的話，「怎麼樣，他都好吧？」話音未落他想起才剛問過，又馬上轉換話題：「那個……在哪裡呢他單位？是遠在天邊，還是近在眼前？」這終於算是切入正題了。

惠子搖頭，「我也不知道。」

李政笑道：「你也不知道？那信是從天上飛來的。」

惠子解釋，「眞的，只有一個信箱。」

以李政的口才和心計，從惠子嘴裡掏個「多少號信箱」，易於反掌。李政知道了，老錢當然不會不知道。爲什麼老錢對「一六六信箱」那麼敏感，原因就在這裡。

再說，天上星還布置給李政的另一個任務是，希望他做做惠子的工作，讓惠子去他們那兒供個職，這樣便於他們將來跟陳家鵠作進一步的溝通。惠子在他們這兒工作，陳家鵠就是他們單位的家屬了。

李政知道，這事歸根到底決定權在兩位老人身上，所以李政有意選擇在飯桌上說：「嘤，惠子，家鵠不在家，要不你也去找個工作做做吧。」

果不其然，惠子不表態，抬頭看著二老，「我聽爸爸媽媽的。」

李政對二老說：「我看行，你們覺得呢？」

陳父說：「那要看什麼工作，惠子合不合適。」

陳母說：「能去你那兒工作我看是可以的，反正惠子待在家裡也沒事。」

李政說：「我那邊都是現役軍人，不合適的，昨天我碰到一個八路軍辦事處的老朋友，聽說他們正想找一個懂日語的人做翻譯工作，我倒覺得惠子去挺合適的，上班也不遠，坐電車就兩站路。」

「這不合適。」陳父當即反對，口氣堅決，「這像什麼話，家鵠在國民黨這邊供職，惠子去共產黨那邊，明擺的給人說閒話。」

李政笑道：「這有什麼嘛，現在是國共合作時期。」

陳父搖頭，「有些事你不能光看表面，國共兩家總的說是一對冤家，別看今天說的比唱的好聽，可哪天說不定又鬧騰上了。」老人家這天心情不錯，話多，像站在了講台上，「李政，棋盤上你是我的處長，離開棋盤你只能做我的學生，中國的事情複雜著哪，尤其是政治上，光憑兩隻眼睛是看不到東西的，要有第三隻眼。李政，你的見識太短了，我看也就是這筷子這麼長。什麼叫見多識廣？到了我這年齡就見多識廣了，你現在還嫩。」

陳母有些不解地望著李政，「小李子，你怎麼有共產黨那邊的朋友呢？」

李政哈哈一笑，接著老爺子的話說：「伯父，會不會是因為我缺少一隻眼交錯了朋友呢？」不等回音又徑自說，「不過我這個位置啊，就是要跟什麼人都打交道。不管怎麼樣，現在國共兩黨以兄弟相稱，我那個朋友，老朋友了，以前兩黨掐架時我們也沒什麼來往，現在好了，我們的來往也多了。」

「我看還是少往來的好。」陳父乾脆地說道。

「是啊，小李子我聽說共產黨……」陳母想說什麼，卻被老伴打斷了。陳父不客氣地說：「你就整天信那些道聽塗說，好好的報紙不看。」陳母生氣了，「道聽塗說怎麼了，我整天待在家裡給你當保母，有道聽塗說還不是你傳播的。」說得滿桌子的人都開心發笑。

家燕噴出一口飯，驚得滿桌子的人或埋首趴下，或起身逃逸，亂作一團。李政恰好坐在家燕對面，屬於重災區，重創者，胸前全是「彈眼」。不過也好，幫了李政一忙，好讓他藉故提前離開（否則飯後還要陪老爺子過棋癮呢），回去彙報情況：既有好消息，又有遺憾。

天上星聽完李政的彙報後，沉吟道：「看來老倆口對我黨還是不太瞭解。」

「當然哦，也不能怪他們。」李政說，「他們長期生活在國統區，對我黨很難有正確的認識和瞭解，有偏見很正常。」

一旁的老錢開玩笑說：「這說明李政同志的工作做得不好嘛。」

李政知道他是開玩笑，沒有生氣，但裝著生氣，脖子一伸，作抗議狀：「這也不能怪我啊，你要讓我脫了這身軍裝，我就可以大鳴大放地去做，現在是戴著鐐銬跳舞，難啊。」

「這你就錯了，李政。」天上星對他擺擺手，認眞地道，「你現在的身分才是最好幫我黨說話的，如果你脫了這身軍裝去說反而成了王婆賣瓜，有自賣自誇的嫌疑了。沒事，慢慢來，尤其是對老人家更不能急，要循序漸進，日積月累。現在當務之急要弄清楚這一六六號信箱的具體地址。我們連它的具體地方都不知道，萬一有事，無法與陳家鴿取得聯絡，到時就被動了。」

適時，正在辦公桌那邊草擬電文的童秘書插話進來：「這不難的，郵局的人總該知道吧，這兒郵政局局長是我的同鄉，我們關係不錯的，我可以找他打問打問。」

「不行。」天上星沒有遲疑，迅速否決，「你的身分去問這個太貿然，容易節外生枝。但你說的情況倒是提醒了我，郵局是個信息中心，那裡一直沒有我們的同志，老錢現在身分沒有公開，我覺得你可以找那個老鄉做做工作，如果能把老錢安進去是最好的。」

童秘書信心滿滿地說：「好，我明天就去找他，應該沒問題。」

老錢並不樂觀，「現在重慶哪個單位都是人滿爲患，要給你找問題有的是。」

童秘書說：「他敢！」信誓旦旦，板上釘釘，「他欠我情呢。」原來他這個老鄉是個貪官，上個月有人告他狀，有證有據，文官處很重視，派人下去查他，把他嚇壞了。「是我給他擺平的，找人給楊森打了電話又送禮，楊森才網開一面，把人叫了回去。」

難怪他如此理直氣壯，恩重如山呢。

後來老錢就這麼進了郵局。以爲進了郵局就可以探尋到黑室地址，其實哪有這麼簡單。到現在爲止，老錢只知道，凡是三位數信箱的信件往來，是由專人負責的。郵局現有三十一名投遞員，專人爲誰？是男爲女？是老爲少？是一人還是多人？現在老錢都還不知道呢。

七

當然，小童秘書的老鄉——貪官局長——肯定是知道的。所以，老錢離開後，直奔局長辦公室，向局長彙報了汪女郎的可疑行爲。後者聞之，霍地從椅子彈起，唇肉肥厚的嘴巴如機關槍一般，朝老錢一陣連發：「是個什麼人？幹什麼的？現在在哪裡？」

老錢如實述之。

局長發號施令：「你先回去穩住她，別讓她走，一定要想方設法拖住她，我立即派人來處理。」

老錢應命，順便從局長書櫃裡借走一冊厚厚的什麼資料簿，磨磨蹭蹭地回到辦公室，對汪女郎晃了晃，說：「我同事出去了，只找到一本。我先看看吧，也許你運氣好，就在這一本上。」說著慢呑呑地坐下，慢呑呑地翻看起來，一邊翻著一邊跟汪女郎東拉西扯，問了她個人的情況，又問她父母的情況；誇她衣服漂亮，又誇她天使般的美貌。爲了拖延時間，老錢也樂意扮演一個色鬼，色迷迷地盯著她，抹她麻油。

「按說這不是我的事，可我願意幫你這個忙，知道爲什麼嗎？」

「爲什麼？」

「你照照鏡子就知道了，因爲你長得跟花一樣。」

「是嗎？啊喲，謝謝你誇獎，師傅。」

「這不是我誇獎，這是事實。你有鏡子嗎？」

「有。」

「要沒有的話，我很願意給你買一面。」

「謝謝，謝謝，師傅你眞好。」

「誰叫你長得這麼漂亮呢。女人啊，漂亮就是福氣啊，我想你這樣漂亮的美人一定是要什麼有什麼的啊。」

「我現在就想要我哥哥的地址。」

「好好好，馬上給你找。噯，是多少信箱？你看，你害得我心神不定的，剛剛還在眼前的東西說沒就沒了。」

「一六六號。」

就這麼，老錢一邊跟汪女郎插科打諢，一邊翻著本子，從頭翻到尾，又從尾翻到頭。實在不好意思再翻了，只好藉口說可能在另一本上。又出去磨蹭，怕她發覺異常，溜走，還不敢走遠，只好守在樓梯口，望著窗外，等待來人。

汪女郎見老錢遲遲不回，有些無聊，從皮夾子裡摸出一面小圓鏡子，孤芳自賞，一邊想起剛才老錢誇讚她的話，甜滋滋、樂陶陶的，對即將的下場毫無察覺。

終於，一輛軍用吉普車飛馳而來，猛地停在那棵皀角樹下。車上下來老孫，帶著一個穿軍裝的小夥子，三步併作兩步，衝進郵局。老錢怕老孫認出他，不想跟他碰頭，跑去通知局長。後者聞訊連忙出來迎接老孫他們，領他們帶走了汪女郎。

審訊被安排在渝字樓地下室，當初馬姑娘上吊自盡的地方。陸所長決定親自上陣，這是他的老本行，自信一定比老孫幹得好。老孫在馬姑娘身上失了手，所長一直耿耿於懷，今天他要給老孫做個樣子看看。汪女郎是見過世面的，經常跟警察打交道，膽量練出來了，不會一見制服就腿軟。剛才一路上，她已經罵罵咧咧，裝瘋賣傻，都表演過了。

「坐下。」所長發話。

「你是什麼人？」

「我叫你坐下。」

「我幹嘛要聽你的？」

「我請你坐，行嗎？」

「我口渴，我要喝水。」

「你坐下，回答了我問題，我請你喝茶。」

老孫上前欲拉她入座，汪女郎推開他，「你幹嘛，我自己會坐，誰要你拉。」

所長看她坐下，單刀直入，「告訴我，是誰指使你去問那個地址的。」

「我自己。」

「你叫什麼名字？」

「陳家燕，怎麼著，你喜歡我是不？」

「放老實一點，別廢話。」

「你別嚇唬我，我膽小。」

「你膽子不小，但記性太差了，連自己的名字都忘了。不要再裝了，我知道你的身分，你不是什麼陳家燕，你也沒有一個叫陳家鵠的哥哥，老實坦白，你爲什麼要去找這個地址，你在幫誰幹活。」

「誰說的……」汪女郎有點心虛，「你們到底是什麼人？」

「你管我們是什麼人。」

「那好，你不說我也不說。」

「看來你還沒有見識過我們會怎麼對待一個愚蠢的頑抗分子，告訴你，我的時間寶貴得很，我的耐心也有限，不要考驗我。你長得很漂亮，最好別讓我們用刑，用了刑你的漂亮就會大打折扣了。」

說著，陸所長拉開抽屜，抽出一把匕首，在手上把玩著。突然，匕首凌空而飛，從汪女郎眼前飛過，嚕的一聲，直直地釘在門框上，嚇得汪女郎頓時青灰了臉，如見了厲鬼惡魔。一個出生於貧民區的下賤妓女，身上能有幾兩骨頭？一驚一嚇，就魂飛魄散了，一五一十，大大小小，毫無保留地交代了出來。光交代不行，還要配合這邊做事，撥開雲霧，搞清楚這個美國佬到底想幹什麼。這也沒問題，「我願意為你們做任何事，我保證。」汪女郎小心地看著陸所長，諾諾地說，「現在你們可以放我走了吧，他在等我回音的。」

「他在哪裡等你？」

「重慶飯店二樓咖啡廳。」

「他平時經常去重慶飯店？」

「嗯。他很好色，經常在那兒。」

因為對汪女郎的眞實身分不瞭解，至少還不足以肯定，陸所長一直沒有向她公開對薩根可能是日方間諜的懷疑——萬一他們是同黨，豈不是打草驚蛇了？所以，直到此時汪女郎還是沒有把薩根往間諜上想，在她看來，薩根做這些事的目的無非就是想占有惠子。「他專門把惠子姐安排在重慶飯店工作，我敢說他的鬼心眼就是想……那個……我早看出來了，他喜歡惠子姐。」

所長反駁她：「如果僅僅是爲了這個，他幹嘛讓你去問，自己不去？」

汪女郎脫口而出，「因爲他是外國人，不方便嘛。」

狗眼看人低，雞眼看自己，牛眼看天嚇破膽。在汪女郎眼裡，全是些男男女女、情亂色迷的事，照她說來薩根謀算的就是些雞鳴狗盜的事情。雖然所長並沒有因此相信汪女郎的說法，但心裡多少生出了一個新念頭，一份期待：希望她說的是眞的，薩根僅僅是一個色鬼。

是色鬼還是惡魔？

陸所長陷入了沉思。

八

午後的渝字樓很是沉悶，中午的客人走了，晚上的客人還沒有來，門前冷清清的。突然，巷子的那邊，冒出一輛風塵僕僕的小車，渾身泥漿，像剛從飛沙走石的戰場上馳騁歸來。

車子喇叭聲聲驅趕著行人和流浪的貓狗，穿出巷子，駛過大街，最後停在重慶飯店樓下。黑明威披著滿身塵土和一臉倦意，從車門裡鑽出來，恰好被正在二樓咖啡廳裡坐等汪女郎的薩根看見。

巧！

黑明威下了車，拎挎著大箱小包，進門，上樓，直奔三〇一房間。當他摸出鑰匙準備開門時，發現門居然沒有上鎖，虛掩著，有若隱若現的聲音從房間傳出來：室內似乎有人。他輕輕推開門，躡著手腳進去，薩根冷不丁從衛生間裡閃出來，嚇了他一跳。

「你怎麼在我房間裡？」黑明威瞪著薩根，疲勞使他目中無光。

「你走了這裡就成了我免費的午餐。」薩根笑道，「這飯店的老闆指望我把他兒子弄去美國呢，進你的房間還不是小菜一碟。」接過他手上的東西，薩根關切地問，「怎麼才回來？」

黑明威沒好氣地說：「能回來就不錯了，一路上都在塌方，到處都危險。」

薩根很關心大箱小包裡的東西，黑明威一一翻騰出薩根要的東西：一只小紙箱裡裝著發報機的配件，兩隻空酒瓶裡裝著密件資料。最後，黑明威還從大紙箱裡端出一只小木桶來，打開，裡面竟裝滿了紅苕。

薩根不屑地說：「你帶這個幹嘛？還怕我餓死啊？餓死我也不吃這豬食。」

黑明威不說話，三下兩下揀出紅苕，桶底竟露出了一把手槍和幾盒子彈。

薩根一驚，瞪著他說：「我沒讓你帶這些東西啊，多危險，萬一被查了呢？」

黑明威說：「我喜歡，我花錢向他們買的。」

薩根指責他：「少老大不是已給過你一支槍，你要這麼多槍幹什麼？」

黑明威取出槍，裝上消音器，在手裡把玩著，「嘿，德國貨，好槍哪。當間諜沒一支好槍像什麼樣？我喜歡這把槍，殺人於無聲之中。」

薩根從他手上奪過槍，嘲笑他，「你殺過人嗎，好像殺過很多人似的。武器越高級，說明殺人越容易，任務更好完成。以後我給你找個機會吧，讓你嘗嘗殺人的滋味。」

黑明威不理睬他，小心翼翼地把紅苕一個個分類，像有標誌似的，分出一批相對比較大的，放在一邊。薩根問他在幹嘛，他依然不理睬，專心致志又如數家珍地把一堆大紅苕數了一遍。隨後，抓起一個大紅苕，雙手使力一掰，紅苕裂開，露出一個黃黃的像雞蛋一樣的東西。

「這是什麼？」薩根好奇地問。

「眼睛。夜幕下的眼睛。」黑明威神秘地說。

「你少廢話，」薩根不耐煩地說，「到底是什麼東西？」

「照明彈。」黑明威不屑地說，「你連這都沒見過？我都見過。」

「我們要它幹嘛？」薩根問。

「我也不知道。」黑明威指指剛從酒瓶子裡掏出來的信件資料，「這些都是給少老大的，你也無需知道。」

薩根放下手槍，拿起一枚照明彈端詳著。就在這時，突然有人敲門，一個服務員在外面說，有黑明威的信和電報。黑明威想去開門，被薩根攔住。薩根在他耳邊輕語一句，黑明威便說他在洗澡，請服務員從門縫下把信和電報塞進來。

服務員就從門縫下將信和電報塞了進來。等服務員的腳步聲走遠，黑明威撿起信和電報看起來。看了一會兒，他抬頭對薩根說：「對不起了，我得暫時和你說再見了。」

「怎麼了？」

「吶，你看，」黑明威把電報遞給薩根，「社裡給我安排了任務，要我馬上去河南採訪。蔣總統以水伐兵，炸開黃河，想用黃河水阻擋日本人的進攻，結果把他的臣民也害慘了，現在都已經在人吃人啦。這是個特大新聞，我們報紙肯定要大做文章。」

黑明威這一去便是一個多月，等他回來時，重慶已經不再是他熟悉和想像的那個城市，他的

「大本營」糧店已蕩然不存，少老大、桂花、么拐子等多名曾與他並肩作戰的「戰友」已經命不守身，屍骨成泥化土。更有無數他不認識的黎民百姓、無辜者、不幸者，被他千里迢迢從成都帶回來的命令和設備搞得粉身碎骨，魂斷天際。

黑明威，一個英俊的男人，一個痛苦的孩子，一個自我的異己者。他在新德里市郊的一棟杏黃色的花園樓房裡長大。父親是個信奉佛陀的虔誠苦行僧，長年浪跡天涯，托缽為生，誦經為業。母親卻是個交際花，經常呼朋喚友，在家裡舉行燭光晚會，節日派對。在門背後，在花叢中，在樓梯口，在假山邊，在昏暗的燈光下，在明亮的月光下……他幼小的眼睛曾無數次地親眼目睹母親和一個個陌生男人相擁相親。他不知道這些男人哪一個是他的父親，更不知道這些兒時覺得很新奇好玩的記憶，長大了會令他羞愧萬分，時常因此而痛不欲生。他的青春是從嚮往死亡開始的，生命不可貴，愛情是卑鄙的通行證，故鄉是逃亡的起點，家是豪華的廢墟，所有認識的親朋好友、同學老師都是可以忘卻的陌路人……父親在佛陀的虛幻世界裡擺脫了現世的罪苦，找到了極樂，卸下的罪苦卻都讓他名下的兒子全部擔當了。從成人的第一天起就開始擔當，擔當，永無止境。這是一個自小被孤獨和羞恥吞噬、壓垮的可憐蟲，他渴望告別，渴望冒險，渴望刺激，渴望赴湯蹈火，在危難中燃燒生命的火焰。

有一天，美聯社滿足了他的期待，因為可以告別故鄉，可以離別親朋，可以遠走高飛，可以四海為家。有一天，薩根又秘密地滿足了他的期待，因為他渴望燃燒，渴望強大，渴望有一支槍，渴望迎接一場生死之戰。他行動，他付出，他冒險，卻從來不跟薩根討價還價。

他不信仰錢，他信仰自己，信仰刺激。

這一點在薩根想來，似乎總是有點兒不可思議。他看上去是那麼年輕，那麼文弱，那麼英俊，那麼有知識，家裡又是那麼有錢。事實上，當初薩根跟他接近就是看他出手闊綽，花天酒地，像個富家子弟。他接近他，本是想花他錢的，沒想到他願意拿出生命來讓他「花」。

山不會走近山，一個人也無法走近另一個人。

陸從駿走出了沉思。

是驢是騾子，要走著瞧。不要相信想到的，要相信看到的，這是陸從駿反特經驗的又一條。他決定親自去重慶飯店會一下這個美國佬，而且必須儘快，去遲了，汪女郎說什麼都容易引起他多疑。現在首先要穩住他，要像什麼事都沒有發生，讓汪女郎及時向他去彙報情況。彙報什麼呢？當然要編個說法，巧妙的，能進能退的。說法編好了，還要給汪女郎排演。剛才他和老孫一直在給她排演，現在已經進入彩排階段。

「都記住了？」陸所長問。

「記住了。」汪女郎答。

「重複一遍，回去該怎麼跟薩根說？」

「我找了好幾個人，都說不知道，但我碰巧遇見了一個人……」

「是一個你以前接待過的客人。」

「嗯，是一個我過去的客人……他就在郵局工作，一個老色鬼，見了我非把我拉去隔壁旅館……」

「所以你才回來。」

「嗯，所以我才回來。聽這個老色鬼說，我才知道這是個……保密單位，地址是有一個人專門管的，他也不知道。但他答應幫我忙，給我打聽打聽，知道了會告訴我的……」

「他一定能打聽到。」

「嗯，他說管地址的那個人跟他關係很好，可惜今天不在單位上，明天他一定給我打聽到。」

「薩根要是問起這個人的情況，你怎麼說？」

「就照我見過的那個人說……是個大鬍子，五十來歲，在樓上第三間辦公室上班。」

「他爲什麼對你這麼好？」

「他就想占我便宜，今天都沒給錢。」

「還有，你還懷疑他。」

「對，我懷疑他說的……管地址的人今天不在單位是騙我的，他就想讓我再去找他，再占我一次便宜。」

「我們還交給你什麼任務？」

「搞清楚他有什麼同夥，還有，他……找陳先生到底想幹什麼……」

「嗯，不錯，記住了，但我看你還是有些緊張，這不行的。來，喝口水，再來一次。」

汪女郎接過茶杯，喝了一口，反而安慰起陸所長來：「長官你放心，在他面前我不會緊張的，我現在緊張是因爲你，你剛才好凶嘛。」回頭看看那把插在門框上的匕首，心有餘悸。

所長上前把匕首拔下來，放回抽屜，一邊對她說道：「千萬不要緊張，就像什麼事也沒發生過一樣，如果你緊張了，他懷疑你跟我們有關係，你反而有危險了，知道嗎？」

「知道了。」

「如果有什麼事，就給我們打電話，電話號碼是多少？」

經過又一次排演，三人分頭出發了，老孫在先，汪女郎居中，所長押尾，前後間隔三分鐘。從渝字樓到重慶飯店，正常的速度步行不需三分鐘，近得像在同一個院子。這一天所長走了四分鐘，在這短暫又漫長的時間裡，他覺得自己似乎經歷了人生許多東西，期待，擔憂，懼怕，賭博，迷宮，孤獨，心跳，拉長的時間，錯綜複雜的思緒，下午的時光，混亂的市聲，想像中一個女人墮落的過程……這一切都使他百感交集。他以爲，等他進了咖啡廳，便會看到那個期待一見的美國人，然後一切都會結束。

可他足足等了三個小時，喝了兩杯咖啡，抽了七支香菸，下午的天空變成傍晚的，又將變成夜晚，薩根就是沒有露面。汪女郎一直孤獨地坐在那兒，沒被人領走或留下，像一個已經被歲月淘汰的老妓女。當天徹底黑暗下來時，他毅然地走了。回去的路上，他心情糟透了，憑藉著黑暗的包裹，他甚至默默地罵起了大街——

賤貨！

婊子！

該死的！

狗娘養的！

你瞎了眼！

罵人罵己，操爹日娘，像一個去尋歡不成、被羞辱趕出來的嫖客，一點腥味兒沒沾到，卻被刮了個淨身。他恨恨地想，今天眞他媽的倒楣，對已經降臨的巨大喜悅毫無覺察。事實上，這是他最幸福的一天，因爲此時另一個美國人，讓·海塞斯，已經替他破譯了第一部密碼，整棟破譯樓裡的人，男女老少，每一個人，都激動得渾身顫抖地等著他快快回去分享那份從天而降的喜悅。

這不禁令人好奇，這傢伙到底是個什麼人物，
國民政府要如此不惜重金把他請來……
難道他就是那個被世人傳誦的「美國破譯之父」赫伯特・亞德利？

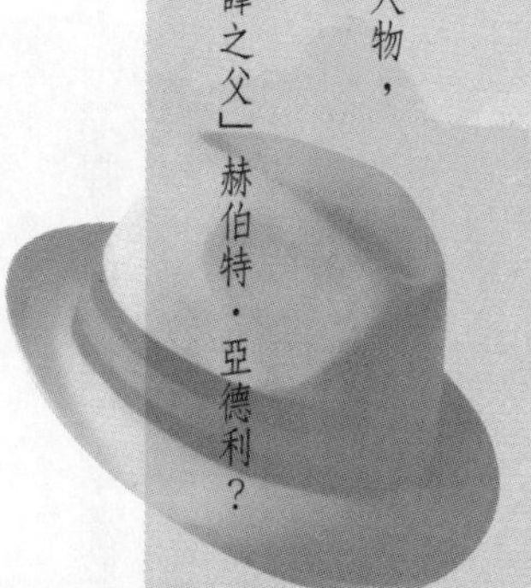

第九章

一

抗戰時期國統區流通的貨幣叫法幣，俗稱中國錢。陸從駿調入黑室時月薪爲二百法幣，負責保安工作的處長老孫爲一百二十法幣，一般的普通職員爲三十法幣。當時法幣對美金的兌換率爲七比一，即當時黑室一個普通員工的月薪爲四個美金多一點點。即使黑室一號人物，陸從駿，堂堂一個師職少將，月薪也不到三十美金。而海塞斯的年薪是多少呢？

一萬美金，相當於陸從駿的二十八倍！

換言之，海塞斯的身價是當時二十八個中國師級少將軍官的總和。

這不禁令人好奇，這傢伙到底是個什麼人物，國民政府要如此不惜重金把他請來……難道他就是那個被世人傳誦的「美國破譯之父」赫伯特・亞德利？

是的，他就是亞德利。

亞德利到中國時，山本五十六的作戰計劃裡還沒有轟炸珍珠港的方案，那是三年後的事。當時美國和日本是協約國，用一本九十六頁厚的白皮書締結了兩國的中立條約。亞德利為中國披掛上陣只能定義為「民間行為」，是一個國家和一個業已失業的破譯家的一樁生意，埋名隱姓是必需的。在他為中國黑室秘密工作期間，先後用過包括讓·海塞斯在內的六個假名。

經過將近兩個月的旅程，我終於到達了香港。為了避免被日本人認出和暗殺，我用的是一個假名——赫伯特·奧思本，而且特意取道歐洲而來。自從我出版了《美國黑室》一書後，因為書中對日本搞的陰謀詭計做了揭露，我在東方已上了黑名單。所以，請我去拿「中國黑室」俸祿的中國當局，只好將我偷偷運進中國……

多年後，亞德利就這樣開始回憶這段生活，寫了一本叫《中國黑室》的小冊子。不乏有人對這小冊子橫加指責，罵亞德利是個「虛榮的人」，因為他「以寫小說的方式」記錄了這段生活，「完美地塑造了自己」，貶低、污辱了他身邊的所有中國人，對個別令他有好感、不想貶辱的中國人——比如陳家鵠，以「隻字不提的方式」冷漠處置。有眾多的資料表明，亞德利在重慶期間至少和五位女性（三個中國人、兩個外國人）先後有過「非凡的關係」，但在他的回憶中，他搖身變成一個「坐懷不亂的聖賢君子」。亞德利一生「著述頗豐」，但文字的真實性令人忐忑。破譯大師把自己的一生變成了「密碼」，讓後人費盡心機去猜測他文字背後的真實與虛偽。

作為開天闢地的一代破譯大師，有關亞德利的生平資料如今遍地都是，過去的秘密被時間的陽光穿透、照亮。美國作家詹姆斯·班佛是記者出身，作品多以情報機構為題材，對亞德利的身世、經歷深有研究。一九八三年，被美國國務院禁令鎖在抽屜裡四十餘年的《中國黑室》小冊子終獲解禁，可以公開出版。班佛應出版社之邀潑墨寫了序言，詳細記述了他瞭解的「美國破譯之父」。文章從美國國家安全局起筆，旁徵博引，追古思幽，足見作家對情報領域涉獵之深和對亞德利先生之「過往甚密」：

在華盛頓以北二十英里、占地超過一千公頃的米德堡裡，坐落著自由世界最大的情報機關——美國國家安全局。這個由杜魯門總統在一九五二年秘密創立的機構，默默地將全世界的私人、商業、外交和軍事通信傳遞到一個「秘密城市」。「城市」由十二座安保森嚴的鋼筋水泥龐然大物組成，其中，行動總部大樓即將成為僅次於五角大廈的全聯邦政府第二大獨立建築物。

行動總部大樓的內部可能是地球上電腦密度最高的地方，電腦所占的空間不是以平方米計算，而是以公頃。在這裡，每張薄薄的鐳射光碟存有數以億計的數據；上千公里的磁帶構成了豪爾赫·路易斯·波黑士筆下的無窮圖書館，瘋狂地加密和記載了我們這個星球上所有的知識和資訊。

爲了還原這些複雜的密碼，國家安全局使用了CRAY-1這樣尖端的計算機，每個記憶體每秒可以傳送高達三千二百萬個詞語（相當於兩千五百本厚的三百頁的書），以及可以將這些書以每分鐘兩萬兩千行的速度印到無限長的紙卷上的鐳射打印機。在不久的將來，國家安全局的科研工程組將會實踐那些聽起來很奇怪的概念——約瑟夫遜結邏輯、磁性氣泡、模擬光學計算、聲光互動電荷傳送器，等等，使得一秒鐘內可以進行一千兆個操作。

然而，在遠遠早於有CRAY-1誕生之前，甚至早於國家安全局成立之前，就有一個很有遠見的年輕人開始進行了類似的工作，他擁有的只有一個敏銳的頭腦，他的名字叫赫伯特·亞德利。

在沉悶的密碼與破譯世界裡，亞德利絕對是一個色彩鮮明、活力十足的人物。他的奔放不羈，與修道院的工作環境格格不入。一八八九年四月十三日，他出生於印第安納州西南部一個名叫沃辛頓的小鎮，年輕時的業餘愛好是撲克，後來他能破解外國密碼的天賦很可能得益於此。事實上賭牌或許沒有破解外國密碼那麼神秘，但絕對不比那個更容易。除了競選學生會主席、編輯校報、擔當足球隊長以外，他經常流連當地一個叫蒙提的酒吧，向「鹹佬東」和「磨蹲山」學兩招兒，或者在沃辛頓的其他十來個酒吧和三個桌球室操練他的副業：賭牌。

高中畢業後亞德利去了芝加哥大學。但一年之後輟學，他回到沃辛頓，子承父業，做了一個鐵路報務員。很快，他不能忍受這個日復一日收發貨運時間、客運訂單的單調工作。一九一二年，二十三歲的亞德利放下電報鑰匙，登上了一列開往華盛頓聯邦車站的火車。

抵達華盛頓不久，即十一月十六日，亞德利又開始讀起了電報。不過這次他的窗外不再是一望無際的印第安納平原，而是白宮南草坪的網球場。亞德利在國務院找到了一份每周十八·七五美元的差使，當上了外交通訊的電碼譯員。在電報機與共鳴器斷斷續續的低鳴中，亞德利開始驚嘆到底有多少個像他一樣的電碼譯員，每天複製和翻譯大量的機密文件，因爲他知道其他國家也同樣在加密外交電報。他突發奇想：美國政府爲何不雇用破譯員，專門破解其他國家的密碼呢？

不久，亞德利從國會圖書館裡借閱了幾本有關解密的書籍後，利用國務院的電文開始練習破譯。他驚喜地發現，他可以在兩個小時内破解一個由特使豪斯上校發給威爾遜總統的私人電報。既然他可以這樣輕易地破解美國的密電碼，他確信自己也可以破譯其他國家的。於是他起草了一份文件給他的上司大衛·薩勒曼，一表心意。薩勒曼吃驚之餘，找來其他的加密電報做試驗，亞德利無一例外，都輕易破解了，從而爲他贏得了嶄新的人生。

一九一七年六月二十九日，第一次世界大戰爆發，亞德利被從國務院調到陸軍部，組建軍情八處（MI-8），專門負責密碼破譯工作。亞德利很快向情報破譯部門證明了他的重要性，並從上尉升到少校。到一九一八年十一月十一日宣布停戰的一年多時間裡，軍情八處取得了驕人的成績，總共破解外國政府一萬零七百三十五條電碼。戰爭結束後，亞德利奉命留在法國首都組建一支附屬於「巴黎和會」的美國密碼破譯小組。

一九一九年四月十八日，亞德利回到美國，開始爭取軍情八處能在和平時期繼續其破譯工作。他遞交一份備忘錄，建議成立一個以他自己爲局長的密碼局，編制大約是五十個破譯員，預算爲十萬美元。幾天後，國務院及陸軍部同意共同出資成立這個機構。五月二十日，這個後來被廣泛稱之爲「美國黑室」的部門問世。在歷經多次重組和演變後，這個機構最終成爲今日的美國國家安全局……

鞏予炎和羅荔丹的譯筆實屬上乘，但無法改變亞德利多舛的命運。隨著哈伯特·胡佛入主白宮，任命保守的亨利·史汀生掌管國務院，亞德利輝煌的事業步入了盡頭。新任的國務卿以「紳士從不偷閱他人信件」爲由，永久性地關閉了美國黑室，把亞德利當不良分子丟在了社會上。這是一九二九年十月三十一日的事情。從某種意義上說，正是從這一天起，亞德利與中國結下了不解之緣。對此情況，詹姆斯·班佛依然不乏瞭解：

一九三六年，一系列的小衝突似乎暗示世界即將經歷又一次的大戰：德國把軍隊開入了萊茵非軍事區；佛朗哥在西班牙舉起了叛亂的大旗；富蘭克林·羅斯福總統在給美國駐法大使的信中寫道：我們不得不承認歐洲現在的形勢，這比我們有生之年的任何時期都要黑暗。

在亞洲，一九三七年，日本入侵中國，七月底攻陷北平和天津；隨之而來的是對上海的狂轟濫炸，以及南京大屠殺。隨著中國國民黨的領導人蔣介石帶領他的軍隊後撤，並將首都移到遙遠的重慶，他開始得到越來越多美國人的同情。羅斯福總統很同情他，但是總統有許多顧慮，不想觸怒日本導致報復，所以美國政府的支持僅限於向走投無路的中國提供武器。

在技術含量與日俱增的戰爭中，蔣介石發現他急切地需要情報，特別是電碼情報。他要求中國駐華盛頓大使去瞭解行內最有才華但也最臭名遠揚的亞德利，能否再次在破譯日本密碼上創造奇蹟。這時的亞德利定居在皇后區，他對投機地產的生活已經感到厭倦。他的腦袋懷念著密碼的挑戰，他的雙手渴望著破解答案。當中國助理武官肖勃少校問他是否願意到重慶時，他興奮不已。但是，他仍然精明地將工資抬高到每年一萬美金，才接受中方的邀請。一九三八年九月，在與肖少校多個月的秘密接觸後，亞德利化名爲一個叫赫伯特·奧思本的皮草出口商，悄然離開美國，踏上了中國之旅……

二

一分錢一分貨，你如此高昂的身價，又是委員長欽定的「貢品」，於情於理，於公於私，都不該是凡人。非凡之人自然要給予非凡的禮遇，所以杜先生要親自接見，要送國禮（鄭板橋的畫和蜀錦），還要送車。

同時，非凡之人也要接受非凡之要求，行非凡之大事。所以，第一次見面，杜先生在給足海塞斯面子之後，回到辦公桌前，正襟危坐，神情嚴肅地開始給海塞斯下達任務：

「尊敬的海塞斯先生，如果您不是陸所長的屬下，您就是我最珍貴的客人，我們中國是禮儀之邦，無禮不成敬，爲了表達敬意，什麼樣的禮節我都會盡到，陪您吃喝玩樂，遊山玩水，我都樂意，且保您乘興而來，滿意而歸。但現在您是五號院的棟梁之材，擎天之柱，換言之即是我的戰友，最最重要的戰友。現在保衛武漢的戰役正陷白熱化，眞人面前不說假話，我們快守不住了。武漢是我們的戰略要地，那裡有漢陽兵器廠等一大批軍工廠，我們必須給他們創造一個轉移和撤退的時間，如果撤退不下來，大批軍工廠成了敵人的戰利品，今後我們持久的抗日戰爭就無從談起。所以，委員長已經下了死命令：必須再堅守兩個月，六十天。」

海塞斯同樣面色嚴肅地望著杜先生，等待著他下面的話。

杜先生接著說道：「我剛從前線回來，形勢非常嚴峻啊，敵人已經糾集了九個師團、三個特種旅和航空兵，共計重兵二十五萬，從長江兩岸和大別山北麓，向武漢包抄而來。我方雖已調動一百三十個師，近一百萬兵力準備死守武漢。但是戰線太長，敵人神出鬼沒，防禦遭到極大的挫折。現在，馬當、湖口兩要塞在敵人海陸聯合進攻下已經失守，武漢已處在六路敵軍的包圍中，勢若累卵，危在旦夕。能不能堅守兩個月，就看您能不能告訴我，這六路敵軍誰可能最先向武漢發起攻擊。我們只有明確知道了敵人的進攻步驟，知道了誰先誰後，才能集中兵力，以多敵寡，進行嚴防死守，才可能拖住敵人。告訴我，您行嗎？」

「給我時間，我相信可以的。」

「我只能給你三天時間。」

「三天？」海塞斯笑了，「將軍閣下，您不是在開玩笑吧？」

「我不愛開玩笑。」杜先生異常嚴肅，伸出兩個手指，「兩天，我最多再給你加兩天。」

「也不行，兩周差不多。」

「不，我們已經沒有退路了，所以，你也沒有退路。」杜先生目光炯炯，死死看著對方，堅定地說，「你必須行，不行也得行，因爲拜託你的不是我，而是站在我身後的泣血流淚以望蒼天的四萬萬中國同胞！」

海塞斯想，好吧，既然你已經不給我退路，那麼爭辯也沒用，就答應吧。答應了，他又馬上想，這些人眞愚蠢，做的夢都戴著傻瓜帽。他嘴上答應只是權宜之計，因爲他沒功夫跟這群蠢豬囉唆。

當然，他也很清楚，如果運氣好，他不是完全沒有可能完成任務的。所謂運氣，有些是上天給的，是遇到的，有些是自己去找來的。這麼短的時間，遇是不行了，遇是要時間的。守株待兔就是遇，碰上了就是運氣。但現在沒有時間了，他只有去找。

去哪裡找？

報庫，那裡堆積著數以萬計的日軍電報，有的是從長沙帶來的，有的是最近抄到的。回到五號院，他吩咐助手閻小夏去報庫調來進攻武漢的日軍各部最近一個月的電報流量情況，要求他製成一個敵軍電報流量進程表，自己則去分析科調走了他們的分析日誌。

破譯處下面設有四科一室，分別是：破譯科、分析科、計算科、資料科、報庫（室）。中心當然是破譯科，其他都是圍著它轉的。分析科就是馮警長的義妹馬姑娘生前的供職之地，現在這裡只剩下了她留在日誌上的筆跡。日誌上共有五個人的筆跡，包括劉科長，還有那個把木桶想像成男人的鍾女士。海塞斯用了兩天兩夜，總算看完了八本厚厚的日誌。他看完最後一本日誌時已經是第二天夜裡一點多鐘，他覺得自己的運氣不錯，分析日誌給他的信息和助手閻小夏給他提供的圍攻武漢之日軍各部最近一個月的電報流量反映的資訊情況基本上是吻合的。經驗告訴他，這樣他可以下個冒險的判斷。所謂冒險，是因爲這判斷缺乏技術面的支持，但三天或者五天的期限怎麼可能指望得到技術面的支持？這是沒有退路的進攻，孤注一擲也好，斷臂求生也罷，他別無選擇，也就有了唯一的選擇。他用十五分鐘擬了個情況報告的大綱，給助手留了言，丟在桌上，準備回去好好睡個覺。下樓後，在走廊上遇到了值夜班的鍾女士，兩人客氣地打了個招呼，交臂而過。

突然，海塞斯回過頭來，對鍾女士說：「很抱歉，我發現了你一個秘密。」

鍾女士一臉驚訝和慌亂，眼前的教授是她的領導，她報以微笑，但心裡很是緊張，心想一定是自己哪一天的日誌記錯或漏掉了什麼，「對不起處長，你發現了什麼，是不是……日誌……我……」

「你的日誌寫得很好，」海塞斯笑道，「我發現的是你身體的秘密。」

「……」

「你身邊沒有男人。」

「……」鍾女士覺得心跳加速。

「我身邊也沒有女人。」海塞斯落落大方地走上前，「也許我們可以互相同情一下。」

「……」鍾女士一下臉膛綻紅，她有把木桶當成男人的想像力，但面對一個洋人上司卻缺乏相似的想像力。

但現在已經不需要想像力，只需要行動。海塞斯像對老情人一樣，舉手放到她燒紅的臉頰上，撫摸著，「你臉紅了，像個少女。你應該年過四十歲了吧，但是我敢肯定，你的乳頭仍然像少女一樣粉紅，比這臉蛋也還要紅。」

這就是海塞斯發現她身體的秘密。

事實確實如此，幾分鐘後海塞斯帶她上樓，在他豪華的大辦公室裡，脫下她衣衫，指著她的乳頭說：「你看，我沒有說錯吧。」鍾女士彷彿是第一次發現，自己的乳頭竟是那麼紅，那麼玲瓏，那麼堅挺，似乎從未被人碰過。但在昏暗的燈光下，隔著厚厚的衣服他又是怎麼發現的呢？鍾女士也許是五號院第一個領悟到海塞斯身上有神性的人。她也是海塞斯在重慶秘密交往的第一個女朋友，只是好景不長，只維持了不到一個月，最後因被陸從駿發現而告終。

陸所長把鍾女士當做垃圾掃出五號院，這也意味著海塞斯不可能在五號院內碰到第二個女人。從某種意義上說，這的確保住了蔣微等姑娘身體的安全性，但是後遺症其實更大。相對於黑室的安全而言，一個女人身體的安全太微不足道了。再說，陸從駿也不是從部屬身體的安全考慮而「殺一儆百」的，他是擔心教授因色而亂，耽誤了工作。他把教授當做中國人來看，把他和這裡所有人一樣（包括他自己），都看作是一台破譯機器的零件。問題恰恰就出在這裡，用海塞斯的話來說：機器是幹不了事的，只有人才能幹事，而人是有七情六欲的。

禁欲，意味著身體的某一部分被外力關閉起來，甚至是被切割掉。陸從駿無疑同世界上除海塞斯等寥若晨星的天才之外的所有人一樣，並不知道破譯密碼所需要的並不僅僅是大腦一瞬間的靈光乍現，而是身體的每一部分，每一個汗毛孔，都要徹底靈動起來，張開，閉攏，呼吸，燃燒，靈魂出竅，隨風隨雨飄散，接天接地聚匯……

這天晚上海塞斯沒有回宿舍，直接在辦公室度過了一夜。他還是第一次和東方女人做愛，鍾女士快速而頻繁的高潮，在高潮時咬緊牙關不吭一聲的極度痛苦狀給他留下了深刻的印象。天剛黎明時，在海塞斯的睡夢中，鍾女士窸窸窣窣地穿好衣衫，走了，留在她腦海裡的是辦公室的豪華，地毯，沙發，躺椅，靠墊，大辦公桌，大茶几，高靠背皮椅……各種大小不一卻都精緻、有趣的擺設。

其實，豪華談不上，至少在海塞斯看來是這樣，連一盞水晶吊燈都沒有，談什麼豪華，扯淡！辦公室最大的特徵不過是四面牆上掛滿了各種板報、圖表：門口是一塊小黑板，提示日程備忘用的；正面牆上，正中，有一塊大黑板，上面寫滿了各種數據、公式；左面牆上掛有一幅小型作戰平面地圖；右面則是一幅地形圖。黑板邊上，還有一幅電報流量進程表格，有「軍01號—11號線」等標注，反映的是武漢四周敵人最近一個月電報流量的情況。

上班了，助手閻小夏推門進來，他沒看到沙發上有人睡著，也根本不可能想到，大手大腳地收拾著辦公室，把海塞斯吵醒了。後者有意咳嗽一聲，把前者嚇了一大跳。

「你沒回去睡覺，教授？」

「幾點了？」海塞斯睡眼惺忪地問。

「快八點了。」

「我才睡兩個小時，你應該讓我再睡兩個小時。」

「你今天要去給學生上課的。」

「啊，」海塞斯從沙發上彈了起來，「今天有課？你昨天該提醒我。」

「寫著的呢。」助手指著記事小黑板說。

「完全亂套了，」海塞斯搖著頭說，「不過我的思路似乎是清楚了。」指指桌上那一沓文案，「你瞧，我把敵人的二十一師團揪了出來，他們可能要打頭陣，我已經給你擬好了大綱，你馬上把這些整理出來，寫成報告，報給陸所長。」

「是嗎？」閻小夏臉上準確地表達出內心的驚喜，「怎麼揪出來的？」

「你不會以爲是我破譯了什麼電報吧？」海塞斯認眞地看著他。

助手的回答讓教授失望了。

這是海塞斯進入黑室的第五天，他對助手第一次生出了失望的情緒。同樣的問題，一個多小時後，有人輕輕鬆鬆給教授道出一個滿意的回答，海塞斯對助手就更失望了。失望的陰影將被時間越拉越長，越放越大，因爲那個人的光芒將越來越大，越來越強。

三

這個人就是陳家鵠。

在培訓中心主任左立的眼裡，陳家鵠是令人失望的，而且不是「一點」，是「極度」。這天，陸所長陪海塞斯上山來，海塞斯去上課了，所長被左立帶到了辦公室，左立的目的只有一個，那就是數落陳家鵠的不是。他拉開抽屜，找出兩封信，遞給所長，「你看，又是他的信，才來幾天信就寫了好幾封，而且都是『密電碼』，還是你去處理吧。」

陸所長接下信，塞在衣袋裡，「我已經讓海塞斯破了他的『密電碼』，無關秘密，不會有事。」

「但我總覺得他這人有事。」左立搖著頭嘆道。

「什麼事？」陸所長靜靜地望著對方。

左立沉吟道：「怎麼說呢，按說他來得遲，應該比別人刻苦才行，可是……我看他比誰都放鬆，每天晚上他寢室的燈總是熄得最早，早上別人在晨讀，背資料，他倒好，不是爬山就是跑步，搞得跟個運動員似的。至於上課嘛，幾個教員都反映他極不認眞。敢在課堂上給自己老婆寫信的人，還會認眞嗎？我看他最認眞的事就是打理自己的頭髮，時刻都搞得一絲不亂。」

陸所長聽罷默然不語，他想，陳家鵠會不會在耍他：你請我來總不是爲了當擺設看吧，我不行怎麼著？我能力不行，思想品質也不行，我不求上進，我跟你搗蛋，你拿我怎麼辦？沒有辦法，只有把他放掉。這是無賴的做法，他會耍無賴嗎？陸所長陷入了謎團。這時候，他才發現自己對陳家鵠眞不瞭解。他不由自主地邁開步子，走出門，往教室那邊走去，很遠就看到海塞斯高大的背影，正在黑板上寫著什麼。

教室裡鴉雀無聲，海塞斯背對著大家，在黑板上飛快地寫著一個複雜的數學演算公式。跟第一次的西裝革履不同，今天他換上了一身休閒便裝，人顯得隨和了很多。如果你眼睛夠尖，仔細看，盯著他後脖頸的左側看，會發現一根長長的頭髮，掛在左耳朵上，像個倒鈎似的，沾在脖子上，鑽進了衣領裡。毫無疑問，這是鍾女士的頭髮。

寫完公式，海塞斯轉過身來，講道：「大家知道，數學是科學的哲學，密碼技術作爲一門應用科學，數學是他的父親。上堂課我講了，在密碼世界裡，眞相都是被絕對掩蓋的，隱藏的，你所看到的，聽到的，摸到的，找到的，所有一切的一切，都是假象。用數學的語言來說，很簡單，即一個公式：X≠X。這是密碼研製者的終點，卻是我們破譯者的起點。從起點到終點，從本質上說，只是幾個數學公式而已。但從理論上說，在一部密碼的保密期限內，這幾個數學公式對破譯者而言永遠是個謎。現在我想問大家，這X是什麼？它代表了什麼？」

大家你看看我，我看看你，沒一個人能回答出來。

坐在最後一排的陳家鵠冷不丁說話了，語氣多少顯得有點隨便，「這是對正數無限大的求證，正常情況下，X永遠是變數，不可窮盡。它代表了我們今後的命運——正常情況下，破譯者是無法在一部密碼的保密期限內破譯密碼的。」

海塞斯雙眼一亮，會心而笑，「不過有時候，我們又似乎很容易看見敵人的秘密。」說著海塞斯刷刷幾下，在黑板上畫出一幅以武漢作爲戰場的作戰草圖。

海塞斯指著草圖跟大家講解，卻沒有從草圖開始說起，他說到天上去了，「大家都知道地球圍繞太陽轉動，二者之間具有欺騙性，即變數。譬如古人就有不符合實際的天圓地方論，以及永恆性，即無限。這樣的屬性實在太像一部密碼了。我們在地球上，從太陽東升西落亙古不變的規律，最起碼得出了天體是運動的結論。所以，即使不知道它們如何運動，這樣的發現也足以給人類的生活帶來極大的方便。同樣，通過表象發現秘密，在很多時候，都是破譯密碼的第一步。你們要相信，無論如何，第一步可能不是最困難的，但往往都是最關鍵的。」

海塞斯這才轉過身，再次指著黑板上的草圖道：「這是一幅X城被圍攻的戰場草圖。你們看，城市已經被ABCDEF六支軍隊圍得水泄不通，城裡城外的兵力對比非常懸殊。這樣一座汪洋中的孤島，隨時都有被海水吞沒的危險。所幸的是，洪水也許不會從四面八方同時湧來，如果能夠預先知道這六支敵隊誰最先發動攻擊，集中力量將其擊破，也許就會迎來勝利的轉機。」

海塞斯頓了頓，又接著說：「要知道這個秘密，若能破譯敵軍密碼當然是最好的，但又談何容易？不過，這並非唯一的辦法，比如派出偵察兵深入敵人前哨『抓舌頭』，或者混入敵軍探聽虛實，甚至到後方去瞭解敵軍的供給情況等等，都可能給你答案。但是，這不是我們能幹的事，我們能幹什麼呢？我們在無法破譯敵軍密電的情況下，能從什麼角度去判斷敵人進攻的先後呢？我想聽聽各位的思考。」

大家都擰著眉頭思索起來，教室裡一片靜默。最後，還是陳家鵠率先打破了沉默，問海塞斯：「敵人的電台我們都是控制住的？」

「是的。」海塞斯說，「但我們破譯不了密電。」

「我們控制電台有多長時間？」

「你需要多長時間？」

「我想至少要半個月以上。」

「為什麼？」

「要分析電報流量變化，至少需要這個時間。」

「好，我給你這個時間。」

陳家鵠信心十足地說：「那就分析ABCDEF六軍的電報流量，一般先進攻的部隊電報流量往往會出現異常，要麼是急劇增加，要嘛是急劇減少，甚至無線電靜默。」

海塞斯埋著頭，走下講台，好像並不是往陳家鵠走去，但最後卻停在了陳家鵠跟前，對他點點頭，道：「你知道，這是猜測，那麼你能告訴我，這猜測勝算的機率有多大？」看陳家鵠想站起來，海塞斯單手一按，示意他不必，「你坐著說，我反而有種居高臨下的優越感。」

「只有六七成吧。」陳家鵠聳聳肩膀說。

「這比例太低了，」教授雙目如電緊緊抓住他的身體，聲音也變得熱烈而急切，「我要你再提高比例。」

「這要看你能再給我什麼。」

「我可以再給你提供至少一個月以上的所有電報的分析日誌。」

「在沒有破譯密碼的情況下，日誌有可能無法提供任何信息。」

「我現在給你信息。」

「這要看是什麼信息，」舉目看著高高在上的教授，陳家鵠覺得很不自在，「如果分析日誌提供的信息和電報流量出現變化反映的信息是一致的，那麼，比例可以相應地提高。」

「提高到多少？」

「十之八九吧。」

海塞斯手中本來捏著一個粉筆頭，這會兒他把粉筆頭瀟灑地拋出去，拋了個優美的弧線，一邊拍掉手上的粉筆灰，一邊對著陳家鵠幸福地笑道：「你的回答讓我非常滿意。」他說著轉身往講台的，現在我想你不會是最差的，應該是最好的。下課！」走去，一邊依然對陳家鴿說著，「上次我曾說過，你可能是我們這些同學中最好的，也可能是最差

四

剛才陸所長和左立一直在院子裡散步聊天，這會兒散步回來，看見下課了，學員們都在教室外圍著海塞斯閒聊，只有陳家鴿一個人獨自往宿舍走去。

「你看，」左立指著陳家鴿的身影，發牢騷，「人家都在跟教授交流，他又跑了，可能又回去寫信了吧。」

所長猶豫一會兒，最後像是終於下了決心似的，掏出剛才收下的陳家鴿寫給惠子的信，遞給左立，讓他喊林容容過來。左立心領神會，晃著信喊林容容：「有你的信！」

林容容跑過來，向所長彙報陳家鴿，說得天花亂墜。

林容容說：「別聽左主任的所長，他看到的只是表面，他的擔心是杞人憂天。」

林容容說：「他是不太用功所長，可以說很不用功，可我看他也不需要用功。」

林容容說：「所長啊，你沒看他是怎麼背資料的，就跟我們看書一樣，翻到哪兒記到哪兒，翻看個一兩遍就全記住了。一本敵人軍官花名冊，我背了半個月才勉強記住一半人名，而他只看了一遍，就滾瓜爛熟了。人跟人不一樣啊，他的眼睛比照相機還靈光，簡直是過目不忘。」

林容容說：「請所長相信，我的話沒有絲毫誇張，你如果去問教授，我敢打賭他一定會比我誇得還要厲害。現在教授的課我看只有他聽得懂——趙子剛也勉強還行，但跟他還是沒法比。我覺得

他以前一定接觸過密碼，他自己也說看過一些相關的書……」

林容容給所長提供了一個全新的陳家鵠，這個陳家鵠更接近他想像或者說他願意想像的陳家鵠，所以多少安慰了他虛空的心。半個小時後，在回去的路上，在車裡，海塞斯又給陸所長提供了一個他的陳家鵠，眞正徹底安慰了所長。

海塞斯對陳家鵠由衷的欣賞與喜愛，直到上完課後，他跟陸所長一起坐車下山了，還在他心裡蕩漾著，還在他臉上彌漫著，就像一顆明亮晶瑩的水珠，在他濃黑的鬍子上歡快地跳蕩閃耀。有一陣子，他望著車窗外秀麗的景色，哼起了美國鄉村音樂，嘭嘭嘭的，喜形於色，就差手舞足蹈。

「您今天看上去好像很高興嘛，教授。」

「是嗎？」

「您的眼睛告訴了我。」

「哦，原來是我的眼睛出賣了我。除了高興，你還看到了我什麼？」

「還有嗎？」

「看不出來吧？所以，你看到的只是我的眼睛，而不是我的心。告訴你，我心裡有了一個人。」

「我們有約定的。」陸所長嚴肅地盯著海塞斯看。

「兔子不吃窩邊草？」海塞斯笑道。

「是！」

「你別緊張，是個男人。」

「誰？」

「陳家鵠。」

「他怎麼了?」

「很優秀。」

「是嗎?」

「是的。」

「他做了什麼讓你這麼誇他?」

「沒有做什麼,要做了什麼那就是你來誇了。」

「沒做什麼你又憑何這麼誇他?」陸所長故意套他話。

「有些東西只可意會,無法言傳。」海塞斯認眞地說,「但你相信我好了,你已經找到了你需要的人,你想要的東西,他都能幫你做到。」

海塞斯今天搭的是陸所長的車,司機是老孫。一路上,海塞斯不知是受了陳家鵠「十有八九」的安慰,還是被鍾女士的「痛苦」滋潤著,心情甚好,跟所長相談甚歡,讓陸所長心裡像灌了蜜糖似的。心裡高興,話就多,天南海北,說東道西,話趕話,越趕越多。話一多,時間就長了翅膀,比車軲轆還轉得快,口沫紛飛間,車子已經開進止上路五號大門,停在前院的辦公樓前。

「繼續開。」陸所長吩咐老孫,「我不下車。」

「你幹嘛不下?」海塞斯問。

「我找你有事。」

「還是談陳家鵠?我談得夠多了,沒有了。」

「你沒有我還有呢,開車。」

「不，你下車。」海塞斯趕他下車，「我要休息，你也該回去看報告了。」

「什麼報告？」

「我的報告，」海塞斯說，「我上山前吩咐小夏寫的，現在我想他應該給你交上去了。事關武漢作戰方案，你快回去看，回頭我們再交流。」

還有這好事！看來今天是個好日子。陸所長樂顛顛地跟海塞斯道了別，下了車。車子繼續往後院開，開進後院，停在破譯樓前。海塞斯剛下車，偵聽處楊處長即匆匆趕出來，說有情況，要他馬上去他們那兒看看。

五

楊處長，單名路，偵聽處之長官，中等偏高個頭，寬肩膀，長方臉。他的輪廓和陳家鵠有點掛相，包括走起路來昂首闊步、氣宇軒昂的樣子，跟陳家鵠都有點形似狀像。輪廓相似的人其實很多的，讓陳家鵠來說，他會給你一個百分之一的比例。據說，五官面貌相像的人的比例是千分之一，如果輪廓和五官面貌都相像，那就是萬分之一了。用數據言說是爲了準確，但有時候卻只是爲了不準確，比如這些數據，無法當數據用，只能當形容詞用，本質是達意不寫實的。

楊處長領著海塞斯走進偵聽樓，後者立刻聞到空氣裡散發出一種緊張、忙碌的氣氛。蔣微正在指揮幾個人一起搶抄一份「險報」，電波聲像游絲一樣飄渺無形，飛來蕩去，時斷時續。蔣微是領班，有點小組長的意思，她今天穿的工作服寬寬大大的，遮蓋了她飽滿的胸部，海塞斯從她身邊走過，沒有多看她一眼，像從一個男人身邊走過。

楊處長帶海塞斯走到一個小夥子跟前，後者正在分類電報，動作麻利，樣子忙碌，一看就是電報流量很大。

海塞斯掃了一眼電報，問楊處長：「哪來的電報，這麼多？」

楊處長說：「6號線和6A號線的。」

小夥子對海塞斯說：「6B號線今天也發了六份電報，都給你送過去了。」

海塞斯聽著，嘴角浮出了笑容，「6」字頭的電台都是二十一師團的電台，他就想看到他們這麼熱鬧的樣子。他想起陳家鵠的「十有八九說」，問楊處長：「『十有八九』的確切意思是什麼？」楊處長被問得莫明其妙，楞在那兒，張口結舌。其實海塞斯知道是什麼意思，「就是十拿九穩的意思是不是？處長閣下。」他這麼說，不過是因爲心情好，跟人幽默一下而已。回到辦公室，助手閻小夏不知道海塞斯已經去過偵聽處，喜滋滋地跑來向他彙報說今天二十一師團幾條線的電報流量都出現了放量現象。是報喜的意思。海塞斯聽了不以爲然，只問他：「報告交上去了沒有？」

「交了。」

「交了就好。」海塞斯說，「電報繼續放量，說明我們的報告正在向眞實的敵情接近，你就等著受表揚吧。」

話音剛落，樓梯上傳來咚咚的腳步聲：表揚的人來了。陸所長沒想到海塞斯這麼快就完成了杜先生交辦的任務，捧著報告闖進辦公室，喜笑顏開，聲音高分貝，樣子像恨不得要上來擁抱海塞斯，「教授，你這麼快就破譯電報了？」

海塞斯退開一步，平靜地說：「我沒有破譯任何電報。」

陸所長一怔，驚愕地望著他：「沒有破譯電報，你怎麼判斷二十一師團要打頭陣？軍中無戲言，沒準的事我們不能隨便上報的，這可是個大情報啊。事關重大，絕對不能兒戲。」

「我不需要破譯電報。」海塞斯指著辦公桌上那一堆新來的電報說，「你看這是今天上午的流量，大得驚人。我想敵人的發報機一定都發燙了。」

「這會不會是個假象，有意在迷惑我們？」陸所長不禁有所疑問。

「你說的『迷惑』需要兩個前提，」海塞斯是抽雪茄的，他一邊用剪刀剪著雪茄頭，一邊說道，「第一，敵人知道我們在偵聽他們的電台……」

「這很有可能，」因爲關係實在太過重大，陸所長顧不得禮數，失敬地打斷他，「我們在長沙也有偵聽基地，現在報庫裡有一大半資料都是那邊轉過來的。」

「我知道，可我還沒說完呢。」海塞斯點了雪茄，猛抽了一口，接著說：「第二個前提，我們已經破譯敵人的密碼，並且已經被敵人發現。只有這樣，敵人才可能借力打力，發些假電報來迷惑我們。可實際上敵人根本不會這麼高看你，我們確實也沒有破譯敵人的任何密碼。再說了，如果是作假，他們並不需要發這麼多電報，不但不需要，還會有意控制數量，因爲多了反而不好，要引人起疑。而現在的流量非常大，唯一的解釋就是它確實有那麼多話要說。」

「你肯定？」

「不是百分之百，但至少有百分之八十。按照規定，有百分之七十的勝算你就應該上報。」

陸所長點點頭，看著海塞斯，「那我就上報了？」看海塞斯沒搭理他，又自語道，「百分之八十，也就是說還有百分之二十的不確定，是立功還是受罰，看來只有聽天由命了。教授，這第一張單子，最好還是給我立功吧。」

海塞斯從胸前掏出一個十字架，舉在所長面前，「那你就對它祈禱吧。」

陸所長小心地撫摸著十字架，像摸著一個寶物，一個價値連城卻又容易破碎的寶物，「這就是你們敬拜的耶穌？對祂祈禱是不是很靈？」看教授點頭稱是，他眞想祈禱，「可我還不知道怎麼祈禱呢，要我跪下嗎？教教我吧教授，我願意向祂祈禱，只要祂給我抹掉那個百分之二十。」

海塞斯看他當眞的樣子，把十字架塞入衣服裡，嘲笑他：「對不起，我只負責教人破譯密碼，如果要教你祈禱，還得另加薪水。」

陸從駿想，你一年的薪水已經夠我一輩子掙的了，你還嫌少，看來耶穌是教人貪婪的。

與此同時，另一個美國人，另一個基督徒，正在重慶飯店二樓咖啡廳與惠子喝咖啡。醉翁之意不在酒，至少是目前，眼下這一天，虛僞的基督徒的眞實用心是要找到惠子的夫君——陳家鵠。

怎麼可能找得到呢？陳家鵠在一個山胳肢窩裡，空中的飛機都找不到，荒郊野嶺，地圖上沒標注，郵冊裡沒地址。那是一片被人爲刻意包裹、藏匿之地，如世外桃源，找是找不到的，只有在某種特別的機緣巧合下才能闖入。

此刻，陳家鵠正在宿舍裡研究敵二十一師團的資料。海塞斯在下山前曾專門來他宿舍，單獨跟他聊了幾分鐘，聊的都是美國的事情，兩人都去過的地方，都看過的電影。他們沒有共同熟悉的人，海塞斯覺得這有點不正常，因爲兩人其實是生活在同一個圈子裡的：數學界。海塞斯有理由懷疑，他的學生沒有完全說實話。

「我想我們需要時間來互相瞭解。」海塞斯這樣告別了他欣賞的弟子。

吃午飯時，左立給陳家鵠轉送來一只檔案袋，裡面裝的是敵二十一師團的基本資料和一些在前線戰場繳獲的敵部文件。這是海塞斯下山後讓老孫送上來的，資料裡面夾了一張紙條，是海塞斯用英文寫的。陳家鵠完全可以直接把它轉換成母語：

我明顯地感覺到你不願意跟我談過去，談美國，既然如此，那我們就談談敵人吧。我對日本的軍情和文化所知甚少，你在日本多年，也許可以當我的老師。據可靠消息，大軍壓境，四面楚歌，武漢守不住了，但又必須拚死抵抗至少一到兩個月。我決定立刻展開破譯敵二十一師團密碼的工作，望你能夠儘快熟悉這些資料，以利商討。別跟我說你沒有從事破譯的經驗，你可以欺騙你身邊的官僚，但騙不了我。也許我們該交個朋友，做你的朋友我自信是合格的。

亞德利即日

這可能是亞德利在重慶期間唯一一次簽署眞名。這個名字確實讓陳家鵠感到震驚，早在日本留學時他就從導師炎武次二那裡聽說過此人，知道他曾經破譯過日本的海軍和外交密碼，因而在日本「臭名昭著」。導師站在一個數學家的角度對他有一個學院式的評論：沒有他，美國的破譯科學不可能有今天的前端，至少要拖後十年才能起步。爲此，剛到美國時，陳家鵠曾有意識地關注並經常得到他的不少消息，他出版的幾本書，比如《美國黑室》《金髮伯爵夫人》《日本紅日》等，他都看過。令人匪夷所思的是，一個被日本人痛罵、歧視、詛咒的「美國英雄」，在美國卻一點也沒有被奉爲英雄的感覺，甚至美國安全局的人經常組織文章在媒體上罵他是個「酒鬼」、「大嘴巴」、「失信之徒」、「吹牛大師」等。開美國先河的「破譯之父」怎麼就得罪他的祖師爺？對此，詹姆斯．班佛也有研究結論：

一九二九年十月三十一日，美國黑室被永久性地關閉。對於亞德利來講這實在太糟糕，他不但失去了工作，而且恰遇股市大跌，經濟大蕭條讓每一個美國人都囊中羞澀。他只好收拾包袱，離開大都市，回到自己的老家沃辛頓。但是，印第安納州的小鎮更不需要破譯家，身無分文、還要養家餬口的亞德利一度幾乎到了絕境。這時能做的事只有一件：把在「密室」的經歷寫成書，出版掙錢。

在紐約出版社喬治．白的幫助下，亞德利開始了他的寫作生涯。一九三一年四月及五月期間，故事的三個節錄版在《星期六郵報》上發表。同年六月一日，博士美林公司出版了《美國黑室》一書。這本書稍後成爲美國文學史上最具爭議性的書之一。公眾爭相購買《美國黑室》，評論家對它也高度評價。有書評人稱它爲「第一本由美國人撰寫的、最具轟動性的關於大戰後秘史的作品」。

華盛頓政府冷淡地否認了亞德利的故事。但私下裡，官方卻大爲震怒，他們敦促官方採取法律行動禁止此書發行，但法律不予支持，更讓他們恨透了亞德利。亞德利嘗到了甜頭，大膽展開了一個新的計劃：他決定把華盛頓裁軍會議的故事作獨家著述，包括公布那些截獲取自東京和其談判代表之間的電文原件。在一個名叫瑪麗．斯塔特．克露斯的業餘作家的幫助下，亞德利在兩個月內完成了九百七十頁的《日本外交秘密：1921-1922》。

這下，喬治．白出版社被嚇壞了，他們不單拒絕出版該書，其總裁查班斯還通知司法部，舉報手稿含有許多日文電報原件。這令國務院大爲緊張。在國務院的要求下，陸軍部派出三個官員到沃辛頓要求亞德利交還所有官方文件。亞德利的回答是：我並沒有任何損害美國政府的文件。

政府最終還是成功地阻止了亞德利出版此書。在亞德利把手稿送交麥克蘭公司後，紐約助理檢察官托馬斯·杜威得到了該公司總裁喬治·勃萊特的協助。美國聯邦法院執行官在一九三二年二月二十日，將手稿從麥克蘭公司帶走。出版社協助政府查禁自己的書，這不是第一次，也不會是最後一次。但這次行動卻是聯邦政府有史以來，第一次以安全理由充公一份手稿。直到四十六年之後，《日本外交秘密》的部分內容仍被列爲機密。

爲了防止亞德利再次爆料，國務院努力通過了一條法例，將出版使用官方外交密碼編寫的資料列爲犯罪行爲。這一切都無法阻止亞德利繼續他新的事業——寫作。他從寫實作品轉向寫小說，將事實和創作糅合在一起。在他一九三四年出版的《金髮伯爵夫人》裡，華府密探局的主管在第一次世界大戰中揭發了一個美麗的德國間諜。《星期六文學評論》寫道：亞德利先生不但熟悉間諜素材，也是個講故事好手。

六個月之後，亞德利又完成新作《日本紅日》，小說再次以一個國務院年輕雇員和美麗的中國女性間的愛情故事爲主線，最終揭露了日本征服滿洲的陰謀。一九三五年，亞德利取得了進一步的成功，他將《金髮伯爵夫人》出售給米高梅影片公司，並兼任技術顧問，搬上大銀幕，電影改名爲《相遇》，由威廉·鮑威爾、羅莎琳德·羅素聞和愷撒·羅密歐等明星主演……

雖然陳家鵠不知道這些背景，但是導師炎武次二對他的評論，日本政府對他的痛恨，他幾本小說中反映出來他的經歷和才華，以及他對自己沒有絲毫遮掩的欣賞等等，這一切，都使得陳家鵠對他充滿了好奇和期待。他感激這種相逢。他已經朦朦朧朧預感到，此人將會成爲一把尖刀，狠狠插入自己生活的肋骨。他對自己即將要扮演的那個角色缺乏好感，但如果必須要擔當此角色，他覺得和他一起出演一定是最理想的。現在他一邊看著資料，一邊腦海裡冷不丁地冒出一句話：

他在自己的牙齒上安裝了竊聽器。

他不知道，這個「他」，是他自己，還是他過去的導師——炎武次二，還是現在的這個美國專家——海塞斯——其實他叫亞德利。

第十章

可突然間，兒子手下的那些上躥下跳的珠子紛紛歸入原位，乖乖地趴著，靜靜地躺下，不跳了，不動了。

——算盤歸零了！

一

海塞斯知道，比誰都知道，即使他的判斷百分之百的準確，也只能幫助前線部隊打一個有備之仗，他們可以相對機動地集中兵力，暫時抵擋住敵人先頭部隊的進攻。但要真正幫助部隊打贏仗，擊潰來敵，還是要破譯密碼，瞭解敵人的布防，兵力，進攻時間、方式，武器裝備，突破地點等等。從現在武漢的形勢看，要完全集中兵力打殲滅戰是不可能的，只能相對集中，力爭打出幾個漂亮的防禦戰，令敵軍生畏，放慢大舉攻犯之步伐。所以，海塞斯回到辦公室後不久，便收集了一些敵二十一師團的軍情資料，給陳家鵠送去。他決定要下手破譯敵二十一師團的密碼，急需一個真正能助他開動腦筋、儘快進入狀態的幫手。海塞斯明白，儘管自己曾破譯過日本的海軍和外交密碼，但對日本陸軍的情況所知不多，尤其是當下，甚至可以說一無所知。

是的，他畢竟已經離開破譯界十多年了，他迫切需要一個同行者，來給他驅散「常識的黑暗」，「旅途的孤獨」，以及「孤獨可能導致的盲區」。直覺和經驗告訴他，這個陳家鵠，炎武次二的學生，一定從事過高難度的破譯工作，毫無疑問是最佳人選。

當天晚上，陸所長拿著一個講義夾來找教授，一進屋就被屋子裡濃濃的煙霧嗆得咳嗽起來，他用講義夾搧了搧面前的煙霧，「看來你得改抽中國菸，你那玩藝太猛了，搞得這兒跟前線似的硝煙彌漫。」

海塞斯吐出一大口煙，笑道：「這說明了我在工作，而且狀態良好；什麼時候你進來發現這裡空氣清新，那就意味著我要請醫生了。」看陸所長手上捏著個滿噹噹的講義夾，問：「這是給我的嗎？」

「對。」陸所長走上前，把東西遞給他，「杜先生給你弄了些資料來，他對我們提交的報告很重視，已經轉給了武漢大本營，但武漢方面認為，敵二十一師團初來乍到，好像不大可能打頭陣。」

海塞斯冷冷一笑，一邊翻看資料：「按照他們的邏輯，我也不該這麼快做出這麼大的判斷，因為我也是初來乍到啊。」

陸所長小聲道：「杜先生的意思……」海塞斯知道他要說什麼，搶白道：「我應該馬上破開敵人的密碼，給出百分之百的保證是不是？」看陸所長點頭，他站起來，不滿地說：「要我百分之百地保證這是不可能的，你以為破密碼是猜謎語，睡個覺就可以解決問題？」

「你估計要多久？」

「那要看你提供什麼條件。」

「你需要什麼條件？」

「如果以三兩天爲限的話，只有一個辦法。」

「什麼辦法？」所長雙目放光，等著他提供法寶。

「去敵人的機要室裡偷！」海塞斯將手裡的資料一丟，攤開手，斬釘截鐵地說，「也就是說，你根本不需要我！」

陸所長無言以對。

海塞斯用兩口煙霧緩和了一下情緒，解釋道：「你要知道，情報收集是多管道的，我們提供百分之八十的保證已經夠高了，然後他們應該以此爲據，去多方收集情報，最後作出判斷。他現在指望我們自我驗證，馬上破開敵人的密碼，豈不是天方夜譚？我可以明確告訴你，短時間內我不可能破譯任何密碼，我不是神，神在這兒。」海塞斯拍拍胸脯，說的是十字架的耶穌，「只有上帝才有這本事，說有光就有光，說有什麼就有什麼。」頓了頓又說：「杜先生是不是看這次我按時給他遞交了報告，就以爲我會答應他提出的任何要求？不可能的，告訴你這是兩回事，分析敵情無非是知識和經驗的套路，而密碼，破譯密碼，則是一門科學，不但龐大，而且深邃，它需要日積月累，需要探索發現，它是苦苦思索和等待之後的靈光一現。可你們呢？沒有十月懷胎就想抱金娃娃，做夢吧。再說了，我的報告還沒有得到證實呢，他不是有異議嘛，我不是也留了百分之二十的餘地在那兒。所長閣下，請你不要異想天開，你們不切實際的心情會破壞我接近靈光的感覺的。」

海塞斯口口聲聲說自己不是神，事實上又把自己當做了菩薩——難侍候的菩薩，否則憑什麼一句話不對路，就對頂頭上司大動肝火。不過，如果他要預料到他對敵二十一師團打頭陣的報告在三天後將被證實爲眞，他也許就不會有這麼大情緒了。是的，他的情緒有一大半是因爲他心中焦慮，畢竟這是他到黑室後做的第一單「生意」，他害怕出洋相，毀了自己的一世英名。

再優秀的演員，如果剛登台就出洋相，以後的表演肯定會備受影響。相反，當三天之後敵二十一師團率先發動進攻，成全了他的首單「生意」，讓他賺到盆滿鉢盈，開張大吉——都說好的開始是成功的一半，這似乎也就預示了他今後的表演會好戲連台，精彩紛呈。

在陳家鵠看來，教授在講台上的表演確實是好戲連台，精彩紛呈，每聽他一堂課，陳家鵠都感到內心有一部分被點亮。翻譯的水平很一般，對那些英語水平不高、有的甚至根本不懂的學員來說無疑是一大損失，但對於在美國待過幾年的陳家鵠來說則沒有任何影響，他可以毫無障礙地聽懂教授的每一句話，翻譯的時間成了他反芻、品咂、消化教授原意的空隙。所以，陳家鵠聽海塞斯的課，絕不會漏掉一個詞。每一句話他都聽一遍，思一遍，他覺得也値得他聽一遍又思一遍。

這天，海塞斯上山前得知，敵二十一師團確以實際行動捍衛了他報告的眞實性，幾天來的焦慮被驅散一空，雲開天晴，心情特別好，神采奕奕，精氣神十足，聲音格外宏亮。他已經不再浮於表皮地給學員們講密碼的玄奧神秘，而是給他們講起了密碼的實質。

「你們中國有句古話：智者千慮，必有一失。就是說，人難免是要犯錯誤的，比如吃飯，這是一件多麼容易的事情，我們每天都要吃，『吃飯的技術』早已爛熟，閉上眼睛照樣可以吃。可是誰吃飯又從來沒有丟過筷子，沒有丟過飯粒？沒有這樣的人。由此可見，機要員加密和解密也好，報務員發報和抄報也好，總是難免要出錯。有錯就要更改，改動的地方就是一個補丁。天衣無縫是不可能的，補丁就是破綻，也給我們的破譯帶來了機會和突破口。所以，雖然密碼有理論上的牢不可破之說，但實際上密碼又紛紛在被破解，這就是因爲密碼是人在使用，而人總會出錯，會留下補丁，露出破綻……

「那麼，拿到一份密碼電報，應如何來著手破譯？這就是技術，是知識。對一個破譯師而言，技術和知識是最次要的，也是最容易掌握的，對你們這些學過高等數學的人來說，我半堂課就可以把全部知識講完。是這樣的，在初步考察密碼電報之前，我們必須首先判斷它是用什麼樣的密本加密的。而要做到這一點，又必須在密碼電報中找出高頻碼組，即出現頻率最高的那幾組電碼，還要找出數字最小的碼組和數字最大的碼組。這樣做的目的是爲了判定那本用來加密的密本是由多少單詞和短語構成的。比方說，我們在一份密碼電報中找出了下面這些碼組——」

海塞斯轉身在黑板上寫下這樣的字樣：

高頻碼組　42639

數字最小的碼組　00308

數字最大的碼組　55936

隨後，海塞斯側過身，指著黑板繼續講道：「這三組數字說明了什麼呢？這說明我們要找的那個密本，應該由大約六萬個單詞和短語組成。因爲，這裡的最大碼組是55936。」

「這麼大的密本啊。」不知是誰，有人這樣輕聲驚嘆。

「不，這還不算是最大的密本。」海塞斯說，「在我所知道的密本裡，特別大的會含有十萬條以上的單詞和短語呢。」

除了陳家鵠外，其他人都驚得張大了嘴巴。

海塞斯知道他們被這數字巨大的密本給嚇住了，便安慰似的舉起雙手，往下壓了壓，說：「不過，請注意，任何有經驗的密碼工作者都『心中有數』，一個密本，其實只需要一萬個詞條就足以表達任何意思了。這裡有一個竅門可以利用就是，對那些不常用的詞、不常用的人名和地名等等，就只用密本裡的字母單獨拼寫出來即可。要是這本密本裡有音節的話，也可以用音節拼寫出來。」

學員們的表情這才放鬆了一些，靜靜地點頭。

此時海塞斯已神采飛揚，揮舞著手說：「我以上的話說明了什麼呢？就是說，我們可以假定，我們現在要破譯的密本很可能就只有一萬個常用字，而其餘的五萬個碼組則是代替專有名詞、常見詞語和句子的。大家請注意，如果有五萬個碼組代表短語和完整的句子，那麼就說明在同一份密碼電報中，出現重複碼組的可能性是很小的。這樣的一個定論是要說明，一旦在電報中發現不斷重複出現的碼組，它們很可能會代表一個固定的含義，這個固定的含義有時是指一個完整的意思，有時也可能是指一個常用的音節，或者是指從某本書的某一頁開始，等等有規律的意思。這樣一來我們又可以作出一個很合理的推斷：我們要找的密本是一本順序密本。也就是說，它的單詞在密本中是按照字母順序排列的，而與它們對應的數字碼組也是按照數值大小的順序排列的。那麼請問，什麼樣的一本書最具備這樣的一種順序呢？」

學員們習慣性地把目光投向了陳家鵠。

陳家鵠對大夥說：「別看我，東西就在你們眼前。」說著指了指教授放在講台上的字典。

海塞斯笑了：「對，這肯定是一本字典這樣的書。其實，所有的密碼就是給你重新編寫一本字典。」

這天，海塞斯又來上課，又玩起故弄玄虛的那一套，進了教室二話不說，直接走上講台，在黑板上飛快地寫下一句話：密表和密本，就像時間和空間。隨後步下講台，像個巫師一樣邊走邊說，面無表情：「黑夜降臨，萬物沉睡，朦朧的黎明也在向你們招手呢。天開天闔，明晦交替，這是神的意志和秘密，凡人不可企及。」與其說是在授課，不如說是自言自語，「時間是流動的，空間是固定的。但是歸根結底，空間也是流動的，因爲空間和時間就像皮和肉一樣無法割裂。流動的時間讓固定的空間也跟著變化、流動起來。今天我又要把你們帶到一個新的時空，我的意志和秘密是專門爲你們的企及而設計的。」他晃晃手上的幾頁紙，一一分發給每一個學員，「是學生總要接受考試，今天我就要考考你們了。這是一道數學迷宮題，原理來自芝諾十五歲時的靈光一現。」

接著，海塞斯給學員們講起了芝諾那個「靈光一現」的故事。芝諾在五歲的時候，他父親曾經考他，從他們家到外婆家有五公里路，他以每小時五公里的速度走，需要走多少時間。芝諾答是一個小時，父親給了他一顆糖吃，因爲他答對了。十年後，等他十五歲時，父親又拿這個問題問他時，他知道這下如果再答是一個小時肯定要挨罵。因爲，很顯然這回父親考的不再是他的算術能力。父親是在考他的判斷、分析、思辨等多方面的能力，他需要找出另外一種答案來博得父親的嘉許。最後，他告訴父親：他永遠也走不到外婆家。父親想當然地替他回答了原因：因爲外婆已經去世，外婆家已經不存在。這事實上也是父親要的答案。父親問這個問題的目的就是要兒子打開思路。但年少的芝諾說：不，父親，你這是偷換概念，不是在用數學說明問題。父親哈哈大笑說：那你用數學來說明一下。他根本不相信，這還能用數學來解釋。芝諾說：我可以把五公里一分爲二，然後又把一分爲二的五公里再一分爲二，這樣分下去、分下去，可以分出無窮個「一分爲二」，永遠也分不完。既然永遠分不完，你也就永遠走不到。芝諾正是這樣創造了他流芳百世的悖論學。幾百年後，有人以芝諾悖論爲據，研製了世上的第一部數學密碼——無字密碼。

講完芝諾的故事後，海塞斯告訴大家：「這道題就是我根據無字密碼的原理做成的，你們解了這道題，從理論上說也就等於破譯了這部密碼。當然，這是最初級的，以你們現有的知識，應該都可以解破。如果你連這道題都破不掉，那麼對不起，我建議你自動退學。這僅僅是一個十五歲少年的智慧，雖然他是天才，但說到底，也僅不過是一部初級教學模擬密碼而已。」

要求有兩點：一、必須獨立完成，可以查閱資料，但絕不能互相交流；二、只有三天時間。就是說，等教授下一次再來這裡上課時，大家都應該交卷，否則以零分計算——換言之，你已被淘汰，可以回家了。

海塞斯說：「當然，我歡迎你們早交，越早越好。在答案無誤的情況下，交卷時間越早，得分越高。」

林容容問：「交到哪裡？」

海塞斯指著放在講台上的一只上了鎖的小木箱，「這裡。等一下我會把它交給左主任，讓他保管。你們在交卷之前要找左主任簽字，注明你破題的時間。還有什麼不清楚的？都清楚了，好，下課。」

學員們都起身送海塞斯走，只有陳家鵠不聞不顧，不起立，不再見，沒有任何表示。他在幹嘛？正聚精會神地趴在桌子上看著那道題，彷彿已經潛入到它深幽玄奧的世界裡去，盡情縱橫徜徉。

一個十五歲少年的智慧竟能令陳家鵠如此痴迷？這其實並不讓人意外。老饕好肉，老餮好酒，不是只好香肉、美酒，但凡只要是肉是酒，都能令饕餮深陷痴醉，難以自拔。陳家鵠就是數學世界裡的饕餮，少年芝諾創造的數學模型，儘管並不繁複，但對陳家鵠而言仍不失爲一道精緻小菜，抑或一杯醇香美酒，不盡興品嘗，焉能罷休？海塞斯見他如此有興，更是生出心有戚戚的知己感來，連走出教室的腳步都帶著三分欣慰三分微笑。

二

海塞斯走進辦公室，將那只小木箱交給左立。左立在靠牆邊的一壁檔案櫃旁，找了個地方安置它。陸所長覺得放在那裡不合適，左右看看，問左立：「這些櫃子有沒有空？」

左立說：「你的意思是放在櫃子裡？」

陸所長說：「還是放在櫃子裡爲好。」

海塞斯卻不同意，他四周看了看，最後走到門外去，要求把小木箱釘在門口的牆壁上。他解釋說：「這樣，今後如果他們對我的課有什麼意見和要求，還可以隨時給我塞條子。」

左立說行，就要去找人把它掛起來。陸所長說：「你急什麼嘛，沒有人這麼快來交卷的。教授你說是不是，今天晚上之前有人來交卷就不錯了。」

海塞斯說：「只要是在明天早上之前交卷的，都可以得滿分。」

左立嘀咕：「要在半夜裡來跟我交卷，我就麻煩了。」

陸所長說：「我倒希望他們今天晚上都挨個來跟你交卷，折騰你一宿不眠。」

「不可能。」海塞斯說，「今天晚上只有一個人有可能來交卷。」

「誰？」

「陳家鵠。」

正說著，有人敲門。海塞斯首先反應過來，把指頭豎在嘴巴上，低聲說：「你們信不信，肯定是陳家鵠來交卷了。」陸所長和左立根本不信，這才下課多長時間呀，也就十來分鐘，他陳家鵠再是數學博士，再有破譯天賦，也不至於這麼快就把題做完了。

海塞斯見他們滿臉疑色，便詭秘地笑笑，大步走到門背後去，突然嘩的一聲拉開了門。陸所長和左立看，門外果然站的是陳家鵠！

海塞斯問他有什麼事，他遞上卷子，「我來交卷。」

陸所長和左立不覺驚得目瞪口呆。陸所長不僅僅是驚愕，甚至還有一絲莫名的緊張和懼怕——他懷疑陳家鵠交的是一張白卷，以此來表明他的無能，爲自己最終被淘汰出局大造聲勢。所以，當海塞斯拿著卷子回到屋裡時，他連忙催他快看。海塞斯一目十行地看著，很快看完，臉上露出若有所思的表情。

「怎麼樣，」陸所長急切地問，「能得滿分嗎？」

「你說的滿分是指多少分？」海塞斯問。

「一百分啊。」

海塞斯搖搖頭，「那他不是滿分。」

陸所長一楞，「怎麼，有錯？」

海塞斯慢悠悠地說：「錯是沒錯，但不是滿分。」

陸所長急了，「既然沒錯，爲什麼又不是滿分？」

海塞斯還是那副慢條斯理的樣子，笑嘻嘻地說：「我剛才不是說了，明天早上之前交卷可以得滿分，他提前了將近二十個小時，難道不應該給他加分？我看再加個一百分也不爲過。」

陸所長禁不住破顏而笑，重重地在海塞斯肩上捶了一拳，「教授先生，你這關子可賣大了，可把我賣到豬圈裡去了。」海塞斯沉浸在自己的思緒中，沒有接他話，而是自語道：「可以下個結論，他以前一定幹過這行。」陸所長說：「據我們瞭解的情況是沒有，日本陸軍省曾經希望他去幹，但他沒有接受，拒絕了，所以才去了你們美國，因爲他把日本政府給得罪了。」

沒有就更加不可思議了，海塞斯想，目光落在窗外。窗外的天空裡伸展著一枝樹葉金黃的楓樹枝椏，兩隻山雀從高空中飛落，停在樹枝上，你追我趕，上下翻飛，嘰嘰喳喳，頓時派生出一份山中野趣。他突然想起，昨天夜裡鍾女士給他背過的幾句詩：

我一生最大的夢想
放下槍，拿起鋤頭
和一箭之地，戰鬥
狂熱地信仰太陽和雨水……

鍾女士的丈夫曾是張治中手下的一個團長，去年淞滬戰爭爆發後，他是第一批陣亡者，遺物只有兩本詩集和一本記滿了他自己詩作的筆記本。從那以後，鍾女士愛上了詩歌，一年多來她已經把那些詩都讀得滾瓜爛熟，隨時隨地可以背出來。這讓她枯燥、單調、苦悶的工作和生活平添了一份詩意和浪漫。當海塞斯把她攬入懷裡後，她覺得這是自己一年來生活在詩歌中給她的回報。鍾女士給海塞斯背過好多詩，其他的他都忘了，獨獨記牢了這首詩，是不是因爲近來破譯敵二十一師團密碼的「戰鬥」太激烈的緣故？所有事情太激烈了都會令人心生厭倦，想逃避，想放下「槍」，拿起鋤頭，歸於山野。

確實，最近海塞斯的心思全撲在敵二十一師團的密碼上了，他有一種奇妙的感覺，彷彿聞到了它的氣息，偶爾也瞥見過它倏忽的影子，可就是抓不住它。它隨風而來，隨風飄散，如夢似幻，亦眞亦假。這天晚上海塞斯一如既往，吃過晚飯又去了辦公室對著一桌子的電報苦思冥想，腦海裡卻一再浮現陳家鵠的影子。很奇怪，開始他想給陳家鵠打個電話聊一聊，後來臨時改變主意，決定上山去看他，便捲起桌上所有資料，連夜開車上了山。

海塞斯沒有將他的來意跟陳家鵠明說，只是將一大堆資料和電報扔給他，淡淡地說：「你看看這些東西吧，我有些想法想跟你聊一聊。」

「這麼多？」陳家鵠看著一大堆東西，「看來你是不準備讓我睡覺了。」

「該讓我睡一睡了，」海塞斯把自己沉沉地放倒在陳家鵠床上，「我已經幾天都沒有好好睡覺了。」

「那你睡，我去教室看吧。」

「不，」海塞斯順手從床頭櫃上抓過一張報紙看，「你以爲我眞能睡著？睡不著的，我要跟你說事呢。」

但報紙沒看完，海塞斯已經睡過去，酣暢的呼嚕聲從他半張的嘴巴裡一串接一串地溢出來，像屋外山野裡的松濤聲，綿綿不絕，訇然不息。陳家鵠怕吵醒他，便抱著資料去了教室，等他離開教室時東方已經發亮。中途，蒙面人兩次來偷偷看他，第一次看到他時而蹙眉沉思，時而閉目遐想，時而嘿嘿自笑，像個完全沉浸在自己內心世界裡的瘋漢；第二次看到他埋頭奮筆疾書，像在給閻王爺趕寫生死狀——天亮前必須抄完。

山上的夜風已見涼意，陳家鵠離開宿舍時，怕風吹開門，專門從外面扣上了搭鏈。當然沒有上鎖，這樣如果海塞斯醒來，照樣可以從窗戶裡伸出手來開門：窗戶和門框只相隔一米遠。這會兒陳家鵠回來，看搭鏈還扣著，知道教授還在做夢。搭鏈本是輕輕扣著的，但經夜風再三的推搡，現在已經扣死，陳家鵠在解搭鏈時，搭鏈發出痛苦的呻吟聲，把夢中的海塞斯吵醒了。

「幾點了？」海塞斯坐起身，雙手揉著睡眼問。

「天快亮了，」陳家鵠開了燈，「你該下山了。」

「看來我是睡了一大覺。」燈光讓海塞斯扭過頭去，對著後窗。他發現，朦朧的天光已在窗外浮著，冷冷的，像浸在水中。等他適應了燈光，回過頭來，看看熬了一個通宵的陳家鵠，走上前問他：「怎麼樣，是空手而回，還是滿載而歸？」

陳家鵠遞上幾頁稿紙，「我有個方案，但還需要演算來證明。」

海塞斯粗略翻看了一下，點頭說：「一比二萬五，演算量並不大嘛。」

「你現在有幾個演算師？」

「剛來了兩位。」

「那也要好幾天時間。」

「好幾天時間我給得起。」海塞斯繼續看著那些稿紙，「就怕你文不對題，浪費我時間。現在先給我幾分鐘時間看看吧，你可以出去想一想，我可能會對你的方案提出問題。」

問題很明顯，陳家鵠似乎是小看了鬼子，把對方密碼鎖定在業已「退役」的指代密碼上。「你為什麼認定它就是一部單純的指代密碼，」海塞斯的眉頭緊鎖不展，「難道你不知道指代密碼已經落後了，淘汰了，現在軍事上已經很少採用它了？」

指代密碼是德國軍隊在一戰時期廣泛使用的密碼，當時效果很好，但德國戰敗後指代密碼的一些關鍵技術被一一公開、推廣，它的神秘性消失殆盡，落毛鳳凰不如雞，它的價值一落千丈，到了上個世紀二十年代後，基本上被軍方淘汰不用。海塞斯認為，日本作為崛起的新一代軍事強國，還在沿用這麼落後的密碼體系，理論上說不通的。「你的判斷讓我懷疑你對當前世界密碼發展狀態缺乏瞭解，就像你們的中醫沒有摸清病人的脈搏，」教授不客氣地說，「據我所知，日本從明治維新後一直崇尚西方科學，推行科技革命，現在，他們在科技層面上一點也不落後於西方發達國家。」

「那麼請問海塞斯先生，」陳家鵠反問教授，「現在哪個國家的軍官還喜歡隨身佩著一把軍刀？你對日本文化缺乏瞭解，這個民族的守舊和創新同樣卓絕：他們一手拿著世上最先進的槍，另一隻手也沒有丟掉最古老的刀。」

犀利的反問，占領了理論的制高點，令海塞斯暗暗竊喜。顯然，陳家鵠做此判斷，不是因為無知。「可是在我看來，敵二十一師團是新組建的部隊，武器精良，配備的密碼也應該是先進優良的。」海塞斯目不轉睛地看著他，「他們沒有歷史，他們的今天就是他們的全部過去。」

陳家鵠搖搖頭，「其實你比我知道，當大家都這麼想時他卻不這麼做，這本身就是密碼的一部分。關鍵是，如果它確實是一部高水平的新式密碼，我們也不可能在短時間內破譯它，等我們破譯了，仗早就打完了。所以，那條路我們可以放棄不走，因為走了也是白走。」

後面那個說法太形而下了，遭到教授嘲笑，「怎麼拿出一個赤腳的人冒犯穿鞋人的那一套，你不覺得太低級了嗎？你最後一下犯了兩個毛病：妄自菲薄、投機取巧，它會影響我對判斷的尊重。

如果你的『理論』就落實在這上面，我想也許沒有演算的必要了。」

陳家鵠不作更多的解釋，只言一句：「去試試看吧。」

海塞斯說：「當然，如果你堅持，我可以給你機會，但恕我直言，我並不看好它。」

陳家鵠笑問：「如果我對了呢，你是不是可以給我個獎賞？」

「你需要什麼獎賞？」

「帶我下山去見見我的太太。」

「如果你對了，我就把你留在山下。」海塞斯哈哈笑道，「現在我該下山了，你還可以睡兩個小時，我呢也不想讓孫先生派人找我。他們不准我單獨出門，可允許我的車自由出入，眞荒唐。你們中國人的有些想法很有意思，他們認爲只有司機才會開車，哈哈哈。」

海塞斯哪裡知道，其實老孫已在山上陪了他一夜。事實上，昨晚他的車子引擎聲一響就被老孫盯上了。車還沒有開出院子，還在院子裡打圈時，老孫的車子已經在外面路口恭候了。因爲是從外面開始跟的，海塞斯根本沒有意識到。這方面老孫是老手，比如現在他就在車裡等著，只要你海塞斯的車子引擎聲再次轟然作響，他又會率先出門，先爲你開道，到了山下再轉到你後面，斷斷續續、若即若離地跟著你回家。

三

分析員是破譯師的二傳手，演算員則是破譯師的檢驗員。打個比方，破譯密碼猶如是在一座森林裡找一片特定的樹葉，破譯師根據分析員的報告，綜合分析，作出判斷：這片「樹葉」在某一棵樹上。是不是如此呢？如果是一棵小樹，樹葉不多，破譯師當然可以自己去一片片翻來看，去求證。可如果是棵大樹呢，枝繁葉茂，樹葉多如牛毛，破譯師哪有時間去一一翻看、求證？演算員就是幫他幹這活的。

森林裡樹木眾多，確定「哪一棵樹」顯然是最關鍵的，只要「這棵樹」找到了，找對了，就不愁找不到「那片樹葉」。現在陳家鵠已經確定了一棵樹，這棵樹的樹葉不少，需要演算員來幫助求證。演算員的配備標準是一名破譯師配兩名演算員，黑室發展到最興盛時演算員多達十七名，現在只有兩名，是父子倆，姓王，父親六十多歲了，兒子也年近四十。

這天晚上陸所長來看海塞斯，一進破譯樓就聽到劈劈啪啪的算盤聲，心裡一喜，循聲而動，闖進了演算科，見父子倆正算得起勁，忍不住打斷老王，「怎麼，教授來靈感了？」老王說：「是的，我的手就等著教授出靈感呢。」

「怎麼樣？演算量大嗎？」

「二萬五千分之一的機率，現在已經排除小一半了。」

「哦，那還是很快嘛。」

「我們一天都沒休息，」兒子說，「晚上還準備幹它一個通宵。」

「要注意休息，別累壞了身體。」

父親笑道：「只要教授的方案沒錯，我們再累也值得。」

兒子也說：「是啊，只要謎底就在這二萬五千個旮旯的一個裡面，我三天三夜不睡覺也不會累的，值啊。」

陸所長點點頭，轉身走出演算室，往樓上走去，劈劈啪啪的算盤聲淹沒了他的腳步聲，他心裡突然升起一股甜滋滋的感覺，好像背後都是給他的鼓掌聲。同時，他也想這聲音實在太大了，會影響其他人工作，他得趕緊處理這個問題。

海塞斯正坐在辦公桌前，手裡握著一支筆，似在苦苦推敲什麼，嘴上叼著未燃的雪茄，對陸所長的進來毫無覺察。陸所長走過去，給他點燃菸，幽默地說：「別人廢寢忘食，你連菸也忘記抽了。」

海塞斯吸一口菸，抬頭看他一眼：「我是抽得太多了，想少抽一口。你來幹什麼？你幫不了忙的，來了就是打攪我。」

陸所長笑道：「我想讓你休息一會兒。」

海塞斯說：「你想讓我休息，可樓下的兩隻算盤不讓我休息，二萬五千分之一的機率，已經算過了快一半了，但還是沒有證實。我在想，不知是我的運氣不行，還是我的判斷有誤。」

陸所長趁機說出了他心中的困惑：「我真想問問你，二萬五千分之一的機率你是怎麼得來的？」

「這就是我的判斷。」

「如果判斷錯了呢？」

「那還用說嗎？錯了，就是他們演算完了也沒有一個結果。」

陸所長來了興趣：「如果判斷沒錯呢？是不是他們這樣算下去，就可以找得到謎底了？」

海塞斯說：「那叫密鑰，解開密碼的鑰匙。這你不懂，跟你說不清楚。」

陸所長故意逗他：「你是懷疑你的解說能力，還是我的理解能力？」

海塞斯不耐煩地說：「我是沒時間跟你囉唆。」

陸所長卻在辦公桌對面坐了下來，顯出很有誠意的樣子：「我是藉機想讓你休息一會兒。跟我說一說吧，到底是怎麼回事？」

海塞斯盯著他，「你眞想知道？」他起身打開櫃子，拿出一只密碼箱，扔在陸所長面前，「這是什麼？見過嗎？」

陸所長不以爲然地說：「不就是一只保險箱嗎？怎麼沒見過，我也有。」

海塞斯指著箱子上的密碼鎖說：「這個，你有嗎？」

陸所長湊上前去看：「這是什麼？」

海塞斯解釋道：「這就是這只箱子的鎖，跟你那個掛鎖不一樣。這是德國麥克斯公司最新推出的密碼箱，用的是數字密碼鎖。你看，這裡有三個數字，你如果不知道它的密碼，是不可能打開它的，可是我知道它的密碼，我一下就能打開它。」說著在鎖上轉出三個數字，那箱子果然就像安了彈簧似的，嘣的一聲彈開了。然後海塞斯又關上箱子，抹亂鎖上的數字，交給陸所長，請他將它打開。陸所長鼓搗了好一陣子也未能將箱子打開，不禁抬頭問海塞斯：

「這是怎麼回事？」

「這就像你的箱子，上了鎖沒有鑰匙打不開一樣。我這個鎖你不知道密碼也是打不開的。密碼是多少？比如說我設定的是123，ＯＫ，那只要將這三個數字分別撥到123就行了。如果密碼是你設定的，我雖然不知道，但我其實也可以試得出來，無非就是在000—999之間，也就是千分之一。但我們面對的密碼和它不一樣的是，它——你現在看得到是三個數字，如果看不到呢？」

「你首先要判斷它有幾位數？」

「對，如果你位數判斷錯了，一切都無從談起。破譯密碼，最關鍵的就是這一步：判斷它的位數，級數。這個所謂的二萬五千分之一就是現在我對二十一師團密碼級數的判斷。」

陸所長似乎聽懂了，點了點頭。

海塞斯又繼續說道：「如果我的判斷沒錯，運氣夠好的話，甚至第一道演算就能解開它。現在演算已經過半還沒有解開，可以說我的運氣不夠好。但是你想，只要我沒判斷錯，答案肯定在後面的一半中。當然，如果我判斷錯的話，兩萬五千道演算全部算完也不會有答案。那樣的話，我只能重新下判斷，重新去找，那就麻煩了。」

陸所長笑道：「你不是信上帝嗎？我爲你祈禱，願上帝與你同在。」

海塞斯突然很生氣，瞪一眼，厲聲道：「你們中國人就是粗魯，什麼東西都拿來開玩笑！我警告你，今後不要跟我開這種玩笑！」說罷拂袖離去，令陸所長像一條上岸的魚一樣難堪、驚懼。

四

有兩個人眞正遇到了足以一生難堪的時刻：趙子剛和吳華。

第二天，海塞斯來上課，陸所長把趙子剛和吳華從教室裡叫了出來。吳華垂著頭，沒說什麼，似乎認了。趙子剛卻很是不解，追著陸所長問：「爲什麼不讓我上課？」

「你不需要上課了。」所長低著頭，邊走邊說。

「爲什麼？」

「你被淘汰了。」

趙子剛急了：「你們搞錯了吧所長，一定是搞錯了，我解了題的。」

陸所長冷笑：「你是解了題的……」

趙子剛搶白：「就是，左主任可以作證，我解了題的。」

陸所長霍地停下腳步，咄咄逼人地盯著他，「你是解了題，你不但自己解了題，還幫別人也解了！」

事情就是這樣，吳華被開除是因爲無能，他沒有如期交卷，可趙子剛則不同了，他是因爲無恥。趙子剛其實是繼陳家鵠之後第二個交卷的——只比陳家鵠晚了不到一天，十七個小時，且答案正確漂亮，被教授評爲「上乘之作」。不幸的是，事後他被林容容專門爲他挖的陷阱徹底丟翻，上乘之作於是乎被一筆勾銷。

事發在前天晚上，即趙子剛交卷的當天晚上，林容容從左立那兒再次領到任務，讓她去「老戲翻新戲」。夜深人靜之時，林容容披掛上陣，嘴唇塗得紅紅的，辮子當然要解開，要長髮飄逸，腳上趿著拖鞋，像個狐狸精一樣，敲開了趙子剛的房門。

「喲，是你啊。」趙子剛又驚又喜，「有事嗎？」

「怎麼，不歡迎？」林容容嫣然一笑。

「歡迎歡迎，當然歡迎。」趙子剛連忙將她往屋裡請，熱情有餘。但畢竟男女有別，趙子剛請她入屋後，沒有關門。沒想到林容容主動回過身去，把門關上了。林容容要扮演狐狸精呢，關了門，剎那間，人變了，頷首低眉，鬱鬱寡歡，一副可憐兮兮的樣子，「對不起，我想跟你說點事。」

「什麼事？」趙子剛關切相問。林容容的悲苦似乎一觸即發，突然捂住臉抽泣起來，搞得趙子剛一時手足無措。「別……你別哭……」趙子剛慌忙地安慰著，「告訴我，到底出什麼事了……說嘛……別哭了，這樣不好，人家聽見了多不好，你……你到底怎麼了？」林容容先是吞吞吐吐不肯說，被趙子剛問急了，猛一擦臉上的淚水，沒頭沒腦地說了一句：

「我做不出來！」

「什麼做不出來？」

「那道題，我解了好久都沒解出來，我快要瘋掉了……」

「啊呀，我還以爲什麼事，原來是這事……這也值得你哭呀，不就一道題嘛？」趙子剛面對陷阱一無覺察，或者說，他根本就不想覺察。

林容容眼淚汪汪的，撅著嘴說：「做不了這道題要走人的……我不想走，走了，就……就再也看不見你了……」說著欲蓋彌彰地含著一雙水靈靈的眼睛，羞澀地看著趙子剛。

剛才說林容容是老戲翻新戲，事實上，就在頭一天晚上，她已經在陳家鵠面前演過一次了，結果慘遭奚落，陳家鵠以豪言爲盾，拒她於前，壯語做矛，擊潰在後，擊打得她落花流水，乖乖認輸。不知是因爲故伎重演，林容容的演技長了，還是趙子剛心智頑愚，意志薄弱，總之他就這麼上當了，在狐狸精的眼淚和誘惑面前敗下陣來，把自己的「上乘之作」拱手相送。

一切就這樣板上釘釘，無可挽回，趙子剛送出去的不僅僅是一個答案，更是自己的前程。在這個連一隻狗都知道忠誠和保密就是生命的地方，他居然置若罔聞，將「生命」拋在美色之後，實屬無恥之徒，令所長感到有種受辱的氣憤。

「不爭氣的東西！」陸所長憤憤地呵斥他，「國有國法，家有家規，幹我們這行必須死守鐵的紀律，須臾不忘，生死不變，你明知故犯，頂風作案，我可以叫你去坐牢！」

這天颳的是西北風，教室坐北向南，所長的罵人聲被輕易送入教室，正在上課的海塞斯聽了不禁哈哈大笑，「遺憾，遺憾，一個十五歲的芝諾就撂倒了你們兩位同學，眞是令人遺憾啊。不過，這很正常，在海德堡，我曾經也給德國空軍開辦過這樣一個班，入學時有十五人，最後畢業的只有六個——還不到一半。這六個人以後至少又有一半以上將終生碌碌無爲，能夠建功立業終將寥若晨星。這就是破譯事業的殘酷性，你們也許無法適應它，但必須面對它，接受它。」

此時包括林容容在內，海塞斯面前只剩下四個學員。人是少了一點，但教授不會因此心慈手軟，他還要繼續設卡，繼續減少。「閒話少說，言歸正傳。今天的課程是先講解上次的試題，完了我要布置新試題，繼續篩選你們。現在我要請你們中的一人上來講解一下他的答題情況。」

請的是陳家鵠。

「陳家鵠。」

「陳家鵠。」

「陳家鵠！」

眾目睽睽之下，陳家鵠不知是得了神遊症，還是有意爲之，自始至終不予搭理，充耳不聞。海塞斯只得走到他面前，敲著桌子對他說：

「喊你呢，沒聽見？」

「聽見了。」陳家鵠如夢初醒。

「那你爲什麼不答應？」

「哦……對不起……」陳家鵠呑呑吐吐地說，「不過我……其實……也沒有可對不起的，我是故意不理你的。」

「爲什麼？」

「你不是說閒話不說了，要言歸正傳，讓我們回到密碼世界裡嘛，在神奇的密碼世界裡，陳家鵠肯定不是陳家鵠，所以我置之不理。」

說得大家都發笑。林容容笑得最露骨，笑聲銀鈴一般飛出了窗外；海塞斯笑得時間最長，笑聲始於他，止於他。海塞斯一邊笑著，一邊走回講台，「用你們中國人的話說，這叫什麼？以什麼還什麼？」

「以其人之道還治其人之身。」長者李健樹說。

「對，」海塞斯點點頭，說，「我喜歡這種幽默，帶著笑容的智慧，使人開心發笑，不像密碼界的智慧，深藏不露，暗無天日，變形變態，使人窒息，叫人發瘋。有人說混跡在密碼界的人都是瘋子，我要告訴你們，我完全同意這種說法。我在美國經常去唐人街聽貴國的京劇——那是你們的國粹，但我常去聽它倒不是因爲它是你們的國粹，而是我在舞台上看到了我自己的影子：一個男人裝扮成女人的樣子，捏著鼻子盡情唱著女調花腔，身心投入，如醉如痴，有種衝破天空的狂熱精神，有種酒神迷狂的狀態。這個樣子就是我的也是你們今後的樣子。密碼的本質是反人道，反科學，反眞理，反自然，眞人假唱，聲東擊西，指鹿爲馬，混淆是非，顚倒黑白——凡此種種，都使世界變得更加複雜，使人心變得更加黑暗迷亂。所以，也許我們比任何人都需要懂得幽默，要學習從迷狂中抽身而退的本事。」

這堂課也被「幽默」了，旁枝斜出，課程被一度擱淺。當海塞斯準備向大家布置試題時，蒙面人敲響了下課的鐘聲。在噹噹噹的鐘聲中，海塞斯不緊不慢地打開保密箱，從裡面抽出一沓試卷，對大家說：「這又是一部教學模擬密碼。最早的密碼只有空間，沒有時間，比如達文西的密碼筒，亞歷山大的羊皮書，包括上一次測試你們的密碼，都只有密本沒有密表。密表技術的應用使密碼變得更加複雜，是密碼直接向深奧的數學邁進的一次革命。今天的密碼研製也好，破譯也罷，都已經離不開數學家的智慧了。你們在向試卷發起進攻時，不要忘記使用數學家的智慧。也許它又要令你們損兵折將，但這沒辦法，密碼世界裡拒絕低智的人，就像運動場上拒絕老弱病殘一樣。一個體育教練通過測試你的骨胳和肌肉來選拔運動員，我們就靠這些東西測試你的智慧來選拔你。」

最後，海塞斯又重申考卷要求：「還是老規矩，一、必須獨立完成，不能互通有無，通了就是作弊，就是作案，就得走人——趙子剛就是你們的前車之鑑。二、時間是一個星期，也就是下個禮拜的今天。我不希望等下個禮拜我再見到你們時，這試卷還在你們誰的手上，那樣的話，我也只好請你走人。這很殘酷，但也很公平。這是個篩子，是金子還是沙子，我靠它來分辨。」

午後，陽光灼灼，人都在午休，院子裡空空如也。

陳家鵠從宿舍裡出來，到左立辦公室前，往木箱裡丟進了第二份試卷。烈日下，潮濕的大地變得溫暖、酥鬆，空氣中新添了一種腐朽的氣味。日光直射，所有窗玻璃都有一種妖氣，彷彿陽光無法穿越玻璃，均被擋在戶外，屋子裡的一切因而顯得幽暗，深奧，有一種不祥的暗示。陳家鵠在回宿舍的途中，無意又有意地發現，蒙面人躲在窗洞後在窺視他，那張蒙面黑臉在妖氣的玻璃的作用下，變得更加妖魔、詭異……

五

這幾天，黑室是由「篩子」組成的：海塞斯是篩子，在篩他的弟子；小周是篩子，在篩惠子；演算科的王氏父子是篩子，在篩海塞斯的破譯方案；陳家鵠是篩子，在篩蒙面人；陸所長和老孫也是篩子，要摸一摸老虎的屁股，篩一篩薩根的底牌……到處是篩子，人人都在篩，在選，在分辨，在等待。

當陸所長在重慶飯店二樓的咖啡廳被絕望的等待折磨得心緒淩亂之際，五號院的演算室裡，日夜不息的劈里啪啦的算盤聲終於篩出了一粒「金子」。這無疑是王氏父子倆包括所有黑室人孜孜以求的一刻，驚心動魄的一幕——父子倆十指如飛，將滿盤珠子撥得上下跳躍，左右翻飛，劈啪作響。可突然間，兒子手下的那些上躥下跳的珠子紛紛歸入原位，乖乖地趴著，靜靜地躺下，不跳了，不動了。

——算盤歸零了！

兒子猛地怔住了，他出神地看著那些像羊兒入圈一樣安安靜靜躺下的算盤珠子，突然大聲喊，只喊出一個字：「爸！」

「怎麼？」父親轉過身來看，頓時瞪大眼睛，「歸零了！」

「歸零了！爸，成了！我們成功啦！」兒子激動萬分，聲音都在發抖。

父親看著算盤，將信將疑，「不會錯吧？」這一問問得兒子不禁也懷疑起自己的演算是不是出錯了，臉上的驚喜像陽光下的水氣一樣，瞬間流失無影。這就像所有大喜大悲突然降臨時，人都會產生幻覺，幽幻迷惘，要下意識伸手掐一掐臉頰，用疼痛來證明自己眞的是活在現實中一樣。

「那我再打一遍吧。」兒子說。

「我也來。」父親說。

這倒是個好辦法，讓時間倒流，讓算盤重複剛才的路程。人不能兩次踏入同一條河流，算盤可以。父子倆同時演算起來，一時間演算室裡又響起了劈劈啪啪聲。因爲謹愼，兩人都放慢速度，力求無誤。不到半個小時，幾乎在同一時刻，父子倆雙手都不動了，都定格地懸在了空中，那些剛才還忙忙碌碌的算珠子，都靜靜地躺下了，如前所述，如出一轍。

消息傳到樓上，海塞斯當即抓起電話打給陸所長。院裡的電話，渝字樓裡的電話，家裡的電話，都打了——自然不可能找到他。怎麼可能？這會兒，陸所長還在咖啡廳裡苦苦守望著嫌疑犯薩根先生呢。他還需要一個半小時才能回到五號院，當他走進院子後，迅速聞到一股火藥味，那是剛才有人放鞭炮了。

這是個載入史冊的時間，黑室第一次迎來了一個具有里程碑意義的時刻。海塞斯找不到陸所長，直接給杜先生打去電話報喜。杜先生聞訊當即帶了一頭烤乳豬、三臉盆滷肉、兩缸米酒，直奔五號院。得知陸所長還沒有歸隊，他當場任命偵聽處楊處長爲負責人，責令他迅速設宴犒勞大夥。理由？當然不能明說。說什麼呢？杜先生臨時編出一個理由：給海塞斯過生日。這個理由不錯，破譯處首開其張，喻其爲「生日」，恰如其分。

一時間，食堂像著了魔似的紅火起來，喜慶起來，酒香，肉香，笑顏，鋪張的杯盤，喜氣的場面。楊處長不知從哪兒搞來了一掛鞭炮，問杜先生可不可以放。照理是不可以的，但人高興了做點稍稍越軌之事也無傷大雅。杜先生從海塞斯嘴上拔下他正在抽的雪茄，遞給楊處長，後者拿了雪茄就去食堂門口點燃了鞭炮。鞭炮的響聲有點像放大了的算盤聲，劈里啪啦，劈里啪啦。此時陸所長已經離開咖啡廳，踏上了回單位的路，他的嘴裡也是劈里啪啦的——他在罵大街呢。

隨著敵二十一師團密碼的告破，眾多無字天書被精準釋讀，日軍二十一師團犀利的進攻遭到了國軍前所未有的有效阻擋。先頭部隊出兵不利，迫使敵人變得謹慎，放緩了大舉進犯的速度，日軍一個月內攻下武漢的企圖連同他們的囂張氣焰就這樣被粉碎，從而爲武漢大批軍民和國防廠所的撤離贏得了寶貴的時間。海塞斯理所當然地成了英雄，又是授勳又是加薪。然而，他知道，這個功勞其實並不屬於他，眞正該授此勳領此賞的人是陳家鵠。這是後話。

黑暗中，一條火線順著被服廠的圍牆燃燒起來，
火線越拉越長，越燒越旺，
熊熊火光像一條火龍將被服廠牢牢箍死。

第十一章

一

「都記住了？」

「記住了。」

「重複一遍，回去應該怎麼跟他說？」

「我找了好幾個人，都說不知道，但我碰巧遇見了一個熟人，是我過去的一個客人，一個老色鬼，他就在郵局工作……」

薩根遲遲不來，汪女郎一遍一遍地默念著陸所長跟她的對話，一遍比一遍熟練，流暢。熟能生巧，她甚至調整了一些用詞、句式，變得越發正確、簡練、自如。越是熟稔自如，她越是盼望薩根快快出現。可薩根就是不來，一個小時，兩個小時，三個小時……好像薩根已經知道她被人策反收買了，不敢來了。

其實薩根知道個屁，他是分身無術，沒功夫來。黑明威從成都回來了，帶回來那麼多東西，又是指示又是裝備，他要馬上向少老大去彙報。這個突發的小小變故，可把汪女郎折磨狠了！時間搖身一變，變成了火焰，烤得她心煩意亂，心焦欲裂。一輩子從來沒有這麼等過人，像坐在老虎凳上被拷打，躺在油鍋裡面受煎熬。早知現在，何必當初，淌了這汪渾水。

後悔！

後悔啊！

可世上哪有後悔藥，縱是悔青了腸子也不能一走了之。走不了的，兩個凶神惡煞的傢伙一前一後守著她呢。他們到底是什麼人？他們會拿我怎麼辦？說實話，比起薩根來，汪女郎其實更怕這兩個來路不明的傢伙，他們有槍有刀，有審訊室，那刀子差點……天哪，天哪，我怎麼就鑽進了這麼個繞不開、退不回的死胡同？她這輩子第一次體會到了什麼叫做如坐針氈，什麼叫做度日如年。她簡直快要發瘋了。

天黑下來了，汪女郎的運氣開始好轉了，先是陸所長走了，再是——該死的薩根終於來了！薩根其實是陸所長一走就來了，兩人幾乎是擦肩而過，實在是機緣未到。別緊張，放鬆，放鬆，放鬆……可就是放鬆不下來。身上有了秘密，心中有了鬼，舉止就變了形，面部僵硬，聲音發顫，手心冒汗，眞討厭！好在薩根剛領了賞，心情如花一樣燦爛，心裡湧著一股要表達喜悅的急切，見了她，又是捏她屁股又是拍她臉蛋，又是認錯道歉又是撒謊解釋，活生生地把她的緊張和窘相掩護了，趕走了。薩根高興還有個原因，就是：他以爲，汪女郎等他這麼久都沒走，說明她一定是出色地完成了任務。

「怎麼樣，很順利吧？」

「順利個屁，我找了好幾個人問，都說不知道。」

「怎麼回事？」

「這是個保密單位，你知道不？」

「我怎麼知道？見鬼！」

「不過算你運氣好，我碰巧遇見了一個熟人……」

言歸正傳，已經難不倒她，因爲該說的話已經默誦了數十遍，再緊張也不會出差錯。不但沒有差錯，還有出色的臨場發揮，詐獲了兩單生意錢。

「你得給我補上這個錢。」

「什麼錢？」

「別裝蒜了，要不是爲你辦事，他憑什麼占我便宜？這種死老頭子就是給我錢我都不稀罕！」說得跟眞的似的，振振有詞，有理有節。薩根剛鼓了腰包，替個窮鬼付點嫖資，小菜一碟，二話不說，給了。汪女郎收下錢，非但不言謝，還得寸進尺，要他再給一份。

「這是爲什麼？」薩根略爲不悅。「因爲明天我還要去找他，」汪女郎對答如流，她已經完全進入角色，言談十分機巧、灑脫，「我敢肯定，他說管地址的人今天不在單位多半是騙我的，他就想讓我明天再去找他，再占我一次便宜，你就幫他先預付了吧。」

哈哈哈，言之有理，薩根爽快地又付了一份錢。至此，汪女郎覺得下午的老虎凳算是沒有白坐，事情很圓滿嘛，比盼的還要好。早知現在何必當初啊，那麼心焦欲裂地熬了幾個小時，眞是不該，不該，千不該萬不該啊。啊啊，心花怒放的汪女郎幾乎又想吃後悔藥了。

可以想像，與陸所長相比，汪女郎的好心情不過是「小巫」。

月朗星疏，夜風吹醒枯草，淡淡的火藥味飄浮在空中。陸所長滿腹狐疑地追著火藥味走，走進喧囂的食堂，受到夾道歡迎的待遇。沒有人告訴他設宴的眞實原因，但他已經預感到——聞到了「天降大喜」的味道。罰酒三杯後，杜先生跟他咬了句耳語，把喜訊告訴他，他不亦樂乎地又自罰三杯。這種情況下告訴他喜訊，其實是對他最大的懲罰，除了不停地喝酒，他沒有任何宣洩喜悅的管道。喝得太猛，他像個不中用的酒鬼，轉眼就喝大了舌頭。一根大舌頭怎麼還能留在酒席上？不把實情捅破才怪！走，杜先生提前離場，順便把他帶走了。跟一根大舌頭也沒什麼好說的，杜先生從食堂出來後，直接朝車子走去。他要走了，臨別之際海塞斯突然有一種衝動，想把幕後英雄陳家鵠一語道破，但話到嘴邊又被虛榮心壓了回去，變成了語焉不詳的祝賀：

「杜先生，我也要祝賀你啊。」

「我有什麼好祝賀的？」杜先生不解地望著他。

「你找到了一位罕見的破譯人才。」海塞斯目光灼灼地說。

「誰？陳家鵠？」

「是。」

「你那麼看好他？」

海塞斯點頭：「是的，所有人都應該看好他。如果先生同意，我想提前請他下山來，他沒必要再待在那兒了，對他來說受訓跟浪費時間沒有兩樣。」

杜先生看著一旁的陸所長，也許是希望他接過話去，但已經喝高了的陸所長哪裡還有察言觀色的敏銳，他顯得很木訥，睜著眼無辜地望著杜先生，不得要領。杜先生只好親自擋駕，沉吟道：

「磨刀不誤砍柴工，還是再培訓培訓吧，可別搞成個夾生飯就麻煩了。」

海塞斯眞誠地說：「相信我，沒必要了。」

木訥的陸所長終於反應過來，連忙搶答，聲音大得像在嚷，還動手抓著海塞斯的肩膀，很不體面，「教授，破譯密碼你是專家，可說到用人你就不懂了，他還有其他問題，我們需要再觀察觀察。」

「其他問題？」海塞斯皺起眉頭，「什麼問題？」

「這不是你考察的問題。」陸所長依然大聲嚷嚷，「你負責考察他的才能，我們要考察他——才能之外的東西。」

「除了才能，其他的都是零！」海塞斯不乏衝動地說。

「不見得吧，」杜先生上前撥開陸所長，和顏悅色地對海塞斯笑，「如果他有才而無德呢？」

「什麼意思？」海塞斯的眉頭又拔高了一寸，「他怎麼無德了？」

「我是說如果，你放心，這是小心的說法，事實上應該沒什麼。」杜先生握住海塞斯的手，「我們改天再談這個，你看他這樣子能談事嗎？」指著陸所長，「他需要馬上睡覺，我呢也需要馬上回去向委員長彙報你的開門大吉。我相信你該得到的獎賞不僅僅是一串鞭炮和一頓酒，靜候佳音吧，我們至少還要給你訂製一枚金質勳章呢！」笑聲朗朗，像月光一樣穿破了夜色，隨風遠行。

送走杜先生後，海塞斯苦於欲罷不能，被陸所長強拉去辦公室，聽他嘮叨酒話。後者有心嘮叨個通宵，只是力不從心，只嘮叨了個開場白，便換了聲道，變成了單調的呼嚕聲。陸所長的辦公室套著一間休息室，有床，可以睡覺，自入黑室以來，他大部分的睡眠時間都是在這張冷床上打發的。海塞斯把他拖上床，拔腿就走，直奔辦公室而去，迫不及待。

莫非他又要去加班？

非也，他去會鍾女士，他們在敬酒時已經約好晚上到辦公室幽會。這才是慶祝勝利的最佳方式，海塞斯這麼想，也這麼做了。這天晚上教授爲自己像少年一樣驍勇善戰而震驚，鍾女士幾次痛不欲生，最後一次咬破了嘴唇，血流不止，嚶嚶地哭了，像個少女一樣。在睡夢襲來前，海塞斯朦朦朧朧地想到一句話：身體是精神的奴隸。

把酒醉壓縮爲一次睡眠，是醉酒的最好歸宿。這天晚上，陸所長睡得像嬰兒一樣香甜、有觀賞性，流了口水，說了夢話。他的夢是沉重的，沒有夢到晚上的開心事，夢見的都是下午的煩心事：薩根久等不來，自己久尋「黑室」未果——他要給薩根尋一個郵箱地址，下午百思而不得，進入夢鄉還在思而索之。

功夫不負有心人，找到了——在夢裡！

二

是石永偉的被服廠。

一大早，陸所長便帶上老孫去實地視察。先是在外圍繞圍牆溜達一圈，末了又進院子裡去轉了一圈。守門的老頭已經熟悉老孫（或許還記著上次小周拿槍抵他太陽穴的事），滿臉堆笑迎接他們的到來。兩人入院後又是漫無目的地轉，曲裡拐彎，不經意間穿過深長的小徑，來到了後面家屬區。上次陳家鵠躲藏的那個小院子依然如故，柚子樹還是那麼綠，只是一樹黃燦燦的柚子剩下不多了。陸所長立在柚子樹下，不禁想起當時陳家鵠跟他拚命的情景，心裡升起一股盲目的樂觀情緒。

顯然，他在為自己當時的克制慶幸。

「怎麼樣？」從後院轉出來時，老孫問所長。

「你覺得呢？」所長反問他。

「我覺得可以，院中有院，別有洞天，像那麼回事。」

「外面的工廠像是作掩護用的，更像個秘密機構。」

「嗯，不錯，位置也不錯，城鄉接合部，四周比較空曠，便於我們監視。」

「也便於他們行動。」

「那就定在這裡了？」

「定了，就是它。」

「他們約好今天下午還是在老地方見面，中午我必須把地址告訴她。」

「你是說汪女郎？」

「嗯。」

「要派人盯著她，別讓她跑了。」

「我派了小林盯著的。」

「要跟去她家，見到她父母，她就不敢跑了。」

「我向小林交代了，一定要跟著她，摸清她家在哪裡。」

兩人邊說邊往外面走，又回到前面廠區。老孫提議所長去見見石廠長，「我們需要他的配合，」老孫說，「你出面打個招呼人家會更加重視，反正你們本來就熟悉。」

確實熟悉，已經打過兩次交道：第一次是找他瞭解陳家鵠和惠子；第二次是讓他把陳家鵠的婚禮改在重慶飯店。想起這些，陸所長笑道：「嗯，這人不錯，爽快乾脆，懂是非，明大理，是該見見他。」

石永偉一見陸所長，立刻熱情地起身相迎，握住他的手，哈哈地笑，說他早就知道陸所長會再來找他的。陸所長心領神會，說：「找是找你，但不是你想的事，我今天來找你跟惠子無關。」開話過後，陸所長拖過一張凳子坐下，開誠布公地說：「我知道你是個大忙人，這麼大的工廠，這麼多人，裡裡外外上上下下都要管理，所以我長話短說。」

石永偉很客氣，讓他有事儘管說。陸所長就乾脆地說道：「我講三點吧：第一，眞人面前不說假話，雖然我們交情不深，但我心裡已經把你當朋友看了，陳家鵠就是我們之間的橋，友誼之橋；第二，我們現在需要在你這兒做點事，主要是要派人接替你的門衛。說好聽點，我派人來幫你站幾天崗吧，怎麼樣？」

石老闆一怔，滿臉狐疑地問他這是什麼意思。陸所長讓他放心，他們可以絕對保證他工廠的安全，「萬一有什麼閃失，一切責任都由我們來負責。」

「你們要做什麼？」石永偉忍不住問道。

「這不能告訴你，我要說的第三點也就是這個意思，我們來這裡的事不能外傳，天知地知，你知我知，多一個人知道都不行。」

石老闆蹙著眉頭思索起來，他雖然不知道陸所長的眞實身分，但他明白陸所長肯定是個不一般的人，要不然以陳家鵠的固執倔強，最後怎麼可能乖乖地去了他那裡？

陸所長似乎猜到他的心思，安慰他說：「我可以向你保證，我們不是黑社會，如果我們之間有什麼秘密的話，也絕非什麼見不得人的事，主要是爲你和我們大家的安全考慮。有些東西說了你理解不了，聽到耳朵裡反倒成了包袱。總之一句話：不會給你添麻煩的。你儘管放心。」

石永偉想，你當然不是黑社會，但得罪了你可能比得罪了黑社會還要麻煩。不過話說回來，被服廠也不是什麼民間草台班子，要較起眞來也可以通天，拉扯上一張虎皮做大旗，也可以刁難他們一下的。但何必呢，再怎麼說他現在是陳家鵠的上司。這麼想著，石永偉索性做個好人，爽快地答應了，正如他一貫的行事風格。他扯著大嗓門對陸所長說：「我這是第三次配合你工作了，從來沒有回報。」陸所長打心眼裡喜歡他豪爽的性情，還眞想給他個什麼回報，認眞地問他：「你想要什麼回報，只要力所能及，我一定全力以赴。」

「舉手之勞的事。」石永偉說。

「不妨說來聽聽。」

「見到陳家鵠代我向他問個好吧。」

「可惜陳家鵠不知道我今天來找你，否則他也一定會託我向你問好的。」

兩人相談甚歡，握手告別之際，陸所長根本沒有想到，這一天竟是石永偉在生死簿上畫押的日子。幾天後當陸所長再次來到這裡，他握著石永偉冰涼的手，無法忍住洶湧襲來的悲痛，禁不住當眾號啕。毫無疑問，是陸所長把他送上了不歸路，他爲薩根設下的每一個圈套、每一個陷阱，都是對石永偉的一次催命——多麼弔詭！人間處處都有絕處逢生的風景，但對石永偉卻只有赴死的噩夢了。

三

這一天該詛咒！

不僅僅是因爲提前預約了石永偉的死期，更是因爲有一千一百三十一名無辜平民葬身於敵機慘無人道的狂轟濫炸。這一天是一九三八年九月二十七日，是重慶歷史上最悲慘、最黑暗的一天，也是重慶人民永遠不會忘卻的最恐懼、最苦難的一天。正是從這一天起，日本鬼子開始對重慶平民區實施了長達三年的無禁區轟炸，在無恥的罪惡簿上又添了血腥、野蠻、令人髮指的一筆。

事發在陸從駿離開被服廠回單位的途中，他們的車子剛開進城，嗚啦嗚啦的空襲警報突然響徹城市上空。按照常規，至少還有十幾分鐘敵機才會凌空，但這一次不知怎麼的，敵機來得特別快，幾乎在警報拉響的同時就隱隱約約可以聽到敵機的轟鳴聲，轉眼間，警報聲已被愈來愈大的飛機引擎聲淹沒。陸從駿從車裡看到，眼前的城市像被捅了的馬蜂窩一樣，所有人驚叫著從屋裡逃出來，又驚叫著向同一個方向逃跑，像決堤的河水，源源不斷地、倉皇地穿過大街，朝附近的防空洞湧去。

開車回五號院或渝字樓的地下室已經來不及，老孫迅速把車隨便往旁邊一停，跳下車，拉起陸所長，跟著那些倉皇奔逃的人，往附近的防空洞跑。防空洞裡已經擠滿了人，大家背貼背、腳踩腳地擁擠在一起，每個人都氣喘吁吁，神色慌張，大人的叫聲和小孩的哭聲，在沉悶、嘈雜的地洞裡尖銳地迴盪著，一浪高過一浪。老孫和陸從駿剛衝進洞口，大地就開始抖顫起來，轟隆隆的爆破聲接二連三地響起，撼動著大地，震得洞頂和壁上的灰塵簌簌地掉落，洞裡的空氣瞬間變得污濁不堪。陸從駿他們在洞口，空氣相對要好得多。事後才知道，當天在洞內有三十七人因窒息而死亡。

更大的傷亡當然在外面。

轟炸持續了將近一個小時才結束，等到陸所長他們走出防空洞時，傻了，驚呆了，目及之處，商店和民房幾乎都被炸成廢墟，火光四起，煙霧彌漫，磚頭瓦礫遍地都是。有些來不及躲進防空洞的人，不是被當街炸死，血肉橫飛，就是被炸塌的房屋壓死，血肉模糊。他們棄停在街邊的車子也被炸得四分五裂，有兩個輪子都不知道飛到哪裡去了。

太慘了！

慘不忍睹！

老孫望著四周的慘狀，平日不動聲色的面孔因爲痛心疾首而扭曲了。「狗日的倭鬼，我日你老娘！」老孫噙著淚水，憤憤地對著天上臭罵。「敵人突然對我平民區實施轟炸，一定有什麼特殊的原因。」陸所長一邊說，一邊在心裡思忖道，這可能跟他們破譯了敵二十一師團的密碼有關。

老孫沉浸在憤恨中，咬牙切齒，越罵越勇：「無恥！無恥！王八蛋！狗日的小鬼子！我咒你們不得好死！天打雷劈！斷子絕孫！死了全進地洞當我的龜兒子！」

陸所長像個智者，出奇的冷靜並不乏有見解，他對老孫說：「無恥一旦開了頭就不會收手，你看好了，以後敵人可能會經常來炸我們的平民區。我估計武漢很快就要失守，敵人已經下了狠心要拿下它。」

老孫惶惶地問：「我們……眞的就頂不住了？」

陸所長搖搖頭，長嘆一口氣，「人肉戰爭，頂也沒什麼意義。」

事後他從杜先生那兒得知，敵人之所以這麼無恥，公然轟炸平民區，正是因爲他們破譯了敵二十一師團的密碼，致使敵人對武漢的攻打屢屢受挫，傷亡猛增，所以變得窮凶極惡，報復加威脅，目的就是要重慶政府屈服。從某種意義上說，敵人的目的達到了，半個多月後蔣介石在朝野雙方的壓力下，放棄了武漢大本營，抗戰從此進入了一個新的相持階段。

這次大轟炸也改變了薩根打探黑室地址的進程，原定的當天下午與汪女郎在重慶飯店咖啡廳的見面被推延到兩天後。時間上的緩衝，不論是對汪女郎還是對陸從駿都是好事，讓他們有足夠的時間去練習預案，從容面對薩根的居心叵測。兩天後的晚上，依然在老地方，當薩根從汪女郎手上接過那張寫著西郊被服廠詳細地址的小紙條時，他沒有絲毫懷疑這是一個陷阱。

只是，令人遺憾的是，這個專門爲薩根挖的陷阱，最後遭殃的卻不是薩根，而是石永偉等人。

四

重慶的夜晚像重慶的女人一樣千姿百態，火辣迷人。夜幕落下，滾滾奔流的嘉陵江縮回到睡夢中去了，遙遠廣闊的晦暗中，只有那滿江星星點點的漁火在靜靜地閃爍，就像七月半鬼節的時候，當地巴人放到江上隨波逐流的千萬盞河燈，每一盞燈裡都盛裝著來自祖先的神秘和淒迷。與此同時，那些坐落在山谷、山腳和山腰，甚至是山頂上的各種各樣的房屋裡，便漸次亮起了燈光，高高矮矮，層層疊疊，閃閃爍爍，明明滅滅。當所有的燈光都亮起來後，四山合圍的一大片黑鬱鬱的世界裡，就像銀河星漢跌落其中一樣，滿目的星光，滿目的華彩，滿目的璀璨與絢爛。

這些光源，有的暗淡幽微，自然是百姓人家的煤油燈，或是小瓦數電燈；有的通明透亮，當是富貴人家的豪華吊燈；有的流光溢彩，那裡面包藏的肯定是酒樓舞廳的聲色犬馬與歌舞昇平。在嘉陵江南岸岸邊，巴山第一峰的山腳下，有一片錯綜複雜的燈光，既有明亮如熾的大功率探照燈，又有隱隱約約、昏暗成線的路燈。探照燈儘管暴力，美國水兵儘管傲慢，地理位置儘管偏僻，但這兒依然是不少權貴和有錢人的攀附之地。

這兒是重慶國際總會，陪都的一朵奇葩。

和重慶飯店比，這兒富有秘密的暗香和威嚴高貴的紳士派頭。重慶飯店只認錢，不認人，只要你有錢就是貴賓。這兒不認錢，甚至不接受現金。這兒是俱樂部，實行會員制，會員以泊在長江邊的美國戰艦上的軍官、外國大使館的工作人員、國民政府請來的外國顧問為主，夾雜著部分中國海關的官員和一些國際流浪者。今後，海塞斯將經常出入這兒，這從比他晚五個月到重慶的紐約《時代》周刊記者白修德的回憶中可見一斑：

在躲避轟炸和發報導給紐約的間隔中，奧思本（即亞德利）經常帶我光顧重慶賓館（即重慶國際總會），他對我很好，和我稱兄道弟。他是一個十分幽默且熱情洋溢的人。他興趣廣泛：美酒、賭牌、女人。我們成了朋友後，他覺得需要教我賭牌。他讓我站在他背後，教我看他開牌，贏盡桌上的錢。他覺得也應該給我一些性教育，他認為我需要有實戰經驗，建議邀請所有認識的「棒女孩兒」去重慶賓館開宴會，讓我從中選幾個。對此我拒絕「學習」，我骨子裡還是一個老實的波士頓人。但是，他的確教了我一些比任何美國顧問或者智慧老人的教導更加重要的東西，比如空襲時應該怎麼做。亞德利的理論是，如果被一個炸彈正面擊中，那你做什麼也難逃一死。他認為空襲最大的危險是從窗戶飛濺出來的玻璃碎片。所以，當聽到空襲警報後，應該先喝杯酒，然後找個睡椅躺下，再拿兩個枕頭保護自己——一個蒙著眼睛，一個護著陰部。他說，玻璃碎片可以傷到重要器官，如果眼睛或陰部受傷了，那就是生不如死。這對於地面上所有的卑微生命來講，都是絕好的建議——至少在原子彈時代未來臨之前。我當然照辦如儀。像眾多生活在當時重慶的美國前輩一樣，亞德利對我十分關照，我們一起在重慶賓館留下了許多愉快的記憶……

這兒有純種的金髮女郎，身上灑著法國香水，穿著三點式的比基尼，地板下的窖槽裡藏著鮮血一樣紅的酒，小巧玲瓏的坤包裡揣著薄如蟬翼的橡膠套子。她們和汪女郎一樣，用身體征服男人，印製鈔票，奪人心魄。但她們和汪女郎又不一樣，她們拒絕爲中國人服務，即使是像杜先生這樣上流的中國人。甚至，她們中有些人拒絕爲黃種人服務，包括薩根和少老大。

薩根和少老大都是這兒的會員，這兒也是他們相識、結交的地方。以前他們每個月會定期來一至二次，最近薩根來得少了——因爲有了汪女郎，而少老大來得多了——因爲他想從這兒新闢一條探聽黑室地址的蹊徑。簡直都是飯桶，這麼長時間居然連個黑室地址都打探不到！

少老大最近眞的很懊惱。

今天尤爲懊惱，因爲下午桂花跟他大吵一架，起因就是最近他老是往國際總會這兒跑。女人都是多疑的，敏感的，也是自卑的，她們把將男人留在身邊作爲一場漫長而又重大的戰役來忍耐、攻守。少老大最近頻頻外出，回來時身上時有高檔香水味，令一向忍辱負重的桂花忍無可忍，終於爆發了嘴仗。一怒之下，少老大又出走了。

他們吵架時，正是薩根心花怒放時，因爲他終於搞到了黑室的地址。這玩藝絕對能賣個大價錢，所以天剛攏黑，他便揣著汪女郎手汗和體溫尚存的小紙條去糧店找少老大。自然是沒找到。經桂花提醒，他又輾轉來到國際總會，果然在這兒找到了他。

可能是喝了酒的原因，也可能是因爲他們覺得這兒安全，兩人沒有刻意去找個地方密談，而是直接就在酒吧裡相談起來，結果被一路跟來的小周和蔣微聽了個七八成。自惠子上班後，加之盯梢這麼長時間，不見惠子有什麼異常，小周已經被老孫調了回來，現在主要負責盯梢薩根。

可蔣微怎麼會來幹這個呢？她不是偵聽員嗎？

是這樣的，下午薩根在咖啡館從汪女郎手上拿到黑室地址後，曾在吧台給糧店打過一個電話。當時少老大還沒同桂花吵架，尙在家裡，兩人約好晚上在糧店見面。這個電話被小周偷聽到了，可他什麼都沒聽懂，因爲薩根說的是日語。雖然沒聽懂說什麼，但可以想像他要去見一個人，屆時他們很可能用日語交流。黑室裡有一半人都懂日語，但和小周配對比較合適的是蔣微，兩人年齡相當，身高搭配，扮一對戀人蠻像的。就這樣抓了蔣微一個差，她在日本留過學，日語說得很好。

薩根：好消息，我搞到地址了……

對方……會不會……你敢肯定？

薩根：明天先去看一看，估計不會錯的。

對方……

薩根……具體位置我也不知道，好像是在西郊……

對方：只要見到人就可以肯定……

薩根：不敢保證一定能見到人，但是……

對方……找到了廟就找到了和尚……

薩根……我的消息絕對可靠……

對方……宮裡整天跟我催命……這下好了……

薩根：放心……他的人頭值多少錢……

對方……保你滿意……

蔣微回單位後，把她聽到的全部對話記錄在案，雖然提供的全是些支離破碎的片言隻語，但暗藏了太多的信息和意外，著實讓陸所長和老孫吃驚不小，一時都思緒紛亂，沉默無語。陸所長看了看老孫和小周，最先打破沉默，「可以得到的結論有四個：第一，汪女郎看來確實沒有騙我們，她已經把薩根哄住了。第二，那個糧店可能是敵人的窩點，我們要派人二十四小時看守。第三，薩根已經在談話中明確地告訴我們，明天他或者至少是他的人要去被服廠『看一看』，老孫你要做好迎接準備。第四，你們聽最後兩句話——『他的人頭值多少錢』，『保你滿意』，你們覺得這話什麼意思？」

老孫說：「我感覺敵人是想要陳先生的命。」

小周說：「是，我也是這麼想的。」

老孫看看所長，「這麼說，他還真是個寶貝，都專門派人來殺他。」

所長看看老孫，「別發感嘆，說，有什麼想法。」

老孫想了想說：「他們想殺他，我們就給他們創造機會，讓他來殺，正好逮他一個把柄。」

「他可能不會親自出面的。」小周插話道。

「不管是誰出面，總是要來人，要有行動，逮住了就是人證，搜到東西就是物證，他逃不了干係的。」老孫挺有把握似的。陸所長覺得他說得有道理，示意他繼續說。老孫接著說：「他不是說明天要先去看一看嗎？看的目的無非是想證實一下情況，順便探一探虛實，到時我們配合他就是了。」

「怎麼配合？」陸所長問。

「可不可以讓陳先生明天去那兒露一下臉？」小周建議道。

「不行。」陸所長立刻否定，「這太冒險了。」

「不需要冒險。」老孫胸有成竹地說道，「很簡單，陳家鵠本人無需到場，但跟他有關的東西，比如他的衣服，他的鞋子，他太太的照片……這些東西可以到場的。」

「你的意思是在被服廠布置一個陳家鵠的假宿舍？」所長問。

「對，就是這樣。」老孫說。

「好！」陸所長一拳落在桌上，定了音，「這個方案不錯，既能迷惑敵人，又無需讓陳家鵠出來冒險，可謂兩全其美，你們馬上去落實。」

第二天早晨，當第一縷陽光照臨西郊被服廠時，一間足以亂眞的陳家鵠的假宿舍已經閃亮登場。假宿舍是做給薩根看的，所以特意安排在路邊，人站在鏤空的圍牆外可以一目瞭然。這會兒，老孫立在圍牆外，通過鏤空的孔洞，不時改變視角，指揮屋裡的小林，調整那些東西擺的位置和方向，目的是要讓現在的他和以後的薩根能夠「一覽無餘」，看得清清楚楚。

外面看了，又進去看。圍牆不高，又是鏤空的，很容易攀爬進來。老孫爬進圍牆，立在宿舍窗外，左右察看著。老孫看到桌子上放著一封惠子的來信，驚詫地說：「哦，你連惠子的信都拿來備放信，提醒他，「嗳，別亂放，放在老地方。對，就這樣，記住，所有東西都別動了。」

老孫笑道：「這個魚餌做得好啊，可惜惠子不會來，她要來了一定會備受感動的。」看小林準

小林抽出信紙，晃晃，「假的，只有信封是眞的。」

了，眞行嘛。」

五

連日來，惠子對重慶這座城市增添了諸多「耳聞目見」，因爲她現在是重慶飯店王總經理的員工。所以，除了周末，她天天都要穿城而過，同這個城市的各色人等打交道：車夫，菜農，商販，路人，旅客。

重慶飯店在渝中區新華路中下段，緊臨朝天門碼頭，距惠子家天堂巷有五公里遠。惠子一般總是早早出門，步行一里多，再叫一輛人力黃包車去飯店。因爲路遠，中午不回家，休息的一個半小時，她去飯店附近的菜場買菜，下班時帶回家。有一日天氣特別晴好，她走著走著，竟然一路走了回去，感覺非常好。她在美國有每天跟陳家鵠一起晨跑的習慣，到了這兒老是不運動，加上氣候潮濕，她似乎有點不適應，經常覺得身子骨重，發痠，很想找機會運動運動。就在上一封信中，陳家鵠還專門說到他現在每天早晨都在跑步，建議她也重拾晨跑的習慣。可是家裡洗澡很麻煩，要燒水端上樓在房間裡洗，折騰下來至少要一個多小時，她要上班根本沒時間。不洗吧，帶一身汗水去上班，一天都難受。所以，晨跑是不可能的，只能找機會多走走。

這天，惠子走出狹窄的天堂巷，看天氣不錯，決定步行去上班，便反身往山上走去。走路其實

有一條便道，翻過山，沿著小道下到一條人工渠邊，走過跨渠的一座老木橋，飯店也就在前方不遠了。這樣至少要省掉一公里多的路，是步行的最佳路線。

天尚早，山路上幾乎沒有行人，沒有市聲，空氣又清新，陽光又明亮，她不由想起了少女時代，家鄉的早晨也是這樣安靜，她背著書包一個人去上學，一路上有點緊張，又覺得無比愜意。她還想起了在耶魯大學的美好時光，每天早晨在霞光中與心愛的人並肩同行，時而慢跑，時而疾走，偌大的校園裡到處都留下了他們的足印——其實這就是幾個月前的事，但想來彷彿已經很久遠了。不用說，是她對陳家鵠的思念——朝思暮想——把時間拉長了，一個多月變成了久遠，變成了遙不可及。陳家鵠以爲給她去信可以沖淡她的思念，一個多月裡給她寫了六封信，可這位數學天才哪裡知道，事實上他每去一封信，都會在妻子的內心深處種下一顆更加迫切、更加雋永的思念種子。嘉陵江的江風一吹，種子就會生根、發芽，裝滿惠子的心……

行至山頂，惠子停下來，立在一塊岩石上，俯瞰整個城市。從東邊看到西邊，從眼前看到遠方，從天上看到心裡——不但看見了陳家鵠，還看見了日本，看見了她的父母親、哥哥、嫂子、外公、外婆……看著看著，她突然鼻子發酸，眼簾下垂，嚶嚶地抽泣起來。她想起小時候外婆曾對她說過，早晨是不能哭的，哭了一天都會不順利。她馬上閉了嘴，擦乾眼淚，繼續往前走。爲了掩蓋剛才哭過，她甚至哼起了歡樂的小曲。但她畢竟哭過了，外婆的話是很靈的。這不，當她下山沿著小徑來到水渠邊，發現那座老木橋已經塌掉。木橋對面，有幾間房屋也已坍塌，裸露出燒黑的木頭和板壁。這一定是前天飛機大轟炸造的孽。想到這些飛機是從她祖國飛來的，她又想哭了，但她必須忍住。這個不順利已經夠爲難她了，她必須要走回頭路，如果再哭，鬼知道還會給她帶來什麼不順利。她咬著牙，從牙縫裡擠出歡樂的小調，開始一路追趕時間。

其實遲到也沒什麼關係，惠子的工作很輕鬆，名義上是王總經理的翻譯，其實王總又沒什麼外事活動，頂多是幫他處理一些外文信函、資料，接待一些外賓投訴或請求什麼的。這畢竟不是天天有，大部分時間惠子在辦公室裡看《紅樓夢》、練毛筆字、給陳家鵠寫信，包括午間去菜場買菜等，都是私事。王總多半把她想成是薩根的情人，所以也沒把她當自己的員工看待。王總想得很簡單，等薩根有了新情人後，不在乎她了，他自有辦法把她「請」走，他可不想養一個閒人，而且還是個日本人。

這天午後，惠子剛從菜場買菜回來，服務員就給她送來一封信，是家鵠寫來的。她沒想到，幾天前才給家鵠去的信，告訴他薩根叔叔幫她在重慶飯店找了個工作，今天回信就來了，這麼快。看來，家鵠工作的地方確實離她不遠，說不定比她回家還近呢。這種空間距離的靠近，使她油然產生一種愉悅感。她趕忙拆開信看起來：

親愛的惠子：

每次收到你的信，我總要失眠。昨晚我又失眠了，深夜三點鐘還沒有睡著。我聽見窗外不時傳來風吹樹葉的聲音，斷斷續續，但絕不停息。我的心是多麼羨慕那風啊，來去自由，不留痕跡。愛一棵樹，一片樹葉，即使相隔萬里，也要不顧一切用力飛過來，水乳交融，膠漆纏綿，哪怕在瘋狂與熱烈中化作烏有，也毫無關係。一念及此，我的胸口就像被鐵錐狠狠敲打，痛心徹骨！我還不敢觸碰它，一觸碰，因你的來信而勉強黏合了的傷口就會破裂，就會鮮血橫流。惠子，我的惠子啊，我們明明共處一城，近在咫尺，卻偏偏遠過天涯，遠過海角，遠過對面不相逢。這讓我如何面對那東京櫻花下，紐黑文榆樹旁的自己以及那時許下的誓言？我說過，要分分秒秒地向你、陪伴你，分分秒秒地保護你的啊！

你知道嗎，我的愛人，在回國的路上，我已經預料到了我們將會面對阻力，不是一個兩個，而是重重的、無數的阻力，但我始終堅信，所謂阻力，只會讓相愛的人更加相愛。你還記得我曾跟你講過的梁山伯與祝英台的故事嗎？我那時候想，如果中國這片土地實在難容你我，那我們大不了就做二十世紀的梁祝吧。

但現在的狀況卻讓我爲難，不得不承受與你暫時分離的悲哀和傷痛，悲哀無已，傷痛欲絕。但你一定要相信我，我心中哪怕有再大的悲哀和傷痛，都會堅持一個人最起碼的道德與尊嚴，絕不會墮落到耍無賴讓他們放我回家跟你團聚那種地步。那樣的我，即便回來了，你肯見麼？你肯見，我也無顏見你。是的，無論怎麼樣，一個人藉故墮落都是不值得原諒的。像我這樣人可以咬牙流血，那是勳章，但不能撒潑流淚，那是過錯——很大很大的過錯啊，大到足以使我一輩子抬不起頭。

我已經想好了：在這裡，我會放下之前所有的不安和怨懟，好好愛惜自己，安心培訓，認眞做事——因爲這才是我現在最重要的任務，這才能以最好的方式早日見到你。是的，等到了不久的將來，我們再次見面的時候，我不但會送還給你一個身心都與離開時完全一樣的愛人，還會附搭贈送一個有所作爲的丈夫。你要記住，我在這裡用一個男人最大的努力去接近榮耀，絕對不只是爲了我自己。惠子啊，我最親愛的人，我要用我全部的付出，讓所有中國人都因爲我而無條件認可你，接受你！等到了那個時候，你也別在什麼重慶飯店做事了，回家去，專心給我生兒子。我要你最起碼給我生三個兒子，兩個女兒——比我父親各多一個。哈哈哈，帶著他們，我的兒女們，在大街上漫步，大家紛紛向我們投來羨慕的眼光，送上尊敬的問候，你說，人生至此，復有何求呢？

啊，每次提筆之前，都覺得有千言萬語，可每次寫著寫著又才驚醒，語言只不是一個可惡的、削弱我對你那濃到化不開的思念的陷阱。看似迷人，其實危機重重。今天就寫到這裡吧，希望我這封薄薄的書信能夠滿載著我對你無限的愛意，住進你的心裡去。雖彼此相隔兩地，卻溫暖如未曾分離。

及：

4 1 8 49 30 32 47 27 111 29 50 178 34 19 11 52 41 4 111 1 1

惠子心裡突然感到一種痛，感到她和家鵠的心痛在了一起。其實，她又何嘗不是呢？每次收到家鵠的信，她都會如飢似渴地讀，反覆讀，讀得心潮澎湃，痴痴迷迷，思緒萬千，魂縈夢繞……她老是想他們過去的事，想他們在一起時的耳鬢廝磨，恩愛纏綿，放大、加深了獨守空房的孤獨和相思。她幾乎已經形成習慣，每次看信時，都會不由自主地抱著陳家鵠的枕頭，把頭親親地貼著它，一邊看一邊使勁地咬著枕頭，吸著陳家鵠留下的彷彿依稀尚存的氣息。

還在談戀愛的時候，惠子就發覺自己特別愛聞家鵠的體味，一種夾雜著菸草味和男人氣的氣味。陳家鵠臨別那個晚上抽剩的六個菸頭，惠子至今都沒丟，用菸殼裝著，放在枕頭下。這樣枕頭上的菸味經久不息，每次抱著它，她都能如願以償聞到一股暖人的氣味，彷彿愛人依然在身邊。每每聞著這縷暖身溫心的氣息，惠子總是對著茫茫暗夜一遍又一遍地呼喚：「家鵠，家鵠，我親愛的家鴿……」心馳神往，如夢似幻。有時她還會咬著枕頭發狠地想：等他哪天回來了，我一定要緊緊地抱著他，絕不再失去。

但是此刻連枕頭都抱不到，辦公室裡哪有枕頭嘛。失去了枕頭，這信看得好沒有形式感，好沒有情趣、滋味，有點囫圇吞棗的感覺。好在家鴿又留了一串密電碼在那兒：

4 1 8 49 30 32 47 27 111 29 50 178 34 19 11 52 41 4 111 1 1

好，看你又跟我耍什麼流氓了。惠子抓起鉛筆，甜蜜地投入到破譯密電碼的過程中去，一個圈，兩個圈，三個，四個……已經熟能生巧，很快密電碼被解開了，是這樣一句話：

惠子，我心裡有了一個人，不過放心，是個男的，哈哈哈。

這個「男的」，陳家鴿是指海塞斯，他相信惠子肯定不明白。

薩根突然鬼頭鬼腦地溜進來，「在幹什麼呢，這麼認眞。」冷不丁地說，把惠子嚇了一大跳，從椅子上彈起來，啊啊地叫，「是你，薩根叔叔，你……你怎麼來了？」

「我怎麼不能來？不歡迎嗎？」

「歡迎，歡迎。」惠子偷偷將信塞進抽屜，一邊起身請薩根坐。

「不坐了，」薩根說，「我要帶你去一個地方。」

「哪裡？」

「一個你想去的地方。」

「到底是哪裡？」

「去了就知道了，走吧。」

「可我在上班。」

「我剛從你們老總那兒過來，他知道我找你有事。」薩根拿起惠子的包，遞給她，「走吧，我要帶你去的地方可是你做夢都想去的。」

薩根今天像新郎倌一樣，一身新西裝，面頰刮著乾乾淨淨，鬍子修得整整齊齊，白淨的臉蛋裡透出一種紅潤——他正爲今天要幹的大事興奮著呢，或許也有點緊張。他要幹什麼？帶惠子去看她夫君的保密單位。地址就在手上，是眞是假，他要去看一看，驗一驗。他對汪女郎並無疑竇，可萬一郵局那個老色鬼騙了她呢？先去看一看再說吧，這麼大的事可別出差錯。要去，單獨去哪有讓惠子陪著去好？那樣的話即使有個三長兩短，有惠子頂著，他沾不上事的，正如汪女郎去郵局他要設計讓陳家燕作陪一樣。薩根做事其實很謹愼的，只是用人不愼，居然信任一個妓女。可以預期，如果汪女郎都照薩根說的去做，事情可能會出現轉機的，不會像現在這樣——汪女郎已經被捕鼠夾牢牢地夾住了。

幾分鐘後薩根開著車，帶著惠子，往西郊方向駛去。

車子是雪佛蘭雙排越野車，收音機裡是美國之音的節目，播放著當時美國最流行的爵士樂。薩根一路都在跟惠子說笑，顯得亢奮，殷勤，快樂，他那酷似東方人的臉龐上，始終掛著得意的春風，陽光，笑容，和滿臉疑惑的惠子恰成對比。好幾次惠子想開口問薩根到底要帶她去哪裡，但約翰．哈蒙德歇斯底里的吶喊聲實在是太狂野太喧囂，吵得她心慌意亂，幾次話到嘴邊都被打壓下去。惠子想關掉收音機，卻又不知開關在哪裡。

薩根看她手懸在空中，「你想幹嘛？」

惠子脫口而出：「把收音機關了吧。」

薩根關掉收音機：「怎麼，你不喜歡這音樂？」

惠子說：「太吵了。」

薩根問：「知道這是誰的音樂嗎？約翰．哈蒙德的。」

「誰不知道，」惠子說，「我們聽過他的音樂會。」

「你們？你和誰？」

「我先生。」

「陳家鵠？」

「嗯。」

「他也不喜歡他嗎？」

「不，我們都喜歡他。」

「那你幹嘛要關掉收音機。」

「因為我不知道你要帶我去哪裡。」

「所以，你沒心情聽？」

「是，現在告訴我吧。」

「請你先回答我一個問題，可以嗎？」

「可以，問吧。」

「你現在最想見的人是誰。」

「當然是他。」

「陳家鵠？」

「是。」

「我就帶你去見他。」

「你騙人！」惠子根本不相信，「你怎麼可能知道他在哪裡。」

「我怎麼不能知道，還記得你曾告訴過我他的通信地址嗎？」

「那只有一個信箱，沒有地址。」

「郵局是幹什麼的，託人去郵局問一下不就知道了。」

這倒是個說法，但惠子並不相信。惠子想，就算郵局能打聽到，他憑什麼要去打聽，我又沒有託過他，他一定是逗我的。想到薩根以前愛跟她開玩笑，惠子更加堅信這又是一個玩笑而已。

後來有一點點相信，是因爲薩根越來越有板有眼了。薩根很狡猾的，他怕被人看到他的車留下後患，到了被服廠附近停了車，要走過去，理由是什麼郊外空氣好，想走一走。其實是他要交代惠子一些事情，比如到時該怎麼去問人，被人問時又該怎麼答。他還給自己新冠了一個身分，是惠子在重慶飯店的同事，云云。說得很認眞，有點不像開玩笑了。但惠子還是半信半疑。直到半個小時後，惠子看見自己的照片和陳家鵠的衣服一起在那寢室裡擺著時，才眞正地完全地確信無疑。

六

老孫這兩天主要精力都撲在被服廠，一心一意給薩根做「套子」。大轟炸給他騰出了兩天時間，使他有足夠的時間和條件把準備工作做細做實，大門口設崗哨、豎木牌，牆上寫標語，屋頂掛國旗，老虎窗架機槍。諸如此類，無不給人一種軍事重地的感覺。說實話，事先不敢肯定薩根一定會親自來，更無法算到他會帶惠子一起來，所以在做陳家鵠假寢室時老孫心裡是做好「勞而無功」的思想準備的。他想，做總是沒有壞處的，最多也就是一番徒勞，但要不做那就定然毫無勝算，所以寧願白做也不能不做。等做好了，他又想，到時一定要把薩根引去看看陳家鵠的寢室。他已經想好兩個引誘的方案，最後用哪一個則將根據具體情況再定。

沒想到，薩根不但主動來了，居然還帶了惠子來，這簡直太好了！當老孫從門衛室的窗戶裡遠遠看見薩根身邊的人竟然是惠子時，不禁暗暗感嘆：天道酬勤。他感激這種相逢，此時此地與惠子相逢。他毫無必要地放下了窗簾，彷彿還在百米開外的惠子或者薩根已經在窺視他。過了一會兒，他又打開門，不放心地再次叮囑正在站崗的小林，要怎麼怎麼怎麼，不要怎麼怎麼，都是老調重彈。

小林背後，即門衛室前，橫放著一張桌子，桌上放著來訪人員的登記本。這是老孫今天的崗位，為了顯得更真實，他決定暫時脫崗，先貓在門衛室裡，假裝在睡懶覺，等小林喊他後再出來。他強迫自己躺在床上，心裡默默地數著惠子和薩根的步子，計算著他們到達的時間。

哦，終於到了——他聽到小林在衝他們喊：

「嗨，站住，幹什麼你們？」

「你好，」是惠子的聲音，「請問這兒是不是……那個一六六號信箱？」

「是，你來幹什麼？」

「我來找人。」

「誰？」

「陳家鵠。」

「你是誰？」

「她是他妻子。」是薩根的聲音。

「對，我是他妻子，請問他今天在單位嗎？」

「在是在的，可你不能進去。」

「爲什麼？」

「你看，那牌子不是寫著嘛，軍事重地，非請莫入。」

「我是他妻子也不行？」

「沒有上司同意，誰也不行。」

「那……你們上司在哪兒？」

就這時，老孫裝模作樣地伸著懶腰，從門衛室裡晃出來，看見惠子故作驚喜狀，「啊喲，這不就是陳先生家的惠子夫人嘛，你怎麼來了？」

惠子也認出他來，但叫不出名字：「你好，我認識你的，你去過我家。」

「是的，我去過你家，還不止一次呢。」

「請問你貴姓？」

「免貴姓孫，你是想來看陳先生的吧？」

「是。」

「哎呀，這可不行啊。」老孫爲難地說，神情懇切，「我們這裡有規矩，外人不能進去的，任何人都不行。我要放你進去，輕則挨批，重則受處分，對不起了惠子夫人，請諒解。」

「那麻煩您把他叫出來跟我見個面總可以吧。」

「實在抱歉，這也不行的，這也是規矩。」

「哪有這種規矩的。」惠子很失落，有些喪氣。

「就是哦，」薩根插嘴笑道，「就算在監獄也要讓犯人跟家屬見面啊。」

老孫問惠子他是誰，惠子說是她同事，他們總經理的英文翻譯，美國人。惠子將爲這個謊言付出沉重代價。事實上小周盯她這麼久，一直沒有掌握確鑿的證據可以叫人懷疑她的清白，而這個謊言將她以前的清白一筆勾銷了。道理很簡單，她爲什麼要替薩根撒謊？他們是一丘之貉。

下一步，老孫的任務就是誘導他們去看看陳家鵠的假宿舍。誘導惠子太簡單了，比誘導薩根容易得多，因爲他們熟悉，登過門，做過客，彼此有交情。對有交情的人網開一面，合情合理，關鍵是要掌握分寸，不能操之過急，也不能久拖不「操」。眼看惠子急得焦頭爛額，老孫覺得時機已到，他故作警覺地左右四顧一番，見沒有什麼人，悄悄把惠子喊到一邊，小聲又神秘地問她：「你眞的想見陳先生？」

惠子咬著嘴唇，使勁地點點頭。

老孫思量一下，像下了個大決心，果敢地說：「跟我來吧。」說罷率先貼著圍牆往前走去，一邊朝惠子他們打一個手勢，示意他們跟他走。等惠子和薩根跟上來後，老孫一邊走一邊向他們解釋道：「沒辦法，我們這單位規矩多得很，不過嘛，哪裡有規矩，哪裡就有犯規的人，我帶你去碰碰運氣。」讓惠子驚喜得連連道謝，又點頭，又哈腰，不自覺地流露出日本人的那一套禮儀。

「先別謝，」老孫不覺心中暗生厭惡，表面上依然平和而客氣，說道，「要看你的運氣，如果他昨晚上夜班，就可以見一面。」

就這樣，老孫帶他們來到陳家鵠的假宿舍外，隔著圍牆幽幽地喊，聲音漸喊漸大：「陳先生，陳先生……陳家鵠，陳家鵠，陳家鵠……」不論怎麼喊，都不見回音——當然沒有回音。

「不行，」老孫搖搖頭，「他不在房間，肯定上班去了。呶，這就是陳先生的宿舍。」老孫伸手指著一個窗戶說。

那窗戶，兩扇窗門都關著，窗簾是麻黃色的紗布，卻基本拉開，裡面的擺設大致可以看得清楚。惠子透過鏤空的牆孔和窗玻璃，看到自己的像框擺在桌上，驚喜地對薩根說：「你看，那不是我嘛。啊，他真的就住在這兒。」欣喜之餘，惠子忍不住喊：

「家鵠，家鵠……」

「別喊，」老孫連忙阻止惠子，「沒用的，肯定去上班了。他一周只有一個夜班，只有上了夜班，這時才會在宿舍裡補休。」

惠子問：「他什麼時候下班？」

老孫說：「要到晚上了。你如果真想見他，只有晚上來，他九點鐘下班，到時你可以在外面喊他，他聽到了就……怎麼說呢，他出來也好，你進去也罷，反正這圍牆只能是防防君子，進出很容易的。」

惠子眼巴巴地望著老孫，「可是……那麼晚行嗎？」

老孫嘿嘿笑道：「說實話，再晚都照樣有人來。」

老孫心裡想，你們不是想殺他嘛，我給你們提供晚上的時間，你們一定很高興吧。確實，薩根很高興，他目測了一下，圍牆離房間的距離頂多十米，如果站在圍牆外面，誰都可以一槍送人去西天。如果有手榴彈更省事，趁陳家鵠睡了，朝屋扔個手榴彈可以把人炸得屍骨粉碎。當然他知道，這不是他的事。他的事只是把地方找到，現在人都找到了，已是超額完成任務。行凶殺人，那是中田的事，他愛幹那事，也幹得漂亮。中田是個神槍手，愛遠距離作業，薩根往周邊巡視，覺得好像沒有太理想的狙擊點。不過他懶得去多想，反正又不是他的事。總之，他覺得陳家鵠這下是死定了，他甚至還得意地想，這麼好殺的人如果還殺不成，他就要奉勸少老大乾脆別開店了，早點收攤，回去捕魚吧。

七

就在老孫「接待」惠子和薩根的同時，杜先生正在聽取陸所長作的關於薩根情況的專題彙報。杜先生這幾天患了重感冒，頭痛，清鼻涕流個不斷。陸所長來時醫生正在給他打點滴，他是一邊輸著液一邊聽著陸所長彙報的。陸所長首先介紹了薩根的基本情況，最後言之鑿鑿地說：「綜上所述，我認為他肯定是在為鬼子做事。而且據我分析，目前他正在執行的任務，很可能就是要破壞我們黑室。」

杜先生聽罷，忽然伸出手來，要菸抽。

陸所長勸他：「你在感冒，就別抽了。」

杜先生瞪著他說：「整個中國都在生病，你的意思中國的菸廠該關門了？」

陸所長知道他心裡不痛快，便笑了笑，點上一支菸遞給他。杜先生慢慢地吸著菸，慢慢地吐著煙霧，說：「我同意你的判斷，但我們暫時還不能對他採取行動。為什麼？因為你說的這些對我來說有用，是證據，我相信。但對美國大使館沒用，口說無憑，跟他們去說，只會惹一身臊。」

陸所長說：「我們有證據，那個妓女就是證據，她答應會指證他的。」

杜先生看了他一眼，有些不悅地說：「你想靠我們的一個人，而且還是個妓女，去指證一個美國大使館的工作人員？看得出你心急了，亂套了。你得注意，這樣的狀態可是幹我們這行的大忌。你聽好了，我們現在必須弄到確鑿無疑的證據，讓大使看得見，摸得著，才能去找他交涉，提出抗議。」

陸所長被訓，臉上露出忐忑不安的神情。

杜先生抽一口菸，安慰道：「把心安一安，不要急，心急吃不了熱豆腐。我倒覺得你現在該急的不是薩根，他是間諜已經不容置疑，下一步就是如何給他下個套，讓他鑽進來的問題——這對你來說，應該是不會有什麼困難的。」

陸所長連忙說：「我們已經給他下了個套，今天他就要去鑽這個套了，只是不知道能不能把他套住。」

杜先生斜著眼睛看他，臉上若有若無地笑著：「你當了這麼多年的獵手，難道還有你套不住的東西？」聽杜先生在誇他，陸所長下意識地收緊身子，恭立在杜先生面前，聽候訓示。杜先生將菸頭掐滅，朗聲說道：「好啦，不說那個可惡的美國佬了，還是說說陳家鵠吧，他好像很不錯是吧，教授對他評價很高嘛，是什麼讓教授這麼看好他的？」

陸所長說：「他確實很優秀。」

杜先生笑：「可他的問題也不小啊。」

陸所長一怔，顯得有些茫然，「您聽說什麼了首座？」

杜先生冷笑：「我沒聽說什麼，這不是明擺著的嘛，難道你準備讓我被唾沫淹死？你不要以爲我杜某人位高權重，可以百無禁忌。他今天進黑室，明天就會有人吐我口水，說我把一個鬼子的女婿弄進我們國民政府軍事委員會的最高機密箱裡！」

陸所長這才明白，杜先生說的是什麼。不是自吹，這個他早想到過，只是他記得首座和陳家鵠的約定，所以才沒去在乎它。杜先生像已猜到陸所長的心思：「是的，我答應過她的男人，我們必須信任她，可是老兄，你是寧願我被唾沫淹死，還是什麼？當時的情況你比誰都清楚，我不答應他，那場面你能收拾得了？言必行，行必果，只說明你是道德上的君子，但可能是行動上的小人。小人做小事，夫大人者，著眼大處，不拘小節，既有寬廣博大之胸懷，吞雲吐霧之氣魄，又有隨機應變之靈動，捨小取大之智慧。龍翱九天，含日月，善形變，人見其首而不見其尾矣。是的，如果你拋開道德審判，看穿俗語『無毒不丈夫』的本質，則會明白無形大道：言不必行時則不須行，行不必果時則不問果，因爲不行乃是大行，不果方成正果。你懂嗎？」

「懂了。」陸所長嘴上這麼說，其實腦袋一片空白。

「你不是說正在調查她嗎，難道沒結果？」杜先生瞪著他問。

「暫時還沒有掌握確鑿的證據。」陸所長連連搖著頭，似乎是要把腦袋裡的空白甩掉。

「哼，」杜先生冷冷一笑，突然指著他的鼻尖說，「我看你是需要我給你找個高人開開竅了。」

「我明白，」陸所長胸一挺，頭一昂，「首座的意思……」

「我沒意思，回去自己想吧。」說著杜先生閉了眼，「走吧，我需要休息一會兒，感冒就需要休息。嗯，累啊，有時眞希望一覺睡過去別醒來了，你們都以爲我整天呼風喚雨，風光無限，可我常常覺得生不如死。高處不勝寒，你能體會到嗎？」揮揮手，趕他走了。

陸所長呆若木雞地朝杜先生一個深鞠躬，然後呆呆地往外走，唯獨汗水從額頭涔涔冒出來，隨著邁步流下去，滴落在地。現在他當然知道，杜先生絕不會允許一個日本女婿進黑室，所以他必須開動腦筋，儘快把惠子從陳家鵠身邊趕走。這好像是件容易事，但也不一定。陸所長看過陳家鵠和惠子往來的所有書信，那個情眞意切啊，那個親熱恩愛啊，那個，那個……這又是件傷透腦筋的事情啊。

八

什麼叫雪中送炭？老孫這就是來雪中送炭了。

陸所長剛回到辦公室，老孫就步履生風地走了進來。陸所長看他那春風得意的樣子，猜測薩根今天一定是親自去了，並且十有八九是中計了，便問道：「魚來咬鉤了？」

「來了，」老孫說，「有兩條呢。」

「兩條？」陸所長抬起頭來，雙目死死地盯著老孫，「還有一條是誰？」

「惠子。」

「惠子！」陸所長一聽惠子的名字，激動得心都要跳出來了，這不是得天之助嘛——上帝說要有光就有了光。他一直暗暗希望得到惠子是日方間諜的證據，卻一直苦於無果，恰恰是今天，最急需之時，終於有了眉目。最需要你時牽到你的手，老天保佑啊！陸從駿無法抑制地笑起來，「嘿嘿，終於浮出水面，露出尾巴了，眞是踏破鐵鞋無覓處，得來全不費功夫。好啊，現在可以肯定，惠子與薩根是一夥的，都他媽的是鬼子的狗，間諜！」

「是，」老孫說，「這道理就像一加一等於二這麼簡單。」

陸所長頗有感觸地搖了搖頭，嘆道：「她這狐狸尾巴可藏得眞夠深的。最毒莫過婦人心啊，陳家鵠一定做夢也想不到，他深愛的女人竟想要他的命！」

老孫也有同感，「她確實會藏，會演，你今天沒看見，她說起陳家鵠那個情眞意切的樣子，簡直比眞的都還要眞。」

「那你呢，有沒有把戲演假了？」

「放心。」老孫笑道，「我在台下都排演了好幾次了，已經演得爐火純青，絕對不會輸給那個女人。」

「好！」陸所長一拍桌子，猛地站起來，信心十足地說，「陷阱已經挖好，一隻兩隻都是狐狸，等他們撞進來，一鍋端了！」

想一鍋端的，豈止是陸所長，少老大也想把黑室「一鍋端了」呢。

薩根將惠子送回重慶飯店後，立馬趕到中山路。老闆娘桂花正在店裡照管生意，其實也是在盼等著他的消息，見他來了，朝樓上大聲喊：「當家的，客人來了。」

聽她已無怨氣的聲音，薩根估摸著，兩人應該重歸於好了。俗話說，患難夫妻好過日子，重慶陰霾的天空下，他們沒有一個親人，只有一個個敵情、任務，這就是他們情感的黏合劑，他們無法離心分身，他們需要互相鼓勁，互相取暖，同舟共濟，同仇敵愾。在國家利益之下，個人之榮辱理當束之高閣。桂花已經原諒了少老大，她是個善於原諒丈夫的女人。

少老大已在樓上等候多時，早把桌上的一壺釅茶喝白。這會兒聽罷薩根的彙報，他陰鬱的臉上綻出一絲笑容，得意洋洋且又惡毒地說：「這下好了，終於找到了地方，我們可以把他們一鍋端了。」他向薩根伸過手去，拍他的肩，揩他油，「馮大警長有心但無能，這種人是不行的，我早就覺得最後能替我搞定這事的一定是你，尊敬的外交官先生。好，事成之後，我一定申請給你最高的獎賞。」

「你該知道什麼才是對我最高的獎賞。」薩根認眞地說道。

「知道，就是讓你的母親能回到日本國，接受鮮花和掌聲。」

「我要天皇給我母親授勳，授予她日本國榮譽國民。」

「不就是鮮花和掌聲嘛，一回事，總之是讓你母親擺脫那個噩夢，重歸我大和國的懷抱。」

「我母親從來沒有出賣過日本國，她是被冤枉的。」

「過去的事我管不了，我能管的就是讓她榮光地回去，一掃她曾經受的屈辱。」

其實，薩根爲少老大效勞也不單純是「信仰錢」，還想爲母親了個心願。母親老了，行將就木，死前有個心願，就是讓她回一次國，把她從恥辱柱上放下來。兒子雖然放蕩成性，但終歸是兒子，願意爲母親的榮譽而戰。當初他一意孤行，憤然離職，離開日本，是爲了捍衛母親的榮譽，今天他蠅營狗苟爲少老大賣命賣國，依然是爲了替母親圓一個夢。他是個孝子嗎？也許。他從烏雲的天際穿刺而下，如頑石下墜，勢如破竹，勢不可擋，好在最終沒有擊穿孝心。子不嫌母醜；天底下孝為大：他為自己的下墜找到了基本的儀式和底盤。

少老大安慰他道：「相信我，沒問題，等我端掉了黑室回到上海，我就給你操辦這事。重慶這鬼地方我眞是不想待了，整天跟一群老鼠在一起。」

薩根笑道：「這是糧店，能沒有老鼠嗎？」

少老大搖頭，一副苦不堪言的樣子：「這些老鼠整天夜裡都在我頭頂嘰嘰喳喳地交配，搞得我做夢都是女人。」

薩根看看旁邊的桂花：「佳人不是在身邊嗎？弟妹可是個大美人啊。」

少老大說：「什麼佳人？她是我妹妹，我們的夫妻關係演給人看的。」當然是謊言。

薩根一愣，望著他們兩人，極為詫異地說：「哦，原來是這樣啊，佩服，佩服。」少老大撒謊的目的就是要讓薩根起敬，這下他的目的達到了。

桂花笑道：「薩根先生沒想到吧。」

薩根點頭，「確實沒想到，我一直羨慕你們，一邊過著夫妻恩愛生活，一邊為大日本帝國鞠躬盡瘁，沒想到原來你們也跟我一樣，獨守空房。」然後又轉頭對少老大說，「陳家鵠的女人長得挺不賴的，等她成了寡婦，我來給你引見引見吧。」

少老大看看桂花，笑道：「還是你留著自己享用吧，任務一完成我就走，我再也不想待在這鬼地方了，整天擔驚受怕的，還有這鬼天氣，搞得我渾身都是濕疹！」

桂花附和道：「我和哥都是在中國最北邊的城市哈爾濱長大的，我們眞不喜歡這兒的氣候，太熱太潮濕了。」

薩根還想說什麼，卻被少老大打斷：「行了，你快回去，馬上去給宮裡發報吧，告訴他們情況，讓他們布置行動。」不等薩根起身，又交代，「還有，這兩天沒事不要聯絡，有事就打電話，不要上門。」

薩根起了身，準備走，一邊問：「怎麼了，有什麼問題嗎？」

少老大說：「明確的問題是沒有，但我有種不妙的感覺。」說著躡手躡腳地把薩根帶到對門臥室的窗前，指著樓下兩個挑夫小聲道：「你看那兩個人，今天新冒出來的。」

薩根朝樓下看看，回頭對少老大笑道：「你神經過敏了吧我看，這個鬼地方哪裡都有這些人，他們叫棒棒，也就是挑夫，據說是這個城市的一大特點。我以前來就見過他們，放心吧，每一個糧店門口都有這些人。」

少老大說：「不，你沒發現，換人了。我聽樓下么拐子說，這兩個人是以前沒有見過，今天新來的。」

薩根問：「你懷疑我們被盯上了？」

少老大想了想，說：「也許是我多疑了，但我想謹慎一點是必要的，尤其是在這個節骨眼上。要記住，當你有了任務就有了危險，任務越要緊我們越是要謹慎，不怕一萬，只怕萬一啊。這次行動我們只能成功，不能失敗，否則我還得待在這個鬼地方。你要記好了，回不了上海，你的事我也辦不了。」送薩根到樓梯口，又交代，「今天晚上我們去中田的茶館碰個頭，待會兒我通知馮警長，估計晚上宮裡應該給你回話了，我們開個會研究一下。」

當天晚上，少老大在桂花的掩護下，成功地從後院溜了出去，避開了小周的盯梢，去了中田開的茶館。昨天小周沒機會進到糧站裡來看一下，因爲薩根進屋後很快就出來了（少老大不在家，在國際總會呢），今天他帶著一個手下裝扮成棒棒，把原來守在糧店門前的「同門兄弟」趕走，做起了獨門生意（替人把米扛回家），生意很是不錯，今天已幾次登門糧店。跟么拐子都混熟了，糧店裡的基本情況，如房子結構、人員多寡、有無電話線等都已摸清。殊不知，他的舉止已引起么拐子和少老大的懷疑，後者略施小計，成功擺脫了他們的跟蹤，致使後來釀成大悲劇，被服廠慘遭毀滅，石永偉等數十人命斷黃泉。

就在少老大和薩根、馮警長等人在中田茶館開會密謀之際，小周留下助手繼續盯梢糧店，自己則趕回五號院，向陸所長和老孫彙報他一天來跟蹤偵察到的情況。

「就在這兒，中山路下段。」小周指著一張重慶市區地圖說，「從外表看它確實是一家糧店，但我通過仔細觀察、調查，覺得有種種疑點。第一，我聽街坊鄰居說，那裡經常有些雜七雜八的人出入，進去後就上了樓，一待就是很長時間。第二，一個普通糧店裝電話機的可能性應該是很小的，但這家糧店我卻發現有一條電話線牽進去了。第三，那個跛子老頭我估計是個漢奸，本地話講得很好，而那個坐在櫃台裡收錢的傢伙則很可能是個鬼子，我幾次進去扛米他都一聲不吭，盯著我，我跟他搭話也不理我，可能是怕開口露了餡。」

陸所長沉思道：「這麼說，那兒可能就是他們的老窩子嘍。」

老孫點頭響應：「嗯，完全可能。」

小周則顯得很興奮，說：「乾脆把它狗日的端了！」

老孫搖頭，「端是一定要端，但不是現在，要等他們上鉤以後。」

陸所長說：「對，等他們去被服廠『殺人』後再端。」

老孫高興地說：「這下好了，一群烏合之眾，成了甕中之鱉，就等著束手就擒吧。」

陸所長說：「看你高興的，其實我看最高興的應該是海塞斯。」

小周問：「為什麼？」

所長說：「我估計那糧店裡一定藏著敵人的電台，等我們把它端了，什麼電台、密碼統統成了我們的戰利品，海塞斯能不高興嗎？」

如果說陸從駿他們是在為一個美好的設想高興，那麼此時此刻少老大這邊是在為一個切實的喜訊而喜，喜訊的形式是一封電報，內容是下一步的行動方案。

薩根下午回去後，即照少老大指示向宮裡發去電報彙報情況，請求援助。三個小時後，宮裡回電明示，其形其狀，可喜可賀。少老大看過電報後，喜不自禁，啊啊地發出感嘆，彷彿看見自己已經踏上了幸福的歸程。

九

接下來的時間裡，陸所長和少老大都忙著開始布置行動，調兵遣將。決戰在即，厲兵秣馬。馮警長是這次行動的主將，把跟隨他多年的那些死黨，那些可以調動的兵馬都搬了出來，準備大幹一場。時間就是戰機，速度就是忠心，昨晚才給他布置任務，今天下午他便給少老大打來電話，說他已經把人和物都找好了，布置妥當了，就等少老大下令。足見對少老大之忠心之勤力。

少老大沒想到他的行動能力有這麼強，問他：「這些人都可靠嗎？」

馮警長在電話那頭砰砰地拍著胸脯說：「你放心，這些人都是我的死黨，老手了，對我說一不二，幹事利落得很，不過……」

「說，不過什麼？」

「我……要錢，那麼多東西，需要錢才能拿到手的。」

「放心，我立刻派人給你送去。」

「好的，我們時刻準備著，只等你一聲令下。」

「一切聽我指揮。」少老大交代道，「成敗在此一舉，務必謹慎小心。」

「明白。」

「這兩天我不會出去的，你也不要過來。」

「明白。」

「沒事不要聯絡，有事就打電話。」

「明白。」

「要記住，當你有了任務就有了危險，越有事的時候我們越是要謹慎。」事關重大，少老大忍不住把教訓薩根的話向馮警長重複了一遍。

「明白。」

憂戚的心是吊空的，呈霧狀的，聽罷一個個乾脆利落的「明白」，少老大一邊放下電話，一邊覺得自己剛才一直懸空的那顆心像話筒一樣落到了實處，附在上面的霧氣也散開了。他悄悄地走到床前，打開床板，從裡面摸出厚厚的一沓中國錢，然後走到鏡子前，對著鏡子說：「財散人聚，這次行動必須成功。」鏡子是鴨蛋形的，鑲在紅色的木框裡，鏡面已經老了，還有點髒，加深了鏡子本身的妖氣。房間裡靜靜的，他突然有種很奇怪的感覺，覺得自己是從鏡子裡面走出來的幽靈。

相比之下，陸所長這一頭的動靜要大得多。陸所長親自坐鎮五號院，統一指揮、協調各路人馬，並將秘密監視到的薩根的情況、中山路糧店的情況和惠子的情況，通過電話隨時跟守在一線的老孫聯絡溝通。

老孫徵用了石永偉的辦公室，在這裡設了臨時指揮所。此刻，他正對著一張標有陳家鵠假宿舍的被服廠平面圖，緊鑼密鼓地布置著行動：他安排一組人馬在外負責巡邏、監視，小林則被安排在陳家鵠的假宿舍裡恭候。

「聽著，晚上九點鐘以後，小林負責關掉後邊小院的電燈，然後以正常速度回到宿舍裡，打開電燈，意思是陳家鵠已經離開辦公室回宿舍了。但要記住打開窗戶，讓敵人覺得有機可乘。關了燈之後，馬上離開屋子，萬一敵人要行凶，很可能會往裡面扔炸彈的，知道嗎？」老孫問身邊的小林。

小林點頭說知道了。

老孫又轉頭對旁邊的小周說：「假宿舍裡的燈一亮，你們就給我睜大眼睛看著，等燈滅了，更要睜大眼睛。敵人要行動，估計一定會等陳家鵠睡了之後。這時，你們一定要藏好，一定不能露了馬腳，也不要輕舉妄動，要等敵人採取行動後再行動，知道嗎？」

小周也點頭說知道。

電話突然響起，是陸所長打來的，問老孫準備得怎麼樣。聽老孫說準備得差不多了，陸所長告訴他：「我怕你那裡人手不夠，給你從三號院又調來了一個班的兵力，他們馬上就到，全部交給你用。」老孫喜出望外，連聲道好，結果遭陸所長一頓批：「你樂什麼，你以為是你在搭台唱戲啊，人多就樂。」陸所長幫他調兵來是要他布下天羅地網，做到萬無一失，可不想看到他盲目樂觀。

「我討厭你這副德性，八字沒一撇就瞎樂乎。」陸所長訓斥道，「你給我聽著，我不要屍體，一定要抓活的。」

老孫知道，薩根親自來作案的可能不大，要把他揪出來只有一個辦法，就是抓到活物，讓狗咬狗把他咬出來。老孫想這是個常識，我怎麼可能不知道呢？他放下電話，耷下眼簾，掩蔽了委屈。默然一會兒，他微睜著眼踱出辦公室，來到大門口，準備迎接即將到來的新人馬。郊區的夜晚顯得格外的寧靜，徐徐吹來的夜風中充滿了山野的氣息和稼穡成熟的香味，漆黑的夜色裡，除了偶有幾聲來自遠處農家小院的犬吠外，間或有神秘的光源在山林間明滅。

沒有十分鐘，新的人馬——九個荷槍實彈的士兵，從一輛卡車上跳下來，被老孫分散隱匿在茫茫的黑夜裡。一切都在他們的掌控中，等待中。然而，讓老孫沒有想到的是，他帶著那麼多人，守死了敵人可能出沒的每一個地方，接連守了兩個晚上，被服廠內外都清風雅靜，不見敵人出動。

第三天晚上，天氣特別晴好，一輪明亮的滿月高懸空中，把被服廠周圍的道路、田野照得一片白亮。

亮堂堂的月光下，大家的心卻比隆冬的黑夜還要黑暗。在五號院裡已經坐不住的陸所長趕到被服廠，對著滿天滿地清亮的月華哀嘆道：「天公不作美，看來今天晚上又要空守一夜了。」

老孫帶著他往陳家鵠的假宿舍走去，一邊說：「會不會是他們識破了我們的意圖呢？」

「這要問你啊，」陸所長說，「你是這次行動的總指揮。」

「我們應該是沒問題的。」

「只要你的行動是嚴絲密縫的，沒有破綻，我相信他們一定會有所行動。」

「會不會是惠子……」

「她怎麼了？」

「她下不了手，」老孫說，「你不是說她和陳家鵠很相愛嗎？」

「如果她跟薩根是一夥的，那麼這種相愛就是假象。」

「哪裡還有如果，不是已經肯定了嗎？」

陸所長突然站下來，望著遠處被樹影罩得黑乎乎的陳家鵠的假宿舍，思量著說：「那天你說她和薩根一起來被服廠找陳家鵠時，當時我確實由此認定惠子就是間諜，但後來我又有了新的想法。」

「什麼想法？」老孫問。部下最怕上司改變想法。

「我一直在想，」陸所長說，「如果她和薩根是一夥的，他們就沒必要找汪女郎假冒陳家鵠的妹妹去郵局打聽地址，她完全可以親自去嘛。她親自出面比誰都合情合理，你說是不是，何必多此一舉呢？」

「可……如果她跟薩根不是一夥的，怎麼會和薩根一起來找這兒呢？」老孫皺著眉頭說。

「有可能她被薩根利用了。」陸所長心事重重地說。

老孫想了想，又提出異議，「如果她跟薩根不是一夥的，她應該偷偷來會陳家鵠才對。」

陸所長搖頭：「這沒有必然關係，半夜三更的，她一個女人家，人生地不熟的，即使想來也不一定敢來，敢來也不一定來得了。」

老孫猶疑地看著所長：「難道你認爲惠子不是間諜？」

陸所長說：「也不能完全認定，看以後事情的發展吧。我想，這次行動怎麼都會有個結果的。」說罷，兩人徑直往後邊的小院走去。一進院門，他們就看見石永偉一個人在明晃晃的院地上踱著步，彷彿在想著什麼。陸所長走上去跟他打招呼，「石廠長，不好意思，我們可能要多耽擱一兩天。」

「沒事，」石永偉淡淡地說，「就怕你們要釣的魚不來咬鈎。」

「你怎麼知道我們在釣魚？」陸所長一陣驚詫，死死地看著他，「有誰給你說了什麼？」

「誰也沒跟我說什麼，是我自己看出來的。」

「你去那個房間了？」

「就在圍牆外面都能看得到。說實話，上次你們給陳家鵠送子彈，我就預感到他以後會有很多是非。是不是有人想陷害他？」

雖然老孫知道自己並沒有跟他說過什麼，但怕他看到了太多，說出來難免會讓領導不悅，給自己找麻煩，便插話：「你放心，我們都在保護他，他不會有事的。」然後有意把話岔開，問他：「哎，聽說你有兩個哥哥在軍隊裡。」

石永偉點頭，嘆了口氣說：「已經有兩三個月沒有音訊了，也不知道他們在哪裡，說不定都犧牲了。」陸所長聽了，不覺一驚，久久看著他，問：「你父母親呢，都健在吧？」問得石永偉頓即變得黯然神傷，沉默半晌才答：「父親給鬼子炸死了，就在來重慶的路上。」眞是問錯話了，陸所長連忙向他道一聲對不起，隨後又問：「你現在重慶有親人嗎？」石永偉扭頭看了看屋裡，「有，母親和一個小妹，都睡了。」

既然老人家已睡，陸所長覺得不便久留，便告辭離去。石永偉卻追出來，有些遲疑地望著兩人，欲言又止，到底還是言了，「你們可不可以告訴我，家鵠究竟在你們那兒做什麼？」看老孫轉頭望著陸所長，石永偉又補了一句：「我不會跟人說的，我保證。」

陸所長盯著他，堅決地搖了搖頭，「對不起，我不能跟你說，希望你也不要再找人去打聽，後會了。」說罷頭也不回地走了。他其實是不敢回頭，怕石永偉再向他求情。

陸所長根本沒有想到，這一走，竟是他們一生的永別。毫無疑問，如果知道這是永別告訴他又何妨呢？從他們分手後，石永偉留在這個世上的時間只剩下最後的幾個小時。對一個即將離世者還如此決絕，使陸所長事後愈發地感到無地自容。爲什麼陸所長要握著石永偉冰涼的手號啕大哭？因爲他想求得石永偉和自己的原諒啊。

月華似水，天高氣爽，涼爽的晚風愜意地吹拂著，遠近的山野、竹林、農家無不浸融在這清風明月裡，寧靜柔媚，如詩如畫，美得有些讓人心動，又讓人心悸。皎皎明月，宜於對酒當歌，吟詩作畫，談情說愛，但顯然不是殺人越貨的好辰景。陸所長與老孫從後院繞出來，明亮的月光把他們的影子照得結結實實，鋪在地面上，彷彿是有重量似的。陸所長料定今晚敵人不會有行動，對老孫交代一番，走了。

送走陸所長後，老孫回到辦公室，一支菸還沒有抽完，小周從外面匆匆闖進來，說外邊出了一點小小的狀況：剛才被服廠西面的樹林裡突然溜出兩個人影，分頭順著圍牆在磨磨蹭蹭地走著，那樣子不像在散步，也不像在偷窺什麼，倒像在地上找尋什麼東西。

老孫問：「會是什麼人？」

小周說：「不知道，我想上前去查問一下，但又擔心在敵人行動前暴露了目標，所以前來彙報。」

老孫看看小周，笑道：「難道今天晚上會有行動？」

小周沉思道：「今天來犯事不是見他的大頭鬼嗎？」

老孫說：「鬼也有撞南牆的時候，走，看看去。」

剛走出大門，城裡突然傳來空襲警報聲，嗚啦嗚啦地升上天空，撕碎了朗朗月華和寧靜的深夜。小周跺著腳朝天罵：「你狗日的，眞是要遭天殺，晚上還來轟炸，瘋了！」

老孫看看天空，有些警覺地對小周說：「你快回到崗位上去，通知大家要注意，敵人可能是通了風的，就是想趁空襲之機來犯案。」

小周迅速離去，老孫又回到辦公室，準備給三號院打個電話問問情況。電話打到一半的時候，老孫聽到頭頂已經傳來飛機的引擎聲，他迅速掛掉電話出來察看天空，發現有兩架飛機好像就在附近高空盤旋。說時遲那時快，院子西邊的田野裡突然傳來一個響聲，「聲音」尖叫著升空，停落在被服廠上空，爆炸出一大片雪亮。

——是照明彈！

緊接著又是一顆，在東邊升起。

頓時，被服廠和附近的樹林、山野被照得通亮，如同白晝。照明彈升空之際，飛機的引擎聲明顯地往這邊撲來，可以想像飛機在迅速往這邊俯衝。照明彈落地之際，黑暗中，一條火線順著被服廠的圍牆燃燒起來，火線越拉越長，越燒越旺，熊熊火光像一條火龍將被服廠牢牢箍死。轉眼間，兩架飛機就從夜空鑽出，朝著已被一大圈火線包圍的被服廠俯衝下來。

直到這時老孫才反應過來，心想糟了，敵機是專門來炸這裡的，於是大聲疾呼：「快撤！快撤！敵機來炸我們的廠區了，所有人快撤出廠區！快撤！快去防空洞……」

老孫一邊瘋狂地奔跑著，一邊聲嘶力竭地喊著，可是在那天震地駭的飛機轟鳴聲中，他的喊聲連自己都聽不見，何況那些沉睡的人。當時石永偉剛睡下，還沒有睡著，他感到情況不對，連忙起床叫醒母親和小妹，準備帶她們去防空洞。母親腿腳不靈了，他背著她正要出門時，一枚炸彈呼嘯著朝他們的屋頂飛來，轟的一聲巨響，屋子飛上了天。

這是爆炸的第一枚炸彈。

緊接著，炸彈接二連三地落下來，被火圈圍住的被服廠頓即陷入了敵機的狂轟亂炸中，爆炸四起，火光閃爍，煙霧升騰，喊聲震天……這次轟炸，敵人瘋狂地扔下了三十二枚日SI-C重型炸彈和三枚毒氣彈，其威力足以毀滅火線內地上地下所有的建築和生命，包括地上飛的蚊蟲和地下鑽的蚯蚓。

她的情緒從未這麼飽滿過，身體的欲望從未這麼高漲過。
她似乎已冥冥地預見到，
這是最後一次，是為了告別的聚會。

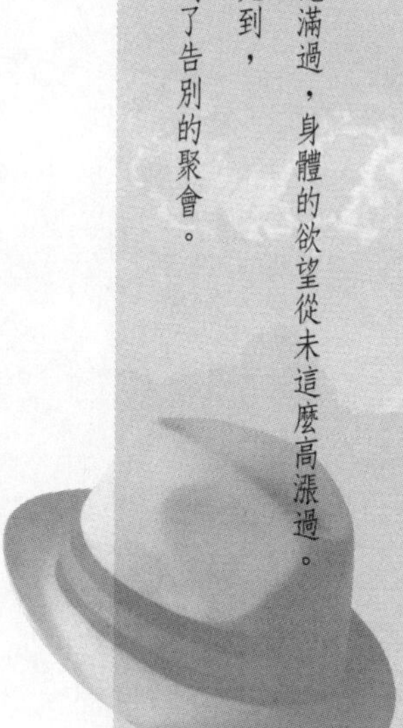

第十二章

一

現在是八天前，一九三八年九月二十六日，大轟炸的前一天下午，這個城市至少有一千一百三十一名平民正在度過他們今生今世的最後一個下午。

時令已近中秋，山坡上的雜樹、野花錯落開放，呈現出山野那特有的繁複而又略爲凄迷的色彩。一陣風過，樹枝搖晃，成熟、乾燥的枯葉從樹上沙沙地落下來，紅的如斑蝶，褐的如麻雀，綠的如果皮。山野，因它們而生動；秋天，因它們而告別炎熱，變成溫暖。

天空一片放晴，教室外陽光乾爽，清亮，那是藍天映襯的效果。有幾隻膽大的麻雀，不懂得人的禁忌，竟停落在教室的窗台上，掀著尾巴，探著脖子，嘰嘰喳喳地交談著，彷彿在探看和討論著這神秘的世界。教室裡靜悄悄的，學員們全都專注地看著海塞斯在黑板上飛快地寫著一組組電碼，不知道教授今天又要把他們帶到什麼樣的密碼世界裡去。只有坐在最後一排的陳家鵠，舉著頭，目光穿過窗洞，越過一叢灌木梢，落在遠處的山坡上。他的手上使勁揉捏著一個小紙團，一張小紙條正在不停地搓揉中化爲紙屑。

這張小紙條是剛才他上課翻開書本時發現的——不知何人何時，在他書中夾了這張小紙條，其內容比上一次還要激烈直白：

汪精衛一心降日，蔣介石三心二意，國共合作，貌合神離，抗日救國大業，舉步維艱。時下，中華民族的志士仁人均雲集延安，你一定要擦亮眼睛，投奔光明啊。看過紙條，請立即銷毀。

陳家鵠默誦著紙條上的話，一遍又一遍。

與此同時，海塞斯正在黑板上板書電碼——

2753　2834　2915　2996　3077　3158　3239　3320　3401　3482

3563　3644　3725　3806　3887　3968　4049　4130　4211　4292

海塞斯在黑板上寫完最後一組電碼，轉身要求學員們起立向後轉時，陳家鵠才回過神來。海塞斯看學員們轉過身去後即開始擦黑板，把剛寫的二十組電碼全都擦掉，一邊說道：「現在你們可以回憶一下剛才我抄的有多少組電碼，這些電碼有什麼特點。不要交流，只要回憶，只要思考，我的問題還沒有提出。老規矩，我的問題一旦提出，獨立答題比快速更重要。」

大家努力回憶剛才在黑板上看到的那一長串電碼。陳家鵠也在回憶，儘管剛才他沒看黑板（他在看落葉紛紛），只是在起身的瞬間瞄了一眼。

擦完電碼後，海塞斯讓大家轉過身來，「首先我要恭賀各位，都順利通過了上一次的模擬測試。你們要感謝我手下留情，坦率說這次測試難度係數不高，同時也要感謝自己沒有被我嚇唬住。這次我玩的是欺騙術，原理正如我把東西摞在這講台上讓你們去找一樣，你們總以爲我不會把東西藏在你們眼皮底下，首先一定會去翻箱倒櫃地找，可翻箱倒櫃找不到之後會不會驀然回首呢？這次我考的就是這一個。恭喜你們，你們的脖子都夠靈巧，驀然回首，她在叢中笑。」說著海塞斯帶頭鼓掌。

鼓完掌，海塞斯笑道：「你們不覺得又上了我的當？哈哈，我在分散你們的注意力。好了，言歸正傳。」他伸出一隻巴掌朝大家晃了晃，正色說道，「我的巴掌只朝你們亮了一下，半秒鐘，如果我問你們剛才看見了什麼，它是一個什麼東西，有什麼特點，我相信你們人人都能答出來。爲什麼？因爲你們很瞭解它，很熟悉。所以，如果你覺得我下面提的問題太難，要知道這不是我的問題，而是你自己的問題，說明你對它不熟悉，不瞭解，同時也說明上一堂課的內容你沒有完全充分地掌握。現在我請你們拿起筆，在紙上寫下兩個問題：第一，電碼總共有多少組？第二，第一組和最後一組是什麼？我這考測的是你們無意識狀況下的記憶力，和對電碼的靈敏度，這也是一個破譯員必須具備的素質，對數字要過目不忘。」

大家坐下來，在本子上分頭寫開了。海塞斯走下講台一一查看，發現大家都寫對了：共有二十組電碼，第一組爲2753，最後一組爲4292。

海塞斯回到講台上，將第一組和最後一組電碼又寫在黑板上，然後提出他的第三個問題：「這些電碼有什麼特點？你看出了幾個，一個？兩個？三個？還是N個？」

他給大家三分鐘的思考時間。

三分鐘後海塞斯下來收走了每個人的答案，看都沒看壓在講義夾下，對大家說：「現在我來公布答案，這些電碼有四個特點，第一個特點：每一組的個位數在逐一增一，第一組是3，第二組是4，第三組則是5，第四組爲6，依次類推，並請發現了這個特點的人舉手。」

大家都舉了手。

海塞斯點點頭，接著宣布了第二個特點：偶數組必比奇數組大81。「81是你們中國古代數學中最大的數字，加81就是加一個最大數。現在我們第一組數是2753，第二組則爲2834（2753+81），第三組爲2915（2834+81），依次類推，都是這樣的。現在請發現了以上兩個特點的人舉手。」

這次只有兩個人舉手，他們是陳家鵠和李健樹。就是說，林容容和張名程出局了。海塞斯笑了笑，對林容容和張名程說：「怎麼回事，既然能夠發現第一個特點，就應該能發現這個特點，個位數加『1』，十位數加『8』嘛，爲什麼顧此失彼？還是記憶力的問題，記憶力不夠強。好了，下面我來說第三個特點，是第一個數與最後一個數之和必等於第二個數和倒數第二個數之和，依次類推，都是7045。現在請發現以上三個特點的人舉手。」

這次只剩下陳家鵠舉手。海塞斯禁不住笑著向他走過去，問陳家鵠還有個特點發現了沒有。陳家鵠點頭，說：「每一組電碼減去1234，正好是一首中國古詩的明碼電報。」

「請問內容？」海塞斯問。

「白日依山盡，黃河入海流；欲窮千里目，更上一層樓。」

同學們都驚愕地看著陳家鵠，特別是林容容，目光裡有幾分欣賞，又有幾分嫉妒。海塞斯則哈哈大笑，拍著陳家鵠的肩頭說：「還要上樓？你上的樓已經夠高的啦。」

可以想像，如果海塞斯知道，幾個小時後山下演算室的父子倆將幫他從二萬五千粒沙子中淘出一粒金子，他的笑聲一定會更加開懷、響亮，他對陳家鵠的誇讚也一定會更加熱烈高調，甚至不惜以貶低自己的方式抬舉他。不過「如果」的話最好不要說，說了挺沒趣的。事實上就在同一時間，在山下，薩根已經把摧毀被服廠的種種傢伙如數轉交給少老大，被服廠和石永偉等人倖存的時間已經屈指可數——沒有如果。

二

依然是八天前。

這天薩根實在是忙得暈頭轉向，由於黑明威不期而歸，一下子給他生出一大堆事：先是見黑明威，然後緊急趕去糧店見少老大，然後是趕回家修電台，修好了電台又馬上給宮裡發電報……這麼多事，都是火燒眉毛的急，不能慢怠。爲什麼這天他要與汪女郎失約，以至讓陸所長苦等不見，就是這原因：事太多，分身無術啊。

話說回來，當薩根將黑明威從成都帶回來的那只裝滿傢伙的木桶交給少老大後，少老大一下對照明彈非常感興趣——因爲不認識，所以好奇。他將它從木桶裡取出來，握著它問薩根：「這是什麼玩意兒？」

薩根從空酒瓶裡摸出一張紙條（是電報），遞給老大：「你先看這個，這是宮裡轉發到成都的電報，要求我們儘快找到黑室，把它炸掉，夷爲平地。」

少老大看罷電報，疑惑地自語道：「這上面怎麼不要求我們殺陳家鵠了？」

薩根說：「我們不是已經報告說他在黑室嘛，既然他在黑室，把黑室夷爲平地，難道他還能獨活？除非他是貓投胎的，有九條命。」

少老大又端詳起手上那個像雞蛋的東西，「夷爲平地，就用這玩藝？我看它不像炸彈，更像個雞蛋。」

薩根解釋道：「這不是雞蛋，也不是炸彈。這是照明彈，定時照明彈，最先進的，可以自動升天，而且照明時間比一般照明彈要長。」

少老大頗爲不屑，「什麼照明彈，又不是拍夜場電影，照明彈有什麼用，還不如給我們幾捆炸彈。」

「嘿，這可是個好東西，」薩根笑道，「等我們找到了黑室，它就是空軍的眼睛，炸彈的眼睛。不瞞你說，雖然我們已經有十多天沒有跟宮裡聯繫了，但我敢說宮裡一定有了新的行動方案，大方案，要動用空軍來配合我們的行動。」

少老大怔怔地看著手上的東西，「你認爲只要我們找到黑室，宮裡就會派飛機來轟炸黑室？」

薩根說：「否則給我們送這玩意兒來幹什麼？百分之百錯不了！」不容置疑的用詞和神情，感染了少老大。後又聽說燒壞的電台配件都已買回來，他便讓薩根立刻回去修好電台，迅速與宮裡聯繫，請求最新指示。

果然不出薩根所料，他的電報剛發出去，宮裡便立刻回電，命令他們：火速查清中國黑室的具體位置，配合空軍，將之夷爲平地。當薩根將電文在電話上讀給少老大聽後，後者因情動而迷亂，忘乎所以，神不守舍。恍惚間，他看見漫漫夜幕下，照明彈如煙火一樣爆亮，將黑夜照得如同白晝，與此同時天空中出現帝國空軍經典的飛行梯隊……「要真這樣該多好啊。」他喃喃自語，又自問自答，「會這樣嗎？一定就是這樣的。」

然而讓少老大萬萬沒有想到的是，正是薩根跟宮裡的這次聯絡，給黑室偵聽處揪住了「狐狸尾巴」。

逮住它的人是蔣微。

在無線電的海洋裡偵尋一部無名新電台，猶如在城市裡面找一個面容特徵模糊的人，其難度不言而喻。這部電台已經開設半年多，以前一直沒有揪住它，這次蔣微之所以能將其擒拿歸案，有兩個原因：一、剛換了配件，信號變好；二、許久不聯絡，突然聯絡，事先雙方沒有約定，呼號時間自然比較長。蔣微正是在薩根不停的呼叫中注意到這部電台的。

電台那麼多，怎麼去發現一部無名新台？這當然首先需要經驗，有時也需要運氣。就經驗而言，每個國家的電台都有一定的特徵，比如機型，日產機型和美國機型有不同的聲音特質；再比如報務員的手法，不同國家的報務員手法上也有細微的差別，包括呼叫聯絡的用語習慣也各自有一些特點，比如說「再見」，東方的國家一般習慣用「GB」，歐美國家一般愛用「BB」。諸如此類。這些區別需要經驗來辨識。蔣微從事偵聽工作多年，類似的經驗非常豐富。薩根的手法是「美式」的，但其使用的機型又是「日式」的，這就是矛盾，就是異常。

蔣微就是這麼盯上薩根的，並且當天就抄到了兩份電報。

一個美式手法的人，用日式機型發報，且信號強度為一級（優），其對方則為日式手法、日式機型，信號強度為三級（一般）。這個基本面提供的信息並不複雜，一般的分析師都能解讀出相應的信息，即有一個美國人在為日本人幹活（因為對方手法和機型均為日式），而此人所在的地域應在重慶或者重慶附近（因爲其信號強度好）。

海塞斯根據以上信息，推測這是一部特務電台，上線在南京或者上海（信號強度一般），下線在重慶或附近。這是黑室偵控的第一條特務線路，被海塞斯命名爲「特一號線」。

那麼這個美國人是誰？

陸所長一下懷疑到薩根。

海塞斯要陸所長說出懷疑的理由，後者由於事情涉及陳家鵠，不想談，迴避了。只有結論，沒有證據，海塞斯是不會信服的：他對陸所長的懷疑持「保留態度」，也許還有一個美國人的尊嚴在起作用。陸所長讓他「等著瞧」，他深信只要薩根上鈎了，電台一定會有反應。

三

現在是三天前。

這一天，薩根帶惠子去被服廠探查情況。當天晚上，特一號線便出來與上線聯絡，並發長報一份。陸所長聞訊後興沖沖地來到海塞斯辦公室，見面就劈頭蓋腦地問：

「聽說特一號線發報了？」

海塞斯點頭稱是，繼而開心地笑道：「幸虧我沒跟你打賭，這一回你料事如神啊。」陸所長很興奮，滔滔不絕地說：「現在你相信了吧？你啊，有時候要相信別人的智慧，我們中國有句老話，叫三個臭皮匠頂一個諸葛亮。諸葛亮是我們中國歷史上最偉大的人物之一，那眞正才叫料事如神啊。」

海塞斯對他擺擺手，「行了，你別跟我來這種莫名其妙的宏篇大論，我要說，如果你不對我隱瞞什麼，我會更相信。告訴我，這個薩根到底是個什麼人，你掌握了他什麼內幕？」陸所長把來龍去脈向海塞斯作了介紹，只是刪除了跟陳家鵠和惠子有關的內容。海塞斯聽了，連忙抓起電話通知偵聽處，要他們守死特一號線，因為他估計今晚特一號線的「上線」將給「下線」回電。

電話是楊處長接的，楊處長告訴他：他們已經抄到一份回電，正準備給他送過來。不一會兒，閻小夏敲門進來，送來偵聽處剛抄到的特一號線的最新電文。回電不長，只有七組電碼，是薩根去電的十分之一還不到。

陸所長問海塞斯：「你估計這份回電在說什麼呢？」

海塞斯看罷電報，走到特一號線電報流量統計表前看，發現該條線總共才收到五份電報，回頭對陸所長說：「你看，才收到五份電報，難道你就想讓我破譯它？」

閻小夏在一旁附和道：「這樣要破譯它太難了。」

海塞斯對陸所長說：「你們中國不是有句老話，叫什麼巧婦怎麼怎麼的？」

「巧婦難為無米之炊。」閻小夏說。

「對，」海塞斯走到陸所長面前，繪聲繪色地說，「現在只有幾粒米你就想讓我架鍋煮飯，可能嗎？不是我危言聳聽，事實就是這樣，沒有足夠的流量，破譯工作就是無米之炊。」

「那應該要多少流量才能架鍋呢？」陸所長認真地問。

「這不一定。」海塞斯說，「正常情況下至少得要幾十上百封吧，但像這條線也許可以少一點。你要我問為什麼，我可以告訴你，因為你給我們提供了一條重要線索，就是薩根今天給上面的去電，我們現在雖然沒有破譯它，但大致內容其實已經知道，他肯定在向上面彙報他今天去了哪裡，發現了什麼。像這種電報對我們破譯幫助就特別大，如果運氣好也可能由此敲開整部密碼。」

陸所長本來想說一句祝他運氣好的話，但話到嘴邊又收回去了，因爲上次他曾以上帝之名祝教授運氣好，結果惹得教授大爲光火。這次他吸取教訓，繞了個彎子，問他：「那你說怎麼樣才能運氣好呢？」

海塞斯乾脆地說：「請你走，給我時間。」

陸所長倒也好，同意走，可剛走出門又回來了，「對不起，我還有個問題要問，那天（逮到特一號線的第二天）敵機來對平民區實施大轟炸，之前之後特一號線都沒有動靜，沒有聯絡，沒有發報，這是爲什麼？」

海塞斯不假思索地告訴他：「很簡單，說明這條線路跟敵機轟炸無關。換句話說，現在重慶至少還有一條特務線路。」

確實如此，以前敵機多次轟炸都是針對軍事目標，且基本上是想炸哪裡就炸哪裡，大致無誤，如果沒有這邊特務配合，不可能這麼準確的。所以，海塞斯早斷言重慶有敵人的特務電台，責令偵聽處八方偵察，四處排查。蔣微逮到特一號線時，海塞斯以爲就是他想像中的「那條線」。但第二天大轟炸的前後特一號線沒有任何動靜，海塞斯便知道這不是他想像中的「那條線」，「那條線」還在天上飛。就是說，薩根這條線是偵聽處在尋找另一條線時意外發現的，歪打正著，實屬薩根運氣不好——可能是因爲汪女郎對他變了心的緣故吧。身邊的女人都對他心懷鬼胎，鬼魅能不纏著他嗎？薩根的命盤已經翻轉，他斑斕的羽毛將被一一撕去，露出醜陋的本相。

問題是，「那條線」爲什麼久久找不到呢？

找到了！

就在當天晚上。

就在陸所長離開海塞斯，回去的途中，經過偵聽處，他順便闖了進去。楊處長正準備給海塞斯打電話，看見他，楞了，「你……怎麼來了，我正準備給你們打電話呢。」

「這說明我們心有靈犀啊。」陸所長走上前，問他，「什麼事？」

「又偵察到了一部敵台。」楊處長放下電話，往正在專心抄報的蔣微指了指說，「剛發現的，正在發報。」

「是嗎？」陸所長懷疑地問，「確定嗎？」

「這不正想打電話讓教授來確認一下。」

「那快打啊，他在辦公室，我剛離開他。」

海塞斯接了電話匆匆趕來，簡單瞭解了一下情況，便直奔蔣微而去。蔣微還在抄報，戴著耳機。海塞斯過去，打開揚聲器，辨聽電波聲。楊處長在一旁解釋說：「你聽，這電波聲音，和特一號線下線的機型很相似，我覺得。」

海塞斯聽一會兒，頷首點頭說：「是同一種機型。」

楊處長介紹道：「我瞭解了一下，這是日產SC-3型發報機的聲音特質。這種發報機的特點是體積小，功率大，便於攜帶，是目前日本外遣特務普遍使用的機型。」

海塞斯又聽了一會兒，關掉揚聲器，去看蔣微抄報。電報蠻長的，已經抄了滿滿的一頁報箋，還在繼續抄。海塞斯一邊看著一邊沉吟道：「就是它，這回應該沒錯了，就是我們一直在找的那條線，給敵人空軍通風報信的那條線。」陸所長問：「你是怎麼看出來的？」海塞斯看著楊處長，

「你說呢？」楊處長說：「這是敵人空軍的電報格式。」

「對。」海塞斯說。

蔣微抄完一頁報箋，遂將它往邊上一抹，繼續在新的報箋上抄。海塞斯把抄完的報箋拿起來端詳著，「嗯，沒錯的，就是敵人空軍的電報。」順手從桌上抓起一支鉛筆，注明：特二號線。隨後走開去，一邊對陸所長解釋道：「這是敵人空軍放出的眼線，是飛機和炸彈的眼睛，沒有他們提供的數據，飛機不知往哪裡飛，炸彈不知往哪裡落。這些特務不除，以後轟炸只會越演越烈。」

陸所長說：「這就要看你的本事了，只要你能破譯他們的電報，這些狗特務就是長了翅膀也跑不掉。」

海塞斯停下腳步，指指自己，「就我一個光桿兒司令，破得了這麼多嗎？我又不是孫悟空，拔根毛就可以生個兄弟出來。」

「你不是還有助手嘛。」陸所長說。

「有比他更優秀的人，爲什麼不給我？」

陸所長知道他又要老話重提——讓陳家鵠下山，便故意支開話去，「這麼說現在我們身邊至少有兩路特務，他們各自爲陣，都在爲鬼子服務。」看海塞斯沒接腔，又接著說，「其中一路特務裡就有你的一個同胞，哈，眞是龍生九種，種種不同，同是美國人，有人是我們的朋友，有人卻是我們的敵人。」

海塞斯知道他在玩什麼把戲，瞪他一眼，「誰是你的朋友，我覺得你是我的敵人，處處跟我作對。」掉頭對楊處長笑道，「不，你不一樣，你是我的朋友。如果沒有你和你的部下幫我找出電台，抄錄電報，我就成了無本之末，無源之水，就像你們中國人討厭的泥胎菩薩，只享受煙火不會靈驗，辦不了任何事情。」轉身又對陸所長說，「我覺得你像個討厭的泥胎菩薩。」說罷，氣鼓鼓地走了。

陸所長看看楊處長，苦笑一下，嘆息道：「你說誰是菩薩，他才是菩薩，我都要時時給他賠小心。不過只要不是泥菩薩，能給我幹活，我賠什麼都可以。」說罷，也走了。

四

從偵聽處出來已是深夜，陸所長心中裝滿了事，無比著急卻又無從急起，使得他心頭有千鈞重，壓住了疲憊，沒有了倦意，索性在院子裡散起了步。重慶的秋夜從來沒有「夜涼如水」，即使過了中秋，伴隨著秋蟲晚蟬的叫聲，地表依然在用力釋放著夏日留下的熱量。只是江風攜來了清爽，叫人能夠透心一快。

陸所長迎著江風，手指交叉，雙手往前平推，然後伸成一個「大」字，狠狠舒了一口氣。這個動作自然使得他抬頭仰望起夜空來：這晚天氣很好，星月齊空，那滿天的明星彷彿不解人意，歡快地向這個滿目瘡痍的大地灑下閃爍而精緻的光芒；反倒是那彎下弦月，在激烈的星光中顯得疲憊而倦怠，彷彿睡著了一般，安靜而神秘。陸所長突然覺得，自己似乎從來也沒有看到過如此富有魅力的星空，它打破了以往平淡的靜謐，隱隱露出宇宙浩瀚的猙獰，充滿了難以置信的活力。陸所長心中的千頭萬緒，就這麼在如織的星光中漸漸理得清晰，千頭萬緒從一瞬間開始，變作一條越來越明白的線，而這條線的起點和終點都指向了同一個地方，那就是陳家鵠。

是的，是他，陳家鵠！海塞斯也好，薩根也好，惠子也好……包括杜先生在內，人人都有動作，人人都有目的。在他們所有或簡單、或繁複、或直接、或弔詭的動作以及或好心或歹意的目的中，直接指向的都是陳家鵠。他陸某人如何對待陳家鵠，勢必成爲一切問題的關鍵。那麼，該如何對待他呢？答案其實很明顯：就是讓他儘快下山，進入黑室工作。這也就意味著必須儘快將陳家鵠和惠子的婚姻一刀兩斷。

可又如何來下刀呢？陸所長的思緒像夜色一樣彌漫於天際。自然，讓惠子消失掉最簡單，最容易，但也是最爲不妥的。天下沒有不透風的牆，倘若讓陳家鵠看出點什麼破綻，他要報復起來也是最致命的。想來想去，還是只有讓陳家鵠對她死心，主動和她分道揚鑣爲好。而要達到這一目的，只有一個辦法就是：拿出足夠的證據證明她是日方間諜。今天惠子陪薩根去被服廠，這件事一度讓他興奮了一下，覺得這就是證據，但現在他又覺得事情沒這麼簡單。他想，如果惠子和薩根是一夥的，他們就沒必要多此一舉，找汪女郎去郵局打聽地址，她完全可以親自去的。她爲什麼不親自去，捨近求遠地去找汪女郎？這有點情理不通。情理不通就是證據不圓，有縫隙，有漏洞。會不會是惠子被薩根利用了？這個老色鬼！他一時陷入了糾結中，苦思，冥想，困惑，膠著，迷茫，乏力，無助……隨風包抄著他，呑沒著他，他感覺到了夜風的冷。

依然是這天晚上。

海塞斯的心情卻與陸所長截然相反。

海塞斯離開偵聽處，直接回了破譯樓。在燈光昏黃的走廊上，海塞斯遇到了值夜班的鍾女士。再昏黃的燈光也遮蔽不了鍾情人那雙寫滿三分幽怨和七分渴望的眼睛，就像黑暗中的貓眼，能夠穿人心魄，伴隨她身上淡淡的香水味，溫柔地刺向海塞斯敏感的神經纖維。海塞斯沒有迷醉，他上去把住鍾女士的雙肩，像情人卻更像是長者，面色凝重，用散淡而嚴肅、平靜而不容辯駁的口吻對她說：「今晚有更重要的事情要做，你應該比我更能理解，所以……改天吧。」鍾女士略爲不安地點點頭，是理解的意思，支持的意思，然後輕輕掙脫海塞斯的手臂，悄無聲息地走了，像個懂事的女兒。

海塞斯目送她的背影消失在走廊上，掉過頭來，彷彿什麼也沒有發生過，繼續往辦公室走去。對於海塞斯而言，如果說還有什麼事情能比女人更重要，那一定是非破譯莫屬。

接下來的幾個小時，海塞斯一個人待在辦公室裡，拿著薩根今天從被服廠回來後發給「上線」的電報，時而伏案苦索，時而手握雪茄凝望不語，時而再三端詳電文，時而丟開電報倒頭在沙發上大睡。有一會兒，他走到窗口把半個身子探出去，既像是疲勞之後呼吸窗外的新鮮空氣，又像是把自己作爲一個目標投放出去，期待上帝的運氣之箭能夠將他射中。這份電報大致內容是可以想像的，如果運氣好，完全有可能一頭撞破南牆，飛天而去，在天際採擷到靈感的仙果。破譯這種密電（內容已經局限到很小的範圍），猶如在人頭攢動的人群中找一個特定的人（如果內容沒有局限，漫無邊際，則如人皆分散在四方八角），有時候一眼看去就找到了，而且剛開始的第一眼最重要。這也是他爲什麼要在今天晚上來搏一搏的原因，因爲他對「第一眼」充滿了期待。

遺憾的是，任由他怎麼凝神苦索，就是沒感覺，把腦袋敲開也沒感覺。神奇的「第一眼」沒有降臨啊，海塞斯不由心生倦怠。他決定到此爲止，把電報往辦公桌上一拍，狠狠地抽一口雪茄，沒想到連雪茄也同他作對，竟沾了茶水，一股臭氣。海塞斯怒極反笑，一個拋物線把雪茄丟出窗外，就好像要把今晚的晦氣和煩躁一起丟出去。

扔掉雪茄，海塞斯來到窗前，久久立著。

五分鐘後，鍾女士氣喘吁吁地出現在他的面前。

她是故意小跑上來的。她似乎知道，自己能吸引海塞斯的也許只剩下那團高聳渾圓的酥胸（乳頭少女一樣粉紅）。所以她要讓自己微微喘氣，因爲喘氣不但會使面色變得紅潤，重要的是胸部會上下顫動。這對男人有著最直接的視覺衝擊，以及極大的腦神經系統殺傷力，尤其當她事先解開衣服上端的兩顆紐扣，其效果更加出彩。

豪華、寬大的沙發是他們相愛的床鋪，躺在沙發上，鍾女士深深地吸了一口氣，閉上了眼睛，變成了水，所有力氣都隨之消散無影。她靜靜地躺著，就像是一種回歸，像水歸到了水中。很奇怪，她已經多次躺在這沙發上，但今天晚上卻最給她這種感覺：一種強烈的回歸的感覺，從未有過，至深至切。她堅定不移地確信，她要回歸的地方就是這個男人的身體：他粗糙的肌膚，乾燥而蜷曲的黃色體毛，濃郁而略爲刺鼻的體味，還有他那粗壯如吼的呼吸聲……這一切，一切之一切，都是她的家，都是可以躺下的地方，躲藏的角落。她的情緒從未這麼飽滿過，身體的欲望從未這麼高漲過。她似乎已冥冥地預見到，這是最後一次，是爲了告別的聚會。所以，從海塞斯開始脫她衣衫時她就有一反過往的表現：呻吟不已。

呻吟。

呻吟。

呻呻吟吟。

她一向以默默無聲而著稱，即使高潮時也咬緊牙關不吭一聲，今晚神秘陌生的呻吟聲，注定海塞斯將以最激烈的方式進攻她，進入她的體內，占有她，給予她，與她進行最充分的交通和融合，最瘋狂的高拋和墜落，最持久的，最深刻的，最生命的，最死亡的……啊，死亡，帶著最激烈和最痛苦，將我引向最平靜和最快樂——

她在高潮時居然想起了一句詩。只是很遺憾，她的呻吟沒有在最後一刻爆破，變成破天破地的嘶鳴長嘯，她依然以習慣的方式，咬緊牙關、緊閉雙眼、極度苦痛的方式表達了最高端的痛苦和歡悅。當海塞斯放開她時，她又如前一般雙手捧著臉嚶嚶哭泣了。海塞斯以為她又發狠咬破了嘴唇，挪開她手，發現嘴唇雖然鮮紅如血，但可以肯定絕沒有流血，不禁生奇。

「你怎麼了？」海塞斯把她攬在臂彎裡，一邊親吻著她一邊喁喁低語，「是我把你弄痛了，還是喜極而泣？」她羞愧地一笑，好像淚水裡隱藏著罪惡。海塞斯接著說：「你注意到了沒有，今天你有變化，你發出了像小貓一樣哼哼唧唧的聲音，我覺得這是你給我背過的最動聽的一首詩。」

她真的會背很多詩，每次雲雨之後海塞斯都會請她背一首詩，有時兩首。今晚她背的是一首徐志摩翻譯的英國詩——

當我死去的時候
親愛的
請別為我唱悲傷的歌
我墳上不必插上薔薇
也無需濃蔭的柏樹
讓蓋著我的青青的草
淋著雨也沾著露珠

假如你願意請記著我
要是你甘心可忘了我

這首詩，抄錄在她丈夫的詩抄本上的最後一頁，可以想像，她丈夫或許在抄完這首詩後不久便撒手人寰。也許這是一首不吉祥的詩，有魔力的，一詩成讖。她不明白自己今天爲什麼會如此悲傷，背出這麼一首她傷感的詩。當她下樓回到辦公室時，她知道爲什麼了——這是天意！她在辦公室裡見到了雙眼通紅的陸所長。

從此，她再也沒有見過海塞斯。

看來，那眞是一首不吉祥的詩。

不過，她還是要感謝它，正是它——這首詩，爲她舉行了一個和海塞斯的告別儀式。她覺得老天對她還算公平，別了，還是有一個儀式，不至於讓她的思念無從掛靠。

五

第三天，也是被服廠遭炸的當天。

早晨。夜裡山上下了一陣子春雨似的小雨，淅淅瀝瀝，綿綿軟軟，裹挾著薄薄的寒意和白霧，潤物細無聲。現在雨過天晴，培訓中心隱沒於一片亮綠的山色中，顯得格外清新迷人，濕潤的晨風是雨的尾巴，悠悠地吹拂著，一塵不染的樹葉發出沙沙的囈語，如同一個剛剛洗浴完畢面色清麗的女人，一邊梳著茂密的頭髮，一邊曼聲低吟。

陳家鵠穿著一身運動裝從宿舍裡跑出來，林容容也穿著一身運動裝，緊隨其後，像一對戀人，你追我趕。經過門衛室的時候，陳家鵠看見那個蒙面人正立在窗前，如幽靈鬼蜮般地注視著窗外。陳家鵠落落大方地揚起右手，跟他打了個招呼：「早上好。」蒙面人視若不見，毫無反應，依舊用那幽靈鬼蜮般的目光注視著窗外。

林容容追上來，驚訝地問他：「你怎麼跟他打招呼，我都不敢看他，怕晚上做噩夢。」陳家鵠心想，你上當了，我故意當你的面跟他打招呼，就是要讓你來跟我說說他。我需要瞭解他，你一定能滿足的。

「你知道他是什麼人嗎？」陳家鵠放慢步子，與她並肩而跑。

「我哪知道他是什麼人。」林容容抱怨道，「眞不知陸所長是怎麼想的，竟找來這樣一個人看門，害得我晚上都不敢出門。」

「這你就錯了，他是爲你站崗放哨的，壯你膽的。」

「還壯我膽？我膽子都給嚇沒了，整天像個鬼，在院子裡亂轉。」

「他才不是鬼，他是英雄，我聽說他打過徐州戰役，立過大功。」

「是嗎？」

「你怎麼比我還不瞭解他？」

「我幹嘛要瞭解他？我才不想瞭解他。」

一來二去，陳家鵠發覺好像無法從她嘴裡瞭解到什麼，便提快步子，一邊有意丟下一句刺激她的話：「看來你要瞭解的黑名單上沒他的份。」林容容使勁想追上來，一邊大聲嚷嚷：「什麼黑名單，你胡說什麼。」陳家鵠噌噌地往前衝出十幾米，回頭又甩過來一句：「藏頭掖尾的林同學，恕我直言，你現在已經是一部明碼，矇不了誰啦。」言畢又掉頭噌噌噌往前衝，轉眼把林容容遠遠拋在後面，氣得她絕望地停下來，朝他的背影高聲大罵：「神經病你！」

山谷把她的聲音收下又放出來，一遍一遍地迴響著。

陳家鵠聽了轉過身，雙手做成喇叭狀對林容容大聲說：「聽，天在罵你。再聽著，我的話不會有回音的。」

林容容很奇怪，他的喊聲一點不比自己低，可真的就是沒有回音。她想一定是他雙手做成喇叭狀起了決定作用，便照他樣子把雙手做成喇叭狀對他喊：「陳家鵠你聽著……」本來還想說「我的話也沒有回音」，可是才說半句回音已經四起，驚得她一下啞了口。

其實，除了把雙手做喇叭狀外，喊話時要面朝山下，頭微微低下，這樣聲波被定向地傳送，像高山流水一樣順著山谷流出，才不會有回音。返回時，陳家鵠告訴她道理並示範給她看時，林容容心裡第一次湧起一股莫名的衝動。衝動是形而上的，只有一種感覺，沒有確切的內容：她不知道想要什麼，只是覺得心跳加速，臉上匯聚著熱度，想必是臉紅了。

連日來海塞斯心裡對陳家鵠也有種莫名的情緒，他和陳家鵠有約在先：若他提供的破譯敵二十一師團密碼的方案正確，海塞斯要獎勵他下山跟他太太幽會。其實上一次上山海塞斯就應該向他報喜，但最後隻字不提：既是因爲他沒有想好怎麼帶他下山，更是因爲他的虛榮心在起作用。他爲黑室立下的第一功竟有幕後英雄，這實令他不齒。他眞想改變這一事實。當然他有權力篡改事實，只要他下狠心，閉著眼睛說一句瞎話就行。他在猶豫，在矛盾，所以避而不談。這次上山他知道再不能迴避不談，因爲即使要撒謊——方案有誤——現在也該撒了。陳家鵠不是門外漢，他心裡有數的，這麼多天過去演算該出結果了：成或敗。他必須要作出選擇，要嘛實話實說，要嘛篡改事實。

思來想去，海塞斯還是下不了狠心。他覺得貪天之功比虛榮心更令他不齒。所以今天一上山，海塞斯便把陳家鵠叫到一邊，悄悄向他報了喜，道了賀，並敦促他做好準備，今晚他將來帶他下山幽會。這個突發而至的喜訊令陳家鵠心曠神怡，也是心猿意馬。上課的時候，他控制不住地去想惠子，想她均勻的鼻息，想她安靜的面龐，想她潔白細膩的皮膚和香若幽蘭的乳房……他像喝了濃香的醪酒似的，飄飄然，暈暈乎，海塞斯上課的聲音完全被惠子的聲音淹沒。不知怎麼的，他突然想起惠子在上一封信中提到，她曾在大街上遇到有人罵她是「十三點」。惠子問他這「十三點」是什麼意思，是不是跟耶穌殉難於十三日有關。想到這裡，陳家鵠不禁笑了。同時不禁的還有他的手，他居然在海塞斯面前也寫起了信，眞是樂壞了。

醉了。

暈了。

十三點了。

信沒寫完，下課了，陳家鵠還在奮筆疾書，渾然不知，如醉如痴。海塞斯已經走到他身邊，他依然旁若無人，忘乎所以。似乎不可思議，他身上有個神秘的開關，一旦打開，世界和自己都消失了，其形其狀，如同夢遊，如同痴呆。醫學上這叫「神遊症」，俗稱迷症，屬於夢遊症的一種。夢遊症一般發生在六到十二歲的少兒期，進入青春期後多能自行消失。迷症多爲先天遺傳，以男性高智或低智者居多，一旦纏身終生難癒，且年齡越大發病率越高。迷症發病症狀一般只有幾分鐘，若持續半個小時以上，百分之九十的人都將無法回到常態，他們會永遠活在病發時的狀態中，喃喃自語或嘮嘮叨叨地度過終生。

陳家鵠這次發病的時間很短，是被海塞斯強行驚醒的。海塞斯過來發現他在寫信，很生氣，蠻橫地抽走他的筆記本，他就這樣被驚醒了，聽到海塞斯正在搖頭晃腦地當眾朗讀：

「我的傻老婆，你怎麼連這個都不懂，十三點就是傻瓜的意思。中國計時是十二小時制，中午十二點之後叫下午一點，沒有十三點的說法，十三點就是指這個時鐘壞了，比喻人神經錯亂了，有病了。你不是十三點，你很聰明，我看你的字大有長進，是受爸爸的影響吧，像這種情況，我們中國人愛把它說成：近朱者赤，近墨者黑……」

這是他奮筆疾書寫下的「大作」。開始陳家鵠沒有反應過來是怎麼回事，等他反應過來後一把奪過筆記本，惱羞成怒地走了。海塞斯對著他的背影說：「你要向我道歉，否則我要取消我的承諾。」

陳家鵠又像犯了迷症，頭都不回，一往直前，走出了教室。林容容追出去喊他回來，他依然不聞不顧，徑直往宿舍樓走去。路上碰到上基礎課的王教員，她是來上下一節課的，看見他氣呼呼的樣子，問林容容：「他怎麼了？又不想上我的課？」林容容說不是，王教員還不信，掛沉下臉，責怪她，「他這樣子哪像還要來上課？你就整天替他打掩護，我看你真是迷上他了，連我都要擠兌，沒良心的東西。」山上只有她們兩個同性，私底下早成了可以胡說八道的閨密，說話沒輕沒重的。

林容容上前攙住王教員的胳膊，格格格地笑道：「我的王阿姨啊，你說話太歹毒了，人家是有婦之夫，我迷上他不是飲鴆止渴、自尋死路嗎？你覺得我有這麼傻嗎，我傻至少你也不會讓我幹這種傻事。」

王教員正色道，「不，你有機會，他跟他那女人遲早要分手。」

林容容發了愣：「你這話什麼意思？」

王教員哼一聲，「就這意思，他們要散夥。」

「爲什麼？」

「這不很明顯嘛。」王教員心裡有底牌，根本不怕問，「你說陳家鵠會不會被淘汰？不會吧。如果你們這些人將來只有一個進黑室，我看那就是他，你說是吧？」當然是的。「可他妻子是個日本人你知道嗎？你說組織上會讓一個日本女人的丈夫去神聖的黑室工作嗎？這就是你的機會。」

林容容無比驚訝，滿臉愕然地盯著她：「你怎麼知道這些的？」

王教員哧的一笑，「這又不是什麼秘密，你現在不也知道了嘛。」

其實，林容容早知道陳家鵠妻子的情況，但她也知道他們伉儷情篤，相愛甚深，絕非一般外力所能破壞。所以，林容容看陳家鵠就像隔著一扇牢不可破的鐵門，鐵門裡的風光再好，那是人家的。可現在有人告訴她，那扇鐵門實爲一方朽木，輕易可破，而且絕對要破。這是眞的嗎？林容容突然覺得呼吸吃緊、吃力，王教員的話如一根銀針深深地刺入了她的穴道，她痛並快樂著。

六

「你要跟我道歉，否則我要收回我的承諾。」

夢寐以求的東西已經近在眼前，又遠在天邊。一整天，陳家鵠都被這句話深深折磨著，如果給他機會，他願意道歉，因爲他太想下山去看看惠子。可是等他冷靜下來，教授已經下山了。海塞斯沒給他機會，沒有同情他——他以爲自己氣呼呼地走，會讓教授產生同情，去宿舍找他。沒想到海塞斯連個招呼都不打，走了，把他吊了起來，讓他一分鐘一分鐘地去猜測，玄想，煎熬……天黑了，期待和恐懼像黑夜一樣籠罩著他，炙烤著他，吞噬著他。他一遍遍徒勞地檢查著下山應該帶的東西：幾片紅色的楓葉，一封未寄出的信，一塊斑斕的礦石，一盤造型奇特的樹根；一次次去戶外傾聽山路上的動靜，又一次次帶著失望而歸。當一個人的心已飛到另一個地方，而他的身體卻不得不停留在原地時，煩躁便化成了煎熬。這種煎熬足以將人變成籠子裡飢餓的野獸，眼睛發出幽幽的綠光，那是富有攻擊性的信號。

如果海塞斯晚上來十幾分鐘，今晚林容容一定會受到攻擊，因爲她已經注意到陳家鵠的異常，幾次開門出去，又回來，腳步聲透出一種煩躁的不安。要不是今晚有事——她要洗澡，她早過去找他搭訕套熱乎了。過去極可能受到攻擊，遭到奚落——煩死了，你還來添什麼亂，走開！一定的。

不知怎麼的，陳家鵠對林容容自開始便少了一份客氣，多了一份傲慢，經常對她冷嘲熱諷，愛理不理。這可以理解爲他們關係比較親隨，也可以分析成，由於林容容身分的特殊，她在與人交道中過於主動、熱忱（尤其對陳家鵠），反而讓人少了一份尊重和珍視。何況陳家鵠還看穿了她的僞裝，似乎更有理由慢待她了。好在今晚林容容要洗澡，一時無暇去關心他。這鬼地方洗澡很麻煩的，尤其是女性，要自己去鍋爐房拎熱水到房間，洗了澡又洗衣服，忙碌下來一兩個小時不夠。等她一切就緒，一身清清爽爽、清清新新準備去找陳家鵠時，突然發現一輛車停在他們宿舍樓前。皓月當空，月華皎皎，即使關了車燈，林容容依然輕易地瞅見，從車上跳下來的人是教授，他徑直去了陳家鵠宿舍。

陳家鵠自然比誰都早發現教授的駕臨，因爲今晚他的耳朵一直爲汽車的聲音張開著，期盼著，車子還沒有開進大門，還在山路上顛簸，車聲游絲一樣的輕小又搖曳時，他已經先覺到了。當看到教授從車上下來往他宿舍裡走來時，他發現自己的雙腳在微微顫抖，彷彿教授要帶他去天外似的，期待和畏懼一起把他折騰成了廢物。

不等海塞斯推門，門自動開啓。透過門框，海塞斯發現他穿戴整齊，手裡拎著一隻布袋子，整裝待發的樣子，都懶得進門了，像個將軍一樣，手一揮，下命令：

「走！」

就走了。

就上了車。

上了車，海塞斯丟給他一頂假髮，一副假鬍子，吩咐他：「戴上。」

「有這必要嗎？」陳家鵠捧著它們，像捧著一隻小獸一樣。

「我聽說孫處長派人在保護你的家人，你要不被發現就得靠它們。」

「你沒有向上面請示？」陳家鵠瞪大了眼，「你的面子他們不可能不給的。」

「現在請示也來得及，但你不妨可以先下車了。」海塞斯翻了白眼，「我想讓你下山去工作都不行，還想讓你回家去兒女情長？做夢。」

「這……」陳家鵠遲疑著，「我們的門衛認識我的。」

「所以你想走就別囉唆，快戴上！」

陳家鵠乖乖地戴上假髮、假鬍子。這玩意兒他戴過，就在來重慶的船上。他一邊戴著，一邊油然想起滿臉絡腮鬍子的老錢和爲他犧牲的小狄，想起他對蒙面人的懷疑——趙子剛走了，可動員他去延安的紙條依然不斷，蒙面人的懷疑餘地更大了，他幾次想跟他交涉一下，一直沒機緣，懸著。

此時他突然想，如果蒙面人認出他，爲難他，他是不是可以口頭暗示他一下，或討好他一下？看他有什麼反應，這本身就是一種交涉。純屬胡思亂想。人在做一些非常規的事情時，總會有些胡思亂想。

最後，蒙面人沒有爲難他們，冒出來了一個更可怕的人，輪不到他了。月光很亮，海塞斯沒有開車燈，慢慢開出來。拐過彎，前面就是大門，海塞斯正想打開車燈，提醒門衛開門，卻看到月光下，大門口，橫著一輛小車，把大門擋了個霸道。

完了，是陸所長的車！

說來正巧，陸所長從被服廠回單位的路上，在大街上，正好撞見海塞斯的車子。都九點了，他還在外面轉什麼？而且還自己開車，膽子太大了！跟著他，就跟上了，一路跟上了山。如果一個人下山倒也罷了，深夜私自外出，缺乏安全意識，頂多教訓教訓而已。哪知道，車上居然還窩著個陌生的傢伙，不，不，認識的，戴著假髮套假鬍子而已。

陸所長走上前來，冷笑道：「這位大鬍子先生怎麼沒見過，是誰啊？」一把扯下陳家鵠下巴上的假鬍子，當扇子搧著汽車尾氣，「眞不愧是大博士，頭腦就是好使，連這種花招都想到了，讓我這個做了多年反特工作的老特務都自嘆不如啊。」

陳家鵠還逞強，強顏笑道：「這個掩耳盜鈴的東西，我還煩它呢，被你發現了，正好可以不用戴。」取下了假髮套還給海塞斯，對他說，「估計走不成了，我先告辭了。」

「別走！」陸所長喝道，「說，你們要去哪裡？幹什麼？」

海塞斯怕陳家鵠說實話，把責任大包大攬在自己頭上，目的是讓陸所長同意先把陳家鵠放走。等陳家鵠一走，他輕鬆下來，對陸所長發起攻擊，「噯，所長閣下，你別這麼凶好不好，你問我們想幹什麼？我們能幹什麼？還不是爲了給你幹活。我有些情況想跟陳同學商討一下，資料太多，帶上山太麻煩，所以想請他下山去，就這樣，沒什麼。」

「沒什麼？」氣憤讓陸所長失去了往日對海塞斯的尊敬，他厲聲吼道，「說得輕巧！你辦公室是隨便什麼人都可以進去的嗎？」

「難道他是隨便的什麼人嗎？」海塞斯也提高了聲音，擺出一副罵架的姿態。

陸所長放低了聲音，但目光依然怒氣沖沖，「你該清楚，他還是學員，還沒資格進那地方！」

海塞斯不以爲然，冷笑道：「他有沒有資格我比你清楚。」

陸所長晃晃手上的假鬍子，又指指海塞斯手上的假髮套，「哼，這就是你說的資格嗎？有資格幹嘛還要裝神弄鬼？」

海塞斯氣惱地從陸所長手上奪過假鬍子，瞪著眼說：「這還不是被你逼的，我說他可以下山了，你就是不聽。我就不知道你們在想些什麼，憑什麼不讓他下山來。」

陸所長上前，衝著海塞斯的耳朵，咬著牙關小聲吼道：「你別裝糊塗，我告訴過你是什麼原因，我們正在調查他的女人。」後面一句話幾乎只有海塞斯一個人聽得到。

海塞斯退開一步，不屑地說：「我幹嘛要裝糊塗？我是覺得你說的那些原因根本不成立，純屬荒唐！所以我就根本不放在眼裡。」

兩人就在大門口，當著司機和蒙面人的面，你頂我撞，爭得面紅耳赤，呼呼地噴著粗氣。直到海塞斯眞的生了氣，不理睬他，執意要開車走時，陸所長才意識到剛才對海塞斯的態度可能過於嚴厲了，便主動上前示好，「行了，我們都有些衝動，我說了些氣話，請你原諒。但是你想過沒有，如果讓杜先生知道了，他非把我腦袋擰下來。」

就在這時，山下突然傳來空襲警報聲。月光雖好，但畢竟是夜晚，在陸所長的記憶裡，這是第一次在夜間拉響空襲警報。他頓時有種不祥的預感。他擔心這可能跟被服廠那邊的敵情有關，便匆匆趕下山去。上車前他擁抱了教授，並把身上的一包菸送給他，叫他晚上就待在山上，別下去。「鬼知道又有什麼名堂，萬一眞有轟炸呢，山上總比山下安全。」他這麼對教授說時，根本沒想到山下被服廠那邊的安全已經出了大問題。

當陸所長趕到被服廠時，轟炸已經結束，偌大的廠區成了一片火海，到處都在熊熊燃燒，轟然坍塌，滾滾濃煙和飛揚的塵灰合謀拉成一張巨大的天幕，密不透光，把皎皎月華阻擋在天外。這是一道黑色的屛障，把被服廠的天和地、生和死、過去和現在徹底隔開了。救援人員正在全力救災，搶救生者。然而，搶救出來的一個個人，有男有女，有老有少，就是沒有一個倖存者。一具具屍體，像從山上砍伐下來的木頭，被集中放置在地上，在明亮的月光下，甚至可以清楚地看到他們未瞑的雙目。

很長一段時間，陸所長一直立在屍陣前，默默看著，過度的悲傷看上去像無動於衷。當看到石老闆的屍體被抬出來時，他終於忍無可忍，崩潰了，那撕心裂肺的悲慟，那長嘯嘶鳴般的哭聲，那洶湧澎湃的淚水，把滾滾濃煙都震顫了，都打濕了，變得搖搖曳曳，變得凄凄迷迷了。

那個坐在櫃台裡負責收錢的日本特務，感覺到他們提的米袋子裡好像藏著槍，不管三七二十一，竟從櫃台下面拖出一支槍來，率先朝他們射擊。

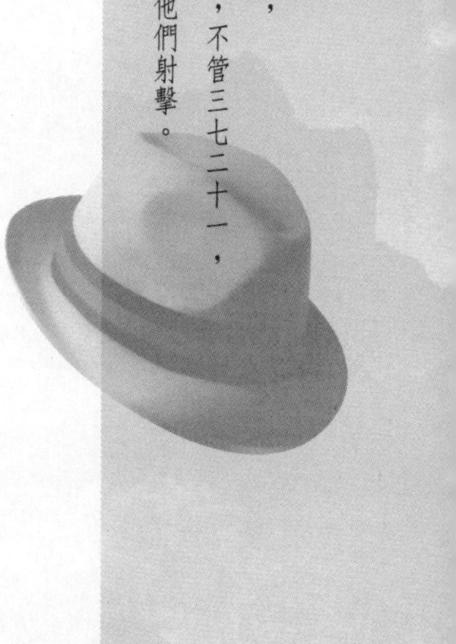

第十三章

一

熹微的晨光賣力地清掃著黎明前的暗黑，由東向西，掃過山嶺，掃過江水，掃過城市，掃過西郊。黑夜過去，遠處的山巒、田野、農家、樹林，全都在晨光中漸漸顯露出略帶憔悴蒼涼的容顏。一隻角上盤著繮繩的老牛從一個草垛後面走出來，翕著鼻孔，端起脖子，心事重重地哞叫，引得附近農家院落的狗們也紛紛跑出門來，拖著一種凄厲的怪聲，朝著田野，朝著天空汪汪地吠嚷。

西郊又迎來了它新的一天。

可晨光能掃走黑暗，卻掃不走人們心底的恐懼與悲傷。在初升的朝陽的映照下，被炸成焦土的被服廠的悲慘景象，更是讓人觸目驚心——救援人員已從廢墟裡挖掘出一百多具屍體，大多殘肢斷臂，血肉模糊，有的甚至連腦袋或下肢都炸飛了，僅剩胸腔部分，血淋淋地擺放在瓦礫遍布的空地上。這次轟炸，炸毀房屋上萬平米，炸死軍民一百二十七人，多爲被服廠員工和家屬，廠長石永偉一家三口無一倖免。那個臨時被調到庫房去當保管員的老門衛，由於人老跑得慢，被炸死在庫房內，和幾百噸被服一起燒成了灰，連屍骨都沒了蹤影。老孫的部下小林也被炸彈炸飛了，除了找到他腳上穿的那雙皮鞋外，別的什麼東西也沒找著。除了小林外，黑室還有三名戰士遇難。

老孫和小周也受了傷：小周被一塊炸飛的瓦片擊中頭部，老孫的脖子則被飛來的彈片劃傷。此刻，他們剛接受了救治，頭上和脖子上裹著白紗布，正從醫院出來，看見陸所長垂頭喪氣地立在風中，好像在等他們——其實是在等車。

不一會，車子開過來，停在陸所長身邊。

老孫看所長要乘車走，追上去問：

「你去哪裡？」

「我還能去哪裡？杜先生那兒。」陸所長知道，這一切都是由於他對敵情判斷有誤造成的，他必須馬上向首座去彙報、認錯，去遲了，錯上加錯，罪加一等。所以，要儘早去。

老孫勸他，「還早，你還是先回去先休息一下，別累垮了身體。」

陸所長淒然一笑，「腦袋都要保不住了，還談什麼身體。要剮要殺，都聽憑他發落了。你們沒事吧？」

都說沒事，老孫還說要陪他去。陸所長擺擺手，不置一詞，遲緩而默默無語地上了車，像一夜之間變成了一個行將就木的垂垂老者，只剩一身空洞、沉重的皮囊。

二

杜先生一向儒雅，有大將風度，極少對人發火，可今天他一看見陸所長，就禁不住怒火沖天，拍著桌子吼道：「陸從駿！你都給我幹了些什麼？我完全可以叫人槍斃你！就是為了給薩根下個套，居然惹出這麼大一堆事來，毀了一個軍工廠，還死了那麼多人，而且大都是無辜的平民百姓啊！我不槍斃你，那些死者的亡靈也放不過你！」

陸所長垂頭立著，任其謾罵。

杜先生接著罵：「更荒唐的是，你付出了那麼大代價，竟還一無所獲，薩根照樣逍遙自在，我們照樣奈何不了他。說，你還有什麼高招可以治他，不要出餿主意，搞什麼暗殺活動，你想殺他不如先殺我。告訴你，他必須活著，但同時又必須給我滾蛋，滾回美國去！」

此刻哪有什麼高招，還沒有完全從噩夢回過神來。陸所長呆呆地立著，等待杜先生繼續罵。他不怕罵。他渴望罵。從某種意義上說，罵得越凶，處罰就將越輕。罵是親啊！

杜先生恨恨地瞪他一眼，「沒有現成的就回去想，我不想看見自己像個暴徒一樣大發雷霆。」

陸所長一個立正，敬禮告別。

杜先生指著他鼻尖警告他：「記著，我不是不處罰你，是暫時將頭寄在你脖子上，要是再完不成任務，我就摘了你的腦袋！」

脖子上不覺颼颼地掠過一縷涼氣，直到回到自己的車子裡，陸所長才漸漸緩過氣來，撫摸著涼颼颼的脖子，攤靠在椅子上長吁短嘆。他突然感到一種深深的無助與悲哀：別看他平時威震四方，人見人怕，可他的一切，包括他的生命，其實都掌握在他人手裡。他早已被捆附在一個強大無比的巨物上，變成了它的一枚釘了，他要畢其一生，竭其全力，爲它貢獻自己的一切，甚至包括他的腦袋。

老孫是忠誠的，雖然沒陪陸所長去領罪，但他的心一直替陸所長捏緊著，回到單位，才小睡一會便被杜先生要槍斃陸所長的噩夢驚醒了。醒來後他一直在辦公室惶惶不安地等所長回來，同時又挖空心思在想，如何才能力挽狂瀾，將功贖罪。這會兒他聽到陸所長回來了，連忙出去迎接。

「回來了。」

「嗯。」

「沒事吧？」

「怎麼可能沒事。」

「杜先生怎麼說？」

「還能怎麼說？沒槍斃我就算燒高香了。」

「下一步怎麼辦，那些人抓不抓？」

「抓誰？」

「糧店那幫傢伙，我的人已經守了整整一夜，還等著你下命令呢。」

「他娘的！」陸所長猛地一拍自己的腦門，「真是昏了頭我，怎麼把這事給忘了。抓，立刻抓！」

老孫恨恨地說：「本來早就該抓，這幫王八蛋，殺了我們那麼多人。」

所長說：「抓他們可不是爲了報仇，而是爲了治那個王八蛋，薩根那個王八蛋！現在我們要把他趕走，叫他滾蛋，只有一個辦法，就是把糧店那幫傢伙抓了，抓了活口好審問，收集證據！」

老孫問：「要不要向杜先生請示一下？」

陸所長瞪一眼，「請示什麼？還想遭罵啊，這不明擺的事情，有什麼好請示的。就是到時你一定要注意，如果那個王八蛋在場，千萬不能傷著他，否則杜先生非把我勒死不可。這狗日的是外交官，有護身符，我們暫時動不了他。」

「躲得過初一，躲不過十五。」老孫說。

「如果他不在場，」陸所長想了想說，「一定要抓個活口，今後可以指控他。」

「明白。」

老孫領命而去。

三

可惜的是，這次行動又失敗了。

原來，敵人早懷疑小周的身分，看到他和老孫一起走進糧店，儘管裝得像是一個主人、一個棒棒，是來買米的，但總是有些異樣，禁不起審視。那個坐在櫃台裡負責收錢的日本特務，感覺到他們提的米袋子裡好像藏著槍，不管三七二十一，竟從櫃台下面拖出一支槍來，率先朝他們射擊，很瘋的，就像一條被踩了尾巴的狗。好在老孫和小周有備而來，避閃及時，迅速還擊，擊傷了他。糧店裡頓時槍聲大作。

樓上的少老大聽見樓下槍聲，知道有人來端他們的窩子了，一邊吩咐桂花燒毀文件資料，一邊也找出槍來朝樓下射擊。受傷的日特寧死不降，負隅頑抗，他發覺老孫他們想抓他活口，更是囂張，挺身而出，連連擊發，一邊指揮么拐子往樓上撤退。么拐子農夫一個，哪裡見過如此場面，槍聲一響，嚇得渾身顫抖，手裡的槍怎麼也拉不開栓，逃跑也選錯了路線，竟往後院溜，正好被埋伏在外邊的戰士擒住。

受傷的日特從樓梯上的窗戶裡發現么拐子被擒，居高臨下，對著么拐子頭頂開一槍，打得他腦袋開花，當場斃命。接著，他又準備朝老孫的手下開槍，情急之下老孫一槍奪了他的命。

少老大和桂花隔著樓板襲擊樓下，火力很猛，一時間小周很被動，有生死之虞。老孫帶人冒死往樓上衝，高喊著要抓活的。少老大知道情況不妙，放火燒了房子，一邊帶桂花拚命突圍。當他發覺難有逃脫的希望後，他把最後的子彈給了桂花和自己。

老孫等人衝上來，奮力撲滅了火，翻箱倒櫃、破牆挖地搜索，結果既沒有發現電台，也沒有發現密碼本，所有可能成爲證據或有用的東西，都化爲一堆灰燼，神氣活現地（冒著絲絲熱氣）躺在燒焦的樓板上，對所有來看它的人發出陣陣嘲笑聲。

杜先生從電話上得知消息，大怒至極，可又實在不想開口罵人，什麼話都沒說，憤憤地壓掉了電話，對身邊的秘書發牢騷：「連個活口都抓不著，飯桶！一群飯桶！」

跟秘書發牢騷挺沒趣的，反而暴露了內心的無助。杜先生氣哼哼地去院子裡踱步，散心，透氣。中午吃飯前，他有了主意，回來對秘書發號施令：「立刻通知新聞辦，就鬼子炸我被服廠這個事馬上組織一篇特稿，明天讓我們所有報紙都在頭版登出來。」

第二天，一篇題爲〈美外交官勾結日軍，我軍工廠連夜遭襲〉的文章就在當地所有大報小報隆重刊登出來，大膽而又辛辣地揭露了事實眞相：

茲我軍管某科研基地夜遭敵機偷襲，夷爲平地，百餘人葬身火海。發生這一特大慘劇，事因美利堅駐華使館內出奸賊，無恥爲日本軍方當走狗所致。

據悉，美利堅大使館工作人員××，利用職務之便，探得我軍管某科研基地的地址。在親自前往查看、確認無誤之後，××將此地址向日本軍方透露。該科研基地係我軍遠程武器研究中心所在，歷來爲日本軍方所忌憚。得到××提供之地址，日軍如獲至寶，立刻組織了這場轟炸，導致該科研基地在無任何防備之情況下，遭到毀滅性地破壞。工作人員以及他們的家屬全部一百二十七人無一倖免於難，我軍的遠程武器科研工作也因此遭到了前所未有的重大打擊。

日本爲我敵國，其野蠻凶殘無恥世人皆知，做出此等禽獸行徑並不奇怪。奇怪的是美利堅國係我國盟友，本應與我國政府、軍隊、人民同心同德，並肩抗擊日寇的侵略暴行。孰料大使館內竟會隱藏有××這樣的無恥敗類，不但視兩國盟約於不顧，更做起了日本人的走狗，幫助日鬼破壞我核心機構，殺戮我抗戰精英和無辜同胞，是可忍孰不可忍。當然，我們堅信××的作爲只是他的個人行爲，於情於理，美利堅國都不可能允許自己的使館工作人員爲日本國效力。故，我等切望美利堅國駐華大使詹森先生能夠珍視兩國友誼，站在公平、公正的立場，依法對××進行處理，還死者一個公道，給生者一份信念……

消息一下傳遍山城的大街小巷，民怨沸騰，罵斥之聲直指美駐華使館。有個老人氣得不行，又無處發洩心中的憤怒與怨恨，竟從自家茅廁裡掏了大糞，挑到美國大使館去，將那臭氣熏天的屎尿倒在門前。有幾個放學回家的小學生，還溜到美使館後面的梧桐林裡去，用彈弓瞄準玻璃窗，一齊朝它發射小石子，打碎窗玻璃數塊。

事實上，這也是杜先生差人安排的。

杜先生的用心似乎未能瞞得住陸所長，後者看到報紙後，像迷航已久的水手突然看到了一線陸岸，興奮地拍著桌子對老孫感嘆道：「妙，妙！眞不愧是杜先生，居然在倉促之間想出這麼一手反客爲主的高招，我想現在美國大使館裡一定鬧翻天了！」

老孫卻擔憂地說：「你怎麼還高興？美國人在中國這麼多年，什麼時候受過這種氣？他們肯定要對我們興師問罪，這樣要趕走薩根豈不是難上加難了？」

陸所長訓斥老孫目光短淺，「你呀，怎麼就這麼笨，難怪老是把我們的事辦砸！我們現在急需大使館的官員跟我們坐到一張桌子上來論理，問題是他們憑什麼要這麼做？他們一無義務，二無責任，不可能聽憑我們擺布。換言之，我們已經到了有力氣沒法使的時候，龍游淺水，虎落平陽，非常之境地必須採用非常之手段，否則就是坐以待斃。杜先生這麼做等於是把包袱扔給了他們，他們無論接與不接，都會前來興師問罪，來了，我們就有了對話的機會。」

「問題是我們還沒有拿到薩根是間諜的證據。」

「是啊，這隻老狐狸。」陸所長說，「不過我想杜先生一定自有主意，否則他不會貿然去捅這個馬蜂窩的，他既然敢捅就一定有他的後續手段，斷然不會被馬蜂蜇到。」雖然不知道杜先生有什麼主意，但自己倒是有了一個主意，「既然杜先生已經主動出擊，我們也要該有所行動。」

「怎麼行動？」老孫問。

惠子到底是不是薩根的同夥，陸所長一直在猶疑中，他希望她是，所以格外擔心她不是。到底是不是？機會來了！陸所長有些得意地說：「你快去買一份報紙給陳家鴻送去，讓他下班就帶回家，把消息捅給惠子，就說報上所說的美國大使館的奸賊實爲薩根，看她是個怎麼樣的反應。」

四

陳家鴻帶著報紙回家的時候，家燕已從街上買了報紙回來，他父母、惠子和家燕都已經看過消息，正在數落鬼子的殘暴和那個未名的美國人的不義。家鴻覺得這正好，熱烈地加入到議論中，情緒激動，心有另謀。說著說著，家鴻把矛頭直指惠子。

家鴻說：「惠子，有句話，我不知道該不該說。」

家鴻很少對惠子說話，惠子有點受寵若驚的意思，趕緊正襟危坐，恭恭敬敬地道：「大哥，有什麼話請你儘管說吧。」

家鴻說：「我聽人說，報上講的美國使館的那個內奸，就是你的那個薩根叔叔。」

一石激起千層浪，一家人都驚而震之。惠子更是驚愕得腦充血，一時意識混亂，竟用日語喃喃自語道：「薩根叔叔，怎麼會是他，怎麼會是他……」說得一家人呆若木雞，面面相覷。

家鴻厭惡地看著她，情緒失控，訓斥她：「閉上你的嘴，我們聽不懂，也不想聽。但你要聽著，我的話還沒說完呢。」

「家鴻，你怎麼這樣說話？」母親出來干預。

「上樓去，別給我沒事找事。」父親也發話了。

家鴻原地不動，他有任務在身，不會輕易收場的。他叫父母別管，繼續對惠子說：「我還聽說，那天你還陪你的薩根叔叔去視察過那個地方，你不覺得這事也跟你有關嗎？」

「什麼地方？」惠子很茫然。

「難道你還陪他去過很多地方？」家鴻冷笑道。

「我只陪他去過一個地方。」惠子這才有點反應過來，怯怯地說。家鴻問她是哪裡，她說是哪裡。家鴻一針見血地指出：敵人轟炸的就是那個地方！

「不可能。」這下惠子急了，毫不客氣地反駁他。怎麼可能呢？如果眞要是這樣，家鴿不是出事了？想到這兒，惠子變得底氣十足，堅決地說：「大哥，我不相信，這絕對不可能！」

之前家鴻早已經跟老孫合計過的，目的就是要把惠子引去現場看，話趕到這兒，他似乎已經很好說了，「不信你可以去看，反正你認識那個地方。可我擔心你可能認不出那地方了，因爲已經被夷爲平地、化作焦土了。不過你放心，報紙上有地址，我找得到，我可以陪你去。」

計劃最後有點變動，因爲家燕和他們父母親執意要一同去看，家鴻怎麼阻撓都不行，只好都去了。一去，麻煩大了，老父親和惠子各自認出這地方：父親認的是石永偉的被服廠（他來過），惠子認的是家鴿的工作單位（也來過）。當他們倆望著眼前這片被炸成焦土的廢墟和廢墟上遍布的斑斑血跡，心都被掏空了，老人家爲石永偉及家人的生死著急，惠子爲家鴿的安全擔心，兩人的情緒都非常激烈。尤其是惠子，像中了邪似的，一個人哭哭啼啼地沿著圍牆去找陳家鴿的假宿舍。當發現陳家鴿的宿舍樓已經坍塌成一堆廢瓦爛礫，家鴿的衣服、用具，她的相框、信等等，有的夾在瓦礫間，有的在隨風飄……所有一切，在惠子看來都像是看見了家鴿的屍首一樣，她瘋狂地撲倒在廢墟上，瘋狂地呼喊，瘋狂地搬挖破磚爛瓦，直到昏迷過去。

老孫和所長都在現場，他們遠遠地躲在車上，用望遠鏡在觀察惠子，看她的反應。沒想到，她的反應會如此激烈、瘋狂、拚命。他們從望遠鏡裡看到全家人都爲惠子的昏厥急得團團轉，沒辦法——總不能見死不救吧——只好把車開過去，做了個好人，把惠子送去醫院搶救。

這下可好了，黏住了——陳家人正要找他們問事呢，他們居然主動撞上來。廢墟四處是家鵠的「遺物」，說清楚，是怎麼回事。惠子很快甦醒過來，把來龍去脈一講，一家人更是堅信家鵠出了事，都圍著老孫和陸所長不放，一定要他們說清楚陳家鵠到底怎麼了。

沒事，沒事，陳家鵠什麼事都沒有，他好好的，一根頭髮都沒少，你們放心。兩人好話說盡，又是安慰，又是保證，卻非但沒有起到安撫作用，反而激怒了老父親。老父親像老獅子一樣發威了，衝上前一把抓住陸所長的衣襟，一下把他推到懸崖邊：「聽著，你算是聽過我課、喊過我一聲老師的，請你給我一個面子，我要見人，馬上帶我去見家鵠，否則別怪老夫不給你面子！」

事已至此，陸所長知道只有一個辦法才能安撫驚慌悲痛的一家人，那就是讓他們在電話上跟陳家鵠相見。於是，陸所長將他們一家子帶到渝字樓去，給陳家鵠打通了電話。

在電話裡聽到陳家鵠響亮而又歡快的聲音，一家人懸著的心才落了地，你一言，我一語，紛紛露出笑臉，喜樂起來。惠子是重頭戲，壓軸的，最後才輪到她上場。話筒送到惠子手裡，掉了，因爲她的手抖得厲害，篩糠似的，拿不住。又遞給她，又丟了，最後不得不用兩隻手緊緊地捧著才解決問題，那樣子看上去有點滑稽，但你絕不會笑，而是想哭。

「家鵠，是你嗎……家鵠家鵠，眞的是你嗎？嗚嗚嗚，家鵠，我沒有做夢吧家鵠……嗚嗚嗚，我好……我很好……嗚嗚嗚，我眞的很好……嗚嗚嗚，我沒有哭，我是高興，我太激動了家鵠……嗚嗚嗚，家鵠，我好想你啊……嗚嗚嗚，家鵠，我好想你呀……」

那一聲聲眞切的哭訴和呼喚，把全場的人都感染得淚水盈眶。

一向以鐵石心腸自詡的陸所長也覺得看不下去，乾脆把臉轉向一邊，假裝去看窗外的風景。窗外哪有什麼風景？即使有風景也看不見，這些天來他只要一定神，目光就會渙散，被服廠劫後地獄般的畫面就會自動浮現在他眼前：焦土碎石，斷壁殘垣，鮮血橫流，死屍遍野，一派狼藉……這差不多也正是陸所長此刻的心情：惠子這道必須邁過去的坎，只怕比想像中的更加難邁了。

五

虛驚一場的不止是陳家，就連重慶八路軍辦事處的人也著實受了驚嚇。

以前叫八路軍重慶通訊處，現在雖然沒有正式命名掛牌，但實際上大家都已經這麼認爲了。隨著武漢淪陷在即，武漢八路軍辦事處的人相繼轉移到重慶，包括山頭首長。山頭首長在黨內是知名人士，天上星在他面前是個學生輩，所以他來了後，雖然中央尚未明文下令成立重慶八路軍辦事處，但天上星包括其屬下的組織都已經自動聽候他的吩咐，大家開口閉口、當面背後都稱他爲首長，無條件接受他的領導。

今天上午八點多鐘，天上星偶然看到報紙上的消息，覺得說的好像是黑室的事，不由一驚，連忙向山頭首長去作彙報。這是件大事，事關黑室和陳家鵠的存亡。可山頭聽了不急不躁，只是很隨意地看了一遍報導，然後淡淡地說：「我已經知道了，正要找你商量呢。」

天上星很奇怪，晃著報紙說：「報紙剛來的呀，你怎麼知道的？」

山頭笑道：「你的消息不靈通嘛，剛才已經有一個人給我打來電話，說的就是這件事。」能跟他直接通話的人沒幾個，加之是能提前獲知這種高層內幕消息的人，天上星馬上想到是大首長。大首長這幾天正好在重慶，準備過兩天去延安，杜先生假惺惺地視他爲上賓，安排他住在曾家岩。

「大首長給你來電話了？」

「嗯。」山頭笑笑，他是個和藹的老人，「你這個人消息不靈，但頭腦還是蠻靈光的。」

「大首長怎麼說？」

「大首長要我們趕緊調查清楚，敵機偷襲的是不是黑室。」

天上星有些不解地望著首長，「難道大首長懷疑不是黑室嗎？」

山頭說：「嗯，大首長認爲是黑室的可能性很小，我也這麼覺得。你想，如果眞是黑室被炸了，杜先生想瞞都還來不及呢，現在反對他的勢力有增不減，他在報上大聲嚷嚷，分明不是授人予柄，自找麻煩嗎？」

天上星心想確實也是，便鬆了口氣，「那我們現在該怎麼做？」

山頭想了想，吩咐道：「你立刻去打電話，把李政和老錢叫來，我們一起吃個午飯，碰個頭，將各方面的情況都彙合一下，研究一下，看一看，究竟是發生了什麼事。」

午飯前，李政和老錢都趕了過來，可大家把各自掌握的情況彙攏後，依舊還是雲遮霧罩的，不明就裡。特別是李政，他早上看到報紙上的地址後，知道那是石永偉的廠區，連忙趕去現場看，得知石永偉一家人均已犧牲，悲痛萬分，這會兒臉上還重疊著悲傷的陰影。他看看山頭，沉痛地說：「首長，說眞的我都被搞糊塗了，到底是怎麼回事呀，敵人怎麼會去炸那兒呢？那兒肯定不是黑室。」

山頭點點頭，問：「那你知道黑室在哪裡嗎？」李政說不知道，他又問天上星和老錢，兩人也都說不知道。「但是你們都知道陳家鵠在黑室，這說明我們的工作出了問題，」山頭看看大家說，「我們把陳家鵠放手後沒有牽住他那根線，讓他飛走了，無影無蹤，因爲我們都不知道黑室在哪裡啊。」

「是的，首長，」天上星說，「這是我的責任。我想著他剛進黑室，一時不會有什麼變化，沒有及時地去聯絡他。」

山頭對他擺擺手，說：「現在我們不是在找誰的責任，而是要找黑室，找陳家鵠。」說著打開抽屜，打開一個講義夾給大家看，「你們看，大首長給我們轉來了這麼多電報，都是八路軍在前線截獲的，如果能及時破譯出來，對我們打擊日寇幫助一定會很大啊。」

李政嘆著氣說：「唉，如果當初能夠把陳家鵠留在我身邊就好了，我隨時可以喊他幫我們幹這活兒。」

天上星看看首長，誠懇地說：「放他去黑室是我決定的，當時主要是爲他的安全著想。」

山頭笑道：「不是說了，我們不找責任，你不要覺悟太高。當時的情況我是瞭解的，要是我也會這麼處理，安全第一嘛，留得青山在，不怕沒柴燒。如果陳家鵠那時被鬼子暗殺了，你才要承擔責任，現在你沒責任。」回頭拍拍李政的肩膀說，「李政同志，我知道你和陳家鵠是同年月同一天在同一街上出生的，你們的關係非同尋常，你的工作熱情也很高，我覺得下一步尋找陳家鵠的責任你應該多擔當一些，有問題嗎？」

「沒問題。」李政胸一挺，果斷地說。

「所以我不著急，有你在，我心裡就有底。」山頭又拍拍李政的大腿，「我相信即使他現在不在你身邊工作，你照樣能發揮獨一無二的作用。」

李政說：「請首長放心，我一定全力以赴，爭取儘快完成首長的任務。」

山頭說：「好，我等著你的好消息。」掉頭問天上星，「你看，你還有什麼好的建議？我認爲下一步你們小組的工作可以把這個作爲重點，大首長確實很關心陳家鵠的情況啊，希望我們能夠儘快找到他，因爲我們需要他的幫助。」

天上星沉思片刻，清了清嗓子說：「有件事我一直沒向首長彙報，也沒跟同志們講起過，現在看來是到該講的時候了。其實我在陳家鵠進黑室前已經安插了我們一個同志進去，我當初爲什麼同意放陳家鵠去黑室，一則是情形所迫，胳膊擰不過大腿，二則也是因爲裡面有我們的同志，可以隨時起用他，做陳家鵠的工作。」

李政樂了，喜滋滋地笑道：「我早就有這種預感，你在裡面安了人。」

天上星接著說：「這位同志只跟我單線聯繫，他也是剛被安排進黑室的，在他進黑室之前我們見過一面，我專門向他提到陳家鵠有可能要去黑室，希望他盡最大可能去接近他，發展他，對他開展工作。但是這麼長時間了，他跟陳家鵠一樣消失了，從沒有出來跟我聯繫過。我不知道發生了什麼事，所以現在我們必須儘快找到黑室，找到地方了，就可以爭取跟他們取得聯繫，下一步的工作才能順利開展。」

李政說：「我們單位的趙子剛被退回來了，這是一個突破口。」

天上星聽了很是興奮，「是嗎？你怎麼不早說呢，你早該去找他瞭解一下情況啊。」

其實李政早找過他，只是趙子剛才吃過虧——吃了一塹，長了一智，對有關黑室的情況很警惕，很謹慎，旁敲側擊根本不管用。李政意識到他是有意在防範自己，也是很謹慎，沒有去深挖。

關鍵是沒有正當的理由不便去深挖，挖了容易挖出趙子剛的疑心，給自己惹來不必要的麻煩。但轉眼間情況突變，現在李政覺得已經擁有一個「光明正大的理由」，便決定鋌而走險一次。

六

當天下午，就在陳家一家人在渝字樓跟陳家鵠電話上相見的同一時間，李政把趙子剛叫到辦公室裡，開始對他進行「深挖」。兩人相對而坐，先聊了一陣單位裡的事，當開場白過渡。過了渡，李政煞有介事地拿出那張報紙，問趙子剛：「這報紙你看了吧？」

「看了。」只掃了一眼，趙子剛說。

「你知道這是什麼單位嗎？」李政問。

「不知道。」趙子剛說，「報上說它是科研重地，具體什麼單位沒說。」

李政笑道：「現在的報紙啊，眞是欲加之罪何患無詞，胡亂安一個聳人聽聞的名頭就跟家常便飯一樣容易，什麼遠程武器科研重地？嚇唬人的，我太瞭解那個單位了，一個軍用被服廠而已。」

「是嗎？」趙子剛來了興趣，「想嚇唬誰呢？」

李政搖頭嘆氣，面色沉痛地說：「嚇的人多呢，包括我，都被它搞得煩死人了。」怎麼回事？李政開始言歸正傳，「你不知道，敵人炸的這個軍用被服廠，廠長就是陳家鵠在日本留學時的同學，雙方父母親的關係都很好的。可現在，那廠長一家人都死了，陳家鵠的父母到處找他，想讓他回來跟老同學一家人的遺體告個別。任務交給我——找陳家鵠的任務，可我找了一大圈都沒人知道他在哪裡，他好像去了天上，找不到了。後來一想，操，知道他的人其實就近在眼前，我還捨近求遠去瞎找，眞見鬼了。」

「誰知道他？」趙子剛小心地問。他已經有預感，明知故問。

「你啊，」李政脫口而出，「難道你不知道？」

「我……」趙子剛支吾道，「我……我想……他不可能出來的。」

「關鍵是在哪裡，知道了地方才能說下一步的話，什麼事情都是可以爭取的嘛。」

「嗯……」趙子剛在猶疑中變得堅定，「很抱歉，我不知道他在哪裡。」

「你也不知道？」李政有意大聲驚叫道，「怪了，你們不是同窗過嘛。」頓了頓，笑道，「眞人面前別說假話，再怎麼說我是送你過去又是接你回來的人，陳家鵠呢也是我的老同學，老朋友，有些事想瞞我是瞞不了的。」

「陳家鵠跟你聯繫過嗎？」

「當然。」

「那他怎麼沒告訴你地方？」

「操，就是這麼怪，那天我該說該問的都說了，問了，偏偏忘了問這事，他也忘了說了。」

「他不可能跟你說的。」

「爲什麼？」

「那是保密的。」

「你說不知道也是因爲保密？」

「這是規定，不能說的。」

李政突然爽朗地大笑道：「當然你不能跟大街上的人去說，可我是大街上的人嗎？」言下之意很明白：我是黨國的人，又是你的頂頭上司，你有什麼不能說的？

趙子剛當然明白他的意思，所以顯得很爲難又很無助，支支吾吾了半天，最後還是拜倒在「血的教訓」面前，守住了秘密。但他也不想開罪人力處長，所以爲自己的保密編了一個挺像回事的說法：「過了江，在南岸上了車後，他們把我們的眼睛全蒙了，去的時候是這樣，回來時還是這樣。所以，具體在哪裡我眞的不知道，只是憑感覺應該在山上，車子顚顚簸簸地開了好一會才到。」

李政想，大致方向有了，可以去找找看。自然，如果再追問一個他說的「好一會」是有多長時間，以後找起來肯定要更容易。但李政當時有點心虛了，怕再這麼問下去讓他多疑，弄巧成拙，又想也許這樣就可以找得到，頂多是多花點時間而已。總之，李政沒有追問下去，他想以「多花時間」來避免可能有的「弄巧成拙」，結果錯失了一個難得的見到陳家鵠的機會。

眞正是一個難得又難得的機會啊，李政爲此悔恨不已。

這是後話。

薩根不免緊張地注意到，密特先生在不停地點頭，
臉上的表情竟突然變得詭秘了，怪異了，
有震驚，有怨尤，彷彿還有一絲得意和冷笑。

第十四章

一

美國駐華大使館位於使館區臨江北路一號（現渝中區健康路一號），其建築坐西向東，臨江，磚木結構，兩層樓，通高十米，面闊三十二米多，進深十二米多，有房屋二十八間，外牆紅磚勾白縫，拱形門柱，帶迴廊，風格典雅，仿巴洛克。毗鄰的是美國新聞處，同是西式磚木結構，一樓一底，通高八米，面闊二十六米，進深七米多，共有房間十五間。

這一天上午的早些時候，一輛黑色的高級轎車緩緩停在美國大使館樓下，車上下來兩個人，明顯的是一主一從：杜先生和他的秘書。杜先生推開秘書過分貼身的跟隨，抬頭瞭望插在樓頂、在風中飄揚的星條旗，便踏著台階一步一步往上走。

巴山夜雨漲秋池，昨晚又下了一陣雨，把台階沖洗得乾乾淨淨，像新砌似的。雨後清新的陽光灑滿街道，灑滿青蔥的梧桐樹林，將整個美國大使館都托浮在一片綠雲之上，托浮在燦爛的陽光

中，顯得極是卓爾不群，扎眼刺目。作爲國民政府的先遣官員，杜先生剛到重慶時，一眼相中這座具有歐洲藝術情調的建築，把它巧妙地轉爲公產，納在自己名下。他曾計劃要將它劃給國民政府下面的一個藝術委員會做陳列館用。可美國大使館西遷到重慶後也看中了這座建築，竟不由分說地通過上層關係把它從杜先生手裡強買了過去。買就買了，沒什麼的，問題是大使閣下仗勢欺人，自始至終沒有和杜先生見上一面，這就有點小瞧人了。爲此，杜先生對大使詹森先生一直耿耿於懷，沒有必要的外交事務，他是絕不到使館來的。有時坐車路過這裡，他也要別開臉去，儘量不去看它。

今天之行，杜先生是在期待中的。自組織刊發了那篇報導後，杜先生就開始等待美國大使館找他問罪。他已從陸所長給他的分析報告中確信，薩根不僅是日本間諜，還可能在使館內窩藏有秘密電台。杜先生就是要趁此機會，向美方提出抗議，讓薩根滾蛋。

會見是在二樓的接待室裡進行的。由於大使詹森不在重慶，接待杜先生的是薩根的頂頭上司密特先生，他是美國大使館的政務參贊，大使不在，由他臨時代管使館事務。密特先生身材高大，作風幹練，西裝革履的，很有幾分紳士風度，也很有美國人那種大模大樣的派頭。他匆匆走進接待室，見到杜先生，立即停住腳步，臉上交織著怒氣和倨傲，昂然站在屋子中央，彷彿在等待杜先生驚慌失措地道歉。但出乎他意料的是，杜先生只是彬彬有禮地除去手上的白手套，鎮定自若地走上前，撫胸微微一躬，說：「尊敬的密特先生，我是杜德致，很榮幸能在這裡與您相見，我謹代表……」

密特先生挺著胸脯，傲慢地打斷了他的話，要他閒話少說，拍著茶几上的報紙，直奔主題，「聽說這是您簽發的稿子？」杜先生點頭稱是。密特先生冷冷地看著杜先生，「光敢做敢當不夠，我要您給我一個明確而又可以讓我接受的理由——您憑什麼要傷害我個人和美國政府！」

杜先生微微一笑，說：「先生閣下，準確地說，是您的人在傷害我和我的政府。雖然您這兒秋毫無損，但是三天前的夜裡，就在這兒向西六公里之外，炸彈丟了一地，大火燒了一夜，死者親人的哭聲震天動地……」

「這跟我美國政府有什麼關係！」密特先生又一次打斷杜先生的話，那種所謂的紳士風度蕩然無存，有的只是美國人慣有的霸道和傲慢。

「有關係，」杜先生不卑不亢地說，「正如報上所言，這一切都是由您的一個部下一手策劃並指揮的。」

密特先生略略一怔，但倨傲的神情絲毫不減不損，目光依然咄咄逼人，瞪著杜先生，「誰？今天我把您請來就是要討一個說法，這個日本間諜是誰？有名有姓地報來。恕我直言，如果你說不出個所以然，對不起，我將以我們國家的名義向貴國政府狀告你！」廢話，要說不出個所以然我怎麼敢摸你的老虎屁股？杜先生淺淺笑著，莊重地說道：「好的。但是，如果我告訴您這個人，我也將以我們國家的名義要求您將此人驅逐出境，永遠不要再踏入我國領地！」

「不但要有其人，還要有其證據。」密特先生提高聲音說。

「只要閣下站在公正、公信、公開的立場上，我相信什麼都會有。」

「說，是誰？」

「您的下屬，薩根先生。」

密特先生怔住了，但依然挺著胸脯說：「對不起，空口無憑，我要證據。」

杜先生便將早已準備好的文字資料和幾張薩根從事間諜活動的照片，交給密特先生。照片清晰地記錄了薩根派汪女郎打探地址，去被服廠察看虛實，去糧店與少老大接頭等情況，可謂人證物證俱全。文字資料有兩份：一份是詳細地講述了他勾結日本間諜惠子，不擇手段地組織謀害了一名從美國留學回來的中國數學家陳家鵠——這次轟炸的本意是要殺害他，並羅列了這次轟炸的傷亡情況；另一份則顯示了薩根在日本多年的生活軌跡，他與日本軍方的曖昧關係——他的日本老師是個狂熱的軍國主義分子，其兒子還是日本軍方的一個情報官，惠子是他們派出的間諜。云云。

「除此之外，」杜先生口頭補充道，「我們還接到過幾個匿名電話，說貴國使館內暗藏有日本國間諜，一直在配合日本軍方試圖搗毀我黑室，暗殺我著名數學家陳家鵠等人。」

「哼，」密特先生冷笑道，「匿名電話？難道你寧願相信一個匿名電話，而不相信我們兩國政府締交多年的友誼？」

杜先生回敬道：「我今天專此來與閣下會晤，並直言不諱，正是我相信並珍愛兩國政府的友誼友情的證據，要不我就下令抓人了。」

「你敢！」密特先生覺得杜先生的話好像一把利器，刺在了自己不可一世的自尊心上，情緒突然失控，咆哮起來。

「明的不敢，暗的有何不敢？」杜先生冷冷地笑，笑裡藏刀，刀鋒上閃耀著一種無法無天的流氓勁，「要知道，這是戰爭時期，重慶的天空上時常都盤旋著罪惡的敵機，生命就像是您身邊的青花瓷器，不管它是否價值連城，都實在是太渺小太易碎了。」

「你是在威脅我！」

「不，我這是在曉之以理，希望閣下能明察秋毫，弘揚正義，對薩根這種國際敗類作出應有的處理。」杜先生至誠至眞地說，「倘若參贊先生對此事置若罔聞，任由薩根在我領土上繼續胡作非爲，我國政府將保留外交交涉的權力，哪怕將事情擴大化，也要捍衛我抗戰之利益與國家之尊嚴。」

密特先生眉毛一挑，看樣子上了火要發作，杜先生哪裡會給他這個機會，前面的話音未落，後面的話接踵而至，聲音又快又大，「當然，這樣的假設我們不希望發生，也相信不會發生。不過是表明我們政府的立場與態度罷了。如有得罪，還請密特先生和美利堅國人民海涵。」

密特先生聳聳肩，火是沒有了，話也變軟了，且帶著笑意，但滿臉不屑譏諷的神情，分明是剝掉了笑容中僅有的友善的成分，變成赤裸裸的譏笑和嘲笑。「尊敬的杜先生啊，很抱歉，你不覺得就憑這點眞假難辨的東西讓我來結束一個人的職業和榮譽太牽強了嗎？」

「如果先生願意賦予我特權，我可以搜集到更多更直接的證據。」杜先生說。

「你要什麼權力？」

「允許我搜查薩根的私人住所。」

「荒唐！你以爲這是你家開的飯店嗎？」密特先生惱怒地說。

「當然不是。」杜先生笑道，「我知道，當我踏入這個院門，無異於踏入美國本土。所以，沒有閣下的特許，您就是借我十個膽我也不敢多邁出半步。」既要示強，又要示弱，這才是上兵伐謀。

密特先生哼了一聲，「你知道就好。你還應該知道的是你的要求很荒唐，你就是掏出槍逼著我，我也不會給你這個特權的。」杜先生聽了不禁哈哈大笑，「閣下作賤我眞有一套，倘若我杜某今天身上還揣著槍，那只能說明我無能啊，身邊連個玩槍的人都沒有。放心，閣下，我身上沒有槍，但我身邊不缺玩槍的人，多的是。」窗外陽光如熾，密特先生走到窗前，用寬大的背脊對他說：「當你炫耀你的槍時，最好不要忘記看看這些槍的產地，也許上面刻著『ＵＳＡ』。」

杜先生特意轉過身去，用背脊對著他的背脊說：「也許吧，所以我樂意退而求其次，希望密特先生以維護兩國人民的利益爲重，以澄清事實、是非爲由，對薩根的住所進行搜查。據我的部下彙報，他身邊密藏有一台秘密電台，專門與日軍特務頭子聯絡。」

密特先生轉過身來，走到杜先生跟前，略帶鄙夷地笑了笑，說：「搜查？杜先生，您以爲我們美國公民的權益就像你們中國公民，是可以任意踐踏的？對不起，我沒有這個權力。」杜先生嚴肅地說：「你個人沒有這個權力，但您代表的是美國政府，我現在代表的是中國政府。難道我們兩國政府之間的友誼還及不上一個嫌疑人所謂的權利？」

密特先生不以爲然，提高聲音說：「可他代表的是美國公民，在沒有任何證據可以起訴他的情況下，他的一切私人財產——當然也包括他在使館的房間，一律都受到神聖而偉大的美國法律的保護，任何人都不能以任何理由對它進行侵犯。」杜先生不覺搖了搖頭，嘆息說：「這也就是說，我剛才所言的一切，對閣下來說不過是戲言，甚至比街頭流言還不値得尊重？」密特先生聳聳肩，「你怎麼理解是你的事，跟我無關。」

杜先生狠狠地盯著密特先生的雙眼，臉上的表情突然變得非常嚴厲且擲地有聲地說：「中國有兩句老話，一句叫紙包不住火，另一句叫門旮旯裡拉屎總是要天亮的，說的都是一個道理，那就是事情總有眞相大白的一天。到了那一天，事實證明薩根就是一隻藏匿在閣下身邊的大鼴鼠，對不起，我將以中國政府的名義對貴國政府和新聞界公開我們今天的談話內容，到時就請先生不要怪罪我杜某人做事不講人情，對先生不夠尊重。而且我相信，這一天不會太遠的。」

說罷，杜先生起身告辭，腳步聲有力、鏗鏘、快速。

密特先生想發作，卻發現他轉眼已出了門，氣憤難忍之下，禁不住用英語衝著大門罵了一句髒話。

密特先生氣咻咻地回到自己辦公室，一屁股坐在了椅子上。他的目光從牆上嶄新的美國星條旗移到了辦公桌上。桌上擺著兩樣東西，一是他和可愛夫人的合影，另一個便是他任職以來得到的最爲珍貴的東西——美國政府頒發給他的金質榮譽勳章。這是密特先生一生都引以爲傲的兩項光榮，是他生命的光榮象徵和意義。他夫人是他的大學同學，導師的女兒，舉校聞名的校花，且祖上是純正的英格蘭移民，具有與英國皇室沾親帶故的貴族血統，在學校裡可說是人見人誇，人見人愛，美麗得像孔雀，驕傲得像公主。而他，不過是新澤西州一個小小的牧場主的兒子，母親還有八分之一的印地安人血統，照重慶話說，是一個窮鄉僻壤的農民娃娃，甚至連農民娃娃都不是，一個慘兮兮的放牛娃而已。所以，挽著如此美貌高貴的妻子，走進教堂去成婚的這一天，成了密特先生記憶庫裡最最大的亮點，隨時隨地都會油然想起。此刻他又彷彿看見那一天的他，英偉得像個自己的陌生人似的，昂首挺胸，高視闊步，紅潤的臉上放射出奇異的亮光，燕尾服的領子，和他的脖子一樣的硬直。密特先生一直將這一天、將他的妻子視爲他生命的榮耀，人生的驕傲。而那枚金質榮譽勳章就更不用說了，一個既沒拿過槍又沒打過炮的外交官，能獲得國家頒發的如此殊榮，本身就是對他人格、人品和工作業績的最大肯定和褒揚。

密特先生坐在辦公桌前，久久地凝視著這兩樣東西，心潮起伏，神思飛揚，彷彿回到了他強大的祖國，回到了遼闊的新澤西州，回到了他美麗高貴的夫人身邊。他知道，自己很希望夫人在身邊，尤其是這種時候，他很願意聽取夫人的意見，但是這鬼地方整天是生死考驗，他不敢。爲了夫人的安全，他寧願讓自己經受相思和孤獨的折磨。他承認，自己脾氣越來越差，經常露出一個鄉下小子粗暴的德行，好衝動，瞧不起人，嘴裡帶髒字。他不敢想像，如果剛才夫人在場，看見他對杜先生的那個樣子，她不知會有多麼難過。在他記憶中，夫人熟睡時都是面帶微笑的。想到這裡，他臉上擠出一絲笑容，站起身來，走到隔壁助手的辦公室，吩咐他去把薩根叫來。

助手應聲而去，可走到門口，又被密特先生叫了回來，後者低聲在他耳邊交代了幾句。目送秘書走遠，消失在樓梯口後，密特先生默默地回到辦公室，拉開抽屜，拿出杜先生遞交的兩份報告和登著相關報導的報紙，都放在辦公桌上，然後走到窗前，面朝窗外，站著。燦爛的陽光破窗而入，照在密特先生那美國味十足的臉上，但卻驅不散他眉宇間隱含的憂悒與憤怒。

不久，薩根躡手躡腳地走進來。

其實，杜先生的到來和離去，以及他們停在使館外面掛著中方軍用牌照的轎車，都被他看在眼裡，想在心裡，一種不安已潛伏於心。此時杜先生剛走，密特先生便叫他上去，更是讓他覺得情況不妙。可薩根畢竟是隻老狐狸，儘管他進屋後有些忐忑和拘謹，但很快就鎮定下來，以他們美國人特有的幽默，朝著密特先生朗聲笑道：

「請問參贊閣下，叫我來有何吩咐？」

密特先生驀地回頭，儘量掩飾住內心的厭煩，虛張聲勢地笑道：「沒什麼特別的事，找你來就是想跟你說說天氣的情況，今天的天氣我看眞糟糕。」薩根不知道密特先生的葫蘆裡賣的是什麼藥，他知道今天天氣很好，但依然走到窗前，立在陽光下，假意地撫摸了一下陽光，圓滑地點了點頭，說：「閣下的意思是太陽太大了？」

密特先生走回到辦公桌前，一邊不痛不癢地說：「你該明白，我說的是我的心情，我內心的天氣，烏雲滿天飛啊。」說得薩根心裡也是烏雲壓頂。密特看看薩根接著說：「就是說，天上沒有烏雲，烏雲在我心裡，在我身邊。」

「頭，」薩根湊上前問，「到底出什麼事了？」

「有人在爲日本人做混帳事，當間諜。」

「誰？」

「我聽到的說法是你！」

薩根一怔，即刻裝出滿臉的無辜，無辜又變成生氣，生氣又變成憤怒，「荒唐！誰說的？這是污蔑！天大的污蔑！」

密特的心情控制得不錯，他緩緩拿起桌上的報告和報紙，一邊說著一邊都遞給他：「我也希望這是污蔑，只怕你滿足不了我的希望。看看中國政府遞交的報告和報紙吧，但願你不要因爲羞愧而臉紅。」

薩根接過密特先生遞上來的報告和報紙看起來。與此同時，密特先生的助手和使館助理武官大衛．巴雷特少校已經潛入薩根的房間，在地下室裡輕而易舉地尋找到了他藏匿的秘密電台。

報告的內容多半已登在報上。報紙，薩根當然是早看過了，但他依然裝著沒看過，第一次看，認認眞眞地看著。看得很慢，很仔細。這些情況報紙上都登了幾天了，我沒看，這說明什麼？我跟這事沒關，我不關心它。薩根不是個魯莽的人，他很有心計的。其次，他也在利用這個時間在調整心理，盤算對策。調整得很不錯，手不抖，心不跳。密特先生一直默默地察看著他的神色，希望能看到一絲異常。但是很遺憾，沒有，絲毫沒有，他神態十分鎭定自如，甚至嘴角泛起一絲嘲諷的笑意，最後竟眉飛色舞地抬起頭來，跟他上司像拉家常似地說，隨隨便便地說：

「我還以爲發生了什麼事，就這事。這跟我有什麼關係？您說有人控告我在爲日本人做事，就是憑這幾頁紙嗎？這太荒唐了。再說，報紙上面沒有我的名字啊，只有一個代號叫××的人。如果他們掌握了確鑿證據，爲什麼不在報紙上公開我的名字，而要用××來代替？我的上司先生，請允許我表達也許您不喜歡聽的觀點，我不叫××，××是什麼意思，是數學方程式嗎？其次，據我所知，我們使館內也並沒有一個叫××的人。在我看來，這篇沒有絲毫事實依據的報導實在不值得我們大驚小怪，而這兩份報告更是無稽之談，誰都知道，我薩根痛恨日本政府，我在十五年前斷然辭去公職，就是爲了抗議日本政府野蠻無恥的行徑，他們把我母親的名譽毀了，這比當眾搧我耳光還要令我難受，這裡居然還把我說成跟日本政府一直關係曖昧，難道你不覺得可笑嗎？這麼公然失實地詆毀我，不過是中國人的又一個愚蠢的象徵而已。我足可宣稱，中國政府這種徹頭徹尾可笑可恥的行爲，不能證明我什麼，只能證明他們自己的愚蠢，野蠻，無恥。」

密特先生有些驚訝地望著他，「可我更願意相信中國人的一句俗話，無風不起浪。」薩根坦然地點著頭說：「是的，以您的身分而言謹愼便是美德。但請原諒我直言，即使要循風而動，也應該是實實在在地依法尋取實證，而非聽信小人的一面之詞。如果就此懷疑我——一個跟隨了你多年的屬下和朋友，我只能說我感到非常遺憾和難過。」

反守爲攻，攻得好漂亮！

密特先生一時找不到合適的措詞，只好順著他的話說：「放心，我會調查的，我的職責就是保護你和我們使館的名譽，杜絕發生一些不必要的誤會和矛盾。」

這時助手走進來，對薩根禮貌性地點頭示意後，走到密特先生身邊，將嘴巴湊到他耳邊悄悄地說了一些什麼。薩根不免緊張地注意到，密特先生在不停地點頭，臉上的表情竟突然變得詭秘了，怪異了，有震驚，有怨尤，彷彿還有一絲得意和冷笑。總之，是那麼五味雜存著，意味深長著，時不時地冷眼瞟一下薩根，瞟得薩根不自覺地毛骨悚然起來。罷了，密特先生開始表演起來，一邊忙忙地收拾起東西，一邊對薩根解釋道：「今天就這樣吧，我有事，我們回頭再聊。」

「如果需要的話，」薩根笑著說，並沒有站起來，「我樂意奉陪。」

「謝謝，我想還是需要的。」密特率先站起身，居高臨下地對薩根說，「我剛才說了，我會根據你的要求認眞展開調查。我喜歡調查，喜歡用事實來說話，所以我要奉告你，若要人不知除非己莫爲——這是中國的又一句老話。你在中國必須要學習他們的老話，那是他們古人的智慧，學會了可以變成你的武器去戰勝他們，現在我覺得你比較被動。當然，你放心，我不會讓我的屬下成爲一個無辜的犧牲品的，不管怎麼樣，你是做了也好，沒做也好，別人是汚陷你也罷，還是揭發你也罷，我一定會找出證據來的。」

薩根看上司滔滔不絕的樣子，第一次覺得無話可說。

二

同樣是夜晚，但美國大使館的夜晚是與衆不同的。

由於擔心鬼子的飛機再來夜間空襲，許多人家和單位都不敢點燈，整個重慶幾乎成了一潭黑燈瞎火的死海。即便是使館區內，大多數地段和建築也是黑洞洞的，路燈形同虛設，屋裡雖然有照亮，但窗簾總要拉得死死的，百米之外難見光影。唯獨美國大使館，屋裡屋外，照明燈盞盞通亮，將那座巴洛克風格的建築和屋頂之上高高飄揚的星條旗，明目張膽地置於明旺的燈火中，通體一片璀璨。如果你在空中俯瞰，則會輕易發現，美國大使館，新聞處，包括江南岸的大使館酒吧、國際總會等屋頂，都鋪著一面巨大而鮮艷的星條旗。天黑黑，地黑黑，偌大的城市陷入一片漆黑中，但這幾個地方卻因爲漆黑而變得更加明旺觸目，鮮艷的星條旗像一個喧譁的廣場，構成一個色彩斑爛、情緒熱烈的世界，使這個城市沒有因爲漆黑而死亡。

這就是美國人的強悍與牛氣（多少也摻雜著一絲寶氣）：你日本人敢炸中國的軍用設施，敢炸重慶的平民百姓，但你就是不敢炸我美國國旗。凡是有星條旗飄揚和鋪張的地方，即便在時時處於日本飛機威脅下危如累卵的重慶，也是最安全的。這種美國式的強悍與牛氣自然也貫注在密特先生心裡，他的助手明明已在薩根的密室裡搜出了秘密電台，但他就是不想按中國人提出的要求，將薩根驅逐出境，讓他滾回美國去。他認爲這樣做太傷他們美國政府的面子，即使證據確鑿，他也不能這樣幹。他要按他們美國人的方式，處理薩根。

這天晚上吃罷晚飯，密特先生踏著薄暮在院子裡小走一會：既是在等薩根回去，也是在思考怎麼來修理薩根。遠處，山嶺的背後泛著一片暈紅，他知道那是燃燒的晚霞。同時，他又覺得自己心裡也升浮這樣一片暈紅。大使在昆明，昨天晚上他把薩根的情況用電報向大使作了彙報，今天下午大使給他回電，授予他全權代表大使負責調查和處理。這說明大使暫時回不來，同時也說明大使對他的信任。

他喜歡這種感覺，權柄在手，高高在上，人爲魚肉，我爲刀俎。

薩根回來了，他前腳跨進宿舍，密特先生後腳就緊跟了進去。

密特先生用目光巡視一番屋內，發現屏風之後確有助手說的一塊木頭蓋板。他難以想像，這屋子裡怎麼會有這麼一個骯髒的地下室。其實這是房子老主人以前藏酒的地方，薩根是使館內有名的酒徒，又是使館西遷的首批先行人員。詹森大使是一九三八年八月率隊入駐此地的，包括密特，而薩根作爲三名先行者之一，年初就來重慶落實使館西遷的準備工作。他是捷足先登，又有一個對酒之醇香十分敏感的大鼻子，第一次進樓來看房子時就被一縷陳年醇香牽引到了這間屋子。酒徒配酒窖，名正言順，其他職員還不要呢。就這樣，這間屋子理所當然地成了他的宿舍。

密特先生以前雖然來過這裡，但不知道這屋子裡還有個地下室，今天助手告訴他秘密後，他覺得有點不可思議，所以專程來探視。根據助手的描述，他輕而易舉地發現了那個秘密的角落，那塊「遮羞布」——蓋板，並且不避諱自己的「發現」，目的就是想讓薩根覺得心虛。

薩根哪知道有人已經搜查過他房間，他沉浸在自己的盤算中，準備以一隻老狐狸的心思，和一副老無賴的嘴臉，來應付上司可能有的盤問。他通曉美國的法律，也摸透了上司想做紳士的脾氣，心想只要自己死不認帳，他一個參贊，又不是什麼大使，手無予奪生殺之權，能把他怎麼樣。所以，密特先生進屋後那副裝腔作勢的樣子並沒嚇倒他，他一直瀟灑地昂著頭，笑吟吟地迎著密特先生的目光，那意思再明顯不過了——哈，上司先生，你有話就直說吧，別在那裡裝模作樣了！

密特先生裝作沒有看見薩根的表情，環顧了一下室內，嘆著氣說：「薩根先生，論年齡你是我的兄長，論資歷你更是前輩，說實話看在多年同僚的份上，我不想跟你撕破臉皮……」薩根一點也不買他的賬，立刻打斷他，「年輕的上司，什麼實話假話，如果你還要繼續昨天的話題，對不起，我不歡迎你造訪我的私人居所。」

密特先生冷冷兩笑，再次將目光投射到密室的蓋板處。薩根似乎鐵了心地不怕他，昂著頭說：「哪怕是面對總統閣下，我也只有一句話——我沒有為日本人做事！」

密特先生搖著頭嘲諷道：「我想總統先生恐怕是沒興趣聽一個有辱國家榮譽的敗類狡辯的。」

薩根勃然大怒，狠瞪著密特先生說：「誰是敗類？你就算不信任我，也應該遵循我們偉大而公正的美利堅法律！在我們的法律裡，證據才是上帝，你以讒言作證，我想我是無法容忍你一再污蔑的！」

「誣衊？」密特先生又是一陣冷笑。

「是的，我的榮譽已經受到你和你所說的荒唐事實的嚴重侵犯與污蔑！在我沒有下定決心告你誹謗之前，請你離開。」

密特先生哈哈大笑，說：「薩根先生，這裡不是好萊塢，你就不要再跟我演戲了。你口口聲聲跟我談榮譽，哈哈，如果你心裡尚有美國的榮譽，就不會勾結日本人！」說著便拉薩根走到屏風後，指著那塊蓋板，厲聲喝道，「我不想與你無謂爭執，你要證據是不是？那好，把你的地下室打開吧，我隔著厚厚的地板，已經看到你的罪證，是一個鐵傢伙，會發出滴達滴達的叫聲，是不是？」

彷彿一腳踏入陰曹地府，薩根頓時像被抽乾了血的殭屍，臉色突地變得異常蒼白，站在那裡動彈不得，心裡想要說話，但嘴巴又張不開來，像被那塊遮羞布封住了。

密特先生看著對方冷笑道：「怎麼，不敢打開嗎？」薩根期期艾艾地支吾著說：「那……只是儲藏間，是我存放美酒的地方……怎麼，閣下也好酒嗎？」密特先生譏諷道：「難道只有酒嗎？」

薩根訕笑道：「當然還有空酒瓶和一些雜貨廢物。」密特先生看他如此鎮定，心裡固然惱怒，卻也暗暗佩服他的心理素質。「難道沒有我說的鐵傢伙嗎？打開吧，有與沒有，都請讓我一睹為快。」

密特先生不想跟他囉唆，恨不得上前親自動手。

薩根終於緩過神來，硬著脖子說：「對不起，這是我的私人領地，我沒有義務和興趣讓你一睹為快，除非你拿來搜查證。」

密特先生既厭惡又鄙夷地說：「你說得對，我沒有搜查證，不能進去查，但我要告訴你的是，我是看在美利堅合眾國的榮譽上，不想逼你太甚，也不想讓中國人笑話我們出了一個爲日本人效勞的敗類！」隨後吐納一口氣，將目光像刀子一樣地刺向薩根，「我雖無權搜查你的房間，但有權撤你的職！」

薩根大聲嚷道：「你以爲這是你家開的公司嗎，可以任意解聘員工？別忘了，你不是大使閣下，我要把你的所作所爲全部報告給大使。」

密特先生哼一聲，掏出大使的授權電報給他看，然後指著他鼻尖罵道：「老實跟你說，我知道你這屋裡有電台，不繳它不是我繳不了它，而是想給你個機會，但你執迷不悟，把我的好心當作了軟弱。現在你有兩條路可以走，一，主動把電台交出來；二，我派人來搜繳，如果搜不到我引咎辭職。給你半個小時，你自己選一條路走吧。」說罷掉頭欲走。

薩根的防線終於崩潰，連忙上前攔住他，做出一副可憐巴巴的模樣，請求密特先生原諒，還說他是被逼的。密特先生對他吼道：「住嘴！你堂堂一個美國外交官員，誰能逼迫得了你？狡辯的鬼話還是留著對應該說的人說吧，既然你承認了就把電台交出來。」

薩根渾身發顫，彷彿被什麼東西刺穿了心臟，眉毛鬍子都絞痛在了一起。他知道，一旦交出電台就鐵證如山，他可不想就這樣認栽，被使館掃地出門，像一條喪家狗似的被趕出中國。於是他決定走示弱路線，哭喪著臉，向密特先生哀求，明天再交出電台。

「你還想耍什麼鬼名堂？」密特先生盯著他，就像盯著惠斯特牌的對手，滿腹狐疑，不知他要打什麼牌。

「不，不，」薩根連忙擺手說，「這是爲我的安全考慮，今晚電台要聯絡，約好的，我不能不明不白地消失了，我不幹了必須要對他們有個交代，找一個合適的說法，比如離開中國，或者其他……說法。否則，他們會懷疑我的，如果他們知道我的身分已經暴露，一定會把我幹掉。」

哼哼，密特先生冷笑道：「現在你知道怕了？遲了，用中國人的話說，你是門旮旯裡的屎，我們這裡不是垃圾場，不需要你這樣的角色。剛才你也已經看了大使的電報，大使明確表示，只要證據確鑿，就革職走人。爲了你的安全，我同意你明天再交出電台，也就是說，我允許你晚上再使用一次電台。但是有一點你必須清楚，你已被革職，從現在起你已不再是我使館官員，你的行爲與我使館沒有任何關係，我給你三天時間，收拾東西走人！」

說罷，密特先生丟下呆若木雞的薩根，轉身離去。

薩根像遭到致命打擊似的癱坐在椅子裡，臉色蒼白，渾身冷汗倒流。他知道如果不能對上司採取有效的反擊行動，他將什麼特權都沒有了，這樣的話他就同重慶街頭上的地痞混混或浪跡於市井陋巷的下賤妓女沒多大的區別，別說黑室的人可以隨時抓他，甚至只要稍有點權勢的人都可以隨便地鄙屑他，欺負他。不用說，現在他很明白，上司已經派人來搜查過他的房間。

鐵傢伙，鐵傢伙……在幻聽幻覺的電波聲中，薩根心頭之恨像融化的雪水一樣聚攏，他恨密特，也恨自己，小看了這個裝模作樣的鄉下小子。他眞沒想到這小子這次出手會這麼狠！這麼卑鄙！這麼無恥！三個感嘆號像三記耳光搧得他火冒三丈，眼冒金星。他霍地站起來，緊咬著牙關，憤怒和恐懼像兩道火焰，輪流燒灼著他，炙烤著他，令他渾身發熱，顫抖，雙眼血紅，雙拳緊握，像一隻被逼急了要跳牆的瘋狗。

牆是跳不了的，他只好在屋子裡團團亂轉，恨不得逮著一個什麼東西，狠狠地咬上一口，扒它的皮，撕它的肉，狠狠發洩一通。

可片刻，他又清醒過來，要求自己冷靜下來。他想，密特固然可恨，但現在自己還沒條件恨他，那個鐵傢伙是他的尾巴，他必須儘快剪掉它，讓它從這個屋子裡消失！

三

密特先生過去很喜歡喝咖啡，可到了中國後又喜歡上了喝茶，每天早晨到辦公室，他總是要先泡上一杯上好的龍井，端到鼻尖前，閉著眼睛晃著頭，將那縷縷清香吸了又吸，聞了又聞，然後才小小地喝幾口，又大大地喝幾口，直喝得滿肚子清氣蕩漾、周身血脈通泰後，他才開始有條不紊地處理公務。

這天早晨，密特先生剛在辦公室裡泡上茶，還沒來得及喝上一口，門就被人敲響。「請進。」不想進來的是薩根。密特先生鄙夷地看他一眼，見他兩手空空，皺著眉頭問他：「電台呢？你該交出電台了。」薩根完全是一副死豬不怕開水燙的樣子，大大咧咧地笑了笑，說：「對不起閣下，我已在昨天晚上請人將電台轉移走了。」

「什麼？」密特先生腦袋頓時一片空白，「你……把它轉移到哪裡去了？」

「這當然是秘密。」薩根頗爲體面地笑道。

「你無恥！」密特亂了方寸，勃然大怒，罵他。

「我是無恥，但並不意味著我該死。」薩根徐徐道來，「如果你不想我死，電台必須轉移走，否則只要我走出使館大門，哪怕中國人不把我幹掉，日本人也會把我幹掉的。」

「那是你的事！」

「也是你的事，因爲我是美國公民，保護我生命和財產的安全是你的責任。」

「你是我們美國人的敗類！」密特先生憤怒地吼道。

薩根責問道：「難道這就意味我該死？我有親人，妻子、孩子、老人家，他們在加利福尼亞的藍天下時刻盼望著我回家，活著回家，而不是屍體。如果你也希望我活著回家，電台必須交出去，否則日本人會懷疑我的忠誠，對我下毒手，哪怕我回到美國，他們也饒不了我。所以，請原諒我欺騙了你，因爲我不想死，我相信你也不會希望我死，雖然我無恥。」

說的都是大實話，沾親帶故，生死攸關，斥之則無情，捧之則不忠，令上司啞口。密特氣極無語，厭惡透頂，懶得囉唆，索性一竿子插到底，「你走吧，我不想再看見你了，我會儘快安排你走的，保證你活著回到美國。」

薩根卻得寸進尺，進一步要求密特先生對他作出讓步——暫時不要對外宣布撤他的職。「因爲中國黑室的人已在懷疑我，在這樣一個敏感的時候，您若是對外宣布此事，等於是要我的命。」薩根充分闡明他的意思，「我一旦沒有了外交豁免權，恐怕一走出使館大門，就會立即遭到中國人的傷害。」

「你的意思是還要讓我包庇你？」密特先生狠狠地剜他一眼，惱怒地說。

「不是包庇，是保護。」薩根昂著頭說，「我已經爲我的行爲付出了撤職的代價，即使還有更大的懲罰，也應來自美利堅法律，而非中國人的骯髒的手。」

「放肆！」密特先生吼道。

「事實就是如此。」薩根聳縮脖，不乏瀟脫。

「出去！」密特忍無可忍，指著他吼道，「你馬上給我出去！」

薩根紋絲不動，面色陰沉地瞪著他，咬著牙，一字一頓地說，像遺言，又像通牒：「最後我還要告訴你，我的閣下，我已經寫好了遺書，如果我暴死在這個骯髒的城市裡，都是由於你出賣了我，我將請求家人起訴你。」

這是威脅，是挑釁，是藐視，是肆無忌憚，是小人的瘋狂，是流氓惡棍的無賴。太無恥！太無恥了！密特先生做夢也沒有想到眼前的這個傢伙竟是如此無恥，這般惡劣。他開始後悔沒有按照中國人的要求在發現電台後立刻將他掃地出門。他想壓制住自己的衝動，可是馬上又聽到內心一個聲音在對他大聲呼號：是可忍孰不可忍！密特放棄了忍，很不紳士地扭曲了臉，擂著桌子咆哮：

「滾！你給我滾出去！」

薩根哼哼地冷笑幾聲，轉身走出去，步履生風，瀟灑得很。

與此同時，在相隔幾站路的大街上，老孫正駕車載著惠子，送她去重慶飯店上班。秋日的早晨，天高氣爽，但街上的車並不多，多的是人，上班的人，買菜的人，還有郊區進城來挑糞的人。不論是挑的糞，還是挑糞的人，都散發出熏人的氣味，所到之處，人們紛紛捏著鼻子，皺著眉頭，避著他們，或疾步快走，或急步而停。

老孫和惠子是在天堂巷的口子上不期而遇的。惠子剛走出家門，來到巷子外面的大街上，就撞上路過的老孫。

這是巧合嗎？當然不是。老孫現在身負秘密的重任，任重道遠，需要穩紮穩打，步步為營，逐步推進，第一件必須做的事情就是要在惠子面前為薩根「平反昭雪」。當初專門請家鴻遞話給惠子，把薩根說成日本間諜，現在反其道行之，這是怎麼回事？老實說，這個連老孫自己都是一頭霧水，搞不明白。所長是昨天晚上布置給他任務的，讓他今天設法見到惠子，把「話」傳給她。

惠子不是薩根，要見她蠻容易的，就在巷子外的街上守著就行了。這不，惠子準時出來了，老孫跟著她把車開過去，停在她身邊，裝著是碰巧遇上的樣，客氣地把她喊上車。車子開出一會兒，老孫扭過頭來問她，這兩天有沒有見過那個美國外交官薩根叔叔。惠子一副很生氣的樣子說：「我再也不想見他了！」為什麼？惠子沉著臉說：「他是個壞人！報紙上說的那個……當間諜的外交官，就是他！」

「你聽誰說的？」老孫認眞地問。

「我大哥說的。」

「家鴻，他怎麼能這麼亂說話？」老孫搖了搖頭，嘆道，「薩根怎麼可能給鬼子幹活呢？眞不知他從哪兒道聽塗說的，太不負責任了，完全是胡言亂語，要是讓薩根聽到了就麻煩了。你比我更瞭解美國人，他們是惹不起的。」

惠子驚訝地望著老孫，用目光敦促他往下說。老孫笑了笑，開始把已經打過幾次腹稿的話玲瓏地倒出來，意思只有一個：家鴻說的肯定有誤，他有充分的事實可以證明，薩根根本不是什麼間諜。惠子聽了，自然十分高興。

要說惠子其實也不怎麼看重與薩根的交往，她甚至有點不喜歡這個「叔叔」，總覺得他過於輕佻浮游，油嘴滑舌，好像他們日本國混跡江湖的浪子、藝人，雖灑脫，但不受人尊敬。她看重的是另一個方面——作為一個日本女人，此時來到中國做人家媳婦，雖說為了愛情天經地義，卻不合時宜，易遭人懷疑和白眼。如果這時候，跟她多有來往的薩根叔叔是個日本間諜，她身邊的人又會怎麼看她？肯定是更要遭人白眼和懷疑了。所以，當聽老孫這麼肯定地說薩根不是日本間諜，籠罩在她心中的烏雲瞬即散去，她彷彿一下看見了明朗的天空，燦爛的陽光，心情格外輕鬆，格外的快活。近朱者赤，近墨者黑。她想，這下至少可以堵人嘴，不讓人往她身上潑髒水，心裡踏實了許多。

高興的事總是接踵而來，惠子剛到辦公室就接到樓下總台的電話，說是有她的信。又是陳家鵠的信！她取了信，身輕如燕，一口氣跑回辦公室，迫不及待地坐到椅子上，拆開信，愉快地讀了起來：

惠子，昨夜我又做了一個夢，夢到了耶魯的教室，好多鳥兒栖在窗外的枝頭聲聲歡叫，叫得人心煩意亂，身體發熱，高燒不止。在二千九百七十七個小時以前，在湛藍的天空下，在青青的草地上，有一隻鳥兒終於第一次唱出了美妙的歌聲……

這可是隻什麼鳥啊！

惠子的臉一下潮紅了，一股讓她心顫的熱流瞬間淌滿她的心田。她不由想起他們初戀的時候，有一天他們去郊外踏青，陳家鵠請她看一幅雜誌上的油畫：一個金髮碧眼的小男孩，扯起褲頭，讓一個同是金髮碧眼的小女孩看他的褲襠。惠子看一眼，臉就騰地辣辣地紅了，舉起拳頭要打陳家鵠。陳家鵠居然一口咬住她的拳頭，趁機抱住她，把她壓倒在草地上。有一會兒，她眞切地感覺到他身上有個硬硬的棒狀物頂了她一下，陳家鵠意識到後立刻調整了姿勢，想掩蓋過去。哪知道，當時還不解男女之事的惠子以爲這是陳家鵠褲袋裡的東西，偏偏追問他是什麼東西。陳家鵠說那是他的小鳥，並引誘她去他的口袋裡摸索，摸到的自然是一個「陷阱」……他們就這樣踏上了陌生的旅程，充滿渴望又緊張地打破了彼此身體的禁區，沐浴了人生第一場雲雨之歡。第一次總是刻骨難忘的，回想起來有太多的細節和豐富的表情，甚至當時天空的顏色、草地的濕度，此時惠子都覺得歷歷在目，鮮活如初，令她沉醉，迷途難返。

薩根不合時宜地造訪，把惠子從遐想中拽了回來。這幾天，薩根天天想方設法地想來見惠子，目的無疑是想從惠子口中證實陳家鵠的死訊。但是惠子聽了家鴻的說法後，簡直恨死他了，堅絕不願見他，明目張膽地躲他，避他。第一次薩根給她來電話，約她下樓去喝咖啡，惠子一聲不吭扣了電話，躲掉了；第二次惠子聽到他上樓的聲音，知道他要來找她，想躲來不及，索性反鎖了門，死活不開。這一次，薩根學聰明了，進了樓道沒有跟人打招呼，悄悄地摸進來，見了惠子，先聲奪人地說：

「惠子，今天你可不要躲我，我有正經的大事要跟你說。」

「啊……」惠子激靈一下清醒過來，趕忙捂住自己紅燙的臉孔，有些不好意思又不乏欣喜地叫了一聲「薩根叔叔」。

薩根不由得一楞，不知道昨天還不理他的惠子，今天怎麼就突然變了態度。不管如何，變是好事，薩根樂於接受，他呵呵地一笑，顯得很是高興，問她：「是哪股風又把你吹成了我熟悉的惠子了，告訴我，前兩次你為什麼不想見我？」

惠子臉上的紅暈尚未消去，羞怯的樣子倒是非常適合她向薩根認錯道歉。在薩根的追問下，惠子把她錯怪他的來龍去脈簡單說了一下，只是隱去了家鴻和老孫兩個具體的人名。薩根聽了，假裝倒吸一口涼氣，就像真的被污蔑了一樣，大言不慚地感嘆道：

「原來是這樣，有人在陷害我。」

「是的，」惠子說，接著又問，「你知道他們為什麼要陷害你嗎？」

「誰知道呢，」薩根搖搖頭說，「也許是鹿死其茸，虎死其皮，要我死的人可能是在覬覦我的位置吧。」

藉此，薩根把他在大使館的地位大大地美言一番，基本上是把自己描繪成了密特先生，隨後這樣說道：「你想想，在這樣的一個時間和這樣的國家當外交官有多麼誘人，其一，國際名聲好聽，亂世出英雄嘛，有了這段經歷，那就是莫大的財富；其二，如果昧了良心，戰爭財發起來又快又容易，可謂名利雙收，誰不眼紅？」可現在他心裡是在流血，老窩被端了，少老大兩口子都死了，他是名利雙失，羊肉沒吃成還惹了一身騷。

想起自己現在落魄的處境，薩根決定對惠子做點鋪墊工作，以便離職後好自圓其說，「你不知道，前兩天還有人在我背後捅我刀子，想逼我辭職呢。說實話我倒並不貪戀這個職位，只是想替可憐的中國人做點事情，不是因爲愛，而是出於同情。不過，鼠輩的詆毀，愚民的以訛傳訛，這些我都可以忍受，我就是沒想到竟然連你惠子也差點相信了他們的鬼話。」

惠子不由得又紅了臉，歉意地站起身來，朝他眞誠地鞠了一躬，「眞是對不起，薩根叔叔，我再次請求你的原諒。」薩根上前扶著她的肩膀，親暱地刮了她一個鼻子——這是他第一次對惠子有這麼親密的舉止，惠子很不好意思，連忙退後一步。

「你看，你看，」薩根指著惠子樂呵呵地笑道：「你又當眞了，你我之間何必這麼認眞。中國人是不喜歡認眞的，他們有一個著名的邏輯：A是對的，B也不錯，凡事馬馬虎虎就行了，你的家鵠難道沒有教你這些嗎？嗳，說到你這個夫君，我也替你發愁，怎麼這麼久了，還不回來看看你？最近有他的消息嗎？」

這才是薩根連日來一直想見惠子的眞正目的——探聽陳家鵠的生死。惠子不知是他的計謀，聽他提起陳家鵠，頓即臉放異彩，趕忙點頭說：「有，有，我們通過電話了。」

「你們通過電話？」薩根無比震驚，「什麼時候？」

「就是那天，他們單位被炸的第二天。」

「啊，被炸的是他們的單位啊？」薩根假裝第一次聽說，顯得無比震驚，「他好嗎？聽說炸死了好多人啊。」

「是啊，幸虧我們家鵠命大，轟炸的時候正好不在單位，出去了。」

「那他現在在哪裡？」薩根精神恍惚，像是在夢遊。

「不知道，但我相信他就在我們身邊。」

「嘿嘿，你又想跟我保密呢。」

「眞的，我眞不知道他在哪裡。」

不知道就是不知道，任憑薩根怎麼設圈下套也是沒用的。

這次見面眞是讓薩根懊惱透了，是雪上加霜的那種懊惱。原以爲，雖然少老大死了，但畢竟還有馮警長和中田，更關鍵的是還有電台，他可以藉此擇機向宮裡邀功領賞，即使母親回國的事泡了湯，至少還可以拿到一筆豐厚的賞金。完成了這麼大的兩項任務（砸了黑室又殺了陳家鵠），他想賞金一定會有很多。沒想到，陳家鵠竟然死裡逃生了，倒楣！倒楣！薩根呆呆地站了半晌，實在是無心再留，便藉口使館有事，向惠子告辭了。

惠子客氣地將他送到樓梯口，一直看著他下樓，直到看不見爲止，才轉身回去。不知是因爲高興，還是吃了什麼不潔淨的東西，還是別的什麼原因，剛回到辦公室，惠子突然覺得胃裡翻江倒海起來，一股強烈的濁氣和酸味像滾滾濃煙，從食道裡噴湧上來。她趕緊捂住嘴，衝進廁所，趴在洗臉盆上嘔吐。以爲是要把腸子都吐出來了，結果涕淚汪汪地嘔了好一陣，嘔得雙腿發軟，眼前一片黑暗，卻只是嘔出幾口濁氣和黃水，並無實物。

是乾嘔，不知為什麼。

四

薩根離開惠子後，其實沒有打道回府，而是去了樓下咖啡館。他心情惡劣透頂，眞想撞見汪女郎找她發洩一通。可現在還是上午，汪女郎還在補覺呢，偌大的咖啡館裡一個客人都沒有，服務員也只有兩個，冷清得很。薩根要了一杯咖啡，像個被人遺棄的敗兵之將，一個人縮在一邊角落，滿臉愁容地傻坐著。他想起自己已經有些時日沒有見到汪女郎了，而現在看來恰恰是這些時日他背運得很。莫非她眞是我的福將，慢待不得？這麼想著，他決定今天無論如何要等著見一下汪女郎，改一改當前的楣運——他哪裡知道，他目下的楣運遭際都是因為汪女郎叛變了他。

窗外，還是慣常的灰濛濛的天，正如他此刻的心情。這個城市，這樣的天氣是易於被人忽視的，因為經常是這樣的天氣。但是由於連日來諸事不順，此刻又是孤苦伶仃的感覺，讓薩根對這樣的天氣產生了從未有過的憎恨。他覺得難以置信，自己轉眼間已經成了一個在劫難逃的可憐蟲，在單位已被革職，在外面組織已經被搗毀，雖然還有馮警長和中田兩個死黨，但也不敢去見——他們也不敢見他，因為他的身分已經暴露，見他等於自尋死路。今天凌晨，他冒著電話被人竊聽的風險，給馮警長打去電話，讓他派人來把電台轉移走。不錯，沒有尾巴，電台順利轉走了，算是了掉了一件大事。他知道，電台必須安全轉移走，否則宮裡一定會懷疑他的忠誠的。現在他必須要宮裡信任他——該死的密特揪住了我的尾巴，我的後路可能要被他葬送，現在我只有全心全意跟著他們幹了。薩根這樣想著，心裡其實很不好受，因爲可以想見，以後他不大可能像以前那麼受宮裡人寵了。

昨天夜裡，宮裡給他最後一份回電，只有一句話：全體暫時按兵不動，等待來人接應。他希望宮裡迅速來人，給他支付已經發生的賞金。他已經想好，陳家鵠倖存的消息他要守口如瓶，不對任何人說，這樣一定可以拿到一筆不小的賞金。手上有一筆巨款，即便眞被密特開除他覺得也有退路，何況他和密特的鬥爭還勝負未定呢。大使沒有回來，電台已經被轉移走——證據不見，他有條件在大使面前申冤、訴苦、求援，把密特的秉公執法咬成徇私舞弊、公報私仇。幹這些事——捏著鼻子咬人，昧著良心害人，把黑的說成白的，把反的說成正的，薩根是很擅長的，這些年來他練的就是這本事，把道德和倫理這些老古董當作垃圾看待，棄之如丟菸頭。赤腳的不怕穿鞋的，薩根是個赤腳大仙，而密特的皮鞋總是擦得鋥亮，照耀出他對紳士的憧憬之心。今天早晨，他已經朝密特鋥亮的皮鞋狠狠地吐了一口髒水，戰鼓已經擂響，下一步該出什麼招，怎樣出招才能以利再戰？薩根苦苦思索著。

恍惚中，薩根突然眼前一亮，看見陳家鵠從照片上走下來，在對他笑。開始薩根還沒有意識到這個幻覺的眞實含意，他看到的是嘲笑，他受到的是被奚落的苦滋辛味。後來，一陣暈眩的黑暗之後，他猛然獲得了一個寶貴的啓示：陳家鵠還活著，這正是他反咬密特的致命武器！他想起那天密特給他看的兩份中國政府遞交的內部報告中，其中一份報告中赫然提到「陳家鵠」的名字——一位從美國留學歸來的中國數學家，妻子叫惠子，而他的罪名之一就是串通惠子合謀暗害其夫君。報告中專門強調指出，年輕的陳家鵠「不幸葬身在火海中」。

哈哈，好啊，好啊，陳家鵠，你沒死既是我的痛，又是我的甜，我將用你的生命鑄造一把劍，去跟可惡的密特貼身刺殺，勝利將一定屬於我。想到這裡，薩根哪裡還坐得住，拔腿就走，揚長而去，什麼汪女郎，什麼楣運遭際，都拋到了九霄雲外。

薩根開著那輛墨綠色的雪佛蘭越野車回到使館，剛剛走進自己的寢室，就有人來敲門。來者是使館的助理武官大衛·巴雷特，他面色嚴峻地要求薩根馬上交出汽車鑰匙，同時警告他以後不能隨便出門，出門必須要經得他同意。

薩根瞪著巴雷特冷笑，問他：「這是密特先生的命令嗎？」巴雷特點頭說是。薩根不以為然地搖搖頭說：「對不起，我不能從命，因為我相信密特先生會很快改變他的命令，我這就去找他。」說罷還眞的往外走，一邊對巴雷特不乏囂張地說，「你如果不信，可以跟我去，當場聽聽。」

密特先生見薩根推門進來，後面還跟著巴雷特，不悅地瞪了巴雷特一眼，轉而輕蔑地對薩根說：「你以為這是大街上的咖啡館，可以想進來就進來？都給我出去！」

薩根非但不走，反而迎上去，不卑不亢地要求密特先生聽他說幾句話，「就一分鐘，我說完就走，請多包涵。」這個無賴簡直越來越放肆了，密特先生怒視他一眼，拉著一張馬臉回到辦公桌前坐下，正色警告他道：「記住，一分鐘，說完就走。」

薩根假模假式地一個深鞠躬，然後抬頭拿腔拿調地說：「尊敬的閣下，我們之間產生了太多的誤會，原因在於您偏聽偏信，被無恥的中國人所愚弄，我眞誠地希望您能明察秋毫，明辨是非，消弭對我的誤解。」

「是嗎？」密特先生輕蔑地打斷他，冷笑著說，「誤會？什麼誤會？」

「我不是誰的間諜，你無權革我的職。」

「這話你應該早些時候說，現在說遲了。」

「事實就是事實，不在乎遲與早。」

「事實？你的意思是你有了新的證據，可以證明你不是間諜？」

「正是。」薩根冷靜從容地說，顯得胸有成竹。

密特先生知道他又要詭辯，騰地站起來，「我沒時間聽你胡扯這些亂七八糟的東西，如果你非要胡攪蠻纏，我建議你寫成報告，失陪了。」說著急步往外走去，他感到跟這個無賴再多說一句話都是對他人格的莫大羞辱。

薩根伸手攔住了他，「你不想聽？你應該耐心一點，聽聽我說的，否則等大使回來了，你會後悔的。」

「是嗎？」

「是的。」

「後悔的該是你吧？」

「是你，除非你能拿出足夠證據，證明我殺了陳家鵠。」

密特先生冷笑一下，回轉身去從抽屜裡拿出杜先生交給他的報告，啪地摔在桌上，「你的意思這還不夠？」薩根淡淡一笑，捧起報告，不慌不忙地闡述起了他掌握的最新事實：「這報告上說，中國有個叫陳家鵠的數學家被日本特務殺害了，而我參與了這起謀殺，可事實並不是這樣。事實是，這個叫陳家鵠的人現在還活著，我一個小時前才見過他。除非你能給我證明，這個人確實死了，那我今天下午就捲鋪蓋回國。」

「是嗎？」

「千眞萬確。」

「有這個必要嗎?」密特先生笑道,「就算這個人沒死,能證明你沒有在爲日本人幹活?要證明你是間諜,要這麼複雜嗎?你不是間諜,你屋裡的秘密電台又是怎麼回事?」不想薩根卻一臉嚴肅地說:「密特先生,飯可以亂吃,話可千萬不能亂講,我房間裡什麼時候有過電台?你看見過嗎?搜到過嗎?口說無憑的話不能亂說,你可是代表一個國家的,一言九鼎,不能這麼信口雌黃。」

一旁的巴特雷想插嘴,薩根攔住他,對他說:「我尊敬的助理武官,你想告訴我你親眼看到過我房間有電台?這是不可能的。據我所知,你們到現在也沒有拿到搜查我房間的任何法律文書,也就是說你們到現在絕不可能去我房間搜查過,你們憑什麼說我房間裡有電台?好了,你們說有,我說沒有,現在我爲了證明自己的清白,我願意帶你們去我房間搜查,這不犯法的,我本人同意的。請吧,巴特雷先生。」

密特先生氣得差點暈過去,他知道薩根是個無賴,可沒想到他會無賴到這等地步,太混帳了!簡直連起碼的人格、尊嚴都不要了!他憤怒之極,指著薩根聲色俱厲,「你不要當了間諜還想當無賴,你也可以無賴,但不能無恥!你該明白我沒有去搜你的房間是出於尊重你,把你當人看。你究竟有沒有電台,現在電台在哪裡,你自己心裡最清楚!」

「對不起,我就是不清楚啊。」薩根大角度地搖著頭,厚顏無恥地說,「我從來就不知道什麼狗屁電台的事,當然作爲本使館的報務員,我手上確實有一部電台,那是我的飯碗,也是你交給我的工作,難道這也有錯嗎?」

密特先生再沒耐心跟他講下去,跺著腳對他吼道:「你給我滾出去!滾出中國!」薩根把雙手抱在小腹前,頗有紳士風範說:「你是紳士,不該說這樣的粗話,至於我是不是該滾出中國,我剛說了，只要你能夠證明陳家鵠確實已經在那場空襲中死亡，那我今天下午就捲鋪蓋回國，否則只有等大使回來了再說。我想大使先生絕不會像你這樣專橫武斷，沒有確鑿證據，僅僅聽信了中國人的一番讒言就認定我是間諜，還要撤我的職。我又在想，發生了這麼大的事，大使先生一定會很有興趣聽聽我說的。除非你現在已經是大使，那我就只有走了，因爲你不聽我的。未來的大使先生。」

眞希望此刻自己就是大使本人啊，哪怕只有一天，一分鐘，把這個混蛋處理了再說。雖然大使確實也賦予了他這個權力，可看他如此囂張的氣焰，密特先生擔心他說的可能就是事實，這樣的話將來事情鬧大了，自己會吃不了兜著走，會非常的被動。這麼一想，密特先生忍住了憤恨，決定一走了之。可哪裡走得了，薩根得理不饒人，纏著他不放，張開雙臂，左攔右堵，像隻老鷹似的，堅絕不准他出門。

「你想幹什麼?」密特先生強壓著心中的怒火，瞪著他說。

「很簡單，請您恢復我的名譽和工作。」薩根高昂著無恥的頭顱，理直氣壯地說，「否則我將請求啓動司法程序來捍衛我的清白!」

事實上當時撤職報告還沒有成文，被薩根這麼一鬧一嚇，密特先生的膽子也小了。他是個瞻前顧後的人，心裡懸掛著前程的單攞，不想、可能也是不敢跟這個十足的無恥之徒正面衝撞，最後折衷了一下，以放假的名義暫停了薩根的工作，而不是撤職。

就是說，這一仗無恥的薩根贏了，從而使他有機會繼續無恥下去。而被他的無恥傷害的下一個犧牲品，正是幫助他贏得這一仗的惠子。

有些秘密是要終生爛在肚子裡的，
即使是對惠子，即使是在夢中，
陳家鵠都不會吐露半點。

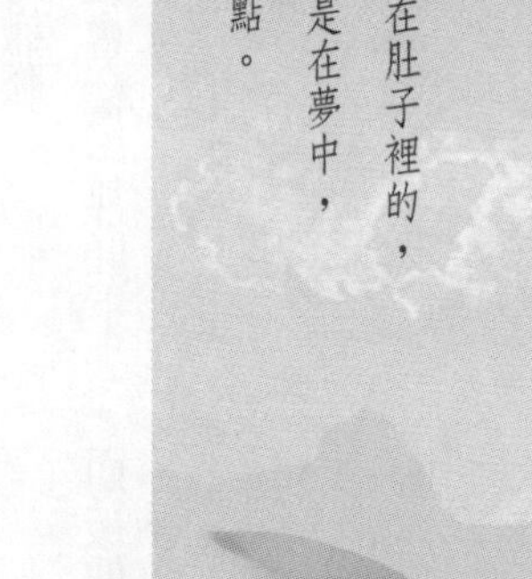

第十五章

一

人喝了酒播種容易影響下一代，兔唇，吊眼，歪嘴，智障，失聰……諸如此類，比例翻番。但據說水牛是酒後精血特別旺，若想一次產下兩頭幼崽，必須要捨得幾桶老黃酒，是捨不得孩子套不到狼的意思。這一帶的農民把水牛視爲生產力和家境虛實的象徵，一頭小牛的價值絕對超過一個小孩。所以，都想方設法想讓母牛創造產崽奇蹟——要嘛量多，要嘛質高，其中給母牛喝上兩桶以上的老黃酒，是沿襲已久的做法，眾所周知，眾所公認。問題是，發了情的母牛喝上兩桶黃酒，常常騷勁十足，一反平時間羞羞答答的常態，會半夜三更主動出擊，漫山遍野地去找公牛。畢竟有兩桶酒在肚子裡作怪，牛神經麻痺，牛腿子失控，那個找法自然是莽撞的，不得要領的，像一隻無頭蒼蠅，經常在一個地方打轉轉，撞南牆。

連日來，一輛掛著軍用牌照的吉普車，在南岸的崇山峻嶺裡顛來簸去，穿梭往返，暈頭轉向，正如一隻喝了兩桶陳年老酒的母水牛，在迫不及待又不得章法地尋找公牛。

是李政在尋找黑室的培訓基地。

南岸的山遠遠望去，山蒼蒼，林莽莽，好像蠻原始的，這樣要去找一個單位也許是不會太難的，至少比在城市裡找要容易。難就難在路多、單位多，一條條路去分辨，一家家單位去問詢，麻煩就大了。李政第一天進山時信心十足的，以為山裡只有一條路，用一天時間一定能夠解決問題。但是一天下來，他知道厲害了，那些山遠看是那個樣子，格局一般，陣仗不大，走進去則完全是另一個樣子，大路小徑，石道土路，錯綜複雜；浩浩竹林間，森森樹叢裡，谷地裡，甚至山洞裡，私人別墅，農家村舍，公家單位，處處是人跡，是誘餌，是掩護。一天轉下來，人車困頓，精疲力竭，卻是一無所獲。

第二天依然如故。

第三天照樣無功而返。

第四天，李政著實累極了，歇了一天。這天中午，李政在單位食堂裡遇到趙子剛，幾次衝動想找他重新打聽一下，討個口風。所謂「南岸的山上」，範圍太大，他需要一個小的限制，比如在東邊還是西邊，在國道大路上，還是小徑深處。一個小小的提示，也許能給他天大的幫助。但趙子剛似乎從他的目光中看到了他的期待，有點躲著他，轉來轉去就是不往他身邊靠。這也算是個「提示」，使李政及時謹慎地想到：還是別莽撞為好，萬一讓他多心懷疑自己的身分，反而是因小失大。就這樣，南岸的山還是南岸的山，需要李政用耐心和時間去一片片探望、尋覓。

第五天是周末，李政早早起了床，草草吃了碗隔夜的菜泡飯，一如往常地從抽屜裡拿出證件、介紹信和手槍、望遠鏡等用品，又帶了些乾糧和水，一一放在皮包裡，下了樓，便驅車出發了。

夜裡山上下過雨，山路泥濘得很，樹葉濕漉漉的，泥濘的山路上不時可看到野獸踩踏留下的足跡。時令已過中秋，正是各路野獸頻繁出動的時節，牠們在爲冬天儲備食糧忙碌。因爲進山的人越來越多，這些人中帶槍的人又越來越多，現在這一帶山裡大的四足野獸是越來越少了，只剩下像野豬、獾這樣繁殖能力超強的傢伙。據說山裡原來是有老虎的，老虎喜歡在大路邊的岩石上拉屎，拉屎的時候是倒著走的，以此來掩飾牠們的行蹤。一則岩石上是留不下玫瑰足印的，二則，倒著走拉屎，屎粒漸行漸小，容易給人造成錯覺。這就是老虎的心計，但實際上很容易被識破，因爲當老虎從岩石往下跳時，往往會留下明顯的足跡——實爲欲蓋彌彰。就這麼一點心計，還沒有一隻貓狡猾，難怪牠們要頻頻被獵殺，現在山裡已根本尋不到老虎的蹤影，只剩下牠們的傳說了。

幾天下來，李政最常見到的動物是野兔、山雞，倉皇的野兔不時從車輪下冒死逃竄，受驚的山雞撲打著笨拙的翅膀嘩啦啦從車頂掠過，時常灑下幾片羽毛，像雪花一樣飄飄揚揚，落在車窗玻璃上，又隨風飄走。曾經有一隻傻東西，瞎了眼，一頭撞在前窗玻璃上，當場昏厥過去，成了李政進山唯一的獵物。

沒有明確的方位，只有跟著路走。換言之，只要是沒有走過的路都是方位，都是該走的路。今天李政闖入的這條路，在兩脈山嶺之間，一個狹長的山谷，有一條山澗小溪，路就在小溪之上。因爲夜裡才下過雨，小溪裡水流潺潺，但水卻不是想像的那麼清澈，而是渾濁的，像洪水。這也是因爲剛下過雨的緣故，雨水沖刷了泥土，泥沙俱下導致的。這說明兩邊的山不是石頭，而是帶土層的。從毛竹良好的長勢看，這個土層還很厚。這些毛竹的頭——竹梢——一列向山下傾斜低垂，使山谷顯得更加狹窄，車行其中，不免感到擁擠、壓抑。然而，李政卻喜歡這種感覺，他想像黑室的培訓基地應該就在這種鬼地方，草萋萋，風颯颯，山高路險，荒無人煙。

一直往裡開，幾公里開過去，沒有見著一個人影，連一間破敗的茅草屋都沒有看見。這種情況在前幾天是從沒有碰到過的，同樣是南岸的山，今天卻好像換了一片天地，完全是一個深山老嶺的感覺，一個死人谷，了無人跡。

這難道是偶然的？李政認爲不是偶然的，而是因爲這裡面駐有一個秘密的有特權的單位，他們把這裡原來的居民都清走了。這麼想著，李政的心律不由地加快起來。但是山谷如此逼仄，一線天一樣的，一塊像樣的平地都沒有，怎麼造屋安人呢？對此李政也有解釋、自慰的餘地：也許前面會豁然開朗，也許他們根本就沒有生活在地面上，他們把山體挖空了，像野獸一樣生活在山洞裡——山是他們的房屋，也是他們的防空洞。

山道彎彎，草長鶯飛。越往裡走，越是山深林密，荒僻冷寂，不時可以看到松鼠、野兔、刺蝟、鳥兒在路中央大搖大擺地嬉鬧、覓食，甚至見到車子開來都懶得理睬。這本是應該引起李政警疑的，因爲這說明這些小東西還沒有見識過汽車，所以才不知畏懼，不聞不顧。但如果裡面有黑室的基地，怎麼可能沒有汽車出入呢？李政誤入歧途，卻執迷不悟，只因他太想找到黑室的基地，似乎有點利欲熏心的意味，鬼迷心竅了。

不用說，李政此行的收場是悲慘的，他開掉小半箱油，結果只看到一個廢棄已久的礦石場。就是說，這條路跟黑室包括其他什麼單位、組織都沒有關係，只跟多年前的某些人的發財夢有關，他們以爲這裡可以淘到金（也許是銅，或者其他寶貝），跑來大興土木，開山闢路。從廢棄的樣子看，他們的發財夢並沒有實現，山挖開了，挖得四處襤褸不堪，卻都沒有深挖，感覺是還在尋找中，破爛的工棚全是臨時性的，沒有一間像樣的屋，一切似乎都在初創中草草收場了，留下的是一副猙獰相——正如此刻的李政同志，當看到路的盡頭居然是這麼一個破礦場，他氣得鼻孔冒煙，指天而罵。

他懊惱死了！

二

當李政站在破爛的礦場前罵天罵地時，蒙面人一如既往地立在樹下在噹噹噹地敲鐘。今天是周末，怎麼還上課？陳家鵠爲此而懊惱。他正在給惠子寫信，他已經好久沒給惠子寫信了。最近一段時間海塞斯在破譯特一號線的密碼，幾乎天天晚上都上山來跟他探討破譯情況，有時白天也來，陳家鵠的宿舍幾乎成了他半個辦公室，弄得他連給惠子寫信的時間都沒了，今天難得有空，不知哪個神經病老師又要占用他的時間。

扯淡！他對著教室那邊方向嘀咕，你們以爲破譯密碼是可以在課堂上教學出來的，整天補課，補課，有這功夫，還不如學女媧補天去。

這話其實也不對，他馬上想到，跟有些人是可以學到東西的，比如海塞斯和炎武次二，兩人在他心目中猶如獅子與國王，抑或蛇與陰險的女人。這些年，他一直試圖努力抹掉記憶中的炎武次二的影子，這個人給了他太多，水和火，榮和辱，美麗和危險，舞台和陷阱，都給他了，多得讓他盛不下，裝不了，成了累贅和負擔。所以，他要逃，要忘掉他，要砍斷他，要跟他的學問——秘密學問——密碼科學——一刀兩斷。但事與願違，陸從駿的出現又把他拉近了，幾年的努力在一夜間泡了湯。然後海塞斯的降臨，又拉得更近了。

海塞斯是另一個炎武次二，公開的炎武次二。如今，兩個人像一前一後兩面鏡子，把他的前後左右，過去和未來，都照得雪亮。兩個人又像兩個獄卒，一個牽著他，一個押著他，令他無路可逃，別無選擇。這種情況下他也下定決心，決定好好跟他們幹一場。他知道，眞要幹破譯，他倆就是他的大金礦，取之不盡，用之不竭。他必須要去挖掘他們，開採他們。至於其他那些教員都是爛泥堆，沒名堂的，他眞不想把時間交給他們。

但蒙面人敲了一道鐘，又開始敲第二道。陳家鵠知道他的德行，正盯著自己呢，如果再不出門他可能還會敲第三道，甚至是第四道鐘。這個人也是個神經病，愛多管閒事（可能還是個共黨分子）。想到他可能會再次敲鐘，陳家鵠神經質地起了身，丟了筆，悻悻地出了門。

當陳家鵠走進教室，驀地呆住了——教室已被臨時布置成一個體檢室，幾個穿白大褂的人都拉開架勢，各司其職，正有模有樣地在給林容容等人看的看，摸的摸，聽的聽，好一派認眞負責的樣子。左立見他來了，發給他一張表格說：「往日都是海塞斯在考你們，今天輪到我來考你們了，所不同的是海塞斯考的是你們的智力，我考的是你們的身體。」

「陳先生每天登山跑步，身體一定好得很。」一旁的老孫插嘴說，他是帶醫生們來的，這鬼地方沒人帶誰找得到？

「那不一定。」左立揚了揚一對鬥雞眼，跟老孫抬槓，「照你這麼說，那些登山、跑步的運動員身體就是鐵打的。其實你不知道，他們渾身都是病。生命在於不運動，你知道吧，爲什麼烏龜、王八能活千年萬年，就是這個理，不動，從來不動。」

左立本來對陳家鵠是蠻有成見的，但是後來發現海塞斯和陸所長都那麼器重他，他的態度也變了。不看僧面要看佛面，要多種花少栽刺，他可不想今後在長官身邊有個自己的刺頭。

陳家鵠看得出，他說這些話明顯是在取悅自己，屬於熱情過度，他不能讓人家熱臉孔貼冷屁股，便笑道：「我不想活千年，所以每天運動。儘管我每天運動，儘管生命在於不運動，儘管我的身體不是鐵打的，但我想也不會是泥塑的。放心吧左主任，除了偶爾感冒過，我的身體還從沒有出賣過我。」

左立嘿嘿一笑，不客氣地打擊他，「看你滿嘴大話，難道就不怕天妒你？要知道，謙獲益，滿招損，做人要謙卑，別這麼自爲以是，自以爲是的人容易遭是非。」

「你就別咒我了。」陳家鵠說。

「我身上沒有神性魔力，咒你也沒用。」

山上畢竟人少，整天待在一起，低頭不見抬頭見，時間長了大家都很隨便。林容容跟左立就更隨便了，兩人表面是上下級，暗地裡是同盟，說話沒輕沒重。這會兒她剛測完血壓，一邊把袖子放下來，一邊走過來，笑著問左立：「左主任，如果他身體有問題，你會不要他嗎？」

左立拉下臉，「廢話，如果身體不行，就是天皇老子也不要。」

林容容笑道：「他可是你的掌上明珠哦，即使有點瑕疵也是寶哦。」

但是寶貝今天眞的出事了，也不知是陳家鵠遭了天妒，還是左立的烏鴉嘴起了作用。年輕的小護士量過陳家鵠的血壓後竟然大驚失色，立刻把老主任喊到教室外，竊竊私語一番後，老主任回來親自上場，讓陳家鵠躺在桌子上，用聽診器反反覆覆地聽他的心臟，聽了前胸又聽後背，聽了心臟又號脈，號了脈又掐他手指頭、腳趾頭。一番折騰後，最後確診陳家鵠有嚴重心臟病，建議立刻下山做住院檢查和治療。

晴天霹靂！

「不可能，我不可能有心臟病。」陳家鵠不信，當場跟醫生較起了勁，「我回國前才做過體檢，都是正常的。」

老主任問：「是不是你最近精神壓力太大了。」

陳家鵠說：「我有什麼精神壓力，我每天晚上都睡得香得很。再說，心臟病又不是什麼傳染病，說有就會有的，我做過多次體檢，從來就沒有醫生說過我心臟有問題。」

老主任和氣地笑道：「眞是年輕啊，對自己的身體充滿信心。但是你說的話不叫人信服，以前沒有不等於現在沒有。人的身體不是生來就有病的，所以總有個第一次，這不現在就有醫生說你有心臟病了。」

「可我一點感覺也沒有。」

「但我有感覺。」

「我懷疑你的感覺。」

「當然我也可能是誤診，但這個判斷不是由你來對我下，而是由另一個醫生和更高級的儀器。」

陳家鵠抗議的結果是讓醫生更加隆重地折騰了他一次。經過再次檢查，老主任吃了定心丸，便懶得跟陳家鵠再作口舌之爭，不客氣地在體檢報告上簽署了意見和他的大名：有嚴重心臟病，建議立刻下山住院複檢。

左立開始深深地自責，爲自己之前說的那些話。那純屬是戲言，心情好，想討個熱鬧。而且，之所以對陳家鵠這麼說，就是看好陳家鵠的身體，沒想到一語成讖，成了烏鴉嘴。戲言成眞了，不可思議，不可思議。他給陸所長打去電話彙報情況，後者一聽情緒即刻變得惡劣，在電話上罵他：

「你跟我說有個屁用，聽醫生的，快把他送下山來！」話筒的聲音之大，即使立在門外的陳家鵠都聽得一清二楚。

幾分鐘後，蒙面人看見陳家鵠上了老孫的吉普車，跟醫院的救護車一道下了山，不禁浮想聯翩。這是陳家鵠第一次下山，到底發生了什麼事？他眞想上去攔住他，問問他下山去幹什麼。可他坐的是老孫的車，老孫是單位的大管家，自己的上司，又怎麼敢去問呢？只有胡思亂想。

三

李政從死人谷裡轉出來，遠遠看見前方有一輛救護車和一輛吉普車正在往山下開去。有一會兒，他們的直線距離只有一公里遠，如果用望遠鏡看，李政應該會發現那輛吉普車的牌照是他熟悉的——是老孫的車，車裡還有一個他最最想念的人：陳家鵠。也不知爲什麼，也許是心情懊惱的原因吧，李政沒有停下車用望遠鏡看一看，他只是在想：它們是從哪裡出來的，那邊肯定有什麼單位。

山路還泥濘，車印子比野獸的足跡明顯一百倍，就是天黑下來都看得見，看不見還摸得著。就這樣，很快，李政壓著剛才那兩輛車的輪胎印掉頭往另一個山谷裡開去。好了，這下終於踏上了正途，培訓中心成了他足下的甕中之鱉，跑不了啦。沒有一刻鐘，李政透過峽谷的一線天，看見了前方一片參天的樹林和一面白色的圍牆，以及圍牆裡的幾座屋頂。

培訓中心沒有緊臨大道，大門離大道約有三十米遠，所以專門從大道上支出了一條小路。李政沒有直奔培訓中心，車子開過岔路口繼續往前。但是開出幾十米遠後，他故意在低檔位上猛加一腳油門，車子轟的一聲熄了火。如果有人在圍牆裡觀察他，一定會以爲是車子出了故障。李政要的就是這個效果，下了車，打開引擎蓋，假裝修理起來，一邊修理一邊用餘光觀察圍牆那邊的動靜。

蒙面人早在觀察他，他已經養成習慣，只要外面有汽車聲音傳來，便從窗洞裡向外張望，看看情況。他希望是陳家鵠又回來了，但不是的。是一輛不認識的車。這會兒，他看見司機下了車，打開蓋子，鑽進車頭搗鼓起來，可以想見是車子拋錨了。如果車子是下山的，他也許會出來搭訕一下，見機行事（他做夢都想託人往山下捎去一個信）。但車子是上山的，他不是太感興趣，看了一會便不看了。

李政修理了一會兒後，假裝修不好，打開車門，拎了皮包，慢吞吞地朝培訓中心大門走去，給人感覺是去求人幫助的。蒙面人聽到有人敲門，從門縫裡看到李政在使勁地擦拭手上的油污。

「什麼人，敲門幹什麼？」蒙面人在裡面問。

「對不起，打擾一下，我的車子壞了。」李政在外面答，一邊從包裡摸證件準備示人。

嘩啦地一聲，蒙面人打開大鐵門上的小鐵門，走出來凶霸霸地問：「你是哪個部門的？」

李政見了他渾身一顫，手裡的證件差點跌落在地上。他驚呆了，早在心裡想好的一大堆話，被猛然出現的這個人全都噎了回去，好像嚇壞了。其實他不是嚇壞了，而是太激動，因爲天上星已將這個潛伏在黑室的同志的「顯著特徵」告訴過他——高個子，面孔被燒壞，臉上可能蒙著黑套子。

這樣的人在哪裡都不會有第二個！

蒙面人見李政傻了似的不回答，看他手上拿著證件，擅自拿過來翻看，一邊問：「問你話呢，你是啞巴啊，怎麼不說話？」

李政驚醒過來，趕忙湊上去，小聲說：「我找你。」

蒙面人白他一眼，哼一聲：「找我？你知道我是誰嗎？少跟我套近乎！」

李政扭頭看看，見四周無人，便開始跟他對暗號：「徐州一戰，生靈塗炭，天若有情天亦老。」這下輪到蒙面人驚愕了，瞪大眼睛直楞楞地看著他，半晌才反應過來，欣喜作答：「天圓地方，生死輪迴，龍之傳人永不滅。」

暗號對上，兩人自是大喜過望。

蒙面人姓許，名中鋒，字野生，兩年前經天上星介紹加入中共地下組織，組織代號為「徐州」。徐州曾在涪陵中學當過國語老師，他愛寫古體舊詩，擅長書法，是當地有名的先生。他性情豪放，樂善好施，每年到了年關時節，經常上街設點擺攤，免費為路人創作喜楹慶聯。那些年涪陵的百姓人家，門前幾乎都張貼著他的作品。兩年前，天上星去涪陵開展工作（發展同志），住在客棧，客棧的門前屋裡，廳堂走道，四處都掛著他的書法。一天，天上星閒來無事，在樓下過廳閒坐，順便評點掛滿四壁的書法，頗有微詞。不料徐州正好在旁邊，聽得一清二楚又一腔怒火。一邊，忍了又忍，一邊，說了又說。終於，徐州忍不住上去跟他理論，話不投機半句多，結果理論不成，吵成一團，差點大打出手。不打不相識，兩人就這樣戲劇地相識，交成了朋友，後來又做了同志。抗戰爆發後，川籍名將饒國華師長在社會上廣納賢士，招募能人，徐州根據組織上的安排，棄筆從戎，報名參了軍，奔赴前線，參加了鎮江、南京保衛戰。在江寧一戰中，他身負重傷，在半張臉被鬼子劈掉的情況下依然率殘部死守陣地，親手殺死五個鬼子，由此立了大功，當了大英雄。也正是靠這個名頭，他才得以取得杜先生和陸所長的信任，被天上星安進了黑室。只是很遺憾，沒有進入到黑室總部，而是上了山——從此，和天上星失去了聯繫。

此時，他對組織上有千言萬語要說，但他說的第一消息卻是令人沮喪的：就在半個小時前，陳家鵠下山了。就是說，李政和他幾乎是擦肩而過。

「他去哪裡了？」

「不知道。」

「他還回來嗎？」

「就是不知道。」

「他是怎麼走的？」

「今天來了幾個醫生給他們體檢，走的時候把他帶走了。」

「他身體不好嗎？」

「就是不知道情況。」

四

情況太複雜，連陳家鵠自己也搞不懂。

按說既然是身體有恙，自然該去醫院，但是下了山，很快，老孫和救護車分道揚鑣：一個朝東，一個朝西，南轅北轍，背道而馳。也許是要帶我去另一家醫院，陳家鵠想，心臟病專科醫院。但是去的地方，怎麼看都不像一家醫院。首先是地點不在市區，又是快出城的城鄉結合地帶，而且還是一個到處高牆深築、行人稀落的地方。誰跑這種鬼地方來看病？可能是一家療養院吧，陳家鵠又想。可等進了院門，陳家鵠又不得不否認了，門是厚重的大鐵門，不是雙開門，只有單門，開門的時候，需要保安使足氣力拉著，往一側的磚牆後面慢慢地縮進去。這時，幾十米開外的人都可以聽見鐵門下面的小輪子，在水泥地上輾出嘩啦啦的刺耳的響聲，像一道通往地獄的窄門，黑門。進了門，可見院內四處立著傘形的瞭望塔，石砌的高大的圍牆上，還拉著粗糲的鐵絲網，看著令人不寒而慄。如果說這是醫院，陳家鵠想，一定是關瘋子的精神病院。不過，他認爲這兒更像是一座監獄。

對了，這兒就是一座監獄。

就在半個月前，這兒還關押著一百二十七名政治犯，現在這些人正在趕往貴州息烽集中營轉運的途中。息烽集中營是軍統最大的秘密監獄，於一九三八年十一月正式啓用，之前那些包括張學良、楊虎城、張露萍在內的要員、犯人分別被關押在重慶、涪陵、酆都等多個監獄。這兒是關押女犯的地方，其後門和五號院的正門在同一條路上——止上路：一門是五號，一門是二十一號，相距不過百十米。

車子一直沿著圍牆開，開了不多遠，拐了一個彎，停在一棵麻柳樹下。樹蒼老，有一個抱不住的大，地上鋪滿了落葉和毛毛蟲一樣醜陋的柳綿條，顯得又髒又亂。老孫下了車，帶陳家鵠走進一個用水泥護欄合圍的長方形的院子。院內有一棟兩層高的石砌樓房，像碉堡一樣粗糙結實，但裝配得又很洋派，廊道的柱子是木包圓柱，柱子上有彩色壁燈；通往二樓的樓梯搭在戶外，扶手是鋥亮的不鏽鋼；屋檐鑲著一條紅色的琉璃瓦線，四隻角飛著四條四足青龍。院內有一套四人座的石桌石椅，撐著一頂嶄新的白色遮陽傘，這會兒石桌上擺著一壺茶，兩只杯子，茶壺升騰著一縷縷的熱氣，彷彿是迎賓接客的笑容。

這兒曾經是監獄的辦公樓，剛剛被整飾粉刷過，地上地下通體煥然一新，顯得分外的整潔、清新。但是不管怎麼樣，陳家鴿對這樓還是沒有一絲好感，他心裡有種盲目的恐懼。

一路上，陳家鴿已經多次問過老孫：去哪裡？這是哪裡？你到底要帶我去哪裡？凡此種種，老孫一律以微笑、客套之言敷衍搪塞：對不起，陳先生，我只負責領路，無權回答你任何問題。儘管這樣，進了院子，陳家鴿還是忍不住地明知故問：

「這到底是什麼地方？」

「你問他有什麼用，他今天是啞巴，哈哈哈。」

聲音宏亮，伴著開懷的笑聲。

陳家鴿聽出，這是陸所長的聲音，卻只聞其聲，不見其人。

隨著又一捧爽朗的笑聲，陸所長從牆角的樓梯口冒出來，並快步走過來，後面跟著海塞斯。兩人依次上前與陳家鴿握手問好，不亦樂乎。看他們樂呵呵的樣子，陳家鴿已經猜到，自己的病一定是假的，是他們搞的鬼。這麼想著，陳家鴿一掃剛才的陰霾，心情變得開朗起來，對兩位直言不諱，「看來不是我的心臟有了病魔，而是你們的心裡懷了鬼胎。」

「聽見了沒有？」陸所長看著海塞斯說，「一下破掉了我們的密碼。」

「是你的密碼，跟我無關。」海塞斯笑道。

「噯，大教授，你怎麼能這樣說話，太不講義氣了吧？」陸所長用手指頭點著海塞斯說，「這事怎麼說都是你起的頭，我不過是爲你做嫁衣而已，非但討不到你的好，難道你還要栽我的贓？」

「本來就是這樣的嘛。」海塞斯聳聳肩，不乏假模假樣地申辯道，「你什麼時候跟我商量過？我一個小時前才知道你派醫生上山了，那時候——陳家鴿，你可能已經被查出心臟病了吧？」

陳家鴿點頭稱是，接著笑道：「我不關心你們誰是罪魁禍首，我關心的是你們判我這麼重的刑，目的是什麼，總不會是讓我回家去看我的父母吧？」是明知故問，也是別有用心。

海塞斯對他做了個鬼臉，笑說，「你回家想看的不是你父母吧，該是你的太太。我知道你對她日思夜想著呢。」這話題可是陸所長不想提的，他連忙言歸正傳，「回家是不可能的，至少是目前……」

「什麼時候可能？」陳家鴿搶斷他的話問。

「我不知道。」陸所長硬邦邦地說。

「我倒是知道的，」海塞斯笑道，「什麼時候咱們破譯了特一號線密碼，大功告成之日，我想就是你回家的日子。」他是個局外人，體會不到陸所長的心情和難處，在敏感的問題上一點不避諱，令一旁的陸所長恨不得上去捂住他的嘴。

哪知道陳家鴿還不領教授的情，對他說：「這個賭博我不玩，玩不起。你該比誰都清楚，密碼是世上最殘酷的命盤，無論是誰，哪怕你是幸運兒中的幸運兒，跟它賭博都不會有好下場的。」

海塞斯指著樓上的某扇窗戶，認眞地說：「今天你不想玩也得玩了，呶，你看，那就是你的辦公室，都給你布置好了，資料我也給你都備了一份，上去看看吧。」

這簡直比說他有心臟病還叫人出其不意，陳家鴿清晰地聽到心裡發出咯噔一聲，腦子裡一片閃亮的空白，像有個電燈泡掛在腦子裡。他久久地楞著，怔怔地望著海塞斯，又看看陸所長。

「怎麼，沒想到吧？」所長問。

「我辦公室？」陳家鴿答非所問，「什麼意思？」

「就這意思，」陸所長乾脆地說，「你工作的地方。」

「什麼意思嘛，」陳家鴿終於回過神來，提高聲音，略微不滿地說，「你們能不能把話說明白點？你們做事怎麼老是鬼鬼祟祟的。」

鬼鬼祟祟？用詞不當！這是陸所長生平最痛恨的詞之一，猶如一個人臉上的疤，是忌諱人說的。他嚴厲地瞪著陳家鵠，訓斥道：「這叫鬼鬼祟祟嗎？這是幹我們這行的特點，是紀律，是要求，不到說的時候絕對不能說。」說著率先開步，往樓上走去，一邊說道，「現在我告訴你吧，你已經畢業了，今後這兒就是你工作的地方。」

這裡就是黑室？陳家鵠大爲驚愕，忍不住左右四顧。在山上時，大家開口閉口都談論山下的黑室，沒想到黑室是這個樣子：監獄的樣子。今後我將在監獄裡工作，陳家鵠想，死了都沒人知道。他像吃了記悶棍，滿臉戚戚然，有一種難以言喻的驚異在心裡暗暗湧動，似乎隨時都可能噴出嘴。但是幾次張嘴，卻是無音無語：他啞了，因爲不知從何說起。

還是聽陸所長來說吧，「準確地說，這裡不是黑室，卻是黑室的黑室。」陳家鵠追上去，一馬當先，攔住陸所長，回敬道：「你的話我怎麼越聽越糊塗？你能不能尊重我一下，有什麼話都明明白白地講出來，我有大腦，能分析，別把我當小孩子來哄好不好。」

哈哈哈，陸所長煞住步子，嘲笑他道：「我發現你的沸點很低嘛。」抬頭看著他，皮笑肉不笑，「別衝動，衝動會降低你的智商的。其實很簡單，你現在還沒有資格進黑室，但我們又需要你，教授很需要你，他天天摸著黑上山去找你太浪費他時間了，也不安全，我們就臨時給你找了這個地方，請你大駕過來辦公。怎麼樣？現在你該不糊塗了。」

「可這兒是監獄。」

「以前是，今後不是了。今後這兒就是黑室的一部分。」

「我不喜歡在這種環境裡工作，好像我是個犯人。」陳家鵠想起惠子的哥哥曾經就是這樣，把他關在一個地方，讓他破譯所謂的美軍密碼。

有些秘密是要終生爛在肚子裡的，即使是對惠子，即使是在夢中，陳家鵠都不會吐露半點。海塞斯不愧是業內行家，幾個回合下來，就斷定陳家鵠以前一定幹過破譯。

確實如此，陳家鵠曾在日本陸軍情報部第三課（一個破譯部門）學習、工作過四個多月——外界傳言他拒絕了日本軍方的邀請，其實這不是事實。實際情況是，時任陸軍情報部幹員的惠子哥哥，想在中國留學生中尋找一名破譯中國軍方密碼的人才，便帶著一部從張作霖部下手裡竊獲的中國密碼（傳言中被說成是美國密碼），找到早稻田大學數學泰斗炎武次二先生。先生精通密碼數學，以這部密碼的結構和原理設計出了一道超難數學題，讓不知情的惠子帶到學校，在師生中傳播。炎武次二聲稱他也解不了這道難道，以此激發包括陳家鵠在內的眾多中國留學生的好奇心，引誘大家都去參與答題、鬥難，便於他們選拔。最後，只有陳家鵠一個人的答案得到了炎武次二的認可，惠子哥哥便以要破譯美軍密碼的名義，動員陳家鵠替陸軍情報部工作。

優厚的待遇打動了陳家鵠，他秘密接受了邀請，白天正常在學校上課，晚上參加由情報部第三課組織的破譯培訓班的學習，歷時三個月——這段經歷鮮爲人知，因爲白天他照常在學校。憑著哥哥的關係，惠子也參加了這次培訓，非正式的，有點旁聽生的意思——就在這期間，兩人產生了好感。通過學習證明，陳家鵠有破譯才能（惠子沒有，哥哥只能給她機會，不能給她本事），學完後即被惠子哥哥帶走，關在一個地方正式接受了破譯任務。

這是一九三四年五月間的事。

從一九三三年起，活躍在東北各地的反日游擊組織逐漸向反日武裝統一戰線方向發展，零散的反日游擊隊相繼改編成東北人民革命軍、東北抗日同盟軍和東北反日聯合軍等多支有組織、有統一陣線指揮的正規部隊，反日武裝力量迅速壯大，給日滿統治組織造成了極大威脅。日軍開始了殘酷的打擊和鎮壓，但因對對手瞭解不足，信息嚴重匱乏，幾次進攻、掃蕩收效甚微，破譯密碼之事就被迅速提上了日程。起初，陳家鵠以爲破譯的是美國外交密電，但隨著破譯工作的逐漸深入，他發現他負責破譯的竟是東北抗日同盟軍的密電。這是他的國格和骨氣無法容忍的，悲憤交加之下他銷毀了所有破譯成果，私自出逃。日方找到他，軟硬兼施，試圖歸勸、脅迫他回去工作，他堅絕不從，遂有後來的一系列是是非非，最終不得不被迫離開日本，去了美國。

正是業有的這段悲憤經歷，令陳家鵠非常反感陸所長給他安排的這個環境。它碰動了他被污辱、愚弄、作踐的記憶，即使事隔多年之後他依然難平心頭之恨之痛，故而提出異議，強烈要求更改地方。但陸所長乾脆地拒絕了他：

「對不起，這沒有選擇餘地，只能在這裡。」

「也許我在你的眼裡就是個犯人吧。」陳家鵠揶揄道。幾年前，這句話他曾對惠子哥哥說過，想不到今天隻字不變地重用，甚至連說話的口氣和神情都是一樣的。他感到可笑又悲哀。人看來眞是有命的，他想自己可能就是這個命，怎麼逃也逃不出密碼的漩渦。

陸所長沉下臉，警告他：「請你不要濫用我對你的尊重，我可以一定程度地容耐你恃才傲物的德行，但不是沒有底線的。我可以坦率地告訴你，這是杜先生特別爲你挑選的地方，你沒有嫌棄和改變的餘地，所以我奉勸你，與其像個怨婦一樣帶著情緒嗡嗡唧唧，不如正視現實，儘快喜歡上它吧。」頓了頓，又說，「如果你覺得這是犯人待的地方，我可以再告訴你，你不是唯一的犯人，還有我，我就住在你樓下，你要有興趣不妨眼見爲實。」

說著，帶陳家鵠先去看了他的房間。一對布藝沙發，一只黑色茶几，一張課桌一樣大小的辦公桌，一張單人床，一只床頭櫃，一盆花，似乎都才搬進來，沒有放到位，散置在屋中央，擠成一堆，亂成一團。辦公桌上擺著一部電話機，仔細看還沒有接上線。床上摺著鋪蓋，還沒有打開。最扎眼的是，鋪蓋團上斜躺著一支美式卡賓槍。房間的窗戶關著，光線灰暗，但槍顯然才擦過油，散發出一身黑亮的毫光。

陳家鵠看見槍，下意識地避開了目光，並繞著它走開了。陸所長卻有意走過去，拿起槍，問他會不會使槍。得到否定的答覆後，陸所長說：「這就是說，我是這槍唯一的主人。也可以說，我不但是你的鄰居，還是你的警衛。」

海塞斯有意要緩和兩人剛才對峙的情緒，這會兒看陸所長已經給陳家鵠一個台階下了，便對陳家鵠道：「我得告訴你，請你下山是我的主意，但事情都是所長閣下落實的。不要以爲這是件容易事，不容易的，驚動了很多人啊。所以，我個人很感謝他，我覺得你也該感謝他，因爲這對你來說也是一件大好事，可以提前進入工作狀態。難道你喜歡待在山上嗎？反正我是討厭透了，你看看，都把我害成什麼樣了。」

海塞斯脫掉鞋子，退下襪子，亮出腳上好幾個水泡。

「你不是有專車嗎，怎麼還走得滿腳水泡？」

「車子壞了！」

五

是大前天晚上，海塞斯照例上山去跟陳家鵠探討特一號線密碼情況，下山時遇到大雨，汽車打滑，不慎磕破了油箱，拋錨在半路上。前不著村後不著店的地方。好在那天帶了司機，司機把方向盤交給教授，自己則下車去推。在山上還推得動，到了平緩的山腳下，怎麼都推不動了，司機要守著車，海塞斯只好一個人徒步回去。以爲進了城會遇到人力車，結果見了鬼——因爲在下雨，走了一路都沒看見一輛人力車，十幾公里山路加雨路，把海塞斯走得狼狽不堪！

不過，這也成了陳家鵠下山的契機。

回到單位，雖然已是凌晨三點鐘，但氣憤難忍的海塞斯還是把陸所長從床上拉起來，跟他大吵一架。海塞斯把他受的罪都遷怒於所長沒有批准他的要求，讓陳家鵠下山。

「我呼籲多少次了？我無法理解你爲什麼不放他下山，讓我整天往山上跑？」老話重提，海塞斯情緒非常大，出言很不客氣，「我覺得你根本不配坐在這個辦公室裡，因爲你不懂得尊重我。既然我不値得你尊重，你可以另請高明。」說罷氣呼呼地拂袖而去，袖管裡甩出兩把水，剛才他站的地方也積著兩圈水。

一隻落湯雞啊！

陸所長不怕他生氣，就怕他受涼傷了身體，臥病不起，趕緊連夜叫人燒了兩鍋開水，安排教授洗了一個熱水澡，洗完澡又喝生薑紅糖水。如此禮賢下士，總算平息了海塞斯的情緒，事後證明也保全了他的身體，沒有生病。第二天，海塞斯中氣十足地向所長來致歉，順便又做起他的工作，要他放陳家鵠下山，措詞誠摯，態度懇切。

其實，陸所長又何嘗不想讓陳家鵠下山？問題出在杜先生身上，他是高處不勝寒，危情四伏的一方祭壇，把一個日鬼女婿送進黑室，無異於把他自己送進了唾沫的漩渦中。再說了，陳家鵠，一個初出茅廬之輩，只是在課堂上有些出類拔萃的表現，值得大首長去涉這個險嗎？事實上杜先生對陸所長已有明確批示，要讓陳家鵠進黑室，首先要摘掉他的「黑帽子」。就是說，要捧打鴛鴦！要拆散他們！

這談何容易？

當然，若有證據證明惠子是間諜倒也容易，但現在的狀況很不理想，跟蹤了那麼久，掌握了那麼多的情況，似乎越來越發現並證明，惠子是清白的。這方面的證據眞的很多，比如說惠子在陳家鵠假宿舍前的那個昏迷，爲什麼昏迷？因爲她嚇壞了！如果她是薩根的同黨，陳家鵠死了她高興還來不及呢，怎麼嚇成那個樣子？還有，後來她跟陳家鵠通電話的那一份激動，演是演不出來的。就算她演技高，這些都是演出來的，那麼當惠子得知薩根在幫日本人做事後堅絕不見他，又作何解釋呢？唯一的解釋就是：她跟薩根不是一路人，她是清白的，她深深地愛著陳家鵠。

這就討厭了！

很討厭的啊！

現在陸所長心裡很明白，惠子必須得是日方間諜，不是也得讓她是，所以他才迫不及待地安排老孫去見惠子，給她傳話，給薩根「平反」。他要給他們搭建一個自由交往的平台，交往得越多越好。一個頻頻跟薩根交往的女人，嚼嚼她是間諜的爛舌頭也就算是有一面之詞了。陸所長其實已經運籌帷幄，正在爲惠子通往「間諜之路」積極地鋪路架橋，但時下畢竟才開始，路未暢，橋未通，需要假以時日才能完工。教授啊，心急吃不了熱豆腐，要學會等待。這麼想著，陸所長還是好言規勸海塞斯別急。

可是接下來，海塞斯即興胡謅了一件事，讓陸所長自己也急緊起來。海塞斯說什麼了？海塞斯說：「所長閣下，也許我該告訴你一個事實，我這次給他單獨出了一道題，是我根據破譯的日軍第二十一師團的密碼置換出來的。也就是說，只要他解了題，就等於他破譯了敵二十一師團的密碼。你猜怎麼著了？他用了不到兩天時間就解了題！」

嚴格地說，海塞斯這說的不是事實——他根本沒有單獨給陳出過什麼題。但其實這說的又是事實，因爲二十一師團密碼本來就是陳破譯的。換言之，海塞斯正是用這種方式既維護了自己不實的榮譽，又婉轉地道出了一個事實：陳家鵠破譯了敵二十一師團的密碼。爲了突出強調弟子的了不起，海塞斯不惜放低自己：「你知道，我花了七天零三個小時才破譯敵二十一師團的密碼，可這傢伙居然用了不到兩天，只是我的三分之一時間啊。這說明什麼？說明他的破譯能力和水平已在我之上了。」

陸所長不覺聽得呆了，忘記了插話。

海塞斯接著說：「我現在敢肯定地說，他以前一定從事過破譯工作，絕不像你們說的僅僅是偶然碰過，而是專門研究過，學習過，專職從事過。」陸所長屏息靜氣地聽著、等著海塞斯繼續往下說，「我可以再告訴你，現在他在配合我破譯特一號線密碼，感覺非常好。我爲什麼天天上山去，他不是美女，不是身體吸引了我，而是他的思想，他的大腦，他對日本文化的瞭解，他對日本密碼有著超凡入聖的敏感和知覺力。我每次跟他交流，神經都會受到刺激、衝擊，這是我在密碼界混跡多年碰到的第一個人，可能也是最後一個。我有預感，要不了多久他一定會敲開特一號線密碼的。」

海塞斯的話字字如珠璣般滾動在陸所長耳際，讓他似乎聽見了露珠閃光的聲音，聽見了風中花開的笑語，心裡止不住地掀起一陣陣欣喜和激動。可陸所長畢竟是陸從駿，見過世面的，幹過大事的，面對鮮血可以不動容，面對驚濤可以不改色，他把欣喜和激動全都埋在心底，不想讓海塞斯掌控他。可聽說他有可能在近期破譯特一號線密碼，終於還是隱忍不住，兩眼綻放出亮光，喜形於色地啓了唇：

「眞的？」

「軍中無戲言。」海塞斯點頭笑道，「我們已經看見它的影子了，特一號線密碼。現在我要問你，難道你覺得還有必要讓他繼續留在山上？難道你不覺得杜先生聽了這個也會改變自己的想法？他已經遠遠超出了我們的期待，把他留在山上是在浪費他的才華，也是在浪費我們的時間。時間就是生命，就是勝利，你我浪費得起，抗戰浪費得起嗎？」

「嗯，」陸所長坐不住地起了身，一邊踱著步說，「你說的這些很重要，正好我下午要去見杜先生，杜先生的反對也許是不能改變的，但我還是決定要犯他龍顏一諫！」

海塞斯露出微笑，向他友好地伸出手去，「這是一件你該做的事，杜先生的反對也許是可以改變的。」

陸所長暗自說道，你們美國人就是太天眞，杜先生是不可改變的，要改變的只有我。陸所長心裡很明白，如果要在短時間內解決陳家鵠下山的問題，只有一個辦法，那就是：製造天災人禍，讓惠子命歸西天。雖然只是一個一閃而過的念頭，但陸從駿還是起了雞皮疙瘩。

當天下午兩點鐘，杜先生如期在辦公室接見了陸從駿，後者帶來了一份書面報告，主要彙報的是惠子的情況：討厭的情況。果然，杜先生一目十行地看了報告，對陸從駿拉下了臉，「就這事也值得你給我寫專題報告？我不認爲這是個好消息，難道你認爲是嗎？」

「我也認爲不是。」陸從駿低眉低聲地說。

「就是說，我們都希望她是我們的敵人。」

「嗯。」

「那還有什麼好說的，你把她說成是就得了。」杜先生說。

「這需要時間。」

「你急什麼，我沒有限制你時間。」

「可教授恨不得讓陳家鵠馬上下山來，現在我們偵控的敵台越來越多，需要破譯的密碼也越來越多，海塞斯根本忙不過來，關鍵是陳家鵠確實已經具備了實戰能力，留在山上是浪費了。」隨後陸從駿把海塞斯跟他說的情況如實向杜先生作了轉述，目的是要杜先生也要像他一樣激動起來，繼而緊迫起來，繼而心狠手辣起來。

果然，杜先生聽了確實很激動。

「眞的？」杜先生兩眼放出異彩，一下年輕了十歲，「他有這麼神嗎？」

「眞的，海塞斯說他以前一定破譯過密碼，應該儘快讓他來參與實戰，可惜……」陸所長抬起頭看著杜先生說，「我眞恨不得把他的那女人幹掉，好讓他立刻下山來上班。」

杜先生低下頭，思量片刻，說：「如果有證據證明她是間諜，幹掉她也在情理之中，但現在的情況……」遲疑一會，長舒一口氣，又顯出老態地說，「先看看再說吧，不明不白地幹掉她不見得是好，萬一走漏了風聲呢，那你就別指望她男人為你幹活了。」

「嗯，那我還是先想想其他辦法。」陸所長說。

「既然他有這麼神，我看可以先讓他下山來上班再說。」杜先生說。

「這……行嗎？」

「進黑室自然是不行的。」

「那去哪裡？」陸所長怔怔地望他。

杜先生瞪他一眼，「你這樣看著我幹什麼，這有什麼難的，要知道，並不一定要進黑室才能為黑室工作。你可以隨便找個理由讓他下山來，給他悄悄找一個地方待著為你工作，說白了，無非就是在黑室之外再設一個黑室而已嘛。」說著開心地笑笑，又說，「說來也巧，我剛好把你對門院子裡的人都請走了，把他們弄去貴州了，院子空著，本來就準備要給你們用的。你們的業務要擴大，家屬問題也要解決，那麼點地盤怎麼夠？重新找地盤又太麻煩，所以我就盯上了對門的院子。我看以後啊，可以把對門搞成大家的生活區，吃啊住的都移到對門去，這邊就完全是工作區了，你看怎麼樣？」

「那當然好哦。」陸從駿高興得差點忘記了尊卑，聲音裡透出一股十足的精氣神。

「別得意，還輪不到你得意。」杜先生揮了揮手，對他說，「我已經給你解決了陳家鵠下山的問題，你要給我解決他女人的問題，雖然不用急，但也不能拖久了，而且必須要神不知鬼不覺，不要留下一點點後患。動刀子不是上策，要治人於罪惡之中才是上策。」

「明白。」陸從駿起身一個立正，他知道接見已近尾聲，該告辭了。杜先生也站起來，吩咐道：「那就這樣，讓陳家鵠先在那裡待著，上班！要給我絕對保密，對外面任何人都不要說起，內部也要儘量縮小知情者的範圍，僅限你和教授等少數人知道。」

「老孫瞞不了他的，」陸所長咧開嘴，笑道，「他要負責陳家鵠的安全。」

「廢話！」杜先生親切地罵道，「我是說少數人，沒說就你們兩個人。」

談話這樣結束，是陸從駿來之前沒想到的，一個老大難的問題到了杜先生這裡，只是隨手一舞，四兩撥千斤似的，輕易就化解了，圓滿了。他樂顛顛地回到五號院，把好消息告訴了海塞斯。兩個人心血來潮地當即帶了老孫去對門院子看，門鎖得死死的，也沒有擋住他們的興致。老孫總是隨身帶著萬能鑰匙，陸所長親自動手，把它搗鼓開了。

這扇門是專門爲陳家鵠開的。

六

與樓下陸所長的房間相比，樓上陳家鵠的兩個房間——一爲寢室，二爲辦公室——明顯要整潔多了，牆壁粉刷一新，窗明几淨，什物、擺件也豐富多了，且都已歸位。尤其是辦公室，桌子、椅子、板凳、電話、菸缸、收音機、書櫥、文件櫃以及休息的沙發、茶几，一應俱全，布置得妥妥貼貼的。兩邊屋角還擺了兩盆水竹，綠得清新、發亮，一派春意盎然的樣子——其實季節已至深秋，外面的麻柳見風就要丟樹葉了。從後窗望出去，一排水杉幾乎光禿禿的，只剩下樹冠還殘留著綠色，生機岌岌可危的樣子。

桌上有一只嶄新的深棕色硬殼皮箱，居然還上了鎖。鑰匙在海塞斯手上，他正欲打開皮箱，跟陳家鵠交代工作，陸所長上來攔住他，對他擺擺手，道：「你急什麼，還沒輪到你呢。」說著指了指一面牆，那牆上掛的青天白日旗和中山先生的畫像。海塞斯心領神會，說：「那我先出去一下。」陸所長幫他推開門，「給我三分鐘。」

海塞斯一走，陸所長將陳家鵠拉到那面牆壁前，指著牆上掛的青天白日旗和中山先生的畫像，要他朝著它們舉起右手。

「幹嘛？」陳家鵠不解地問。

「宣誓。」

「宣什麼誓？」

「凡是進黑室工作的人，都必須做效忠宣誓。」

「怎麼宣誓？」

「你照我說的做就是了。」

「說什麼呢？」

「我會領著你宣誓的。」

陸所長安排陳家鵠對著自己站好，吩咐他照他的樣子立正，舉起右手。陳家鵠遲遲疑疑地舉起右手，按照提示，握緊拳頭，挺胸收腹，腳跟併攏，立正，雙目正視前方。一切就緒，陸所長便開始領著陳家鵠莊嚴宣誓。

「我宣誓——」

「我宣誓——」

「從今天起，我生是黨國的人，死是黨國的魂——」

剛領了一句，陳家鵠就將手放了下來，說：「我不能做這個宣誓。」

陸所長驚異地瞪著他問：「什麼，你說什麼？」

「我不能做這個宣誓。」陳家鵠冷靜地重複道。

「爲什麼？」

「我不是黨員，談何是黨國的人？」

「笑話，我的部下怎麼可能不是黨員，我現在就吸收你爲黨員，宣誓就是入黨儀式。」

「你同意吸收我，還要我願意申請加入呢。」陳家鵠淡淡一笑，說，「我不申請你怎麼同意？」

陸所長立刻沉下臉，教訓他說：「這是個嚴肅的話題，你不要開玩笑。」

陳家鵠很認眞地說：「我沒有開玩笑，這關涉到我的信仰問題。」

「你信仰什麼？」

「民主和自由。」

陸所長說：「我黨以三民主義爲立黨之本，民主和自由正是我黨的一向追求。」

陳家鵠說：「恕我直言，以我對貴黨的瞭解，似乎相差有相當的距離。」

陸所長怔了怔，有些不悅地說：「那是因爲當前局勢所迫，現在抗戰救國就是最大的民主和自由。」

對此，陳家鵠侃侃而談，說明這個問題他已經思量很久。「你說得不錯，外侮入侵，領導抗戰是所有執政者應盡的義務，今天貴黨如此，二百多年前的朱氏政權、六百多年前的趙氏政權，都是如此。今天我站在這裡，跟貴黨可以有關，也可以無關，因爲我是中國人。只要是中國人，都有責任來參加這場救亡國家和民族的戰鬥，這並不是貴黨獨有的責任。所以，自然也不能有這種規定，必須先入黨才能做事。」

陸所長皺著眉頭看著他，沉吟半晌，方才友好又誠懇地說道：「你這麼說不是爲難我嘛，要不這樣，你先宣個誓，入不入黨以後再說。」

陳家鵠非常堅決地搖了頭，「這怎麼行，這是宣誓，怎麼能作假？宣誓都作假，豈不是太荒唐了。」

「那你說怎麼辦？」陸所長不高興地責問道。

「要嘛就免了，要嘛就修改誓詞。」陳家鵠毫不猶豫地說。

陸所長冷冷看著他，死死地盯著他，像在看一個天外來客。他過去曾吸收過很多人加入他的組織，曾很多次地領著別人宣誓，可從來沒有一個人敢有如此大的膽子和如此古怪的想法，向他提出如此不著邊際的要求。他不禁又驚愕又憤慨，但同時他也明白，如果他不按陳家鵠的要求去修改誓詞，他是休想讓他低頭屈就的。這傢伙剛烈倔強的性格他早就領教過，想起來都讓他心生厭煩。有才的人都是刺頭！喝過洋墨水的人都是花花腸子！陸所長既惱又恨又煩地訓斥了他一頓，試圖壓迫他就範。但陳家鵠硬是不就範，不讓步，不給面子。最後在海塞斯的調解下，還是陸所長做出了讓步，破天荒地修改了誓詞。

老虎變貓。世上的事就是這樣，一物降一物，碰到一個這麼認死理的人，只好自認倒楣了。宣誓完後，陸所長爲了體現他剛才失去的權威，嚴正的警告列了一條又一條：

「一，今後除了教授和我任何人都不能上樓，誰擅自闖入以洩露國家機密論處！

「二，你不能走出院子一步，任何情況下都不行！你可以在院子裡散步，但必須服從警衛人員的管理。

「三，這些資料都是絕密的，你只能在樓上看，不能帶下樓。

「四，餐廳在樓下，你想吃什麼、不吃什麼，必須提前一天告訴警衛。

「五，不要隨便打電話，你要打電話不能跟總機報你的名字，只能報你的號碼。你的號碼是三個零，你們破譯密碼不是要歸零嘛，我給你三個零，看你什麼時候能夠還我一堆零。」

喋喋不休的陸所長似乎還要喋喋不休地說下去，一旁的海塞斯早已聽得頭皮發緊，心煩意亂，對所長閣下更是頓失敬意，便惡作劇地打開了收音機開關，對所長說：「對不起，這會兒有檔新聞，我要聽一下。」陸所長知道他的鬼名堂，「該說對不起的是我吧，我知道你討厭我說了這麼多，我這就走，行了吧？」

可怎麼走得了呢？

聽聽收音機裡在說什麼。

說來也巧，海塞斯隨意打開的收音機裡，正在播報武漢淪陷的消息！

這一天是一九三八年十月二十五日。前一天晚上，國民政府最高統帥部下令放棄武漢，駐防武漢的所有部隊一律接到撤退命令：長江以南各軍撤至湘北及鄂西一帶；長江北岸的第二十三集團軍撤至荊陽門、宜城一帶，第三十二集團軍撤至襄陽、樊城、鍾祥一帶，第十一集團軍撤至隨縣、唐縣鎮、棗陽一帶布防。湯恩伯的第十三軍進入桐柏山，劉和鼎的第三十九軍進入大洪山擔任游擊。二十五日上午，日軍第六師團佐野支隊在飛機大炮的火力配合下，向漢口市郊之戴家山發起進攻，打響了攻占武漢的最後一戰。

武漢會戰歷時四個多月，中國參戰部隊投入了一百三十三個師和十三個獨立加強團的大量兵力，在數千里長的戰線上，與日軍十二個師團進行頑強的殊死激戰，大小戰鬥計數百次之多，打死打傷日軍達十萬人之上，使日軍的戰鬥力受到極大的消耗，以後再也無力進行大規模的戰略進攻。從此，抗日戰爭進入漫長的相持階段。

對陳家鵠來說，從這一天起，他的生命便擁有了自己難以抗拒又無法述說的秘密、神秘、希望、絕望、苦難、辛酸、痛楚、死亡、殘忍、羞辱……這一天是敵人的節日，卻是他種下不幸和災難的忌日。這一天，就像一道黑色的屏障，一道染血的魔咒，把他的過去和將來無情地隔開，至親的人紛紛死去，至愛的人生不如死，命賤如狗，至恨的人燦爛如陽，絢麗如蘭……災難接踵而來，厄運死死地纏著他，他的每一個白天和夜晚都無法回頭地跌落了一個黑暗、瘆人的國度：比地獄還要黑，比魔界還要猙獰，比畜界還要卑賤。他的命運不可抗拒地滑入了一輪嗜血的軌道：一台咬牙切齒的絞絆機的軌道，把他的肉體和心靈當頑石絞，當爛泥絆，喀喀喀，骨斷肉開，喀喀喀，血肉模糊，喀喀喀，心血四濺，喀喀喀，天在顫，地在抖……

二〇〇八年五月二十一日開工，於成都羅家碾
二〇〇九年八月二十三日完成初稿，於杭州青園小區
二〇一〇年二月二十五日修改
二〇一〇年六月十六日改完，於杭州植物園

文學叢書 267

風語

作　　者　麥　家
總 編 輯　初安民
責任編輯　陳思妤
美術編輯　林麗華
校　　對　楊宗潤　陳思妤

發 行 人　張書銘
出　　版　INK印刻文學生活雜誌出版有限公司
台北縣中和市中正路800號13樓之3
電話：02-22281626
傳眞：02-22281598
e-mail：ink.book@msa.hinet.net
網　　址　舒讀網http：//www.sudu.cc

法律顧問　漢廷法律事務所師
劉大正律師
總 代 理　成陽出版股份有限公司
電話：03-2717085（代表號）
傳眞：03-3556521
郵政劃撥　19000691　成陽出版股份有限公司
印　　刷　海王印刷事業股份有限公司

出版日期　2010年8月　初版
ISBN　978-986-6377-90-7

定　價　460元

國家圖書館出版品預行編目資料

風語／麥家著．
--初版．--台北縣中和市：INK印刻文學，
2010.08　面；　公分.--（文學叢書；267）
ISBN　978-986-6377-90-7（平裝）

857.7　　99012043

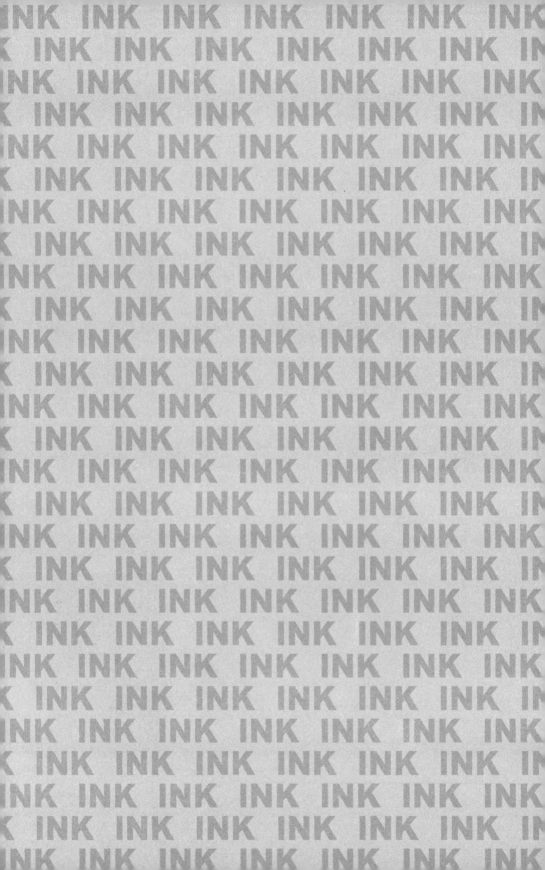